Ullstein

James Hadley Chase

Blondine unter Banditen

Aus dem Englischen von
Ute Schmitt-Gallasch

Ullstein

Kriminalroman
Ullstein Buch Nr. 10721
im Verlag Ullstein GmbH,
Frankfurt/M – Berlin
Titel der englischen Originalausgabe:
Miss Shumway waves a wand

Deutsche Erstausgabe

Umschlagentwurf:
Theodor Bayer-Eynck
Illustration: Stefan Wolf
Alle Rechte vorbehalten
© 1949 by James Hadley Chase
Übersetzung © 1992 by Verlag
Ullstein GmbH, Frankfurt/M – Berlin
Printed in Germany 1992
Gesamtherstellung:
Ebner Ulm
ISBN 3 548 10721 4

Januar 1993
Gedruckt auf Papier
mit chlorfrei
gebleichtem Zellstoff

Die Deutsche Bibliothek –
CIP-Einheitsaufnahme

Chase, James Hadley:
Blondine unter Banditen / James Hadley
Chase. Aus dem Engl. von Ute Schmitt-
Gallasch. – Dt. Erstausg. – Frankfurt/M;
Berlin: Ullstein, 1993
  (Ullstein-Buch; Nr. 10721:
  Kriminalroman)
  ISBN 3-548-10721-4
NE: GT

Keine fünf Minuten saß ich in Manolos Bar, da stürmte Paul Juden, der Chef der *Central News Agency*, herein.

»Verdammt!« fluchte ich und versuchte, mich klein zu machen. Doch er hatte mich schon entdeckt. Wie eine Büffelherde kurz vor den heimatlichen Weiden preschte er auf mich zu.

»Na, so was! Hallo, P. J.«, mimte ich den Überraschten.

»Wie geht's? Setzen Sie sich, und lassen Sie erst mal Dampf ab. Wie Sie aussehen, werd' ich mir wohl noch 'nen Drink bestellen müssen.«

»Spaß beiseite, Millan. Ich suche Sie überall.« Juden winkte dem Kellner. »Wo haben Sie denn gesteckt? Ich habe da nämlich etwas für Sie.«

Das hätte er mir nicht erst zu sagen brauchen. Wenn der Boß der Zentralen Presseagentur wie ein aufgeplusterter Truthahn durch eine Bar auf mich zuschoß, dann bedeutete dies nicht, daß er sich über das Wiedersehen mit mir freute, sondern daß er mir Arbeit brachte.

»So, Sie haben was für mich«, wiederholte ich skeptisch. »Damit lockt man einen Hund und gibt ihm dann Gift zu fressen.«

Der Kellner kam, und Juden bestellte zwei große Whisky mit Zitrone.

»Hören Sie, P. J.«, sagte ich, als der Kellner sich entfernt hatte, »ich brauche eine kleine Verschnaufpause. Sechs Monate lang habe ich mich in der mexikanischen Pampa herumgetrieben, ständig irgendwelche Aasgeier im Nacken, die mich zum Frühstück verschlingen wollten. Ich war mit Kaktusstacheln gespickt, sah schlimmer aus als ein Stachelschwein, und jedesmal, wenn ich mich schneuzte, flogen mir Sandfliegen aus den Ohren. Ich will mich ja nicht beschweren, mein Lieber, aber ein bißchen Erholung habe ich mir verdient. Die lasse ich mir nicht nehmen.«

Juden hörte mir gar nicht zu, sondern zog seine Brieftasche heraus und blätterte in einem Bündel Telegramme. »Maddox hat einen Job für Sie, Millan. Heute morgen bekam ich diese gesammelten Werke. Sieht wie das Textbuch von ›Vom Winde verweht‹ aus.«

»Maddox?« Ich rutschte noch etwas tiefer auf meinem Stuhl. »Nehmen Sie den bloß nicht so wichtig! Der ist doch nur ein abgenutztes Rad im Uhrwerk der Zeit. Sagen Sie ihm, ich sei krank, oder Sie könnten mich nicht finden. Sagen Sie ihm, was Sie wollen, aber gönnen Sie mir eine Pause.«

Während Juden die betreffenden Telegrammkopien herausnahm, brachte der Kellner die Drinks.

»Na also, tun wir was für unsere Gesundheit!« witzelte ich und kippte zwei Drittel meines Whiskys hinunter.

»So, hier haben wir's.« Juden wedelte mit den Kopien vor meiner Nase herum. »Ein Bombenauftrag, kann ich Ihnen sagen!«

Ich winkte abwehrend. »Behalten Sie das Zeug. Ich brauche Urlaub. Morgen setze ich mich in einen Zug nach New Orleans. Ich habe restlos genug von Mexiko. Soll Maddox doch einen anderen Handlanger herschicken.«

»Unmöglich«, erwiderte Juden. »Bei der Sache geht es um jede Minute. Also verschwenden wir keine Zeit, Millan. Sie wissen, daß Sie nicht drumrumkommen. Warum machen Sie's dann so schwierig?«

Natürlich hatte er recht. Wurde ich's langsam müde, immer den rasenden Reporter zu spielen? Sechs heiße Monate lang jagte ich hinter Banditenstorys hinterher, und in diesem Land sind Banditen nichts Besonderes. Seit Zapata zur Legende wurde, übte sich jeder verdammte Indio, der seinen Schnurrbart auf eine Sechs-Inch-Länge trimmen konnte, als Bandit. Alle Hände voll hatte ich zu tun gehabt, um denen etwas Format beizubringen, damit ich dem großen amerikanischen Publikum eine lesenswerte Geschichte auftischen konnte. Jetzt reichte es mir. Zumal einer dieser Amateur-Dillingers mich sogar niederzuschießen versucht hatte. Wer garantierte mir, daß nicht noch ein anderer auf diese Idee kam?

Maddox war aber mein Brötchengeber. Wenn ich ablehnte,

würde er sich auf stur stellen. Mit Maddox konnte man nicht diskutieren. Er war einer, vor dem selbst eine Schlange die Flucht ergriff, wenn sie ihn kommen sah.

»Worum geht es?« fragte ich. »Und berichten Sie schön der Reihe nach. Ich habe keine Lust, diese Wische zu lesen.«

Juden tauchte die Nase ins Whiskyglas, hochzufrieden, daß er sein Ziel erreicht hatte. Jetzt brauchte er nur noch die Katze aus dem Sack zu lassen, dann war er die Geschichte los.

»Die Story trägt die Überschrift ›Blondine unter Banditen‹ oder ›Wie mache ich Karriere?‹«, begann Juden.

Ich leerte mein Glas. »Ersparen Sie sich die Witze«, unterbrach ich ihn. »Mich interessieren nur Tatsachen. Falls ich lachen will, kann ich mir Bob Hope anschauen.«

»Vor zwei Tagen kam ein Bursche namens Hamish Shumway zu Maddox«, fuhr Juden fort. »Ihm ist die Tochter abhanden gekommen. Hier, aus Mexiko-Stadt, hat er das letzte Mal etwas von ihr gehört. Sie scheint sich in Luft aufgelöst zu haben. Shumway glaubt, daß sie entführt wurde, und jetzt will er, daß Sie das Mädchen finden.«

»Und weiter? Wie soll ich das anstellen?«

»Sie einfach suchen und finden«, erklärte Juden geduldig.

»Sehr witzig. Erinnern Sie mich zu lachen, wenn wir uns das nächste Mal treffen. Wie lautet also der genaue Auftrag?«

»Fangen Sie nicht mit der Tour an, Millan.« Judens Gesicht ließ mich an ein Stück gefrorenes Ochsenfleisch denken. »Maddox möchte, daß Sie das Mädchen finden, das ist alles.«

»Was? Ich soll ganz Mexiko nach einer Frau abklappern, die so blöd ist, einfach spurlos zu verschwinden?« Das darf doch nicht wahr sein, dachte ich.

»So ungefähr. Mir ist egal, wie Sie das anstellen. Hauptsache, Sie finden sie.«

»So, Ihnen ist das egal.«

»Völlig egal.«

»Wie liebenswürdig.« Verdrossen starrte ich ihn an. »Warum schneiden Sie mir nicht gleich die Kehle durch und ersparen sich dadurch viel Zeit und Geld?«

»Unsinn! Jetzt hören Sie mir erst einmal zu. So aussichtslos ist das nämlich gar nicht. Die Storys, die Sie mir kürzlich abgeliefert haben, die bringen jedenfalls sogar einen Hund zum Kotzen.«

»Was kann ich dafür, wenn Ihr Hund einen schwachen Magen hat?«

»Okay, vergessen Sie das mit dem Hund. Maddox übernimmt Ihre Spesen. Außerdem hat er den Knüller bereits im Kopf. Das gibt einen sensationellen Zeitungsbericht! Überlegen Sie doch mal. Ein verzweifelter alter Mann kommt völlig mittellos in die Redaktion des *New York Reporter* und bittet um Hilfe der Presse. Seine Tochter ist spurlos verschwunden, und so hofft er, daß man ihn bei der Suche nach ihr unterstützt. Und was tun die bei der Zeitung?«

»Sie schlagen dem Alten die Zähne ein, schmeißen ihn in den Liftschacht und ziehen ihm vorher die Socken aus, um für Maddox daraus ein Paar Fäustlinge zu machen«, knurrte ich.

»Die bei der Zeitung sagen: ›Klar, Bruder, wir helfen dir‹«, verbesserte mich Juden mit zurechtweisendem Blick. »Sie setzen die Story und ein Foto des Mädchens ganz groß auf die Titelseite und bringen auch das Bild des alten Mannes, um zu beweisen, daß es sich um keinen Schwindel handelt: ›Blondes Mädchen durch mexikanische Banditen entführt. 25 000 Dollar Belohnung. Vater der Vermißten gramgebeugt. *New York Reporter* startet weltweite Suche!‹ Begreifen Sie jetzt, Millan?« meinte Juden. »Sie finden das Mädchen, schreiben einen Bericht und bringen es nach New York zurück. Dort arrangiert es Maddox, daß Sie das Mädel dem Vater in aller Öffentlichkeit übergeben können, und der *New York Reporter* steckt die allgemeine Anerkennung ein. Gut ausgedacht, nicht?«

»Nun ist der arme alte Maddox also völlig übergeschnappt.« Traurig schüttelte ich den Kopf. »Kein Wunder. Bei dem waren ja schon immer ein paar Schrauben locker. Was sagt Mrs. Maddox dazu? Das muß ein ordentlicher Schock für sie sein. Und erst für die Tochter, für das nette Ding mit dem Silberblick und den Pickeln. Würde mich interessieren, ob einer ihrer Busenfreunde sich überhaupt schon mal länger mit ihr unterhalten hat.«

Juden leerte sein Glas und zündete sich eine Zigarre an. »Millan, eines ist klar, Sie können soviel Witze reißen wie Sie wollen, aber Sie haben keine Wahl. Wenn Sie das Mädchen nicht innerhalb einer Woche gefunden haben, läßt Maddox Ihnen sagen, können Sie zukünftig für andere oder überhaupt nicht mehr arbeiten.«

»So, das läßt er mir sagen, der Pavian?« Ich richtete mich im Stuhl auf. »Dann erklären Sie ihm, was dann mit seinem Bombenjob geschieht. Falls er glaubt, er könne mir drohen, irrt er sich. Wenn ich will, kann ich mir in meinem Beruf überall die Rosinen rauspicken. Ich brauche nicht mal nachfragen, sondern mich nur in irgendeiner Redaktion blicken lassen, und schon hätte ich Aufträge in der Tasche. Maddox! Jeder weiß, was für eine Ratte er ist. Mich rauswerfen wollen! Daß ich nicht lache! Einen mit meinen Fähigkeiten treibt er nicht so schnell auf. Aber wo zum Teufel finde ich dieses Mädchen?«

»So schwierig dürfte das nicht sein.« Juden lächelte. »Ich habe von ihr ein Foto. Sie fährt einen großen, dunkelgrünen Cadillac, ist von Beruf Zauberkünstlerin und bildhübsch. Sie heißt Myra Shumway, und aus dieser Stadt hat man zum letztenmal etwas von ihr gehört.«

»Hören Sie, P. J.«, murrte ich, »in New York muß es Hunderte von verschwundenen Mädchen geben. Warum suchen wir nicht nach einer von denen? Ich habe Sehnsucht nach dem Broadway.«

»Tut mir leid, Millan. Stellen Sie sich lieber auf diesen Job ein. Die Geschichte prangt bereits heute morgen auf der Titelseite.«

Widerwillig zog ich mein Notizbuch heraus. »Okay, fangen wir an. Name: Myra Shumway. Als was, sagten Sie, arbeitet sie?«

»Zauberkünstlerin«, antwortete Juden mit breitem Lächeln. »Ungewöhnlich, nicht? Sie arbeitete mit ihrem Vater in allen möglichen Kabaretts, bis die beiden sich zerstritten und sie sich selbständig machte. Zuletzt trat sie, soviel ich weiß, in Nacht-clubs auf. Ihr Pa meint, sie leiste Ausgezeichnetes in ihrem Job.«

»Was Eltern von ihren Kindern behaupten, glaube ich grundsätzlich nicht.« Ich notierte noch ein paar Sachen, dann steckte ich das Notizbuch wieder ein. »Wieso glaubt Maddox, sie sei von Banditen entführt worden?«

Juden zuckte mit den Schultern. »So hat er sich das ausge-dacht, und Sie müssen sich danach richten. Wenn diese Myra also nicht von den Banditen gekidnappt wurde, müssen Sie da-für sorgen, daß sie's noch tun. Vielleicht kennen Sie einen von den zahmeren, der den Job für ein paar Kröten übernimmt?«

»Was soll das heißen?« Verblüfft starrte ich ihn an.

»Nun ja, vielleicht amüsiert sie sich nur irgendwo und ver-gaß, das ihrem alten Herrn zu schreiben. Die Geschichte darf kein Flop werden, verstanden? Wenn Myra nicht entführt wurde, dann müssen Sie das noch organisieren. Wie so was ab-laufen soll, wissen Sie wohl selbst.«

Ich betrachtete ihn nachdenklich. »Wenn das wirklich Ihr Ernst ist, P. J., sollten Sie mal zum Psychiater gehen.«

»Dazu habe ich keine Veranlassung, Sie aber bekommen Schwierigkeiten in Ihrem Job, wenn Sie jetzt nicht aktiv werden – und zwar rasch.«

»Meinen Sie tatsächlich, daß ich mir so einen verdammten Mexikaner kaufen und diese Myra entführen lassen soll, wenn die sich irgendwo nur eine schöne Zeit macht?«

»Genau das. So schwierig dürfte das nicht sein. Die Unko-sten übernehmen wir.«

»Nicht nur das, sondern Sie werden mir den Auftrag auch noch schriftlich bestätigen. Mich erwartet nämlich eine saftige Strafe, wenn ich bei der Sache erwischt werde.«

»Auf die Bestätigung müssen Sie verzichten, aber schließlich sind dabei 25 000 Dollar Belohnung zu gewinnen.«

»Heißt das, die könnte ich vielleicht einstecken?« Mein In-teresse erwachte.

Juden kniff ein Auge zusammen. »Wenn Sie sie einfordern. Maddox erwartet natürlich, daß Sie das nicht tun. Wir könnten ihn aber bei der öffentlichen Übergabe überrumpeln. Da kann er sie Ihnen wahrscheinlich schlecht verweigern.«

Und ich hatte Juden für einen falschen Hund gehalten! Dabei entpuppte er sich als wahrer Kumpel.

»Das werde ich mir merken. Noch einen Drink?«

Juden lehnte ab. »Ich mach' mich jetzt auf den Heimweg. Meine Sprößlinge haben ihren Ausgehtag. Da muß ich mich ein bißchen um das Kindermädchen kümmern.«

Ich lachte, denn das kostete mich ja nichts. Wenn der Knabe sich für besonders witzig hielt, stand es mir nicht zu, ihn zu entmutigen.

»Also gut, ich suche Myra Shumway«, sagte ich. »Was für ein Name! Und wo ist ihr Foto?«

Er zog ein Pressefoto aus der Tasche und warf es auf den Tisch. »Wenn im Schlafzimmer dieser Dame ein Feuer entstünde, bräuchte ein Feuerwehrmann wohl fünf Stunden, um es zu löschen, und man benötigte dann fünf kräftige Männer, ihn da rauszuholen.«

Ich nahm das Bild vom Tisch, und als ich wieder Atem holen konnte, war Juden gegangen.

ZWEITES KAPITEL

Bevor ich fortfahre, möchte ich Ihnen berichten, wie sich Myra Shumway, Doktor Ansell und Sam Bogle kennenlernten. Da ich nicht dabei war, gebe ich die Geschichte so wieder, wie sie mir dann später erzählt wurde.

Doc Ansell und Bogle saßen in Lorencillos Café. Sind Sie schon einmal dort gewesen? Es ist ein kleines Lokal, versteckt hinter enorm dicken Steinmauern. Der Patio sei ein exzellentes Beispiel altmexikanischen Stils, heißt es im Stadtführer. Ihnen sagt das nichts? Mir auch nicht. Also, was soll's!

In der Mitte des Patios befindet sich ein aus Stein gehauener Brunnen. Rundherum stehen eiserne Tische und Bänke. Uralte Zypressen und das Blätterwerk einiger Bananenbäume überdachen das Ganze. Man kann sich vorstellen, was für ein hübscher Ort das ist. Der Veranda entlang hängen eine Anzahl hölzerner Käfige mit schillernd bunten Vögeln. Das ist ein Gezwitschere und Gekrächze! Und wenn man neu in diesem Land ist, begeistert einen natürlich dieses typisch mexikanische Ambiente.

Na schön, diese zwei Burschen, Doc Ansell und Bogle, saßen also an einem der Tische und tranken lauwarmes Bier, da schaute Bogle auf und sah draußen auf dem Gehsteig hinter einer Gruppe Indios plötzlich eine dotterfarbene Blondine auftauchen. Nur einen kurzen Blick konnte er auf sie werfen, da verschwand sie schon wieder in der Menge.

»Sam!« mahnte Doc Ansell. »Frauen sind Gift! Wie oft soll ich dir das sagen?«

»War die echt?« Eifrig stand Bogle auf und spähte hinaus ins Dämmerlicht. »Habe ich wirklich gesehen, was ich sah?«

Doc Ansell legte Messer und Gabel nieder. Er war ein dürres Männlein mit störrischem weißem Haarschopf. »Du mußt auf deine Drüsen achtgeben. Alles zu seiner Zeit.«

»Alles zu seiner Zeit! Das trompetest du mir ständig ins Ohr. Wann hab' ich denn mal Zeit? Und wann bleiben wir endlich mal lange genug an einem Ort, um was zu unternehmen?« beschwerte sich Bogle und setzte sich wieder.

»Das Dumme bei dir ist . . .«, begann Ansell, aber Bogle winkte ab.

»Ich weiß schon, was jetzt kommt.« Mißmutig schob er seinen Teller weg. »Ich würde mir das alles nur einbilden, sagst du ja immer. Aber wie lange hocken wir noch in diesem Land herum? Mir stinkt es. Wieso können wir nicht einfach einen Zug schnappen und abdampfen? Möchtest du zur Abwechslung nicht mal ein bißchen Chicagoer Luft schnuppern?«

»Für dich dürfte es noch zu früh für eine Heimkehr sein«, erinnerte Ansell ihn sanft.

Bogle krauste die Stirn. Er war ein großer, kräftiger Mann und paßte kaum in den schmuddeligen Drillichanzug. Früher, während der Prohibitionszeit, gehörte er zu den Revolverhelden von Little Bernie. Nach deren Aufhebung ging er nach Chicago und lebte von Raubüberfällen, war aber nicht clever genug, um etwas Größeres zu organisieren, damit sich das auszahlte. Eines Nachts wurde er in eine Schießerei mit der Polizei verwickelt. Dabei wurden zwei Polizisten verletzt, und so türmte Bogle. Er gönnte sich keine Pause, bis er Mexiko erreicht hatte. Hier fühlte er sich verhältnismäßig sicher und arbeitete jetzt schon sechs Monate für Doc Ansell, der nicht rezeptpflichtige Heilmittel an die Maya-Indianer verkaufte.

Ansell und Bogle bildeten ein ungewöhnliches Paar, denn jeder gehörte einer anderen Welt an. Bogle sehnte sich nach den Fleischtöpfen des Lebens. Nach Chicago empfand er Mexiko als zum Sterben langweilig. Er haßte das Essen, den Staub und die Hitze. Die Indiofrauen stießen ihn ab, und die kleine Kolonie amerikanischer und englischer Frauen war aus gesellschaftlichen wie aus finanziellen Gründen für ihn unerreichbar. Selbst der Whisky war hier schlecht. Mexiko war Bogle fast ebenso verhaßt wie die Polizei.

Ansell dagegen fühlte sich in jedem Land wohl. Solange er genügend Leichtgläubige für seine verschiedenen Mittelchen fand, war ihm gleichgültig, in welcher Gegend er lebte.

Bevor er Bogle zum Partner nahm, bekam er häufig Schwierigkeiten mit seinen Patienten. Manchmal hielt er es sogar für zu gefährlich, einen Ort ein zweites Mal zu besuchen. Mit Bogle an der Seite hatte Ansell keine Hemmungen, sich mit wutentbrannten Patienten auseinanderzusetzen oder den Slum-Vierteln der verschiedenen Städte einen Besuch abzustatten. Wie Little Bernie bereits entdeckt hatte, war Bogle der ideale Leibwächter. Ein Blick auf dessen harte Fäuste und die kalten kleinen Augen kühlte jedes aufbrausende Temperament ab.

Doc Ansell und Bogle arbeiteten also schon sechs Monate zusammen. Sie zogen von Ort zu Ort und füllten vormittags gefärbtes Wasser in vielversprechend aussehende grüne Flaschen, die sie dann nachmittags an die Leute verkauften, die so dumm waren, den zungenfertigen Anpreisungen zu lauschen.

Ansell war der Kopf und Bogle der zupackende Teil des Geschäftes. Es war Bogle, der das kleine Zelt und die wackelige

Plattform aufstellte, und wiederum Bogle, der die grünen Flaschen in Reih und Glied ausrichtete und eine kleine Trommel schlug, um jedermanns Aufmerksamkeit zu erwerben. Das mit der Trommel war Bogles Idee. In einigen Gegenden erhöhten sie damit beträchtlich den Gewinn.

Ansell hatte seinen Platz im Zelt und paffte dort seine abgebissene Pfeife, bis ihn Bogles heiser geflüstertes: »Da wartet wieder ein Haufen Idioten« auf die Beine brachte. Würdevoll trat er dann vor das Zelt, in den Augen fanatische Überzeugungskraft, und zog das staunende Publikum in seinen Bann.

Bogle mußte seine gigantischen Muskeln spielen lassen, die natürlich ein Resultat von Doktor Ansells Potenztabletten (fünfzig Stück für drei Dollar) waren. Dann wurden die Bilder einer erbärmlich mageren Frau zum Herumreichen ausgeteilt, zusammen mit einem anderen Bild derselben Frau, auf dem sie nunmehr eine Figur vorzeigen konnte, daß die Indios große Augen bekamen. In diesem Fall war es Doktor Ansells »Büstenentwickler« (eine Schachtel mit fünfundzwanzig Pillen für zwei Dollar fünfzig), die diese höchst ansehnliche Veränderung erzielte.

Ansell und Bogle zogen Lorencillos Café jedem anderen Speiselokal vor. Nur wenige Amerikaner verirrten sich hierher, und so konnte man hier nach dem Trubel und Lärm der City einen geruhsamen Abend verbringen.

Bogle schwenkte den Rest Bier in seinem Glas hin und her. »Die Bullen haben mich längst vergessen. Es ist ja fast ein Jahr, also viel Zeit vergangen. Außerdem hast du ja nicht gesehen, was für Visagen die Kerle hatten. Ich hab' dem Staat einen Dienst erwiesen.«

»Sei vernünftig«, erwiderte Ansell. »Wovon sollen wir dort leben? Glaubst du etwa, daß in Chicago jemand meine Potenztabletten kauft?«

Bogle hörte ihm nicht länger zu. Mit Augen so groß wie Orgelregister glotzte er die dotterfarbene Blondine an, die eben aus dem Café trat, an der Treppe zum Patio stehenblieb und sich umsah. Alle Tische waren besetzt.

»Donnerwetter!« Bogle umklammerte die Tischplatte. »Die mußt du dir ansehen!«

Ansell seufzte. »Zweifellos ein hübscher Anblick. Erst würde sie dir übers Haar streicheln und dir zum Schluß den Skalp abziehen. Die ist eine Nummer zu groß für dich.«

Aber Bogle hörte nicht zu. »Heiliger Moses!« platzte er heraus. »Doc, die hat niemanden dabei! Die mußt du für uns an Land ziehen, bevor so ein Ölkopf sie uns wegschnappt.«

Skeptisch musterte Ansell die Frau. Sie war zierlich. Ihr schmales hartes Gesicht hatte Charakter. Augen und Mund waren groß, aber die Nase, so entschied Ansell, war der attraktivste Gesichtsteil. Das seidig blonde Haar fiel ihr bis auf die Schultern und schimmerte wie poliertes Kupfer im harten Licht der Acetylengaslampen. Sie trug eine dunkelrote Bluse zu einem engen weißen Schneiderkostüm.

Mit vor Eifer krächzender Stimme flüsterte Bogle Ansell ins Ohr: »Nun mach schon, Doc! Haste schon mal solche Kurven gesehen? Wie ein Blaudruck von Coney Islands Berg-und-Tal-Bahn.«

Zwei flottgekleidete Spanier, die in ihrer Nähe saßen, betrachteten die Frau mit ähnlichem Interesse. Seitdem sie sie bemerkt hatten, tuschelten sie miteinander. Jetzt stieß einer seinen Stuhl zurück und stand auf.

Bogle drehte sich zu ihnen um. »Macht euch keinen Ärger, Freunde«, warnte er. »Zügelt euer Temperament. Die Dame ist mit mir verabredet – also laßt die Finger von ihr!«

Der Spanier starrte Bogle verdutzt an, zögerte und setzte sich wieder.

Ansell, der eventuellen Schwierigkeiten zuvorkommen wollte, erhob sich.

»Denk an deinen Blutdruck«, zischte er.

»Zum Teufel mit meinem Blutdruck! Hole die Frau her, bevor ich mir die Fingergelenke auskugele!«

Ein wenig befangen näherte Ansell sich der Frau. Alle im Patio beobachteten ihn.

Die Frau stand gegen das Verandageländer gelehnt und sah

ihn ebenfalls an. Sie blickte wachsam, aber freundlich. Als er vor ihr stehenblieb, lächelte sie plötzlich. Unter ihren vollen roten Lippen blitzten weiße Zähne.

Ihr Lächeln überraschte Ansell.

»Hallo«, sagte sie.

»Verzeihen Sie«, begann Ansell so höflich, wie er nur konnte. »Erwarten Sie jemanden? Das ist nicht der richtige Ort für eine junge Frau ohne Begleitung.«

»Das steht auch im Stadtführer«, bestätigte sie verdrossen. »Aber ich komme seit einer Woche öfter hierher, ohne daß mich jemand belästigt hat. Das Café ist offenbar besser als sein Ruf.«

Ansell kniff ein Auge zusammen. »Trotzdem wollte ich Ihnen anbieten, mir Gesellschaft zu leisten, bis Ihr Begleiter kommt.«

Sie lachte. Es war ein volles, wohlklingendes und ansteckendes Lachen mit einer Spur Verwegenheit, das selbst Ansells dünnes Blut in Wallung brachte. Er sah sie prüfend an.

»Wie kommen Sie darauf, Opa, daß ich auf einen Beschützer warte? Meinen Sie nicht, daß ich auf mich allein aufpassen könnte?«

Was selten vorkam, Ansell wurde verlegen. »Entschuldigen Sie«, antwortete er steif. »Sie sind offensichtlich selbständiger, als ich annahm. Nehmen Sie's mir nicht übel.«

»Seien Sie nicht gleich beleidigt!« sagte sie schnell. »Wir können doch darüber sprechen. Stanley und Livingstone haben sich schließlich auch erst kennenlernen müssen. Kann es sein, daß Ihr junger Freund scharf auf mich ist, oder starrt er jeden so gierig an?« Sie stieg die Stufen hinunter und steuerte auf Bogles Tisch zu.

Verwirrt zuckte Ansell die Achseln und folgte ihr.

Bogle hatte die Szene erstaunt beobachtet. Als sie jetzt vor ihm stehen blieb, hockte er einfach da und starrte sie blinzelnd an.

»Brauchen Sie vielleicht Nadel und Faden?« fragte sie. Mit ihren schlanken braunen Händen stützte sie sich, in seine Richtung vorgebeugt, auf den Tisch.

Bogles Augen wurden so groß wie Pingpongbälle. »Eh?«

»Vergessen Sie's«, sagte sie und setzte sich. »Ich dachte nur, daß Sie vielleicht einen Knopf verloren haben, weil Sie zu meiner Begrüßung nicht aufstehen. Aber Sie sind wohl für die moderne Art.« Sie schlug die Beine übereinander, zupfte den Rock über ein nylonbestrumpftes Knie und betrachtete ihn mit zur Seite geneigtem Kopf. »Jetzt kann ich mir ein besseres Bild von Ihnen machen. Aus der Entfernung täuschen Sie.« Sie lächelte. »Lassen Sie mich raten. Mit Sicherheit Chicago. Und ich wette, Sie haben dort für ein hohes Tier den Gorilla gespielt. Hab' ich recht?«

Bogle schaute verdutzt. Hilflos wandte er sich zu Ansell.

»Ich kann nichts dafür.« Die Geschichte machte Ansell allmählich Spaß. »Das war deine Idee. Du hast dir das eingebrockt.«

»Wie interessant«, fuhr die Blondine weiter. »Das war also seine Idee? So auf Anhieb hätte ich ihn ja nicht für einen großen Denker gehalten. Heutzutage kann man aber nicht mehr nach dem Äußeren gehen, stimmt's?«

»Wenn Sie meinen«, sagte Ansell ein wenig verunsichert.

»Ja, das meine ich.« Kühl schaute sie auf Bogles verwundertes Gesicht. »Neigen Sie zu Leistenbruch?«

Bogles Miene kam in Bewegung. »Ich verstehe nur Bahnhof«, brummte er.

»Vielleicht bin ich zu persönlich«, sagte sie. »Lassen Sie mich's mal so ausdrücken: In der Tertiärepoche lebte der Mann, oder sagen wir mal der prähistorische Mann, auf Bäumen. In der Miozänperiode verlor er seinen Schwanz, nahm einen aufrechten Gang an und neigte daraufhin zum Leistenbruch. Ich wollte mich nur vergewissern, wie weit Sie in Ihrer Entwicklung gediehen sind. Machen Sie sich nichts daraus. Ich war nur neugierig.«

Dunkles Rot überzog Bogles Gesicht. In seinen Augen blitzte es böse. »Aha, Sie machen auf geistreich. In Chicago gab's viele von der Sorte. Aber man brauchte sie nur in eine Ecke zu drängen und schon schrien sie um Hilfe.«

»Ich bin sehr wählerisch, wen ich in Ecken mitnehme«, gab sie zurück, dann schenkte sie ihm ein Lächeln. »Nicht böse sein. Ich habe nur Spaß gemacht. Wie heißen Sie?«

Bogle musterte sie mißtrauisch, doch ihr offenes Lächeln entwaffnete ihn. »Sam Bogle«, antwortete er. »Hören Sie, Schwester . . .«

»Ein interessanter Name«, fiel sie ihm ins Wort. »War Ihre Mutter Mrs. Bogle?«

Bogle krauste die Stirn. »Klar! Wieso? Wer sollte sie denn sonst sein?«

»Ich wollte nur sicher sein. Es gibt oft die verrücktesten Dinge.«

»Aber nicht bei mir«, erwiderte Bogle gereizt. »Also setzen Sie anderen keine Flöhe in den Kopf.«

Sie lachte und zog die Schultern hoch. »Vergessen Sie's. Man darf mich nicht so ernst nehmen.« Dann wandte sie sich zu Ansell. »Und wer sind Sie?«

Ansell stellte sich vor.

»Ein richtiger Arzt?« Offensichtlich war sie beeindruckt. »Ich heiße Myra Shumway. Freut mich, Sie kennenzulernen, Mr. Bogle und Doc Ansell.«

Bogle lehnte sich zurück. »Ich kapiere das alles nicht. Sie muß nicht ganz dicht sein.«

»Seien Sie kein Flegel, Bogle«, wies ihn Myra zurecht. »Sie müssen nicht gleich grob werden, nur weil Sie meine Ausdrucksart nicht begreifen. Wer stiftet mir einen Drink?«

»Was möchten Sie denn haben?« Auch Ansell kam nicht mehr ganz mit.

»Einen Scotch, bitte.«

Ansell winkte dem Kellner. »Da wir uns nun kennengelernt haben, würde mich interessieren, was Sie hier tun?«

Der Kellner kam und nahm die Bestellung entgegen. Offenbar kannte er Myra Shumway. Die beiden nickten einander lächelnd zu.

Nachdem er sich entfernt hatte, holte Myra ein silbernes Zigarettenetui aus ihrer Handtasche. Sie zündete sich eine Zigarette an, lehnte sich nach hinten und schaute die beiden Männer nachdenklich an. »Ob das wirklich interessant für Sie ist? Na ja, ich nehme Ihre Gastfreundschaft jedenfalls gern an. Geheimnisse habe ich sowieso nicht. Bis gestern arbeitete ich als Auslandskorrespondentin für die *Chicago News*. Die haben mich wie einen abgenutzten Handschuh rausgeschmissen.« Sie wandte sich zu Bogle. »Sehe ich vielleicht wie ein abgenutzter Handschuh aus?«

»Nicht gerade wie ein Handschuh.«

Das mußte Myra erst verdauen. »Ich habe das wohl herausgefordert«, sagte sie zu Ansell. »Ich hab' ihm zuviel geredet.«

Bogle war mit sich zufrieden. »Ich kann ja auch mal 'nen Witz machen, Schwester.«

Sie nickte. »Natürlich. Trotzdem würde ich's lassen.«

»Okay, okay«, lenkte Bogle ein. »Ich will mich nicht mit Ihnen anlegen. Ich kenne die Zeitungsfritzen. Die speien Gift, wenn man sie verärgert. Einmal habe ich einen von denen nicht mit dem versprochenen Kasten Whisky versorgt. Menschenskind, war der sauer! Der kleckste doch meine Visage mitten auf die Titelseite der nächsten Ausgabe und hat mich damit gehörig in die Klemme gebracht.« Bogle kratzte sich am Kopf. »Das ist natürlich lange her. Aber die Kerle haben sich nicht geändert.«

»Das kann man sagen«, bestätigte Myra. »Mein Boß züchtet Seidenraupen. Sie können sich nicht vorstellen, wie viele Frauen hinter dem her sind. Wahrscheinlich denken die, daß sie deswegen auf leichte Art bei ihm Seidenstrümpfe mit abstauben können. Aber das mit den Seidenraupen ist nichts als ein reichlich ätzender Anmach-Gag.«

Der Kellner brachte den Whisky.

»Als ich behauptete, ich sei gegen Seidenraupen allergisch, wollte er von mir jedenfalls nichts mehr wissen. Deshalb hat er mich wahrscheinlich rausgeworfen.« Myra griff nach ihrem Glas. »Also«, sagte sie, »Whisky ist Gold für die Zähne.«

Auch Bogle und Ansell tranken.

»Sie werden das aber gar nicht alles wissen wollen«, fuhr Myra fort. »Womit verdienen denn Sie Ihr Geld?«

Bedächtig spielte Ansell mit seinem Glas. »Ich bin Heilpraktiker. Seit Jahren erforsche ich die Wirkungen der Heilkräuter und weiß einige bemerkenswerte Mittel herzustellen. Bogle ist mein Assistent.«

Myra sah ihn bewundernd an. »Alle Achtung! Und was sind das für Mittel?«

Der vage Verdacht meldete sich in Ansell, daß Myra Shumway sich über sie lustig machte. Er schaute sie prüfend an, doch ihre Bewunderung erschien durchaus echt.

»Da sind zum Beispiel meine Potenztabletten«, begann er. »Wenn Sie Bogle gesehen hätten, bevor er mit diesen Tabletten eine Kur gemacht hat, hätten Sie niemals geglaubt, daß er heute noch leben würde. Er war schwächlich und depressiv . . .«

Myra musterte Bogle nun mit Interesse. Er grinste einfältig. »Es ist unverkennbar«, meinte sie, »daß er sich seine täglichen Rationen nunmehr mit Genuß zu Gemüte führt. Eine gute Reklame für Sie, Doc.«

Ansell nickte gewichtig. Bevor er weitersprach, wechselte er mit Bogle einen Blick. »Dann biete ich noch einen Büstenentwickler an, der für sich allein schon eine sensationelle Erfindung ist. Er hat Hunderte von Frauen glücklich gemacht.«

»Psychologisch gesehen, meinen Sie?« warf Myra ein.

»He, Doc? Was fragt sie da?« Bogle konnte nicht folgen.

»In gewisser Weise«, antwortete Ansell, ohne auf seinen Assistenten zu achten. »Eine gute Figur ist für alle Frauen in der Welt schließlich ein Pluspunkt. Ich kann begeisterte Dankesschreiben vorweisen.«

Bogle lehnte sich vor. »Sie sollten mal eine Schachtel ausprobieren, Schwester. Zwei Dollar fünfzig. Das ist Dynamit!«

»Na hör mal, Bogle«, warf Ansell hastig ein. »Sehr höflich ist das nicht. Miss – eh – Shumway hat doch eine hübsche Figur.«

Bogle schnaufte verächtlich. »Ihr Boß hat sie aber gefeuert.«

»Das hat doch nichts damit zu tun«, wies Ansell ihn zurecht. »Ich will zwar nicht behaupten, daß es völlig unwichtig ist, aber ich denke, daß Miss Shumway mit ihrer Figur recht zufrieden sein kann.«

Verwirrt schaute Myra von Ansell zu Bogle. »Stimmt. Bis jetzt habe ich sie für ziemlich attraktiv gehalten.«

»Man soll nie zu selbstbewußt sein«, warf Bogle ein. »Heutzutage darf man sich mit nichts zufriedengeben. Fortschritt, das ist gefragt. Überlegen Sie mal, wie es mit der Entwicklung überall vorangeht.« Er zog eine Pillenschachtel aus der Tasche und knallte sie vor Myra auf den Tisch. »Man sollte nicht zu kleinlich planen, Schwester. Denken Sie nur an die Pyramiden. Wer die gebaut hat, hatte wirklich Großes im Sinn. Eine Schachtel von diesen Dingern, und Sie haben den anderen was voraus. Die fördern das Selbstvertrauen. Damit setzen Sie garantiert alle Rivalinnen ins Hintertreffen. Wenn Sie dadurch die gewünschte Figur erreicht haben, können Sie sogar Schuppen haben und sind trotzdem voll im Rennen. Das alles bewirkt dieses Mittel. So läppische Seidenraupen können Sie dann nicht mehr um Ihren Job bringen. Werden Sie figurbewußt! Nehmen Sie die Schachtel. Sie bekommen sie für zwei Dollar. Die fünfzig Cent gebe ich Ihnen Rabatt, weil Sie mir so gut gefallen.«

Myra schüttelte den Kopf. »Ich will die Pillen aber nicht.«

»So denken Sie jetzt.« Bogle war nicht zu bremsen. »Weil Sie jung sind. Heben Sie sie auf. Die werden nicht schlecht. Vielleicht sehen wir uns ja nie wieder. Und Sie werden schließlich mal älter. Warten Sie, bis einer mal nichts mehr von Ihnen wissen will, dann sind Sie froh, daß Sie das Zeug gekauft haben. Heben Sie's für Ihre alten Tage auf, Schwester, wenn die Aussichten nicht mehr so rosig sind!«

Myra blickte zu Ansell. »Können Sie Ihrem Superverkäufer nicht mal den Hahn abdrehen?« sagte sie leicht gereizt.

»Bedränge Miss Shumway nicht so«, kam Ansell ihr darauf zu Hilfe. »Sie ist natürlich beeindruckt, wenn sie aber nicht will . . .«

»Ach was«, brummte Bogle. »Sie braucht die Tabletten. Später ist sie dann mal dankbar dafür. Ich weiß, was ich sage. Denk an die Frau in Vera Cruz. Die war nachher auch heilfroh, oder? Erst hat sie mich verhöhnt. Aber wie hat sie sich dann nach einem Monat explosivartig entwickelt! Sag selbst, Doc, war das nicht eine Sensation? Ein Hochhausabbruch ist nichts dagegen.«

Myra holte zwei Dollar aus der Tasche und schob sie Bogle zu. »Ich gebe mich geschlagen«, sagte sie und steckte die Pillenschachtel ein.

Mit triumphierendem Lächeln setzte Bogle sich zurück. Das war sein erster selbständiger Verkaufsversuch gewesen, und es hatte geklappt. Auch Ansell schmunzelte zufrieden.

Myra schaute von einem zum anderen. »Wenn Sie mich schon so drankriegen, können mir die naiven Indios nur leid tun.«

»Aber Sie werden's mir danken«, meinte Bogle mit Nachdruck. Verlasse nur einen zufriedenen Kunden, hieß die Regel, und er fügte hinzu: »Bestimmt denken Sie gern an diesen Tag zurück.«

»Okay, reden wir jetzt nicht mehr von meiner Figur«, bat Myra. »Sonst werd' ich noch verlegen.« In ihren Augen blitzte es entschlossen auf. Sie beugte sich vor, um ihr Glas zu nehmen, stieß dabei an Ansells Bier und schüttete es ihm in den Schoß.

Sofort war sie auf den Füßen, zog das Taschentuch aus seiner Brusttasche und versuchte, das Gesicht rot vor Verlegenheit, ihn trockenzureiben.

»Entschuldigen Sie«, stammelte sie. »Sonst bin ich nicht so ungeschickt. Habe ich nun Ihren Anzug ruiniert?«

Ansell nahm ihr das Taschentuch ab und rieb selbst. »So was kann passieren.« Myra tat ihm leid. »Wegen der Kleinigkeit brauchen Sie sich nicht aufzuregen.«

Rasch drehte sie sich zu Bogle um. »Haben Sie auch was abbekommen?« Sie befühlte seine Jacke. »Nein, alles trocken.« Und wieder zu Ansell gewandt: »Vergeben Sie mir noch mal?«

»Selbstverständlich.« Ansell nahm wieder Platz.

Myra hob die Hand an die Nase und schnitt eine Grimasse. »Entschuldigen Sie, ich muß mir die Hände waschen. Sie stinken nach Bier.« Ein strahlendes Lächeln für beide, und sie verschwand im Café.

Bogle schaute ihr nach. »Was hältst du von ihr, Doc? Erst tut sie so gescheit, und dann geht sie mir wie die dümmste Eingeborene auf den Leim. Glaubst du, da stimmt was nicht?«

Ansell fühlte sich überfragt. »Ich weiß es nicht«, gab er ehrlich zu. »Eigentlich läuft ein so hübsches Ding nicht allein herum. Das macht mich mißtrauisch. Sie ist zu perfekt, um wahr zu sein.«

»Mir ist jedenfalls der Appetit auf das Weibsbild vergangen. Die hat ja 'ne Zunge so scharf wie ein Rasiermesser! Wir sollten verduften, bevor sie zurückkommt. Ich kenne den Typ. Wenn die einem Knaben mit Seidenraupen den Laufpaß gegeben hat, bandelt sie doch nicht mit mir an.«

Ansell winkte dem Kellner. »Du machst dich, Bogle«, lobte er. »Früher konnte dich jede gutaussehende Frau um den Finger wickeln. Außerdem hast du recht. Ich finde auch, daß wir gehen sollten. Es wartet sowieso Arbeit auf uns.« Er suchte nach seinem Portemonnaie. »Dieses Mädchen kann sehr gut auf sich selbst aufpas . . .« Plötzlich verstummte er und sah Bogle erschrocken an.

»Was ist los?«

»Mein Geld!« stieß Ansell heraus und durchsuchte fieberhaft alle seine Taschen. »Es ist weg.«

»Weg?« wiederholte Bogle verständnislos. »Wieso . . . weg?«, dann verfinsterte sich sein Blick. Er durchsuchte seine eigenen Taschen. Die zwei Dollar, die Myra ihm für die Pillen gegeben, und der Fünfdollarschein, den er gespart hatte, beides war ebenfalls nicht mehr da.

Die zwei Männer starrten einander an.

»Der älteste, abgedroschenste Trick der Welt!« Ansells Stimme zitterte vor Wut. »Und wir fallen darauf rein! Sie schüttet Bier auf meine Hose. Berappt mich meiner paar Kröten, und damit nicht genug, sie klaut auch noch deine.«

»Worauf warten wir noch?« Bogle stieß seinen Stuhl zurück. »Wir müssen uns das Miststück vornehmen.«

Der Kellner kam mit der Rechnung. Ein besorgter Ausdruck erschien in seinen Augen, als er Bogles rotangelaufene Miene bemerkte. »Stimmt etwas nicht, Señores?«

»Wir sind bestohlen worden«, knurrte Bogle. »Lassen Sie mich vorbei!«

»Die Señorita ist aber schon gegangen«, sagte der Kellner. »Noch nie hat sie unsere Gäste ausgeraubt, bevor die ihre Rechnung bezahlt hatten. Das ist wirklich unrecht von ihr.«

Wieder starrten Bogle und Ansell einander an. »Was sagen Sie da?« herrschte Bogle den Kellner an. »Sie kennen die Frau?«

»Aber natürlich.« Der Mann lächelte. »Sie ist bildhübsch und hat sehr geschickte Finger. Sie kommt oft her. Hier kann sie ihre Fähigkeiten immer anbringen.«

Bogle ballte die Fäuste. »Und was ist mit uns? Sie hätten uns warnen müssen!«

Darauf zuckte der Kellner nur entschuldigungheischend mit den Schultern. »Die Señores haben sie doch an den Tisch geholt. Da dachte ich, Sie kennen sie.«

»Gehen wir, Bogle«, sagte Ansell. »Wir haben uns das selbst eingebrockt.«

»Und was ist mit meinem Geld?« fragte der Kellner beunruhigt.

»Das kassieren Sie das nächste Mal von der Blonden ein«, erwiderte Bogle. »Und richten Sie ihr aus, wenn sie mir nochmals in die Finger läuft, nehm' ich sie auseinander und seh nach, wo es bei ihr tickt.«

Das Gesicht des Kellners färbte sich dunkel. »Und wenn sie nicht wiederkommt, Señor, habe ich das Nachsehen.«

Sein Blick irritierte Bogle ein bißchen. »Sie sollen dadurch keinen Nachteil haben, Kumpel. Sagen Sie, haben Sie eine Freundin?«

Die Miene des Kellners hellte sich auf. »O ja, um die kann mich jeder beneiden. Sie ist einmalig.«

Bogle zog eine Pillenschachtel heraus und drückte sie dem Mann in die Hand. »Damit sich das nie ändert«, sagte er. »Das Zeug ist zwei Dollar fünfzig wert. Ich schenke es Ihnen.«

Der Kellner schaute sich die Schachtel an, dann verzog er verächtlich den Mund. »Das hat sie schon mal genommen und mußte darauf ständig rennen.«

»Na und? So hat sie wenigstens was zu tun gehabt.« Damit

schob Bogle den Kellner beiseite und stapfte zusammen mit Ansell quer durch den Patio hinaus auf die Straße.

DRITTES KAPITEL

Bevor ich Ihnen erzähle, wie ich auf Myra Shumway stieß, berichte ich Ihnen wohl erst einmal etwas über ihre Vergangenheit, dann können wir ohne weitere Unterbrechung fortfahren.

Myra Shumway schwindelte, als sie sich Doc Ansell gegenüber als Zeitungskorrespondentin ausgab. Seit fünf Jahren übte sie sich als »Langfinger«. Falls Sie sich nichts darunter vorstellen können, brauchen Sie sich nur an irgendeine Straßenecke zu stellen und kurz ein Bündel Geldscheine sehen zu lassen. Es dauert nicht lange, da hat Ihnen ein Weibsbild das Bündel abgenommen, aber Sie merken das erst viel später. Dieses Weibsbild gehört dann zu den Langfingern, zu den Taschendieben.

Myras Vater war Zauberkünstler und arbeitete ohne großen Profit in kleinen Varietés. Myra zog mit ihm herum.

Als Myra fünfzehn wurde, machte ihr Vater sie zu seiner Assistentin. Myra gefiel das, und sie arbeitete an dem Job. Am Ende des Jahres gab es keinen mehr an der Küste, der sie in punkto Schnelligkeit, Stil und Fingerfertigkeit schlagen konnte. Mit Lichtgeschwindigkeit konnte sie sechs Spielkarten in der Hand verschwinden lassen. Einem Mann konnte sie, ohne daß dieser es bemerkte, die Weste abstreifen. Ebenso seine Hosenträger. Mit anderen Worten, sie war fabelhaft.

Eines Abends ereignete sich dann etwas, was Myras unmittelbare Zukunft verändern sollte. Sie richtete sich nach der Vorstellung zum Heimgehen, da kam ihr Vater mit einem jungen Mann, der sie gern kennenlernen wollte. Es war ein Handelsvertreter, der in die Stadt gekommen war, um ein paar neue Kunden aufzureißen. Abends ging er ins Varieté. Er sah Myra, war von ihrem Aussehen höchst beeindruckt und ging zum Bühnenausgang, um auch sie zu beeindrucken – nämlich mit seinem Geld.

Hamish Shumway erlaubte, daß der junge Mann seine Tochter zum Dinner ausführte. Er wußte, daß seine Tochter nicht auf den Kopf gefallen war und in eventuell heiklen Situationen sich durchaus zu wehren wußte.

Der junge Mann hieß Joe Krumm und schien ein recht sympathischer Bursche zu sein. Myra begleitete ihn in ein Restaurant und bestellte sich dort ein teures Menü. Während des Dinners beging Joe Krumm einen fatalen Fehler. Er ließ Myra das Geld sehen, das er in einem breiten Gürtel um die Taille trug. Noch nie in ihrem Leben hatte Myra so viel Geld gesehen. Er prahlte damit und erzählte ihr, daß er noch jede Menge Zaster auf der Bank habe. So beschloß Myra, ihm einen kleinen Denkzettel zu verpassen und erleichterte ihn um den Gürtel. Noch nie war etwas so leicht gewesen wie das. Als es dann soweit war, daß er die Rechnung bezahlen sollte, suchte er vergeblich nach seinem Geld. Er wurde beinahe ohnmächtig.

Der Geschäftsführer des Restaurants und zwei Kellnerinnen umstanden sie und warteten. Sie sahen schon, wie sich der Lohn für ein kostspieliges Dinner in Luft auflöste.

Myra wurde es mulmig zumute. Alle Leute starrten sie an. Krumm drehte fast durch, und der Geschäftsführer murmelte etwas von Polizei. Aber Myra brachte einfach nicht den Mut auf, die Geldrolle auf den Tisch zu legen und das Ganze für einen Scherz zu erklären.

So saß sie nur da, ihr Gesicht erinnerte an rote Bete, und wünschte, daß der Boden unter ihr aufgehen und sie verschlukken möge.

Nicht eine Sekunde kam es Krumm in den Sinn, daß er einem dummen Schabernack zum Opfer gefallen war. Keiner, außer der Bedienung, war ihm nahe gekommen. Und Myras roter Kopf bewies ihm lediglich, wie peinlich ihr alles war. In der Aufregung kam ihm nicht, daß eine Zauberkünstlerin ja geradezu prädestiniert für solch einen Diebstahl war. Außerdem würde eine so reizende junge Frau wie Myra niemals so etwas tun!

In diesem Moment stand ein älterer Mann auf, der auf der

anderen Seite des Restaurants dinierte, und kam herüber. Ihm war Myra sofort aufgefallen, da er für dotterfarbene Blondinen eine Schwäche hatte. So konnte er diese günstige Gelegenheit nicht vorbeigehen lassen.

Er äußerte ein paar abfällige Worte über aufgeblasene Laffen, die sich einen Sport daraus machten, die Zeche zu prellen, und drückte sein Bedauern darüber aus, daß die junge Dame dadurch einer derart peinlichen Situation ausgesetzt wurde. Dann zückte er eine dicke Brieftasche und bezahlte die Rechnung.

»Draußen steht mein Wagen«, sagte er zu Myra. »Erlauben Sie mir, Sie nach Hause zu bringen? Dieser Bursche hier ist wirklich nicht die richtige Begleitung für ein junges Mädchen wie Sie.«

Myra konnte sich später nicht mehr erinnern, wie sie aus dem Restaurant herausgekommen war. Erst als frische Nachtluft ihr ins Gesicht wehte, während der große Wagen durch die dunklen Straßen brauste, erholte sie sich allmählich von der durchstandenen Angst.

Der schon reifere Knabe stellte sich als Daniel Webster vor und erkundigte sich, wer sie sei. Zwar zählte Myra erst sechzehn, war aber schon viel herumgekommen. Man tingelte nicht ein Jahr lang von Bühne zu Bühne, ohne dabei zu lernen, daß zwei und zwei unweigerlich vier ergibt. Und so erkannte Myra, daß sie mit Daniel Webster noch Schwierigkeiten bekommen würde. Die sieben Dollar hatte er bestimmt nicht nur aus reiner Hilfsbereitschaft bezahlt. Also sagte Myra, sie heiße Rose Carraway und wohne im Denville Hotel, was natürlich ebenfalls eine faustdicke Lüge war.

Weil das Denville Hotel gerade entgegengesetzt von der Richtung lag, in der sie fuhren, konnte Myra dadurch Websters Absichten prüfen. Wenn er anhielt und wendete, hatte sie ihn falsch eingeschätzt. Fuhr er jedoch einfach weiter, dann war klar, daß er sich an sie ranmachen wollte. Er fuhr einfach weiter.

Als Hamish Shumway bewußt wurde, was für eine attraktive Tochter ihm da heranwuchs, hatte er sie in Selbstverteidigung unterrichtet. In seinem Beruf, das war ihm klar, blieb ein junges Mädchen nur attraktiv, solange es mit offenen Augen durchs Leben ging. Myra war ja noch sehr jung, und so hatte er sie über die Realitäten des Lebens aufgeklärt und ihr ein paar wirksame Tricks beigebracht. Mit dem festen Selbstvertrauen, daß sie jeder kommenden Situation gewachsen sei, saß Myra nun neben Webster.

Und Daniel Webster sah keinen Grund, weshalb er nicht bei nächstbester Gelegenheit den Lohn für die beglichene Restaurantrechnung einfordern sollte. Sobald sie die Stadt verlassen hatten, lenkte er den Wagen an den grasbewachsenen Straßenrand und stellte den Motor ab.

Myra war keine Spur nervös. Eher recht gespannt, ob die Tricks, die ihr der Vater vier Jahre hindurch eingebleut hatte, tatsächlich etwas nützten. Als Webster sich vom Lenkrad abwandte und Myra an sich ziehen wollte, holte sie mit einem Arm aus, um Webster mit der Handkante einen Schlag unmittelbar unter die Nase zu versetzen. Tu das nie mit der Faust, hatte der Vater gesagt. Ihre Hand schnellte also mit der vollen Wucht ihrer jugendlichen Kraft auf Webster zu.

Die Handkante landete exakt. Der Schlag brach Websters Oberkiefer, trieb ihm die Tränen in die Augen, und es schossen ihm tausend rotglühende Nadeln durchs Hirn. Er kippte wie ein aufgeblasener Ballon nach hinten.

Rasch öffnete Myra die Tür, kletterte hinaus aufs Gras und lief ohne besondere Hast in die Dunkelheit hinein. Erst nach einigen Minuten – sie blieb stehen und schaute zurück – bemerkte sie, daß sie Websters Brieftasche in der Hand hielt. Sie erinnerte sich nicht, wann sie sie ihm weggenommen hatte. Zurückzugehen und sie ihm wieder zu geben, hielt Myra für unausgesprochen unklug. Die Geste könnte von Webster recht ungnädig aufgenommen werden. Also steckte sie die Brieftasche zu Krumms Geld und startete ihren langen Rückmarsch in die Stadt.

In der Geborgenheit ihres Schlafzimmers durchstöberte Myra Websters Brieftasche und stellte fest, daß ihr der abendliche Ausgang und die Autofahrt vierhundertsiebzig Dollar eingebracht hatten.

In dieser Nacht fand sie keinen Schlaf. Zuviel war zu überdenken. Als kaltes Morgenlicht durch die Jalousien drang, war Myras Plan fertig.

Zum Glück mußten sie an diesem Tag in eine andere Stadt ziehen. So war nicht zu erwarten, daß sie Krumm oder Webster jemals wiedersehen würde. Myra versteckte ihre erste Beute als Taschendiebin in ihrem Strumpfgürtel und half den Eltern beim Packen. So erreichten sie den ersten Zug nach Springville, wo sie als nächstes auftreten sollten.

Noch zwei Jahre arbeitete Myra zusammen mit ihrem Vater, dann packte sie ohne Vorankündigung ihren Koffer und setzte sich ab. Sie hatte kein schlechtes Gewissen, noch fühlte sie Bedauern. Myra Shumway war bereit, ihre Initialen in die Tür des Glücks zu ritzen.

Während der vergangenen zwei Jahre hatte sie lustig weiter gestohlen, vorsichtig, aber konstant. Es war lächerlich leicht gewesen. Und das war das Problem. So einfach zu Geld zu kommen, war eine zu große Versuchung. Alles Wichtige hatte Myra vorausgeplant. Als erstes kaufte sie einen gebrauchten Cadillac. Ihr standen vierzehnhundert Dollar zur Verfügung, und der Wagen hinterließ nicht einmal eine Delle im Geldgürtel.

Der Vater fand von ihr eine kurz und bündig geschriebene Nachricht vor. Sie sei das ärmliche Leben leid, hieß es darin, und er solle sich ihretwegen keine Sorgen machen. Wahrscheinlich würde er das sowieso nicht tun, aber um so mehr wegen seines eigenen Fortkommens ohne ihre Hilfe.

Myra verstaute ihren Koffer hinten im Wagen und fuhr südwärts, möglichst weit weg von den öden Kleinstädten, wo sie aufgetreten waren. Sie hatte von Florida Fotos gesehen, und dorthin wollte sie. Nichts konnte sie mehr davon abhalten.

Die folgenden zwei Jahre lebte sie frei wie ein Vogel. Sie reiste in ihrem Cadillac umher, gelegentlich arbeitete sie in einem Nachtclub, die meiste Zeit aber schaute sie sich das Land an. Ihre Bank waren die Brieftaschen von Gelegenheitsbekanntschaften. Ging ihr das Geld aus, fand sie irgendeinen Gutgläubigen, dem sie die Taschen leerte. Stets war sie sehr vorsichtig. Ihre flinken Finger wurden nie bei der Arbeit ertappt. Myra konnte einen Geldbeutel mausen, ihm einige hundert Dollar entnehmen und ihn zurückstecken, ohne daß der Besitzer das bemerkte. Mehr als einmal wurde das Geld überhaupt nicht vermißt.

Myra kam dann nach Mexiko, um mal etwas ganz anderes zu sehen. Sie liebte die Abwechslung, und für ihre gegenwärtige Stimmung schien Mexiko genau das Richtige zu sein. Sie hatte nirgendwo Wurzeln geschlagen. Die Eltern und die Vergangenheit waren vergessen. Ihr Zuhause war der große Cadillac.

Als Myra Lorencillos Café verließ, beschloß sie, nach Vera Cruz zu fahren. Sie schlüpfte zum Hinterausgang hinaus, weil dort ihr Wagen stand, und preschte auf das Stadtzentrum zu. Als sie der Meinung war, daß sie sich weit genug von dem Café entfernt hatte, bog sie in eine stille Seitenstraße ab, hielt an und schaute erst einmal in den Rückspiegel, aber niemand folgte ihr. Zufrieden öffnete sie ihre Tasche und kramte nach Zigaretten. Sie zündete sich eine an und beugte sich vor, so daß das Licht des Armaturenbretts ihr auf Hände und Tasche fiel. Sie holte ein dünnes Geldbündel heraus und zählte sorgfältig. Hundertzwölf Dollar besaß sie noch.

»Nicht schlecht«, murmelte Myra.

Sie teilte die Scheine in zwei gleiche Päckchen. Eines schob sie in die Tasche zurück, das andere steckte sie klein zusammengefaltet oben in einen der Strümpfe. Dann holte sie eine Straßenkarte mit großem Maßstab aus dem Handschuhfach und breitete sie auf den Knien aus.

Und in dieser Situation fand ich sie.

Nachdem Juden gegangen war, hatte ich ebenfalls Manolos Bar verlassen, um der Polizei einen Besuch abzustatten. Wenn die nämlich keinen Hinweis geben konnten, in welcher Richtung ich nach dieser Myra Shumway suchen sollte, hätte ich tatsächlich eine schwere Aufgabe zu bewältigen.

Ich sah im Schatten eines Gebäudes einen großen Cadillac

parken, einen dunkelgrünen Cadillac! Ehrlich gesagt, machte ich einen hoffnungsvollen Hopser. Es erschien mir fast wie Schwarze Magie. Vorsichtig überquerte ich die Straße und näherte mich dem Wagen.

Da saß sie und studierte eine Straßenkarte. Ihr blondes Haar verdeckte das Gesicht. Doch ein Blick auf diese Haarfarbe sagte mir, was ich wissen wollte. Ich brauchte gar nicht erst nach Myra Shumway zu suchen. Sie saß hier unmittelbar vor mir.

Nein, ich schoß nicht vor und packte sie wie irgendein Amateurdetektiv. Ich trat etwas zurück und überlegte. Da war sie nun, frei und allein, keine Spur von einem Banditen. Wahrscheinlich puderte sie sich gleich in aller Ruhe die Nase. Wenn sie aber nicht entführt war, hatte ich von ihr keinen Nutzen. Ich spielte mit dem Gedanken, einfach mit ihr zu reden und so die Dinge auf leichte Art mit ihr zu regeln. Wenn sie aber von der Belohnung hört, überlegte ich, muß ich sie mit ihr teilen. 25 000 Dollar boten aber bei weitem keinen so angenehmen Anblick, wenn sie in zwei Hälften geteilt waren. Außerdem hatte sie das Gesicht ihres alten Herrn vielleicht satt und weigerte sich, nach New York zurückzugehen.

Nein, in diesem Fall kam nur eine Spielart in Frage: Ich mußte Myra Shumway überlisten.

Also trat ich an den Wagen, legte die Hände auf das heruntergelassene Fenster und beugte mich vor. »Befürworten Sie Strohhüte für Rennpferde, oder glauben Sie, die würden die auffressen?«

Sie hob langsam den Kopf, schaute mich mit großen Augen an und widmete sich dann wieder ihrer Karte. »Machen Sie einen Satz«, sagte sie. »Und wenn Sie kein Loch finden, in das Sie springen können, hilft Ihnen vielleicht einer beim Graben, wenn Sie ihm sagen, für wen es ist.«

Das brachte mich ein wenig aus der Fassung. Ich war nicht besonders gut in schwarzem Humor. Myra Shumway aber übte sich hin und wieder darin.

Ich startete einen neuen Versuch. »Ich wollte ja nur das Eis brechen. Als ich den Wagen und Sie mit der Karte sah, dachte ich, da wäre eine Mitfahrgelegenheit für mich drin.«

Wieder blickte sie auf. »Das ist kein Bus. Ich nehme niemanden mit.«

»Sie meinen, keinen Fremden«, verbesserte ich. »Darf ich mich vorstellen? Ross Millan.«

»Ihre Mutter hält Sie vielleicht für ein Kraftwerk. Für mich sind Sie nichts als 'ne durchgebrannte Sicherung. Gute Nacht.« Damit wandte sie sich erneut ihrer Karte zu.

Ich wartete, bis mein Blutdruck sich wieder etwas gesetzt hatte, dann ging ich auf die andere Seite des Wagens, zog die Tür auf und stieg ein. »Aah, das tut gut, wenn man seine Latschen endlich entlasten kann.«

Sie versteifte sich. »Ich hoffe für Sie, daß Sie mir keine Schwierigkeiten machen.« Mit ruhiger Bestimmtheit legte sie die Straßenkarte weg.

»Wo werd' ich denn. Mich interessiert nur die Mitfahrgelegenheit«, versicherte ich. »Egal, wohin. Mexiko-Stadt stinkt mir allmählich. Ich brauche Tapetenwechsel. Da ich meine Moneten zusammenhalten muß, trampe ich immer.«

»Wie herzerweichend«, spottete sie. Vielleicht irrte ich mich, aber sie hörte sich gereizt an. »Also, wenn Sie nicht schnellstens verduften, erleben Sie 'ne Überraschung!«

Ich machte es mir bequem, behielt sie jedoch im Auge. Mit den Jahren hatte ich öfter mal mit so forschen Rangen zu tun bekommen, deshalb wollte ich kein Risiko eingehen. »Bevor ich nach Mexiko kam«, erzählte ich, »verdiente ich meine Brötchen als Kraftmensch. Als Hauptattraktion trug ich nur mit den Zähnen eine knackige Frau über die Bühne. So stark bin ich.«

»Ach! Und das haben Sie aufgegeben?« fragte Myra erstaunt.

»Mir blieb nichts anderes übrig«, erklärte ich traurig. »Die Frau wurde zum Problem. Eine dumme Nuß mit dem Temperament eines Zahnbohrers. Sie ging mir auf den Geist. Ständig mußte ich gegen die Versuchung ankämpfen, sie mal richtig zu beißen. Sie verstehen, wie leicht das gewesen wäre? Eines

Abends konnte ich es nicht mehr länger ertragen.« Ich zuckte mit den Schultern. »Ich wollte nur ein bißchen fester zubeißen, dann ist mein Temperament aber mit mir durchgegangen.«

Das mußte Myra erst mal verdauen. Ich sah, daß sie nicht wußte, was sie davon halten sollte. Schließlich probierte sie eine andere Tour.

»Sie sollten jetzt lieber aussteigen«, sagte sie. »Oder ich schreie.«

»Das wäre mir nur recht«, erwiderte ich und drehte mich, so daß ich sie besser ansehen konnte. »Dann hätte ich die Recht-fertigung, Ihnen eine runterzuhauen. Bei Blondinen hat mich das schon immer gereizt, aber nie fand ich eine Entschuldigung dafür.«

Plötzlich beugte Myra sich vor und drückte auf den Starter. »Hoffentlich landen Sie mal im Gefängnis«, fauchte sie und legte den Gang ein.

»Nur keine Aufregung! Das schadet dem Teint. Wohin geht's? Vera Cruz?«

»Ich denke.« Sie jagte den Wagen über die staubige dunkle Straße. »Das heißt, wenn es Ihnen genehm ist?«

»Mir ist alles recht. Hauptsache, ich komme aus dieser Müll-halde raus. Aber jetzt entspannen Sie sich, Schwester. Vor mir brauchen Sie keine Angst zu haben. Ich tue das nur, weil ich weg will und gern kostenlos reise. In Vera Cruz verlasse ich Sie. Dann können Sie mich nur noch in Ihren Träumen wiederse-hen.«

»Und ob Sie mich verlassen werden!« gab Myra zurück. »Oder glauben Sie, ich will Sie heiraten?«

»Vielleicht? Wenn Sie noch von der altmodischen Sorte sind? Ich . . . ich halte nichts von dem gesellschaftlichen Kram. Sagen Sie, Pfirsichblüte, wie war schnell noch mal Ihr Name?«

»Wenn Sie das schon vergessen haben, brauche ich's Ihnen nicht nochmals vorzukauen.«

»Wie soll ich Sie dann nennen? He, Sie? Oder hallo, Schwe-ster?«

»Mir ginge bestimmt nichts ab, wenn Sie mich gar nicht ansprechen«, war ihre gleichgültige Antwort. »Gönnen Sie Ihrem Kehlkopf Erholung, und ich tue, als wären Sie nicht da.«

Die Uhr am Armaturenbrett zeigte 11 Uhr 15.

»Bevor ich auf den Handel eingehe«, sagte ich sachlich, »habe ich noch eine Frage. Sie wollen doch nicht die ganze Strecke bis Vera Cruz heute nacht zurücklegen?«

»Bis Chalco sind es noch ein paar Meilen. Dort halte ich, übergebe Sie der Polizei und suche mir dann ein Hotel.«

»Wenn wir uns am Steuer allerdings abwechseln würden«, gab ich zu bedenken, »könnten wir in den ersten Morgenstunden Orizaba erreichen. Dort kenne ich ein gutes Hotel, wo einem aller Luxus der Welt geboten wird – solange diese Welt nicht über die Grenzen von Mexiko hinausgeht.«

Sie überlegte. »Na gut«, meinte sie schließlich. »Aber Sie fahren lassen und währenddessen schlafen, das tue ich nicht. Sie könnten auf dumme Ideen kommen.«

»Wie Sie wollen«, erwiderte ich achselzuckend. »Wenn Sie vor mir Angst haben . . .«

»Wer sagt, daß ich Angst habe? Der Zweibeiner muß noch geboren werden, der mir Angst einjagen kann!«

»Das sind große Worte, gelassen ausgesprochen. Aber wenn das so ist, Apfeltörtchen«, meinte ich grinsend, »dann lassen Sie mich mal ans Steuer und machen ein Nickerchen.«

Sekundenlang zögerte sie, dann brachte sie den Wagen zum Stehen. Sie schaute mich prüfend an und lächelte mit einemmal. Es lohnte sich wirklich, sie anzusehen. Abgesehen davon, daß sie für mich 25 000 Dollar verkörperte, sah sie sehr gut aus. Und wenn ich sehr gut sagte, meinte ich, daß ihr keine andere Frau im Land das Wasser reichen konnte. Ich stehe auf Blonde. Sie verwirren mich vielleicht ein bißchen, tun aber meinen Augen gut. Und das ist für mich die beste Form der Erholung.

»Hören Sie, Freundchen«, sagte Myra. »Wenn Sie was unternehmen, was nicht absolut lupenrein ist, hack' ich Ihnen die Augen aus!«

»Aber Sie lassen sie mich noch sehen, bevor ich sterbe?«

fragte ich grinsend. »Horror-Trips waren schon immer mein Hobby.«

»Ich habe Sie jedenfalls gewarnt.« Sie stieg aus, und ich rutschte hinters Lenkrad.

»Hinten ist mehr Platz zum Schlafen«, fand Myra, kletterte auf den Rücksitz und überließ mich mir selbst. »Übrigens habe ich einen Wagenheber hier. Den schlag ich Ihnen über den Schädel, falls Sie von der Landstraße abbiegen. Und ich schicke Ihnen vorher nicht erst noch ein Telegramm.«

»Wenn man Sie so reden hört«, ich startete den Motor, »könnte man meinen, daß Ihnen jeder Hang zum Romantischen fehlt. Aber jetzt mal im Ernst, Engelchen, Sie könnten mir Ihr Leben anvertrauen.«

»Wenn ich das täte, wäre ich reif für die Zwangsjacke.«

Nach einer Weile schlief sie dann wohl ein. Ich brauste mit dem Cadillac in die Nacht hinein. Er war zweifellos ein toller Kahn. Die Meilen ratterten am Armaturenbrett nur so davon. Nach etwa einer Stunde erwartete ich eigentlich, daß sie aufwachte, um mich abzulösen, sie schlief aber weiter. Die Kleine muß müde gewesen sein. Sie erwachte erst, als ich über das Kopfsteinpflaster der Außenbezirke von Orizaba fuhr. Ich hörte einen leisen überraschten Laut. »Es ist ja schon Tag«, stellte sie fest. »Habe ich so lange geschlafen?«

»Jemand hat jedenfalls hinter mir geschnarcht.« Ich bog mit dem Wagen in die Hauptstraße ein. »Wenn Sie das nicht waren, haben wir einen Fremden an Bord.«

»Ich schnarche nicht«, wies sie mich zurecht. Es war zu hören, wie sie in ihrer Tasche nach der unvermeidlichen Puderdose kramte.

»Machen Sie sich nichts draus«, sagte ich. »Vor mir brauchen Sie sich nicht zu genieren. Es hat sich lustig angehört. Ich bekam richtig Heimweh.«

»Heimweh?« fragte Myra, als ich mich nach ihr umdrehte und grinste.

»Stimmt. Ich habe nämlich mal auf einer Farm gelebt.« Jetzt machte ich aber, daß ich rauskam. »Warten Sie hier, bis ich alles organisiert habe. Wollen Sie ein Zimmer oder nur ein Bad und dann Kaffee?«

»Kein Zimmer«, antwortete sie mit Nachdruck.

Erst als ich den Hotelmanager herausgetrommelt und mich vorgestellt hatte, wurde mir bewußt, was für ein Trottel ich war, sie da draußen allein im Auto zu lassen. Aber ich hatte umsonst gebibbert, Myra war nämlich noch da, als ich rauskam.

Ich öffnete ihr die Tür. »So, alles geritzt. Erst das Bad, dann Frühstück auf der Veranda. Eier, Obst und Kaffee. Recht so?«

Ich spürte einen leichten Druck ihrer Hand, als ich ihr beim Aussteigen behilflich war. »Sehr recht«, bestätigte sie und bedachte mich zum erstenmal mit einem freundlichen Lächeln.

Also kann es vielleicht doch noch was mit ihr werden, hoffte ich. »Treffen wir uns in einer halben Stunde zum Frühstück«, schlug ich vor. »Dann begraben wir das Kriegsbeil und schließen Freundschaft.«

Myra schüttelte den Kopf. »Ich ziehe meine eigene Gesellschaft vor. Ich habe Sie das Stück mitgenommen, aber jetzt trennen sich unsere Wege.«

»Seien Sie nicht albern!« Ich faßte sie entschlossen am Arm und schob sie auf das Hotel zu. »Wer soll denn mein Frühstück bezahlen, wenn Sie mir den Laufpaß geben?«

VIERTES KAPITEL

Für mexikanische Verhältnisse war Orizaba gar nicht mal so übel. Von Mexiko-Stadt aus fällt die Landschaft ziemlich zu Orizaba hin ab. Nach nur ganzen sechzig Meilen befindet man sich plötzlich sechstausend Fuß tiefer. Das bedeutet einen gehörigen Klimawechsel. Die Luft ist kompakter, und die Hitze setzt einem weit mehr zu.

Wir saßen auf der Veranda mit Blick auf den Marktplatz, auf dem uns ein paar kleine indianische Soldaten in schäbigen Uniformen mit stumpfen Augen anstarrten, und ich fühlte mich recht gut. Das Bad war in Ordnung gewesen, und jetzt freute ich mich hier draußen aufs Frühstück.

Auf der gegenüberliegenden Seite des Platzes befand sich der Blumenmarkt. Obgleich es noch früh war, waren die Indiofrauen bereits an der Arbeit, breiteten die vielen Blumensorten aus, besprühten sie und banden Sträuße. Der süße Duft kam über den Platz und erfüllte ringsherum die Luft. »Ich bin froh, daß wir hierhergefahren sind«, sagte ich. »Das ist der Anfang einer guten Freundschaft.«

Myra hatte die Füße auf einen Stuhl gelegt und hielt die Augen wegen der stechenden Sonne geschlossen. Sie trug jetzt ein schlichtes, gutgeschnittenes Leinenkleid, das ihr wie angegossen saß. »In Vera Cruz trennen wir uns«, erklärte sie.

»Wollen wir denn dorthin? Bleiben wir doch hier. Sie erzählen mir jeden Abend ein Märchen, und wenn ich mir Abwechslung wünsche, tanzen Sie für mich.«

»Sie haben ein sonniges Gemüt«, sagte sie trocken und räkelte sich ausgiebig. »Mit meiner Gesellschaft brauchen Sie aber nicht zu rechnen.«

»Schminken Sie sich Ihre harte Tünche denn nie ab?«

Träge klappte Myra die Augen auf und griff nach der Kaffeetasse. »Nein. Die ist nämlich dicker, als Sie denken. Die geht nicht ab.« Sie schenkte sich Kaffee nach, dann schaute sie hinüber zu den Bergen, die erdrückend nah erschienen.

»Ihr Pech«, brummte ich und suchte nach einer Zigarette, mußte jedoch feststellen, daß ich meine letzte *Chesterfield* aufgeraucht hatte. Hoffnungsvoll sah ich mein blondes Gegenüber an. »Auf diese Weise verpassen Sie 'ne Menge Spaß, Schwester.«

Sie stiftete mir eine Zigarette aus ihrer Schachtel. »Überhaupt nicht. Zum Herumspielen habe ich keine Zeit. Ich habe Wichtigeres zu tun.«

»Selbstverständlich. Aber Sie wollen doch nicht übertreiben, oder? Wie war schnell Ihr Name?«

»Myra Shumway«, antwortete sie lachend.

An sich brauchte ich diese Bestätigung nicht. Ich wußte bereits, daß ich keinen Fehler gemacht hatte, vergewisserte mich aber gern noch einmal. Außerdem schlich sich ein freundschaftlicherer Ton zwischen uns ein, und das war mir wichtig.

»Ein hübscher Name«, fand ich.

Eine kleine Gruppe mexikanischer Arbeiter kam vorbei. Sie hatten Gitarren bei sich. Auf der gegenüberliegenden Seite des ziemlich verwahrlosten Platzes setzten sie sich auf den Boden, die Rücken gegen eine Mauer gelehnt, und begannen leise zu spielen.

»Schön«, sagte Myra. »Ob sie auch singen?«

»Bestimmt. Sie brauchen sie nur zu bitten. Geben Sie ihnen ein bißchen Geld, und die tun wer weiß was für Sie.«

Während ich sprach, knatterte ein Lastwagen über den Platz und übertönte das Gitarrenspiel. Als er am Hotel vorbeirumpelte und dann hielt, rutschten zwei Männer von der Ladeklappe. Ein kleiner dürrer Mann und ein Dicker.

Abrupt stieß Myra ihren Stuhl nach hinten und wollte aufstehen, blieb dann aber doch sitzen.

»Hat Sie was gebissen?« fragte ich, dann schaute ich zu den näher kommenden Männern. »Wir kriegen Gesellschaft. Sehen wie Amerikaner aus.«

»Sie sollten als Hellseher auftreten.« Das sagte Myra so gereizt, daß ich sie überrascht ansah.

»Kennen Sie die?« Mir war schleierhaft, weshalb Myras Miene sich so anspannte. Die Kleine konnte mächtig sauer dreinschauen, wenn ihr danach zumute war.

»Meine besten Freunde«, erwiderte sie sarkastisch. »Die werden Ihnen gefallen.«

Die beiden Männer stiegen die Stufen zur Veranda herauf und bauten sich wortlos und feindselig vor uns auf.

»Hallo«, sagte Myra. »Habe mich schon gefragt, was aus Ihnen geworden sein mag?«

»So, haben Sie?« knurrte der Dicke.

»Das ist Mr. Ross Millan«, stellte mich Myra vor. »Doc Ansell und Mr. Samuel Bogle. Mr. Bogle ist der Gentleman mit dem verschwitzten Gesicht.«

»Setzen Sie sich«, lud ich ein. »Wollen Sie ein Ei?« Ich fragte mich, warum die Burschen nach einem öffentlichen Unheil aussahen.

»Ich mag keine Eier.« Bogle dehnte bedrohlich die fetten Finger.

»Vielleicht möchte Mr. Bogle einen Drink?« meinte Myra lächelnd.

»Wir möchten nicht nur einen Drink«, erwiderte Bogle kalt. »Wir sammeln milde Gaben ein – in diesem Fall unsere eigenen.«

»Er strahlt eine kraftvolle Persönlichkeit aus, stimmt's?« sagte ich zu Myra.

»Müsli zum Frühstück«, meinte Myra gleichgültig. »Sie wissen ja, wie das bei manchen Leuten wirkt.«

»Weiß ich«, bestätigte ich. »Vielleicht will er jetzt eines?«

Bogle schien das meiste der uns umgebenden Luft in die Lunge zu ziehen. Drohend trat er einen Schritt vorwärts.

Hastig forderte Myra ihn auf: »Nun setzen Sie sich schon und trinken was. Mir tut langsam der Nacken weh, wenn ich immer so hochgucken muß.«

»Ihnen wird bald noch viel mehr weh tun«, verkündete Bogle. »Und nicht nur der Nacken, wenn Sie mir nicht schnellstens meine Knete zurückgeben!«

»Hat er etwa zu lange in der Sonne gesessen?« wandte Myra sich zu Ansell.

Dessen Mund spannte sich. »Die Tour läuft nicht mehr, Miss. Wir wollen unser Geld.«

Ich hatte keine Ahnung, worum es ging, fand aber, daß zwei gegen einen eine ungerechte Sache war. Also lehnte ich mich im Stuhl zurück und sagte: »Hört mal, Freunde, wenn ihr euch nicht benehmen könnt, dann schwirrt gefälligst ab!«

Bogle ballte seine Hände zu Fäusten. »Hast du das gehört, Doc?« Langsam drehte er sich zu mir um und schob sein feistes, rotes Gesicht vorwärts. »Wenn Sie noch mal Ihre Klappe so aufsperren, reiß ich Ihnen den Arm aus und schlag Ihnen damit den Schädel ein!«

Ich lächelte nur, ohne mich zu rühren. »Den können Sie auch mit was anderem einschlagen. Der Hotelmanager versorgt Sie bestimmt mit dem Nötigen. Ich möchte meinen Arm gern behalten.«

Als Bogle auf mich losgehen wollte, mischte sich Ansell ein. »Nicht so hastig, Sam! Wer weiß, ob der Gentleman überhaupt die Fakten kennt?«

Mißtrauisch musterte Bogle mich, dann sah er zu Ansell. »Meinst du, das ist auch so ein Dummkopf?«

»Warum nicht? Wir waren es ja auch. Er scheint doch ein ganz anständiger Kerl zu sein.«

Ich dankte ihm. »Stimmt, ich habe keine Ahnung, was das alles soll. Aber ich steh' Ihnen gern zur Verfügung, wenn ich Ihnen helfen kann. Es genügt ein Wort. Also, was ist«, fragte ich Myra, die mich aufmerksam beobachtete, »kennen Sie die Männer?«

»Wir sind uns in einem Café begegnet«, erklärte sie. »Aber nur ganz flüchtig. Wir tranken etwas und trennten uns . . .«

»Genau, wir trennten uns«, schnaufte Bogle. »Und unsere Knete wanderte mit Ihnen.«

Obgleich ich gegen den bulligen Typ niemals ankommen würde, sprang ich erbost auf. »Sie nennen sie eine Diebin?«

Bogle wölbte seinen Brustkorb vor. Für mich sah das aus, als neige sich ein Berg auf mich zu. »Genau.« Er bleckte seine nikotinbefleckten Zähne. »Etwas dagegen einzuwenden?«

Um Myras willen, so entschied ich, war es besser, wenn ich in einem Stück blieb. Dieser Bogle-Protz erschien mir doch etwas zuviel für mich. Ich schlage mich schließlich mit keinem, der zweimal so groß ist wie ich! Das wäre reiner Unsinn.

»Nein, nein, Kumpel.« Ich streckte mein Bein und stampfte auf. »Ich hatte einen Krampf.«

»Krampf?« Bogle blinzelte.

»Richtig. Eine scheußliche Sache.« Zu Myra gewandt, fragte ich: »Haben Sie schon mal einen Krampf gehabt?«

»Nur wenn ich Rosa trage. Merkwürdig, nicht? Bei Rosa verkrampft sich mir alles.«

Offenbar machte Bogle der Blutdruck zu schaffen. Der Dicke riß sich den Hut vom Kopf, schleuderte ihn zu Boden und begann ziellos in die Luft zu boxen.

»Ruhig, Bogle«, mahnte Ansell. »Du mußt doch nicht gleich die Beherrschung verlieren.«

»Ich will meine Knete!« Wütend kickte Bogle den Hut über den Verandaboden. »Das viele Gelabere geht mir auf den Wekker. Ich will nur mein Geld. Dann reiß ich das Weibsbild in Stücke und werf sie den Geiern vor.«

»Nur keine voreiligen Schlüsse, Bogle.« Ansell zog sich einen Stuhl heran. »Wir haben keinen Beweis, daß Miss Shumway wirklich unser Geld hat.«

»Den Beweis kannst du haben. Ich brauche bei ihr nur mal alles umzukrempeln.«

Myras blaue Augen weiteten sich einen winzigen Moment, und ich wußte nun, daß sie das Geld gestohlen hatte. Das haute mich fast um. Es komplizierte nämlich nicht nur die Dinge, sondern gab den Burschen die Berechtigung, ungemütlich zu werden, wenn sie wollten.

»Regen Sie sich ab!« fuhr Myra die beiden an. Das mußte man dem Mädchen lassen, es hatte gute Nerven! »Wovon reden Sie eigentlich?«

Es sah aus, als bete Bogle. Was er aber durch zusammengebissene Zähne herausstieß, entsprang keinen frommen Gedanken.

»Wir glauben, daß Sie uns bestohlen haben«, erklärte Ansell und sah ihr in die Augen. »Wir hatten beide kleinere Geldbeträge bei uns. Nachdem Sie uns verlassen haben, war das Geld weg. Ich beschuldige Sie nur ungern, aber Sie müssen uns schon überzeugen, daß Sie es nicht genommen haben.«

»Das habe ich Ihnen zu verdanken!« schleuderte Myra Bogle ins Gesicht. »Hätte ich einen Steingarten, wäre Ihr Schädel gerade richtig dafür!«

Bogles Muskeln schwollen an. »So, sieh mal an! Dann will ich Ihnen jetzt mal was sagen. Sie haben lange genug gequasselt. Jetzt bin ich dran. Her mit der Knete, oder ich stell' Sie auf den

41

Kopf und schüttle sie aus Ihnen heraus! Und wenn der Typ da mich davon abhalten will, soll er's nur mal versuchen. Ihr könnt ihn dann von der Wand abkratzen, wenn ich mit Ihnen fertig bin.«

Es mag ja übersättigte Leute geben, die sich kein Abenteuer entgehen lassen. Ich gehöre jedenfalls nicht dazu. Ich weiß den Morgen angenehmer zu verbringen, als von einer Wand abgekratzt zu werden.

»Myra«, sagte ich energisch, »geben Sie den Gentlemen das Geld zurück, und erklären Sie ihnen mit den gleichen Worten wie mir, daß es doch nur ein künstlerischer Trick gewesen ist. Sie werden das wie ich zu schätzen wissen – hoffe ich.«

Sekundenlang zögerte Myra, dann holte sie ein Röllchen Geldscheine aus dem Strumpf und warf es mißmutig auf den Tisch. »Da haben Sie Ihr Geld! Hoffentlich vergiften Sie sich an dem Schrott, den Sie dafür kaufen wollen!«

Ansell nahm das Geld und zählte es. Sieben Dollar gab er Bogle, den Rest steckte er ein.

Bogle holte hörbar Luft. »Und jetzt«, er zog seine Hose höher, »jetzt lang' ich ihr eine, daß sie wie ein Pingpongball von der nächsten Wand zurückschnalzt.«

»Werde nicht primitiv, Bogle.« Ansell runzelte die Stirn. »Eine Frau schlägt man nicht.«

»Schon gar nicht in der Öffentlichkeit«, fügte ich hinzu.

»Dann in einer ruhigeren Ecke«, bat Bogle.

»Unsinn.« Jetzt, da Ansell sein Geld hatte, schien er seine Umgebung in einem positiveren Licht zu sehen. »Nun zu Ihnen, junge Frau«, wandte er sich an Myra. »Alle Achtung vor Ihrer Geschicklichkeit. Ein sauber durchgeführter Trick, den Sie da bei uns abgezogen haben. Sehr sauber. Moralisch natürlich zu beklagen«, setzte er hastig fort. »Aber es gibt untrügliche Talente. Und Sie besitzen ein großes Talent.«

Myra wollte jedoch noch beleidigt sein.

»Ach, scheren Sie sich zum Teufel!« Sie kehrte ihm den Rücken zu.

Pikiert preßte Ansell die Lippen zusammen. »Schade«,

brummte er. Dann fing er meinen Blick auf. »Und Sie, Sir? Wer sind Sie?«

»Ross Millan. Ich vertrete hier den *New York Reporter*.«

»*New York Reporter*?« Ansells Augen wurden groß. »Das ist ja eine der größten amerikanischen Zeitungen! Sehr geehrt, Sie kennenzulernen, Mr. Millan.« Er reichte mir die Hand. »Bedauerlich, daß wir uns unter so unangenehmen Bedingungen kennenlernen.«

»Es gibt Schlimmeres«, beruhigte ich ihn und schüttelte ihm die Hand. »Also nehmen Sie's nicht so tragisch. Miss Shumway hat eben einen außergewöhnlichen Sinn für Humor, und Sie beide verstehen doch Spaß, oder?«

»Hier wird zuviel geredet«, grollte Bogle. »Soll die Mieze etwa so davonkommen?«

Myra wirbelte herum. »Können Sie das nicht abstellen? Es gibt auch ohne Sie schon genug Abschaum in dieser Stadt. Nehmen Sie endlich das große Pickelgesicht da und spuken gefälligst woanders herum!«

»Hast du das gehört, Doc?« Beinah platzte Bogle vor Wut. »Ich laß mir das nicht länger gefallen. Ich . . .«

»Moment! Bleib sitzen«, sagte Ansell, als Bogle aufspringen wollte. »So kommen wir nicht weiter. Passen Sie auf, Miss Shumway, wenn ich wollte, könnte ich Sie der Polizei übergeben. Das bringt aber nichts. Sie und ich könnten dagegen von Nutzen füreinander sein.«

»Und wie?«

»Sie haben sehr geschickte Finger.« Ansell machte es sich in dem Korbstuhl bequem. »Vermutlich beherrschen Sie noch andere Tricks, als – eh – anderer Leute Taschen auszuräumen.«

»Und wenn es so wäre?« fragte sie vorsichtig.

»Dann, meine Liebe«, fuhr Ansell fort, »könnten wir unsere Differenzen vergessen und gewinnbringend zusammenarbeiten. Lehnen Sie Ihre Mitarbeit jedoch ab, muß ich Sie zur Polizei bringen und meine Probleme nur allein mit Bogle lösen.«

»Und da liegt wohl schon das erste Problem«, höhnte Myra.

»Mich wundert es sowieso, daß Sie es mit diesem Fleischkloß überhaupt zu etwas bringen können.«

Bogle schloß die Augen. Sich zu beherrschen, ging fast über seine Kräfte. »Warten Sie, bis ich Sie mal allein erwische«, drohte er heiser.

»Höre nicht hin, Bogle«, mahnte Ansell. »Jetzt geht es ums Geschäft.« Und wieder zu Myra gewandt. »Bitte reizen Sie ihn nicht ständig! Wollen Sie nun behilflich sein oder nicht?«

»Na klar!« In Myras Augen blitzte es mutwillig. »Sie fragen, ob ich zaubern kann? Da kann ich Ihnen eine kleine Demonstration bieten.« Erst schaute sie zu mir, dann zu Bogle. »Hm, wenn Samuel mir assistiert, könnte ich ... ja, das ist das Richtige!« Sie langte über den Tisch und zog ein Stück rosa Band aus einem von Bogles Ohren. Sie zog immer weiter, bis mehrere Yards Band auf dem Tisch vor Bogle lagen, der sich von seiner Verblüffung erholte und zurückwich. Das Band glitt zu Boden, wo es sich zu einem kleinen Haufen türmte. Entsetzt starrte Bogle darauf.

»He, Mr. Bogle«, hänselte ich. »Sie haben ja gar nicht gesagt, daß Sie zu der Sorte Mädchen gehören!«

»Ist das alles aus mir rausgekommen?« flüsterte Bogle.

»Und ich habe behauptet, Sie hätten nichts im Kopf«, tat Myra kleinlaut. »Wieso erzählten Sie mir nicht, daß Sie Ihren Schädel als Schublade benutzen? Das Sägemehl lasse ich lieber drinnen, sonst bricht der arme Kopf vielleicht noch zusammen. Das hier möchten Sie aber sicher loswerden?« Damit holte sie ihm eine Billardkugel aus dem anderen Ohr.

Bogle schauderte es. Er sprang auf die Füße und stopfte sich die Finger in die Ohren.

»Schon gut, Bogle«, beruhigte ihn Ansell. »Sie ist Zauberkünstlerin und zeigt nur, was sie kann.« Zu Myra sagte er: »Eine beachtliche Leistung!«

»Wenn ich meinen Koffer hier hätte«, erwiderte sie achselzuckend, »könnte ich Ihnen eine wirklich gute Leistung vorführen. Das war Kinderkram.«

Bogle setzte sich wieder.

»Warum macht ihr beide nicht einen kleinen Spaziergang und lernt euch ein bißchen näher kennen«, schlug ich Myra vor. »Bogle sieht doch ganz passabel aus. Vielleicht will er sich ja nur ein wenig unterhalten. Ich tu das gleiche mit Doc, während ihr euch amüsiert.«

»Amüsieren? Ich mit dem?« Myra zeigte mit dem Daumen auf Bogle. »Lieber laufe ich mit einer Typhusepidemie herum.«

Das ist ihr nicht zu verdenken, fand ich, behielt meine Meinung aber für mich.

Bogle lehnte sich über den Tisch. »Ihnen gehört mal eins richtig in die Breitseite!«

Wenn er unter Breitseite das meinte, was ich vor Augen hatte, konnte ich es ihm wiederum nicht verdenken.

»Ruhe!« bellte Ansell. »Wir verschwenden zuviel Zeit.« Ernst schaute er Myra an. »Junge Frau, Sie heizen ihn offenbar absichtlich auf. Ich warne Sie, meine Geduld ist am Ende!«

Da lachte Myra. »Jetzt bin ich friedlich, Opa. Ehrlich!« Und sie tätschelte seine Hand. »Also, worum geht es?«

Ansell sah sie argwöhnisch an. »Machen Sie sich über mich lustig? Das können Sie sich nicht leisten. Vergessen Sie das nicht.«

»Menschenskind, Doc!« mischte ich mich ein. »Nörgeln Sie nicht an dem Mädel herum, sondern sagen Sie, was Sie wollen!«

»Das versuche ich die ganze Zeit, und ständig unterbricht mich einer.«

»Hören Sie, Kumpel?« wandte ich mich zu Bogle. »Unterbrechen Sie den Doktor jetzt nicht mehr! Ihm reicht's allmählich.«

»Genau«, pflichtete Myra mir bei. »Halten Sie Ihre Klappe! Ihr Gequassel macht uns ganz krank.«

So verblüfft war Bogle, daß ihm fast die Augen aus den Höhlen traten, und es ihm die Sprache verschlug.

Bevor er sich erholen konnte, forderte ich Ansell schnell auf: »Nun schießen Sie endlich los, Doc!«

»Glaubt einer von Ihnen an Hexerei?«

»Ich.« Myra hob eine Hand. »Anders wäre der gute Samuel wohl nicht aus der Welt zu schaffen, oder?«

Rot vor Zorn zerrte Bogle sich den Schlips vom Hals und versuchte, ihn in zwei Hälften zu reißen. Er zog und zerrte wild daran, aber ohne Erfolg.

»Lassen Sie mich mal.« Schon hielt Myra den Schlips in der Hand, schnitt ihn mit einem Obstmesser entzwei und gab ihn dann Bogle zurück. »Das wäre geschafft, Sammy.«

Sprachlos starrte Bogle auf die zerschnittene Krawatte. Dann schleuderte er sie auf den Boden.

»Miss Shumway!« empörte sich Ansell. »Hören Sie auf, auf Bogle herumzuhacken!«

»Ich habe ihm doch nur helfen wollen«, erklärte Myra unschuldig. »Weil er es allein nicht fertiggebracht hat.«

»Ist ja gut«, meinte ich ungeduldig. »Wieso Hexerei, Doc? Wer glaubt denn heutzutage noch an so etwas?«

Mit einem Blick zu Bogle überzeugte sich Ansell, daß dieser nicht handgreiflich zu werden gedachte, bevor er sich erneut zu konzentrieren versuchte. »Wahrscheinlich wissen Sie nicht viel über die Vergangenheit dieses Landes. Seit mehr als zwanzig Jahren lebe ich hier und habe sehr merkwürdige Dinge gesehen.«

»Wie ich«, warf Myra ein und schaute auf Bogle.

»Wenn Sie die Frau nicht zum Schweigen bringen können...!« brauste Ansell auf.

»Benehmen Sie sich«, bat ich Myra. Sie zog nur die Schultern hoch.

»Weiter, Doc«, sagte ich. »Kümmern Sie sich nicht um sie.«

Ansell seufzte resigniert. »Es sollten alle zuhören, wenn ich jetzt in die Einzelheiten gehe. Es gab hier einmal einen mächtigen Geheimbund, der sich ›die Naguales‹ nannte. Seine Mitglieder waren Medizinmänner, die die Maya-Indianer beherrschten. Inzwischen sind fast alle tot. Doch es gibt noch ein paar, die in einem kleinen Dorf, keine zweihundert Meilen von hier entfernt, aktiv sind.«

»Ich habe von ihnen gehört«, bestätigte ich. »Sie sollen es auf

Wunsch regnen lassen und sich selber in Tiere verwandeln können. Glauben Sie etwa diesen Humbug?«

»Nein. Ich glaube aber, daß sie gewisse übernatürliche Kräfte besaßen, wie Massenhypnose. In selteneren Fällen konnten sie die Schwerkraft aufheben. Aber darum geht es mir nicht. Mich interessiert ihre Kräutermedizin. Haben Sie schon mal von *Teopatli* gehört?«

Ich schüttelte den Kopf. »Was ist das? Ein Getränk?«

»Ein sicheres Heilmittel gegen Schlangengift.«

Während wir sprachen, saß Bogle, den Kopf in die Hände gestützt, fast apathisch am Tisch. Überraschend friedlich, und so beachteten wir ihn nicht.

»Sie meinen ein wirklich sicheres Mittel?« hakte ich nach.

»Hören Sie, junger Mann, ich habe Menschen an Schlangenbissen sterben sehen. Eine scheußliche Sache. Und ich habe Männer aus diesem kleinen Dorf gesehen, die eine Korallenschlange aufhoben, sich von ihr beißen ließen und dann diese Salbe aufgetragen haben. Der Biß blieb ohne jede Wirkung.«

»Weil sie das Gift vor der Demonstration den Viechern entzogen haben«, entgegnete ich skeptisch.

Jetzt schüttelte Ansell den Kopf. »Ich habe ausgedehnte Tests vorgenommen. Klapper-, Korallenschlangen und Skorpione, aber *Teopatli* hilft bei jedem Biß in Sekundenschnelle.«

»Okay, und was ergibt sich daraus für uns?«

»Ich will diesem Medizinmann das Rezept abluchsen, und Miss Shumway kann mir dabei sehr nützlich sein.«

Myra musterte ihn. »Da muß jemand ohne schattenspendenden Hut zu lange in der Sonne gesessen haben. Wie wär's, Opa, wenn Sie sich selbst darum bemühen würden?«

»Wären Sie noch etwas jünger«, entgegnete Ansell ärgerlich, »würde ich Ihnen jetzt auf handfeste Art Benimm beibringen.«

Das Bedürfnis konnte ich ihm nachempfinden.

Myra kicherte. »Sie sind nicht der einzige, der das gern getan hätte. Einer hat es sogar mal versucht. Sie mußten ihn mit vier Stichen im Gesicht nähen und arbeitsunfähig schreiben.«

»Nehmen Sie's nicht so ernst, Doc«, mischte ich mich ein.

»Wieso glauben Sie, kann die Kleine an das Zeug herankommen? Und was tun Sie damit, wenn Sie es haben?«

Ansell beruhigte sich. »Überall in der Welt werden Menschen von Schlangen gebissen. *Teopatli* wirkt hundertprozentig. Richtig vermarktet, kann man eine Menge Geld damit machen. Es würde zu einem wichtigen Bestandteil in jedem Reisegepäck, und ich könnte den Preis bestimmen.«

Wenn das Zeug tatsächlich jeden Schlangenbiß kuriert, überlegte ich, hat die Sache natürlich etwas für sich. Damit war nicht nur ein Vermögen zu machen, sondern auch eine gute Story.

»Sie haben die Anwendung des Mittels schon selbst erlebt?«

»Ja, das habe ich.«

»Welchen Haken hat dann die Geschichte? Wieso können Sie den Kram nicht bekommen?«

Ansell schnaufte laut aus. »Quintl will keinen Partner. Er ist der Indio, den ich bereits erwähnt habe. Seit fünfzehn Jahren liege ich ihm auf den Ohren, aber der alte Teufel grinst mich immer nur an.«

»Und was soll ich da nun tun?« fragte Myra skeptisch.

»Vor zwei Wochen habe ich Quintl besucht«, berichtete Ansell. »Und wieder wollte mich der Kerl einfach abspeisen, aber ich setzte ihn unter Druck und konnte ihm eine interessante Information entlocken. Er müsse bald sterben, erzählte er mir. Vor seinem Tod käme eine Sonnenjungfrau zu ihm und nehme ihm alle Geheimnisse ab. Sie habe große Zauberkraft, golden schimmerndes Haar und eine Haut wie die verschneiten Höhen des Ixtecchiuatl. Damit hat er mich dann wieder abgewimmelt. Wenn ich mir aber Miss Shumway anschaue, sehe ich eine Möglichkeit, ihn doch zum Reden zu bringen.«

Myra setzte sich gerade. »Soll ich etwa die Sonnenjungfrau spielen?«

»Warum nicht?« meinte Ansell mit eifrig glänzenden Augen. »Mit Ihren Tricks, Ihrem Aussehen und ein bißchen Bluff ist das ein Kinderspiel für Sie.«

Abrupt lehnte ich mich vor. »Wo liegt dieses Dorf, von dem Sie gesprochen haben?«

»Zehn Meilen von Pepoztlan entfernt.«

Eine Idee kam mir, über die ich aber noch nachdenken mußte.

»Hören Sie, Doc«, sagte ich. »Miss Shumway und ich müssen das erst einmal besprechen. Sie können sich wohl vorstellen, daß das eine gute Story für meine Zeitung abgibt und damit eine großartige Werbung für Sie, falls Sie das Zeug bekommen . . . Aber die Sache muß gründlich überlegt werden.«

Ansell erhob sich. »Ich gebe Ihnen eine halbe Stunde. Und ich kann mich doch darauf verlassen, daß Sie nicht abhauen?«

»Wir sind hier, wenn Sie zurückkommen«, versicherte ich.

»Sagen Sie, Millan«, mischte Myra sich ein, »auf wessen Seite stehen Sie eigentlich?«

Ich drehte mich lächelnd zu ihr um. »Jetzt halten Sie mal für fünf Minuten den Mund, ja?«

Da Ansell Bogle antippte, stand auch der auf. »Reden!« knurrte er. »Was anderes fällt hier wohl keinem ein. Erst kommen wir her, damit ich der Mieze eins verpasse, und was geschieht? Wir hocken da und reden . . . Und jetzt gehen wir, damit die noch mehr reden dürfen. Können wir in diesem gottverdammten Nest vielleicht noch was anderes tun als nur quasseln?«

»Ruhig Blut, Mann«, warnte ich. »Ärger magert ab. Bald müssen Sie Ihren Sombrero an den Schädel schrauben.«

Finster starrte er mich an, machte dann auf dem Absatz kehrt und schlenderte Ansell hinterher. Sie überquerten den Platz und verschwanden an einer der Ecken in einer Bierkneipe.

»Na?« sagte ich und lehnte mich bequem im Sessel zurück. »Man ist eben nie vor Überraschungen sicher! Wie gefällt Ihnen die Rolle als Sonnenjungfrau?«

Myras Antwort war nicht zu drucken.

FÜNFTES KAPITEL

Nun, ich konnte Myra überreden. Es brauchte aber seine Zeit, und es war so einfach, als hätte ich einen Stein mit einem Schwamm zu zertrümmern versucht.

Manche Männer mögen ja willensstarke Frauen. Mit denen wisse man, woran man sei, sagen sie. Ich würde jedenfalls noch etwas dazuschenken, wenn ich so eine loswerden könnte. Weiß eine Frau, was sie will, ist sie einem nämlich immer einen Schritt voraus. Das ist das Schlimme daran. Will man sie überlisten, muß man praktisch zwei Schritte auf einmal tun und schneidet sich dann womöglich doch ins eigene Fleisch.

Auf jeden Fall habe ich Myra schließlich herumbekommen. Das ist das Wesentliche. Es hat mich viel Kopfarbeit und eine gehörige Portion Anstrengung gekostet, aber das dürfte für Sie nicht von Interesse sein. Sie wollen natürlich nur wissen, ob es mir gelungen ist, und nicht, auf welche Art.

Wenig später beschlossen wir vier, in dem Hotel zu bleiben. Es war so gut wie jedes andere. Und bevor wir einfach ziellos in die Landschaft hineinfuhren, hielten wir es für angebracht, erst einmal die einzelnen Punkte unseres Feldzuges festzulegen.

Also nahmen wir Zimmer, und jeder zog sich zunächst in seines zurück. Sobald ich allein war, rief ich Maddox an. Ich berichtete, daß ich das Mädchen gefunden hätte. Ihn schien fast der Schlag zu treffen . . . Offenbar sah er seinen Knüller baden gehen. Jedenfalls wollte ich Myra noch nicht nach New York bringen. Er wollte tatsächlich, daß ich sie zum Schein durch Banditen entführen lasse. Denn in der Story, die er sich ausgedacht hatte, war sie durch dreißig »Desperados« aus dem Hotel geschleppt worden.

Darauf schilderte ich ihm meinen Plan, und der beruhigte ihn. Während ich sprach, konnte ich förmlich hören, wie Maddox' Blutdruck langsam heruntérging. Nach einer Weile nannte er mich einen cleveren Burschen, und zum Schluß hätte er mich am liebsten umarmt.

Mein Schlachtplan war folgender: Ich wollte Myra nach

Pepoztlan begleiten, um dieses Schlangenbißmittel zu ergattern. Das allein ergab schon eine gute Story. Auf dem Rückweg von Pepoztlan sollte Myra dann durch eine Horde von Pseudo-Banditen gekidnappt werden. Ich kannte einen dieser Typen, der das organisieren konnte. Er lebte in den Bergen, und für ein paar hundert Dollar übernahm er den Job bestimmt. Ich wollte dann einige Fotos schießen und anschließend den Befreier spielen. Der Rest würde sich von selbst ergeben. Eine Woche, mehr brauchte ich für die gesamte Geschichte wohl nicht.

Maddox war von dem Plan begeistert. Und das mit dem Schlangenbißmittel sei eine Goldgrube, an der er sich unter allen Umständen beteiligen wolle, sagte er. Ich entmutigte ihn nicht gleich. Wäre bei der Sache nämlich tatsächlich etwas zu holen, dann würde ich kassieren und nicht er. Das stand für mich außer Frage. Ich erreichte, daß er alle notwendigen – die von mir und nicht von ihm als notwendig befundenen – Spesen übernahm und hängte schließlich auf. Dieser Teil war nun also geregelt.

Als nächstes rief ich Paul Juden an und informierte ihn über den Stand der Dinge. Ich bat ihn, mir das Gepäck und etwas Geld zu schicken, und erkundigte mich, wie das mit dem Kindermädchen gelaufen sei. Er erklärte, ich bekäme alles, was ich wollte, und die Sache mit dem Kindermädchen sei natürlich nur ein Scherz gewesen. Er wußte, daß ich seine Frau kannte.

Nachdem das alles erledigt war, hielt ich es für an der Zeit, mich mit Myra zu unterhalten, denn ich wollte noch einiges über sie erfahren. Ich wollte die Unebenheiten zwischen uns ausbügeln und testen, wie willensstark sie war. So ging ich zu ihrem Zimmer und steckte den Kopf durch die Tür. Sie war ausgeflogen.

Ich fand sie im Schatten eines Bananenbaumes, wo sie an ihrem Cadillac herumhantierte. Als sie mich kommen hörte, schaute sie über die Schulter, dann schloß sie das Wagendach.

»Na, was ist?« sagte ich. »Sehen Sie mal diese Berge! Fahren wir ein Stück und schauen sie uns an? Ich würd' gern irgendwo dort stehen, mir den Wind ins Gesicht wehen lassen und mich als Herr der Welt fühlen!«

Myra warf mir einen eigentümlichen Blick zu, trotzdem mußte ich aber ihre Wünsche getroffen haben, denn sie stieg wortlos in den Wagen. Ich setzte mich neben sie, und wir holperten vorsichtig über das Kopfsteinpflaster des Platzes auf die Hauptstraße zu, die aus Orizaba hinausführte.

Stumm fuhren wir, bis wir die Bergstraße erreichten und es aufwärts ging. Wir fuhren schnell. Am Rand unserer Fahrbahn fiel der Hang steil ins Tal ab. Plötzlich sagte Myra: »Wir könnten jetzt immer so weiterfahren und bräuchten uns dann um nichts anderes zu kümmern. Wenn wir voneinander genug haben, sagen wir uns einfach Lebewohl, und haben dann gleich eine Sorge weniger.«

»Dann müssen viele Menschen weiter an Schlangenbissen sterben«, erinnerte ich. »Das wird uns beide, glaube ich, nicht sehr glücklich machen.«

»Sie glauben doch nicht ehrlich, daß das Zeug wirkt?«

»Doch. Außerdem haben Sie dem alten Mann versprochen, mitzuspielen.«

Sie lachte hell auf. »Das ist der Witz des Tages! Ein Zeitungsmensch, der Versprechungen ernst nimmt!«

Ich schaute Myra an. »Was haben Sie vor? Das alte Schlitzohr an der Nase rumzuführen?«

»Ich werde mir wegen dem Gedanken machen!« Etwas langsamer als bisher fuhr sie an einer Reihe verwitterter Erfrischungsbuden vorbei, deren Markisen über die Straße ragten. »Ich lasse mir von keinem was vorschreiben. Wir könnten einfach so weiterfahren und nicht mehr umkehren, sagte ich lediglich.«

Wieder ging es bergauf. Die kleine Ortschaft blieb hinter uns zurück. Ich hatte keine Ahnung, wie sie hieß, scherte mich auch nicht darum. Vor uns lag ein riesiges Waldgebiet. Spuren menschlichen Lebens wurden spärlicher. Die wenigen Indios, die am Straßenrand trotteten oder mit weit gespreizten Beinen auf ihren *Burros* ritten, wurden seltener, je weiter wir kamen. Mit einemmal bremste Myra ab, schwenkte von der Fahrbahn weg und hielt im Schatten des Waldrands.

»Wollen wir aussteigen?« schlug sie vor.

Ein Stück vom Wagen entfernt setzten wir uns auf den verdorrten braunen Grasboden. Myra schaute zu dem wolkenlosen Himmel auf, die Augen wegen des gleißenden Lichts zusammengekniffen, und stieß einen zufriedenen Seufzer aus.

Sie verwirrte mich, und ich fragte mich, warum. Ihr metallisch in der Sonne glänzendes Haar, die weiße Säule ihres Halses, die Kurven des Körpers, die unter der blutroten Bluse sichtbar wurden, die zartknochigen zierlichen Hände und der energische Ausdruck von Mund und Kinn fesselten mich. Ich kramte in meiner Vergangenheit, ob es da jemals eine Frau gegeben hatte, die so gut ausgesehen hatte wie diese Kindfrau. Gespensterhafte Gesichter paradierten durch meinen Kopf, bei keinem jedoch klickte es.

»Passen Sie auf, Schwester . . .«

»Moment mal«, unterbrach sie mich und wandte sich mir zu, »sagen Sie nicht ständig Schwester zu mir. Ich bin nicht Ihre Schwester. Aber ich habe einen Namen. Myra Shumway. Schon vergessen?«

»Sie wären bestimmt besser erzogen, wenn Sie meine Schwester wären.«

»Daß die Männer sich doch immer so hart aufspielen müssen! Anders könnt ihr wohl mit einer Frau nicht sprechen?«

»Was erwarten Sie, wenn man nur mit Abweisung und giftigen Bemerkungen bombardiert wird?« Ich grinste. »Außerdem wirkt ein bißchen Härte wahre Wunder, oder?«

»Schaff mir diese Typen vom Hals«, bat Myra aus heiterem Himmel und duzte mich plötzlich. Mir war's recht. »Du bringst das fertig«, fuhr sie fort. »Ich mag da nicht mitmachen.«

Wenn du wüßtest, Honey, was ich erst mit dir vorhabe, dachte ich. Du würdest ganz schön auf die Palme gehen! Doch ich zuckte nur mit den Schultern und sagte: »Nun laß uns das nicht schon wieder durchkauen. In einer Woche wirst du mir dankbar sein. Oder hast du etwa vor diesem Quintl Angst?«

»Niemand auf zwei Beinen kann mir angst machen!«

»Ach ja, das habe ich schon mal von dir gehört.« – »Die Sache ist doch kompletter Blödsinn! Das ist alles so leicht dahingesagt, aber es wirklich tun . . . es ist einfach verrückt! Ich kann nicht mal die Sprache. Allein daran erkennen die mich als Schwindlerin.« – »Überlasse das Doc«, riet ich. »Der hat sich alles genau überlegt. Also zerbrich dir nicht den Kopf.«

Myra kramte in ihrer Tasche und brachte ein Kartenspiel zutage. »Du hast irgendwas an dir«, meinte sie und ließ die Kartenkanten von ihren Fingern abschnellen, daß es wie ein Regenbogen aussah. »Ich möchte wissen, was das ist?«

Ich legte mich, auf einen Ellbogen gestützt, zurück. »Als Kind hat mich meine Mutter immer mit Bärenfett eingerieben. Das prägte eben meine Persönlichkeit.« Unvermittelt beugte Myra sich vor und zog vier Asse aus meiner Brusttasche. »Würdest du sagen, ich sei eine ernstzunehmende Frau?«

»O ja.« Ich beobachtete, wie sie die Karten mischte und fühlte plötzlich so was wie einen Kloß in meinem Hals. »Nicht nur das, sondern auch eine bemerkenswerte Frau.«

»Ach ja?« Überrascht sah sie mich an.

»Hmhm, kann man sagen. Außerdem werden wir uns noch wesentlich besser kennenlernen, bis wir uns mal trennen.«

Jetzt streckte Myra eine Hand aus und holte mir den Pik-König aus dem Ärmel. Der Duft ihres Haars wehte mir in die Nase und erinnerte mich an einen Sommer in England und an die Fliederbüsche in einem verwilderten Garten auf dem Land. »Werden wir das?« Ich umschloß ihre Hand, und als ich sie über den Streifen Gras, der uns trennte, dicht zu mir heranzog, wehrte sie sich nicht. »Ja, das werden wir.« Langsam schob ich meinen Arm um ihren Oberkörper. »Sehr, sehr viel besser.«

So blieben wir liegen, dicht beieinander, und ich sah, wie sich die über uns dahinziehenden Wolken in ihren Augen spiegelten. »Und das würde dich freuen?« Myras Lippen waren nah.

»Vielleicht. Ich weiß es nicht.« Dann küßte ich sie, preßte meinen Mund fest auf ihren. Sie verharrte bewegungslos. Weder schloß sie die Augen, noch entspannte sie sich, wie ich es mir wünschte, und ich fühlte, daß sich ihre Rückenmuskeln abwehrend verkrampften. Wie ein erschrecktes Kind preßte sie die Lippen zusammen, unterließ aber den Versuch, mich wegzustoßen.

Sie so zu küssen, war, als küßte ich meinen Handrücken. Ich ließ Myra los und stützte mich wieder auf meinen Ellbogen. »Okay, vergiß es.«

Myra rutschte ein Stück weg. Behutsam strich sie über ihren Mund. »Du hast dir etwas davon versprochen, nicht wahr?« fragte sie, zog die Beine an und zupfte den Rock zurecht.

»Klar. Aber was soll's! Manchmal wird was draus und manchmal eben nicht. Man darf nichts überstürzen.«

»Falsch. Man sollte es einfach lassen«, verbesserte sie ernst.

Was ist eigentlich mit dir los? fragte ich mich. Was denkst du dir eigentlich dabei? Da hatte ich einen Bombenjob bekommen, und in greifbarer Nähe warteten 25 000 Dollar auf mich, und was tat ich? Ich vermasselte mir diese Chance, weil ich unbedingt ein Mädchen abknutschen mußte, das mir an sich nicht mehr bedeutete als die letzte Steuerrückzahlung. Ihr blondes Haar war wohl schuld. Ich stand eben auf Blonde.

»Und jetzt?« Aufmerksam hatte Myra mich beobachtet. »Willst du mich jetzt nicht mehr näher kennenlernen?«

»Doch. So schnell gebe ich nicht auf. Habe ich dir schon von der Rothaarigen erzählt, der ich in New Orleans begegnet bin?«

»Nicht nötig.« Sie stand auf. »Ich kann mir vorstellen, was kommt.«

»Nicht bei der Rothaarigen«, widersprach ich, zu Myra blickend. »Die hatte 'ne Figur wie eine Sanduhr. Menschenskind, da war jede Minute ein Erlebnis!«

»Du willst mir also nicht helfen?« Myra schlenderte zum Wagen zurück. »Obwohl ich doch jetzt recht nett zu dir war?«

»Was ist los?« Mit einem Satz war ich auf den Beinen und folgte ihr. »Heute morgen warst du damit einverstanden.«

»Ich habe eben nachgedacht«, erklärte sie und stieg ins Auto. »Mir gefällt die Sache nicht mehr.«

»Einen Versuch ist sie wert«, redete ich ihr zu. Mir schlug die Hitze der staubigen Straße entgegen. »Sei ein bißchen optimistisch!«

»Was springt dabei für dich heraus?« Myra startete den Motor. »Ich finde es verdächtig, wie stark du dich dafür einsetzt.«

»Eine gute Story. Und ein paar Rosinen fallen auch für mich ab. Wenn du bei der Presse wärst, wüßtest du, was ich meine. Das wird nicht nur ein Knüller, der viel Publicity bringt, sondern die bringen dann sogar ein Bild von mir.«

»Es gibt auch Leute, die eure Zeitung nur zum Fleischeinwickeln benutzen«, spottete Myra. Ohne Eile fuhr sie die Straße zurück, die wir gekommen waren.

Ich verzog das Gesicht. »Mußt du das tun? Sarkastische Seitenhiebe ruinieren nur deinen jugendlichen Charme.«

In langen Schleifen ging es jetzt steil bergab. Myra fuhr etwas schneller. Dann tauchte vor uns das kleine Bergdorf auf, an dem wir beim Herauffahren schon vorbeigekommen waren.

»Laß uns hier halten und ein Bier trinken. Ich habe eine ganz staubige Kehle«, bat ich.

Also fuhren wir auf der holprigen Hauptstraße in die Ortschaft, übersahen geflissentlich die Indios, die uns überall hinter bunten Blumenbergen kleine Sträuße zum Verkauf entgegenstreckten, und hielten vor einer Bar. Unter grellfarbenen Markisen standen lange eiserne Tische und Bänke. Von drinnen drang der Gestank nach abgestandenem Bier und Schweiß ins Freie.

»Wir bleiben draußen«, bestimmte ich und setzte mich. »Der Mief erinnert mich nämlich an unsere Redaktion.«

Myra nahm neben mir Platz. Sie setzte den breitrandigen Strohhut ab und legte ihn auf den Tisch.

Ein magerer alter Mexikaner kam heraus und fragte nach unseren Wünschen. Ein merkwürdig gehetzter Ausdruck lag in seinen Augen und gab mir zu denken.

Ich bestellte für uns Bier, und er entfernte sich wortlos. »Kerle gibt's, die sehen aus, als würde ihnen nicht nur der Hut aufs Hirn drücken.« Ich knöpfte die Jacke auf und lüftete mein verschwitztes Hemd.

»Die sehen doch alle so aus«, meinte Myra gleichgültig.

»Denen jagt ja schon die Fliege an der Wand einen Schrecken ein. Früher haben sie mir leid getan, aber jetzt ...« Sie verstummte und schaute mit aufgerissenen Augen über meine Schulter.

Ich drehte mich um.

In der Tür zum Lokal stand der dickste Mann, den ich je gesehen habe. Er war nicht nur dick, sondern auch ein Riese, weit mehr als sechs Fuß groß. Auf seinem Kopf saß der übliche Sombrero aus Stroh. Ein *sarape* hing über seinen massigen Schultern. Darunter bemerkte ich aber einen sauberen dunklen Anzug und mexikanische Reitstiefel aus weichem, mit silbernen Ornamenten verziertem Leder.

Er lehnte am Türrahmen, eine Zigarette hing von seinen wulstigen Lippen, seine schwarzen Augen waren auf Myra gerichtet.

Vor allem seine Augen fielen mir auf. Sie waren flach wie die einer Schlange. Der Blick dieses Kolosses störte mich. Er gehörte nicht in das Dorf, dessen war ich sicher. Er war etwas Besseres. Er versuchte Myra anzumachen, und das gefiel mir nicht.

»Sieh dir den an«, sagte Myra. »Das war bestimmt mal ein Zwilling, und dann hat ihn die Mutter im zu heißen Bad mit dem anderen zusammengekocht.«

»Spar dir deine witzigen Bemerkungen für mich auf, Apfelblüte«, warnte ich leise. »Dem Typ da werden die nicht gefallen.«

Der fette Mann nahm die Zigarette aus dem Mund und schnippte sie zu mir herüber. Sie landete zwischen Myra und mir auf dem Tisch.

Jedem anderen Kerl hätte ich dafür die Ohren langgezogen, doch ich lege mich nicht gern mit Burschen an, die zweimal so groß sind wie ich. Ich habe das ja schon einmal erwähnt. Richtig besehen war der Mann sogar dreimal so groß. Von dem würde ich ziemlich viel schlucken, bevor ich mit handfestem Protest startete.

Myra hatte keine Hemmungen, mich zu einem Händel zu provozieren. Typisch Frau! Sich in einen ungleichen Kampf zu stürzen, ist für die ein Liebesbeweis.

»Warum gibst du dem dicken Kerl nicht eins vor den Latz?«
forderte sie mich auf.

Vielleicht konnte der Bursche ja nur seine Muttersprache.
Doch woher sollte ich das wissen? Heutzutage sind die unmög-
lichsten Leute gebildeter, als man denkt.

»Was verlangst du von mir?« flüsterte ich. »Daß ich Selbst-
mord begehe?«

»Soll der Fettkloß mich einfach beleidigen dürfen?« Myras
Augen blitzten. »Schau dir das an!« Sie zeigte auf die Kippe, die
dicht neben ihrer Hand vor sich hin glühte.

»Das kleine Ding!« besänftigte ich sie hastig. »Das war sicher unbeabsichtigt. Beruhige dich, das hat nichts zu bedeuten.
Warum müssen Frauen wie du immer für Stunk sorgen?«

In diesem Moment kam der magere Mexikaner aus der Bar.
Er zwängte sich an dem fetten Typ vorbei, als sei dieser eine gif-
tige Spinne. Er stellte uns zwei Bier auf den Tisch und zog sich
hastig in seinen Laden zurück.

Der Kerl an der Tür rauchte schon wieder. Und wieder nahm
er die angerauchte Zigarette und schnippte sie in unsere Richtung. Schnell bedeckte ich mein Glas mit einer Hand, als die
glimmende Kippe durch die Luft geflogen kam. Sie fiel aber in
Myras Glas.

Bevor sie etwas sagen konnte, tauschte ich die Gläser aus.
»Hier, Honey. Und jetzt sei ein Schatz und mach keinen Wirbel!«

Ihre Miene verkündete nichts Gutes. Sie war weiß geworden.
Ihre Augen erinnerten mich an die von einer Katze im Dunkeln.

Plötzlich lachte der Dicke. Es klang scheppernd und brachte
seine Koteletten und den gezwirbelten Schnurrbart zum Wak-
keln. »Dem Señor fließt wohl Milch durch die Adern?« Er
schlug sich auf die fetten Schenkel und schien sich köstlich zu
amüsieren.

Ich erwägte, aufzustehen und ihm eins draufzugeben, doch
irgend etwas hielt mich zurück. Seit einiger Zeit schlage ich
mich schon durch dieses Land und bin so manchem dieser rau-
hen Kerle begegnet. Der aber war nicht wie die anderen. Gegen

den könnte ich nur etwas mit einer Waffe ausrichten. Ja, so einer war das, und ich besaß kein Schießeisen.

Myra aber ließ sich nicht einschüchtern. Sie bedachte ihn mit einem Blick, der ein ausbrechendes Pferd zum Stehen gebracht hätte. »Kühlen Sie sich in der Badewanne ab, Sie fette Tunte, falls vom Wasser überhaupt was drinbleibt, wenn Sie reinsteigen!«

Man hätte eine Stecknadel auf den Boden fallen hören können.

Der Fettkloß hörte auf zu lachen. »So klein und riskiert so 'ne große Lippe!« knurrte er. »Ich würde mich damit etwas vorsehen.«

Mann! Konnte der vielleicht böse dreinschauen!

»Gehen Sie aus der Sonne, Dicker, sonst stehen Sie bald in 'ner Fettlache«, empfahl ihm Myra. »Ziehen Sie endlich Leine!«

Der Typ schob eine Hand unter seinen *sarape*. Jetzt greift er nach seinem Waffenlager, fürchtete ich und sagte schnell: »Wir wollen eigentlich keine Schwierigkeiten, Kumpel. In zwei Minuten sind wir weg.«

Er sah mich nicht an. Und er rührte sich nicht einmal mehr. Starr wie ein Fels stand er da. Die Augen traten ihm wie langstielige Pilze aus den Höhlen.

Da schaute ich zu Myra. Ihre Hände lagen auf dem Tisch, und aus ihren zu einer Schale zusammengelegten Fingern lugte der Kopf einer kleinen grünen Schlange. Der spatenförmige Kopf schnellte in einer zuschlagenden Bewegung vorwärts, und die gespaltene Zunge züngelte so bedrohlich, daß ich das Bibbern bekam. Plötzlich breitete Myra die Hände auseinander, und die Schlange war verschwunden. Als wären sie gute alte Freunde, so lächelte Myra jetzt den Dicken an.

Sie hätten sein Gesicht sehen sollen. In der einen Minute voller Imponiergehabe, Verschlagenheit und Selbstsicherheit und in der nächsten wie ein Ballon, aus dem die Luft rausgelassen wurde. Er legte eine Hand über die Augen, dann schüttelte er den Kopf. Er schien sich ordentlich zusammenreißen zu müssen.

»Haben Sie nicht gehört, was ich gesagt habe?« fragte Myra. »Nun mal los! Sie verbrauchen zuviel Luft.«

Der magere Mexikaner kam herausgelaufen und flüsterte dem Dicken etwas zu. Ängstlich zeigte er die Straße hinunter.

Der Dicke folgte der Richtung des zitternden Fingers, dann schaute er uns finster an. »Wir sehen uns wieder. Vor allem mit der Señorita bin ich noch nicht fertig. Die hat mir ein zu großes Mundwerk. Eine Wespe reinsetzen und die Lippen zunähen, das wär doch was?« Er verschwand in der Bar und überließ es dem dürren Mexikaner, eine Staubwolke zu beobachten, die auf der Straße in ziemlich schnellem Tempo auf uns zukam.

Ich lockerte meinen Kragen. »Hast du dir das von der Wespe gemerkt? Aber du mußtest den einen Kerl ja unbedingt provozieren!«

»Vergiß es.« Myra angelte sich ihren Hut. »Der war ja so gelb wie ein Kanarienvogel.«

»Habe ich gesehen. Aber ich fand, er hat nicht schlecht gezwitschert. Los, hauen wir auch ab. Mir schwant, mit der Wolke kommt nichts Gutes auf uns zu.«

Kaum hatten wir den Wagen erreicht, galoppierte eine Gruppe Soldaten heran. Ein kleiner Bursche, dessen Hautfarbe an vertrockneten Schmelzkäse erinnerte, lenkte seinen Gaul zu uns und sprang ab. Ein Offizier, wie ich an seinem schmutzigen Hemd erkannte, und sichtlich nervös.

»Hallo«, grüßte ich und tastete automatisch nach meinen Papieren. Die interessierten ihn nicht. Aber er wollte wissen, ob wir irgendwo einen großen, dicken Mann gesehen hätten.

»Nicht daß ich wüßte«, meinte ich. »Vielleicht haben andere ihn gesehen. Haben Sie schon gefragt?«

Der Offizier spuckte auf den Boden. »Er sei hier gewesen, behaupten welche. Noch vor fünf Minuten.« Seine Hand lag locker auf dem Revolverknauf.

Myra öffnete die Lippen, aber ich tat, als stolperte ich, mein Ellbogen traf sie in die Seite, und das verschlug ihr den Atem.

»In fünf Minuten kann viel passieren«, antwortete ich. »Vielleicht hatte er's eilig. Um wen handelt es sich denn?«

Doch der Offizier beachtete mich nicht mehr. Er ging zu dem mageren Mexikaner. Ich aber stieß Myra in den Wagen und stieg ebenfalls ein. Nur weg von dem, was uns hier vielleicht noch blühen könnte!

»Warum hast du ihm nichts gesagt?« ereiferte sich Myra, als sie wieder Luft bekam. »Hast du vor dem Dicken etwa Angst?«

»Das hat nichts mit Angst zu tun.« Ich startete und legte den Gang ein. »Aber ich kenne dieses Land gut genug, um mich nie mehr in etwas einzumischen. Bis jetzt hat sich das immer recht gut bewährt, deshalb bleibe ich dabei.«

Ich jagte den Wagen die Straße nach Orizaba hinunter.

Mit einemmal lachte Myra. »Hast du unseren Dicken während meines Schlangentricks beobachtet?«

»Habe ich«, bestätigte ich grimmig. »Und ich habe die Drohung mit den Wespen gehört.«

»Na und? Denkst du, der meint das ernst?«

»Und ob! Einer wie der bringt so was fertig, ohne sich was dabei zu denken. Wenn wir ihn das nächste Mal treffen, knall ich ihn gleich ab, ohne mich vorher zu entschuldigen.«

Meine Worte beeindruckten Myra. Schweigend legten wir das letzte Stück Weg bis zum Hotel zurück.

Bogle saß bei einem Bier auf der Veranda und winkte, als wir die Stufen heraufstiegen. »Wo sind Sie gewesen?« erkundigte er sich, stellte den Bierkrug ab und stand auf. »Der Doc fürchtete schon, daß Sie ihn im Stich lassen würden.«

»Hallo, Samuel«, sagte Myra. »Bleiben Sie lieber im Schatten. Die Sonne scheint Ihnen zuzusetzen.«

Mißmutig beobachtete Bogle, wie sie im Hotel verschwand. »Eines Tages wird sie sich gehörig den Mund verbrennen! Man kann eben nicht vorsichtig genug sein, wenn man sich 'ne Blonde aufreißt. Einmal hatte ich eine mit dem gleichen Haar wie sie. Aber die hatte das netteste Mundwerk, das man sich nur denken kann. Sie hätten sich gewundert, was für Kosenamen die mir gegeben hat!«

Mich wunderte, eine sentimentale Ader in Bogle zu entdekken, behielt das jedoch für mich. »Ihr Liebesleben interessiert mich nicht.« Ich lächelte ironisch. »Und mit Kosenamen allein kommen Sie auf keinen grünen Zweig. Wo ist der Doc?«

»Der schiebt sich was in den Rachen«, erwiderte Bogle leicht gekränkt. »Ich hatte keinen Hunger, aber jetzt könnte ich was brauchen.«

»Dann tun wir uns doch zusammen was Gutes an. In Gesellschaft schmeckt's besser.«

Bogle dachte mit gerunzelter Stirn nach. »Ich esse lieber allein als mit der blonden Klugscheißerin. Ich warte noch«, entschied er dann. »Wenn ich mich schon zum Essen setze, möchte ich's auch genießen können.«

»Wie Sie wollen.« Ich entfernte mich in Richtung Lounge.

In diesem Moment kam ein kleiner Indiojunge atemlos die Verandastufen herauf. Ein schmutziges Kerlchen in einem dreckigen weißen Hemd und einer zerrissenen Hose. Er trug einen kleinen Holzkasten und musterte Bogle abschätzend.

Bogle grinste ihn an. »Na, mein Sohn, willst du dem alten Onkel Sam was erzählen?«

Den Kopf etwas zur Seite geneigt, betrachtete ihn der Kleine und trat unschlüssig von einem nackten Fuß auf den anderen.

»Kinder mag ich«, erklärte Bogle zu mir gewandt und bohrte mit einem Fingernagel zwischen den Zähnen. »Ein netter Knirps, oder?«

Der Knirps tappte zögernd etwas näher. »Polieren, Johnny?« fragte er hoffnungsvoll.

»Na komm schon, sag Onkel Sam, was du willst. Brauchst keine Angst zu haben«, meinte Bogle, ein lüsternes Glänzen in den Augen.

Der Kleine traute der Sache noch nicht recht, stellte aber den Kasten ab und wiederholte: »Polieren, Johnny?«

Bogle schaute zu mir. »Polieren? Was meint er damit?«

»Ihre Schuhe polieren, was denn sonst?« erwiderte ich grinsend. »Für Onkel Samuels Märchengesäusel ist der nicht mehr zu haben.«

»Nicht?« Enttäuscht verzog Bogle den Mund. »Und ich dachte, der Knirps suche nach Gesellschaft.«

»Polieren, Johnny?« wiederholte der Kleine eintönig.

»Das scheint sein einziger Wortschatz zu sein.« Dann bemerkte Bogle, daß der Kleine unruhig wurde, und winkte großzügig. »Bediene dich, Sohn!« Und er streckte ihm einen seiner großen Füße entgegen.

Flink kauerte das Kerlchen nieder und krempelte Bogles Hosenbeine hoch.

»Ich bin hungrig«, sagte ich. »Ich sage denen, daß sie Ihnen was aufheben sollen.«

»Was gebe ich dem Knirps?« fragte Bogle und schaute zu, wie der seinen Schuh bürstete.

»Was Sie wollen. Diese Kinder sind nicht wählerisch.«

Ein anderer Junge in rotem Hemd huschte die Stufen herauf, warf einen Blick auf Bogle, stürmte vorwärts und stieß den Weißhemdigen zur Seite.

Bogle blinzelte. »He, was soll das?« wollte er wissen, als der Rothemdige sein Putzzeug auszubreiten begann.

»Sie haben die Konkurrenz angelockt.« Die Geschichte fing an, mir Spaß zu machen. Ich lehnte mich gegen die Wand und wartete ab. Aus Erfahrung wußte ich nämlich, was für Blutegel diese Burschen sein konnten, sobald man sie dazu ermutigte.

»Die Kinder mögen mich eben. Ich hab's ja gesagt«, meinte Bogle geschmeichelt. »Jetzt kämpfen sie sogar um mich.«

Er schien recht zu haben, denn sowie der Weißhemdige sich von seiner Überraschung erholt hatte, packte er den Rothemdigen an der Gurgel und drückte zu.

Bogle war entsetzt. Er riß die beiden auseinander und hielt sie, jeden in sicherer Entfernung vom anderen, fest. »He! Benimmt man sich so? Jetzt hört mal zu, ihr zwei . . .«

Der Rothemdige trat nach dem Weißhemdigen und traf mit voller Wucht Bogles Schienbein. Bogle ließ die beiden los, als hätte er sich an ihnen verbrannt, und umschloß zähneknirschend sein Bein.

Währenddessen rauften sich die Jungen auf der Veranda.

»Heiliger Florian!« stieß Bogle heraus. »Können Sie das nicht stoppen?«

»Da mische ich mich nicht ein«, erklärte ich lakonisch, ohne die Raufbolde aus dem Auge zu lassen. »Ich spiele nur den Historiker.«

Darauf sprang Bogle auf und schaffte es, die Jungen zu trennen. »Schluß jetzt, ihr zwei!« schimpfte er. »Jeder von euch kann einen meiner Schuhe polieren. Wie findet ihr das?«

Keiner der beiden hatte ihn verstanden. Sie beruhigten sich aber und sahen ihn aufmerksam an.

Bogle war mit seiner Taktik zufrieden. »Sehen Sie«, sagte er und setzte sich wieder, »ich kann mit Kindern umgehen. Man muß nur vernünftig mit ihnen sprechen.«

Kaum hatte Bogle Platz genommen, fielen die Jungen über ihn her und packten sein rechtes Bein. Jeder boxte dabei auf den anderen ein, und Bogles Bein wurde von einer zur anderen Seite gezerrt. Erschrocken, die Augen weit aufgerissen, klammerte sich Bogle am Tisch fest.

Sie kämpften wie wild um sein Bein, bissen sich wie zwei Bullterrier daran fest.

»Sam!« Mir war schlecht vor Lachen. »Sie müssen vernünftig mit denen reden!«

Schließlich schlug er mit seinem Hut nach ihnen, und sie ließen von ihm ab. Schwer atmend standen sie da, und wäre er ein lecker braungebrutzeltes saftiges Kotelett gewesen, hätten sie ihn auch nicht gieriger angestarrt.

Als sie sich von neuem auf ihn stürzen wollten, hob er drohend den Hut. »Bleibt ja weg, ihr Mistkäfer!« knurrte Bogle, und als er mich lachen sah: »Was ist daran so witzig? Sagen Sie denen lieber, daß sie aufhören sollen!«

Also ging ich zu den Jungen und erklärte ihnen, daß jeder einen von Bogles Schuhen putzen dürfe und sie zu streiten aufhören sollten.

Sie dachten einen Augenblick darüber nach und wollten wissen, ob die Bezahlung auch geteilt werden könne.

Ich übersetzte das für Bogle.

»Ach, die sollen sich doch zum Teufel scheren!« Bogles Geduld war zu Ende. »Das sollen nette Kinder sein? Nichts als

Geld haben diese Bengel im Kopf. Ich habe genug von denen!«

»Ich denke, Sie sind so ein großer Kinderliebhaber? Das wird die bitter enttäuschen.«

Bogle fächelte sich mit dem Hut Luft zu. »Na und?« grollte er. »Was ist mit mir? Die haben mir beinah mein gottverdammtes Bein gebrochen.«

»Wie Sie meinen.« So erklärte ich den Knirpsen, daß Bogle kein Interesse mehr habe. Es dauerte, bis sie begriffen, dann fingen sie an, in den höchsten Tönen zu plärren.

»Jetzt sehen Sie, was Sie angerichtet haben«, sagte ich.

»Schaffen Sie sie weg!« forderte Bogle verwirrt. »Die bringen ja die ganze Nachbarschaft auf die Beine!«

Myra und Doc Ansell kamen herausgelaufen.

»Was ist denn hier los?« Verständnislos blickte Ansell über die Gläser seiner Sonnenbrille hinweg.

»Nichts«, brummte Bogle. »Die Knirpse hier brüllen nur so. Kein Grund zur Aufregung.«

»So, jetzt verängstigen Sie auch arme Kinder!« beschimpfte ihn Myra aufgebracht. »Sie sollten sich schämen, Sie Monstrum!«

Bogle schloß die Augen und trommelte ebenso aufgebracht auf die Tischplatte. »Schon wieder Sie! Jedesmal, wenn ich den Mund aufmache, kriege ich von Ihnen eins gewischt. Jetzt hören Sie mal zu, die Knirpse wollen mir die Schuhe putzen. Ich will sie aber nicht geputzt haben, verstanden? Gibt es dazu noch was zu sagen?«

Die Jungen hörten auf zu heulen und schauten erwartungsvoll auf Myra. Die ist auf unserer Seite, sagte ihnen ihr sicherer Instinkt.

»Und warum wollen Sie sie nicht putzen lassen?« fragte Myra. »Die sehen ja wie ausgegrabene Särge aus.«

Bogle lockerte seinen Kragen. »Ist mir egal, wie sie aussehen. Ich will sie nicht putzen lassen«, entgegnete er wütend. »Und wenn ich sie geputzt haben will, tu ich das selber.«

»So ein Quatsch!« erwiderte Myra. »Für mich ist das reine

Boshaftigkeit. Sie wollen den Jungen nur nichts fürs Schuheputzen bezahlen, sondern hätten es gern für umsonst.«

Bogle nahm den zinnernen Bierkrug und drückte ihn mit seinen Pranken flach. »Ich habe meine Meinung geändert«, zischte er. »Ich will die Schuhe nicht geputzt haben!«

»Die Meinung geändert«, wiederholte Myra. »Wer ist schon so blöd, sich um die zu kümmern?«

Fast sah es aus, als bekäme Bogle einen Asthmaanfall. Er krümmte die Finger.

»Warum regen wir uns eigentlich so auf?« mischte Ansell sich besänftigend ein. »Wenn Bogle die Schuhe nicht geputzt haben will, gibt es nichts mehr dazu zu sagen. Wir sind doch nur herausgelaufen, weil es sich anhörte, als hätte sich jemand verletzt. Kommen Sie, Myra, essen wir weiter.«

»Es ist schlimm für die Jungen, wenn sie so enttäuscht werden«, fuhr Myra mitfühlend fort. »Haben Sie noch nie was vom unterdrückten Volk gehört?«

Bogle schaute Myra verunsichert an.

»Mich würde mein Gewissen plagen«, sagte Myra. »Das alles nur wegen eines Pesos! Denn daß Sie sich das nicht leisten können, glaube ich nicht. Oder haben Sie ein Loch im Sparstrumpf?«

»Ja, ja!« Das Gerede machte Bogle ganz wirr. »Warum lasse ich sie mir eigentlich nicht putzen? Ist doch egal! Sollen die Knirpse ruhig was tun.«

»Endlich!« freute sich Myra. »Und dafür so ein Theater!« Sie schaute lächelnd zu den Jungen und zeigte auf Bogles Schuhe.

Die Knirpse fielen darüber her wie Terrier über eine Ratte. So etwas habe ich noch nie erlebt. Bogle, die zwei Knirpse und der Stuhl flogen krachend um, daß es Bogle fast die Zähne ausschlug. Die beiden Jungen rauften sich mit Bogle, rauften miteinander und dann wieder mit Bogle. Sie zogen ihm einen Schuh aus und warfen ihn auf den Platz, dann verrenkten sie Bogle die Zehen.

Bogle lag hilflos auf dem Rücken und gab einen summenden Ton von sich, als hätte er eine Biene verschluckt.

Jetzt nahmen sich die Kinder den anderen Schuh vor. Sie beschmierten ihn, sich selbst, den Boden und Bogle mit schwarzer Schuhcreme. Der Weißhemdige geriet derart in Ekstase, daß er Bogles Brust als Trampolin benutzte.

Myra und ich hingen aneinander und lachten Tränen.

Ansell nahm die Brille ab. »Die passen hoffentlich auf«, meinte er nachsichtig. »Wie schnell hat man dabei jemanden verletzt.«

Sobald der Weißhemdige Luft geschnappt hatte, packte er Bogles anderen Fuß, sah, daß der Schuh daran fehlte, ließ ihn fallen und drehte sich zu dem Rothemdigen um. Den reizte, was er in dessen Blick las. Flink klemmte er sich Bogles Fuß unter den Arm und lief im Kreis herum. Bogle drehte sich dadurch wie ein Kreisel.

Plötzlich verloren die Jungen das Interesse an dem Spiel und ließen von ihrem Opfer ab. Mehr sei die Sache nicht wert, dachten sie vielleicht. Jedenfalls hörten sie auf, im Kreis zu laufen, wechselten einen kurzen Blick, nickten, schauten Bogle gleichgültig an und packten ihre Putzutensilien zusammen. Dann bauten sie sich vor Bogle auf, grinsten und streckten ihm zur Bezahlung die schmutzigen Hände hin.

»Bezahlen Sie«, riet ich ihm erschöpft. »Sonst fangen die gleich noch einmal an.«

Hastig kramte Bogle ein paar Münzen heraus und warf sie den Knirpsen hin. Während die das Geld aufklaubten, richtete er sich schwerfällig auf und inspizierte einen langen Riß in seiner Hose.

»Nehmen Sie's nicht tragisch, Samuel«, meinte Myra. »Sie brauchten sowieso einen neuen Anzug.«

Bogle sah sie mit leerem Blick an. Er humpelte über die Veranda und auf den Platz, sammelte seinen Schuh ein und zog ihn an. Verdrossen musterte er seine Füße. Vorher hatten die Schuhe nur staubig ausgesehen, jetzt waren sie reif für den Mülleimer.

»Hoffentlich seid ihr jetzt alle zufrieden«, sagte er finster.

»Seht die zwei Bengel an.« Myra wischte sich die Augen trocken. »Die sind jetzt quietschvergnügt.«

»Ja, quietschvergnügt«, brummte Bogle. Zermürbt tappte er auf die Veranda zurück.

»Nun, ich habe mich köstlich amüsiert«, stellte Myra mit einem zufriedenen Seufzer fest. »Das hätte ich auf keinen Fall verpassen wollen. Und Sie sollten sich freuen, Samuel, daß Sie die Kinder so glücklich gemacht haben. Eigentlich sind Sie ja gar nicht so übel.«

Sie winkte den Knirpsen, die aus einiger Entfernung mit zufriedenen Gesichtern zu ihnen herüberschauten, und wandte sich dann um, um in die Lounge zurückzugehen.

Da zog Bogle einen Silberpeso aus der Tasche, hielt ihn hoch, damit die Jungen ihn sehen konnten, und zeigte mit einem triumphierenden Aufblitzen in den müden Augen auf Myras Schuhe.

Wie der Blitz schossen die beiden heran. Myra blieb keine Zeit zur Flucht. Sie schrie entsetzt auf. Im gleichen Moment flogen ihre Beine in die Luft, und sie plumpste krachend auf den Boden. Ein Geräusch, das wie Musik in Bogles Ohren klang.

Myra verschwand unter den zwei Knirpsen.

Bogle machte es sich in einem Korbsessel bequem. Der scharfe Ton reißenden Stoffs war zu hören. Für Bogle die reinste Erholung. Zum ersten Mal, seitdem ich ihn kannte, sah er richtig fröhlich aus.

SECHSTES KAPITEL

In den folgenden zwei Tagen gab es viel für mich zu tun. Am kommenden Donnerstag, bis dahin waren es noch drei Tage, wollten wir nach Pepoztlan fahren. Es gab eine Menge zu erledigen. Um Myra das Aussehen einer Sonnenjungfrau zu geben, mußten wir ein passendes Kleid für sie finden, und so etwas gab es nur in Mexiko-Stadt. Es war nicht leicht, aber Juden besorgte uns eines. Wahrscheinlich mit Hilfe seiner Freundin, des Kindermädchens. Er allein hätte nämlich niemals einen so tollen Fummel gefunden. Selbst Myra war entzückt.

Das Kleid war eine Mischung aus Nachtgewand und Chorhemd. Sehr schlicht, aber es paßte ihr, und sie sah richtig gut darin aus. Nichts kleidet eine Blondine so gut wie weiße Seide. In dem Ding wirkte Myra, als könne sie nie ein böses Wort sagen oder etwas Niederträchtiges tun.

»Wie eine Heilige sieht die Kleine aus«, sagte der Doc zu mir, nachdem Myra sich umziehen gegangen war. Fast gerührt wiederholte der alte Knabe: »Wirklich, wie eine Heilige!«

»Wenn du dabei an einen heiligen Bernard denkst, mag das vielleicht stimmen«, grunzte Bogle. »Mir streut die Verkleidung jedenfalls keinen Sand in die Augen.«

Was Bogle dachte, war mir gleichgültig. Er zählte nicht. Ansell hatte recht. Myra sah ihrer Rolle entsprechend aus, und wenn sie den Indio dadurch nicht bluffen konnte, wollte ich einen Besen fressen.

Außer Myra einzukleiden, die Rolle mit ihr zu proben und einige effektvolle Zaubertricks aus ihrem Repertoire auszuwählen, mußte ich ja noch die Entführung organisieren.

So einfach war das nicht, und weder Ansell noch Bogle sollten etwas davon erfahren. Ich mußte also einen Vorwand erfinden, um mit dem schon einmal erwähnten Mexikaner Kontakt aufnehmen und ihn für mein Vorhaben gewinnen zu können.

Als ich ihn dann schließlich erwischte, war das Schwierigste getan. Der Job gefiel ihm. Ich kannte den Mann schon länger. Er hieß Bastino und war nur ein Gelegenheitsbandit, der es nie zu etwas brachte. Ich tat ihm einmal einen Gefallen und konnte ihm deshalb vertrauen. Viel hatte er sowieso nicht zu tun. Lediglich Myra aus dem Gasthaus zu entführen, das ich für unseren Aufenthalt in Pepoztlan vorgesehen hatte. Sein Auftritt kam natürlich erst, nachdem sie von ihrem Ausflug zu Quintl zurückgekehrt war. Ich gab ihm hundert Mäuse vorweg und versprach ihm weitere dreihundert nach Erledigung des Auftrags.

Ein hübscher Plan, fand ich. An dem Vormittag, an dem wir nach Pepoztlan aufbrechen wollten, ereignete sich indessen etwas, das die ganze Geschichte veränderte.

Wir wollten gerade ins Auto steigen, als einer vom Postamt, sichtbar aufgeregt, angerannt kam.

»Was gibt's?« rief ich und ging ihm entgegen.

Er übergab mir ein Telegramm, trat dann etwas zurück und sah mich erwartungsvoll an. Ich drückte ihm einen halben Dollar in die Hand. Während ich zum Wagen zurückkehrte, öffnete ich das Telegramm.

Es kam von Juden. Ich fluchte leise, als ich die Mitteilung las. Die anderen drei beobachteten mich.

»Das bringt alles zum Platzen«, sagte ich durch das heruntergelassene Wagenfenster. »In den Bergen ist eine Revolte ausgebrochen. Ich muß zur Berichterstattung hin.«

»Was für eine Revolte?« fragte Ansell stirnrunzelnd.

»Wieder einmal ein Aufstand«, erklärte ich verstimmt. »Die Burschen können ja keine fünf Minuten Ruhe geben! Ein Haufen Bandidos ist über einen Trupp Soldaten hergefallen und hat ihnen allen die Kehle durchgeschnitten. Ein anderer Trupp Soldaten hat sich bereits aus der Hauptstadt in Bewegung gesetzt und soll mit den Aufständischen abrechnen. Ich muß dorthin und über die Kämpfe berichten. Das kann eine Woche dauern.«

»Aber das darfst du nicht tun!« protestierte Ansell. Wir waren inzwischen etwas vertrauter miteinander geworden. »Quintl erwartet uns. Wenn wir Myra jetzt nicht auf ihn loslassen können, klappt das nie!«

Ich überlegte und mußte ihm zustimmen. Andererseits mußte ich für den *Reporter* meine Arbeit tun. Die breite Masse amerikanischer Zeitungsleser wollte über die Soldaten informiert werden, denen die Kehle durchgeschnitten wurden. Solche interessanten Bagatellen bekam man nicht jeden Tag zu lesen.

»Tut mir leid«, sagte ich. »Ihr müßt das eben ohne mich durchziehen. Einfach genug ist es, und in ein paar Tagen stoße ich zu euch. Ich komme nach Pepoztlan. Sorgt dafür, daß Myra mit diesem Quintl zusammentrifft, und wartet dann im Gasthaus auf mich. Alles klar?«

»So, jetzt läßt du mich also einfach im Stich«, beschwerte sich Myra.

»Mach keine Zicken«, bat ich. »Du schaffst das ohne weiteres, das weiß ich.« Ich umschloß ihre Hand. »Und du wartest doch auf mich, Baby? Ich möchte dich gern wiedersehen.«

»Wenn das noch lange so geht, muß ich kotzen«, warf Bogle ein und verzog angewidert das Gesicht. »Euer Gesäusel macht mich ganz krank.«

Das wirkte. Myra, ihre Miene verhärtete sich, startete den Motor und sagte: »Okay, renn deinem dämlichen Aufstand hinterher. Oder glaubst du, mir macht das was aus?« Damit brauste sie, eine Staubwolke hinter sich zurücklassend, davon.

Das war's also.

Wie zu erwarten war, richtete der Trupp Soldaten überhaupt nichts aus. Als sie an den Ort kamen, wo ihre Kameraden abgeschlachtet wurden, fanden sie weder die Leichen vor noch irgendeine Spur der Banditen. Ich verschwendete meine Zeit, indem ich ein paar Tage mit ihnen zu Pferde herumzog, bis sie es dann satt hatten und aufgaben. Ein paar Fotos der Gegend und ein schleppender Bericht über die erfolglose Jagd, mehr sprang dabei nicht für mich heraus. Ich sandte beides ab, verabschiedete mich bei dem Captain der Truppe, der mich offensichtlich recht gern gehen sah, und ritt auf dem schnellsten Weg nach Pepoztlan.

Pepoztlan war ein winziges Dorf an einem Berghang, dessen Hauptstraße unmittelbar aus dem Berg herausgehauen war. Die wenigen rosafarbenen Steinhäuser überblickten das breite Plateau, an dessen anderem Ende die Indianersiedlung lag.

Ich traf Ansell und Bogle bei einer Siesta im Schatten des Gasthauses an. Es war nichts Besonderes, doch es gab da einen guten Wein, und gelegentlich fand man im Essen auch ein Stück Hühnerfleisch. Ich war schon einmal dort gewesen und wußte mehr oder weniger, was mich erwartete.

Ich kam Samstag nachmittags an. Da Myra bereits am vergangenen Donnerstag diesen Quintl hatte aufsuchen sollen, glaubte ich, daß alles schon überstanden wäre. Ich wollte mich daher sofort mit Bastino in Verbindung setzen und die Entführung in Gang bringen.

Es überraschte mich deshalb, daß ich nur Ansell und Bogle sah, als ich in den Patio geritten kam.

Ich glitt vom Pferd, warf einem Jungen die Zügel zu und ging auf die beiden zu.

»Wo ist Myra?« fragte ich, ehrlich gesagt, etwas beunruhigt. Beide schauten mich recht kläglich an, und Ansell übernahm es zu antworten: »Sie ist auch noch da. Aber jetzt setze dich erst mal und trinke was.«

»Ja, das Zeug hier putzt dir die Kehle«, sagte Bogle. Er füllte einen Becher aus Horn und schob ihn mir zu.

»Was heißt das . . . sie ist auch noch da?«

»Sie hatte vollen Erfolg bei Quintl«, erklärte Ansell nervös. »Die wollen sie nicht mehr weglassen.«

Ich schaute von einem zum anderen. »Das verstehe ich nicht. Wie lange soll sie denn dortbleiben?«

Bogle nahm den Hut ab und kratzte sich am Kopf. »Hör mal zu, Bruder. Diese Indios machen mir angst. Mit denen möchte ich mich nicht streiten.«

»Halt die Klappe, Bogle«, wies ihn Ansell zurecht. »Laß mich das erklären.«

»Und zwar ein bißchen plötzlich!« Mir war irgendwie flau im Magen. »Was ist passiert?«

»Myra hat übertrieben«, begann Ansell. »Ich warnte sie, doch sie ließ einen Trick nach dem anderen los. Die Indios waren ganz weg und halten sie für die Reinkarnation einer Göttin.«

»Und weiter?«

»Sie wollen sie nicht mehr weglassen«, fuhr Ansell bedrückt fort. »Wir versuchten, Myra einfach mitzunehmen, da wurden sie aber sehr unangenehm.«

»Mit Messern«, sagte Bogle. Es schauderte ihn. »Riesige Messer, so lang wie mein Arm. Ich kann dir sagen, Kumpel, da graust es einen.«

»Und da habt ihr sie einfach denen überlassen?« Mir stieg das Blut in den Kopf. »Eine großartige Leistung! Was seid ihr doch für Männer, Ihr . . . vollgefressenen Memmen!«

Ansell wischte sich mit einem Taschentuch übers Gesicht. »Ich wollte nur auf deine Ankunft warten und dann mit deiner Hilfe einen Trupp Soldaten anfordern.«

»Das dauerte einen Monat, bis die hier wären. Ich dachte, du kennst diesen Indio«, fügte ich ärgerlich hinzu. »Warum hast du nicht gesagt, daß man ihm nicht trauen kann?«

»Du siehst das falsch«, beteuerte Ansell. »Dem würde ich mein Leben anvertrauen. Es war Myras Fehler. Du hättest ihre Zauberkunststücke sehen sollen. Einfach phantastisch! Nie habe ich . . .«

Ich stand auf. »Wir besorgen uns Waffen, gehen hin und holen Myra da raus. Verstanden?«

Bogle riß die Augen auf. »Nur wir drei?«

»Nur wir drei«, bestätigte ich. »Ihr beschafft Pferde und ich die Waffen.«

»Hast du nicht gehört, was ich dir von den Messern erzählt habe?« wandte Bogle ein. »Große, schwere Dolche, so lang wie mein Arm.«

»Ich habe es gehört. Aber das Mädel sitzt unseretwegen in der Tinte, und deshalb holen wir sie da raus.«

Ich ließ sie einfach stehen und rief den Wirt zu mir. »Was können Sie mir an Schießeisen besorgen?« fragte ich ihn, nachdem wir die Hände geschüttelt und uns gegenseitig auf die Schultern geklopft hatten.

»Schießeisen?« Die knopfartigen Augen des Wirtes weiteten sich. Dann sah er meinen Blick und grinste. »Wieder Schwierigkeiten, Señor? Der weiße Señor hat immer Schwierigkeiten.«

»Stehen wir hier nicht lange herum. Bewegen wir uns!« sagte ich und schob ihn ins Haus.

Ich bekam, was ich brauchte: drei Jagdgewehre und drei .38 Automatics.

Als ich zu den anderen kam, hatten sie die Pferde bereits beschafft. Ich gab jedem Gewehr und Pistole, dann stieg ich auf mein Pferd.

»Sollten wir's nicht auf morgen verschieben?« meinte Ansell hoffnungsvoll. »Auf dem Plateau wird es jetzt mächtig heiß sein.«

»Heiß wird es so oder so«, sagte ich und ritt aus dem Patio.

Zur Indianersiedlung mußten wir quer über das breite Plateau, auf dem nur hier und dort eine Baumgruppe stand. Schatten gab es so gut wie keinen.

Durch Hitze und Fliegenschwärme ritten wir eine Stunde bis zu dem Indianerdorf, dessen trostloser Anblick mich schockierte. Das Dorf bestand aus sechs mit Bananenblättern gedeckten Lehmhütten. Einsam standen sie da im grellen Sonnenlicht. Der ganze Ort wirkte wie ausgestorben.

Ich brachte mein Pferd zum Stehen, saß da und starrte auf die Hütten. Jetzt holten mich Doc und Bogle ein und hielten ihre Gäule neben mir an.

»Ist es das?« fragte ich. »Seid ihr sicher, daß wir hier richtig sind?«

»Sind wir.« Bogle rümpfte die Nase. »Palm Beach ist es nicht gerade, oder?« Er stützte die Arme auf den Sattel und beugte sich etwas vor. »Unser Goldschopf ist wahrscheinlich eine glitzerndere Bühne gewöhnt.«

»Halt die Klappe!« Ich war wütend auf Ansell. Schon allein, weil er Myra in so ein Drecksnest gebracht hatte; ganz zu schweigen davon, daß er sie hier einfach allein gelassen hat. Wäre ich bei ihnen gewesen, hätte ich die Sache sofort abgeblasen.

Ansell rutschte vom Pferd und ging langsam den Trampelpfad zwischen den Hütten entlang. Weder Bogle noch ich rührten uns. Mit vorgehaltenen Gewehren saßen wir da und beobachteten ihn.

»Keiner da«, sagte Ansell zurückkommend. »Vielleicht sind sie auf der Jagd oder so.«

Trotz der Hitze fröstelte ich plötzlich, als hätte mich eine eiskalte Hand berührt. »Ich kann euch nur raten, findet sie!« Meine Stimme klang tonlos.

»Quintl hat noch eine Hütte weiter weg im Wald.« Ansell stieg auf und drängte sein Pferd vorwärts.

Wir folgten ihm.

Am Waldrand zwischen Gestrüpp und Felsgestein stand ein kleines, stabil gebautes graues Steinhaus.

»Das ist es«, sagte Ansell und stieg ab.

Beunruhigt blickte Bogle sich um. »Hier möchte ich nicht leben. Irgendwas gefällt mir an dieser Bruchbude nicht.« Er sah mich an. »Hast du nicht auch dieses Gefühl?«

»Spiel hier nicht den Angsthasen«, fuhr ich ihn gereizt an, obgleich mir die modrig düstere Atmosphäre des Hauses auch nicht gefiel. Wahrscheinlich waren es die absolute Bewegungslosigkeit und Stille ringsum, die mich nervös machten. Selbst die Blätter der Bäume rührten sich nicht.

Ich sprang ab, ging zu der verwitterten Holztür und schlug mit der Faust dagegen. Nur das Poltern meiner Faust zerriß die bleierne Stille.

Ich hielt inne und horchte. Ich hatte mit voller Wucht geschlagen, und der Schweiß lief mir übers Gesicht. Abwartend blieben Ansell und Bogle in einiger Entfernung mit den Pferden stehen.

»Da ist niemand«, sagte ich und trat zurück. »Die haben Myra mitgenommen.«

»Hier riecht was wie ein toter Gaul«, fand Bogle und schnüffelte geräuschvoll.

»Mach nicht so 'nen Krach«, befahl ihm Ansell, stieg ab und kam zu mir. »Aber da drinnen muß irgend etwas sein«, fügte er hinzu und drückte gegen die Tür. »Es gibt kein Schloß. Dann ist sie von innen verriegelt.«

Ich trat mit aller Kraft dagegen. Die Tür zitterte, hielt aber stand. Ein banges Gefühl beschlich mich. Warum, das konnte ich nicht erklären. Ich fühlte nur, daß hier etwas vorging, über das ich keine Kontrolle hatte. Trotzdem war ich entschlossen, irgendwie in diese Hütte zu gelangen.

»Steig endlich von dem verdammten Gaul ab!« rief ich zu Bogle gewandt. »Es gibt was zu tun.«

Froh darüber, daß etwas geschehen sollte, glitt Bogle eifrig vom Pferd und kam zu uns. Er musterte die Tür, beugte sich zurück und rammte sie dann mit seiner Schulter. Es krachte und ächzte, und beim zweiten Versuch zersplitterte der Riegel, und die Tür sprang auf.

Ein starker, zum Erbrechen widerlicher Gestank schlug uns entgegen. Er ließ uns zurückweichen.

»Was ist das?« fragte ich, dabei hielt ich mir eine Hand vor Nase und Mund.

»Da drinnen muß schon seit einiger Zeit ein Toter liegen.« Ansell war bleich geworden.

Bogle dagegen eher grün. »Das macht mein Magen nicht mit«, jammerte er und ließ sich auf den grasigen Boden fallen. »Den Gestank kann ich nicht ertragen. Da muß ich kotzen.«

Finster starrte ich Ansell an. »Sie kann doch nicht tot sein, oder?«

»Ruhig Blut!« Auch Ansell kämpfte gegen eine aufsteigende Übelkeit an. »Wartet hier. Ich gehe rein.« Er holte tief Luft, trat in die Tür und spähte ängstlich ins Dunkle. Konnte aber, noch geblendet vom hellen Sonnenschein, nicht so schnell etwas erkennen.

Ich stieß ihn zur Seite. »Weg da«, sagte ich ungeduldig und betrat den eklig stinkenden dunklen Backofen.

Ich blieb stehen, atmete durch den Mund und fühlte, wie der Schweiß an mir herunterlief. Zunächst konnte ich absolut nichts erkennen, dann gewöhnten sich meine Augen ans Dunkle. Jetzt bemerkte ich auf dem Boden eine Gestalt. Sie saß gegen eine Wand gelehnt. Es war Quintl.

Der alte Indianer war in eine schmutzige Decke gehüllt. Sein Kinn war auf die Brust gesunken, die starren Hände ruhten auf dem Lehmboden. Mit zitternden Fingern holte ich ein Streichholz heraus und strich damit über die Steinwand, um es anzuzünden. Langsam näherte ich mich dem Indianer und sah ihn mir an, indem ich die kleine Flamme über seinen Kopf hielt.

Quintls Gesicht begann bereits zu verwesen. Selbst sein Haar zersetzte sich schon.

Mir fiel das Streichholz aus der Hand. Ich wich in Richtung

Tür zurück. Noch nie hatte ich etwas so Ekelerregendes gesehen. Ich glaubte vor Entsetzen durchzudrehen.

Heftig schluckend stand ich in der Tür, unfähig zu sprechen.

Ansell schüttelte mich am Arm. »Was ist los?« fragte er mit schriller Stimme. »Was haut dich so um?«

»Der Indianer.« Mit Mühe unterdrückte ich einen hartnäckigen Brechreiz. »Er ist tot. Seht ihn euch nicht an. So etwas Widerliches habt ihr noch nicht gesehen.« Das Herz schlug mir bis zum Hals. »Aber wo ist Myra?« Unentschlossen spähte ich in die dunkle Hütte zurück. »Da drinnen war nur der alte Indianer.«

»Nach rechts zu gibt es noch einen zweiten Raum«, erklärte Ansell.

Wieder kramte ich nach einem Streichholz, entzündete es und ging in die Hütte zurück. Ohne in die Richtung des Indios zu sehen, machte ich in der hintersten Ecke des Zimmers eine dunkle Türöffnung aus. Von Ansell gefolgt, näherte ich mich vorsichtig.

In der Öffnung blieb ich stehen und schaute hinein. Das Streichholzlicht drang nur wenige Fuß in die Finsternis. Ich machte zwei Schritte vorwärts, verharrte erneut, und im gleichen Moment erlosch die Flamme.

Auf einmal war mir, als sei das alles keine Wirklichkeit, sondern ein Alptraum, in dem mich etwas gespenstisch Unsichtbares aus dem Dunkeln heraus zu erdrücken versuchte. Wäre ich allein gewesen, hätte ich kehrtgemacht, wäre Hals über Kopf ins helle Tageslicht hinausgerannt, und keine zehn Pferde hätten mich in diese unheimliche Finsternis zurückgebracht. Hinter mir war aber Ansell. Seine Hand lag auf meinem Arm, und seine Nähe gab mir die Kraft stehenzubleiben.

»Hörst du irgend etwas?« wisperte er.

Ich lauschte. Doch es war so still, daß ich nur mein eigenes Herz klopfen hörte und Ansells kurze erregte Atemzüge.

Ich zündete erneut ein Streichholz an. Sein Licht erhellte sekundenlang die Kammer, dann umgab uns wieder Dunkelheit.

Im kurzen Aufflammen des Lichtes hatte ich aber einen langen dürren Schatten aus dem hellen Schein ins Dunkle entweichen sehen, lautlos, als wäre es ein aufgeschreckter Geist. Ich bekam es mit der Angst zu tun, als die Flamme erlosch.

»Hier drinnen ist jemand«, flüsterte ich. »Doc, wo bist du?«

»Ruhig Blut, ich bin ja da.« Ansell tätschelte meinen Arm. »Was hast du gesehen?«

»Ich weiß es nicht genau.« Meine Hände zitterten derart, daß ich kein neues Streichholz entzünden konnte. Ich drückte Ansell die Schachtel in die Hand. »Mach Licht! Irgend etwas ist hier drin.«

»Ein Tier?« Auch Ansells Stimme zitterte.

»Keine Ahnung«, stieß ich durch zusammengepreßte Zähne heraus und zog die .38er.

Das Streichholzlicht flammte auf, und erhellte erneut die Kammer für einen kurzen Augenblick. Wir sahen Myra auf einer Pritsche liegen; die Augen geschlossen, bewegungslos. Über ihrem Kopf bewegte sich etwas Schwarzes, Formloses. Als ich näher trat, löste es sich in Tausende, durch das Licht verursachte Schattenfetzen auf.

»Halte das Streichholz höher«, sagte ich.

Nun konnte ich es deutlich sehen: Außer Myra und uns gab es niemanden in der Kammer.

Nie werde ich diesen ersten kurzen Blick auf sie vergessen. In dem schimmernd weißen Gewand, dem um die Schultern drapierten langen Haar und dem kleinen, kalt und starr wirkenden Gesicht, das zur Hüttendecke gerichtet war, sah sie wie eine wunderschöne griechische Göttin aus.

Zu diesem Zeitpunkt hatte ich dafür kein Auge. Furcht hatte sich meiner bemächtigt und bohrte sich wie mit eisigen stählernen Fingern in mein Hirn.

»Hier war noch jemand anderes.« Ich packte Ansell am Arm. »Ganz bestimmt, Doc! Wo ist der jetzt? Zünde ein neues Streichholz an und halte es hoch. Irgendwo muß er doch sein?«

Ansell beachtete mich nicht. Er beugte sich über Myra. »Sie lebt«, stellte er fest. »Sie schläft nur. Schläft in diesem Gestank!« Sanft schüttelte er sie, doch sie öffnete nicht die Augen. »Myra! Wach auf!« Nun schüttelte er etwas kräftiger. »Wach auf!«

Ungeduldig stieß ich ihn beiseite, zog Myra hastig in eine sitzende Position, schob einen Arm unter ihre Knie und holte sie von der Pritsche weg.

Während ich das tat, geschah etwas, was ich niemals vergessen werde.

Als ich Myra nämlich auf meine Arme hob, fühlte ich etwas, das mir das Mädchen wegnehmen wollte. Plötzlich wurde Myra so schwer, daß ich sie kaum mehr tragen konnte. Außerdem war mir, als hielten zwei Hände meine Beine fest. Ich konnte nur mühsam einen Fuß vor den anderen setzen.

Irgendwie kämpfte ich mich vorwärts und hielt Myra dabei fest an mich gepreßt. So taumelte ich in den Sonnenschein hinaus und schrie Bogle zu, er solle die Pferde holen.

Bogle stand wieder auf den Füßen, seine Augen groß wie Spiegeleier und voller Panik. »Was ist passiert?«

Hinter mir her stürzte Ansell aus der Hütte, aschfahl das Gesicht. Er holte mich ein und stammelte atemlos: »Warte, ich will sie untersuchen!«

»Du rührst sie nicht an!« protestierte ich. »Du hast ihr genug angetan. Los, Bogle, halte sie, bis ich aufgestiegen bin!« Ich schwang mich aufs Pferd, und Bogle hob Myra vor mich auf den Sattel.

»Was ist mit ihr?« erkundigte er sich, hörbar besorgt.

»Keine Ahnung.« Ich lenkte den Gaul von ihm weg. »Aber jetzt nichts wie fort! Dieser Gestank macht mich noch wahnsinnig.«

Ich feuerte mein Pferd zum Galopp an und ritt hinaus auf das langgestreckte Plateau, Ansell und Bogle folgten dicht hinter mir.

Sobald wir das Indianerdorf hinter uns hatten, hielt ich, bevor wir die baumlose Fläche durchqueren mußten, unter einem der letzten Bäume an. Ich glitt mit Myra im Arm auf den Boden und legte sie behutsam in den Schatten.

»Vielleicht solltest du sie doch untersuchen, Doc«, bat ich, während ich ihre warme Hand umschlossen hielt.

Ansell kniete neben Myra nieder, und Bogle mußte solange unsere Pferde halten. Nervös trat er von einem Fuß auf den anderen.

»Was hat sie?« fragte ich. »Jetzt untersuche sie doch endlich!«

Ansell fühlte ihr den Puls, hob eines ihrer Lider, dann hockte er sich auf seine Fersen. »Sie ist in einem tranceähnlichen Zustand«, sagte er bedächtig. »Mehr, als sie schnellstens ins Bett zu bringen, können wir momentan nicht tun.« Den Blick auf Myra gerichtet, kratzte er sich am Kinn. »Alles erscheint normal. Ihr Puls ist gut, sie atmet regelmäßig. Machen wir, daß wir weiterkommen. Es wäre schlimm, wenn sie sich einen Sonnenstich holt.«

»Aber wie kann sie in einen solchen Zustand kommen? Wie erklärst du dir das?« wollte ich wissen.

Ansell richtete sich auf. »Das weiß ich nicht. Also laß die Fragerei. Wir müssen sie in den Gasthof bringen.«

Wieder hob ich Myra auf meine Arme. »Meinst du, sie übersteht den Ritt?«

»Mann, ich sagte dir doch, sie ist völlig in Ordnung. Sie befindet sich lediglich in Hypnose. In ein paar Stunden wacht sie daraus auf.«

Ich schaute ihn prüfend an, sah die Besorgnis in seinen Augen und konnte seinen Worten nicht so recht glauben. »Hoffentlich hast du recht«, brummte ich und gab ihm Myra für einen Moment, um aufzusteigen.

Der Ritt über das Plateau setzte uns hart zu. Die Sonne stach auf uns herunter, und ich wurde unter Myras Gewicht immer kleiner.

Endlich hatten wir es geschafft und erreichten den Gasthof. Myra aber war noch immer bewußtlos.

»Sie ist ja ein kleines Biest, trotzdem gefällt mir nicht, wie sie da in deinen Armen hängt«, sagte Bogle beunruhigt. »Da ist doch nichts Normales dran!«

Während er mir beim Absteigen half, ging Ansell in den Gasthof, um nach dem Wirt zu suchen, und kam schon nach wenigen Minuten wieder heraus. »Sie machen ein Zimmer für sie fertig«, informierte er uns. Und zu mir: »Trag sie rein. Ich zeige dir, wo es ist.«

Die Wirtin wartete in einem kleinen, ruhigen Zimmer auf uns. Es war schattig und kühl, und am Fenster stand auf einem Tisch ein Blumenstrauß.

Sanft legte ich Myra auf das Bett. »Kümmern Sie sich bitte um sie«, bat ich die Frau. »Und ziehen Sie ihr die verschwitzten Sachen aus.«

Ich überließ es Ansell, der Frau zur Hand zu gehen, und ging auf die Veranda hinunter zu Bogle. Ziemlich mitgenommen setzte ich mich zu ihm auf die eiserne Bank und bestellte zwei große Bier.

»Ob Myra wieder in Ordnung kommt?« fragte Bogle.

Die Sorge in seiner Stimme überraschte mich.

»Ich denke.« Mir war nicht nach Sprechen zumute. »Aber mit Sicherheit weiß ich das nicht.«

Eine Pause entstand, dann fuhr Bogle fort: »Was mag in der Hütte geschehen sein?«

Ich wischte mir Gesicht und Hals mit einem Taschentuch trocken. »Darüber hab' ich noch nicht nachgedacht«, erwiderte ich kurz, weil ich einfach nicht darüber nachdenken wollte.

Eine Falte bildete sich auf Bogles Stirn. »Glaubst du etwa an den Zauberkram, von dem der Doc erzählt hat?«

»Keine Spur!«

Das schien ihn zu erleichtern. »Glaubst du, sie kennt jetzt das Mittel gegen die Schlangenbisse?«

Daran hatte ich überhaupt nicht mehr gedacht. Ich setzte mich aufrecht. Jetzt fiel mir nämlich auch ein, daß ich morgen Bastino auf dem Hals haben würde. Er kam meinetwegen aus den Bergen, um die letzten Einzelheiten für die Entführung zu besprechen. Wenn ich aber an Myra dachte und sie mit ihrem bleichen angespannten Gesicht im Bett liegen sah, konnte ich diese Entführung unmöglich stattfinden lassen. Ich durfte ihr nicht noch einen zweiten Schock zufügen. Andererseits gingen dann die 25 000 Dollar für mich flöten, und man würde mich vielleicht feuern, weil ich damit Maddox' Reißer platzen ließe.

Da sitzt du ja ganz hübsch in der Zwickmühle, sagte ich mir.

Bevor ich darüber nachzudenken begann, kam Ansell herunter.

»Wie geht es ihr?« Im Nu war ich auf den Füßen.

»Wir brauchen uns wirklich keine Sorgen zu machen.« Ansell setzte sich. Er schnalzte mit den Fingern, bis die Bedienung, ein kleines mexikanisches Mädchen, herschaute, und zeigte auf mein halbgeleertes Glas Bier. »In ein paar Stunden ist sie wieder okay. Es geht ihr bereits ein bißchen besser.« Er schüttelte den Kopf. »Aber ich begreife das alles nicht. Woran ist Quintl gestorben? An einer Verletzung oder was anderem?«

»Darüber mag ich gar nicht nachdenken«, erwiderte ich mit einer Grimasse. »Was meinst du, wie lange war der schon tot?«

»Kann ich nicht sagen. Bei der Hitze und ohne Ventilator tritt die Verwesung sehr schnell ein.«

»Ist dir klar, daß Myra davon vielleicht einen geistigen Schaden abbekommen hat? Was haben wir dem Mädel nur angetan! Da war irgend etwas Unheimliches in der Hütte, und ich möchte schwören, daß da noch jemand in dem Raum war, wo wir sie gefunden haben.«

»Bei dem bißchen Licht, das wir hatten, sieht man schnell Gespenster. Außer Myra war niemand in der Kammer. Ich habe mich umgesehen. Dort hätte man sich nirgendwo verstecken können.«

»Ich rede von keinem Verdacht, sondern ich bin mir sicher«, erwiderte ich gereizt. »Die Geschichte gefällt mir ganz und gar nicht. Weißt du was? Wir sind da, glaube ich, in etwas hineingeraten, das über unseren Verstand geht.«

Die kleine Mexikanerin brachte für Ansell das Bier, und er trank erst einmal einen großen Schluck. »Du bist nur mit den Nerven fertig. Sonst würdest du so etwas nicht sagen. Es gibt überhaupt keinen Anlaß dafür.«

Ich schaute ihn an, doch er wich meinem Blick aus. »Doc, du

lügst. Du bist ebenso beunruhigt wie ich. Du hast nur nicht den Mut, das zuzugeben. Irgend etwas in der Hütte hat den alten Indio getötet. Irgend etwas Teuflisches. Während wir über das Plateau ritten, habe ich es hinter mir gefühlt. So als versuchte es, mir Myra wieder wegzunehmen. Als wären da irgendwelche Hände, die sie vom Sattel zerren wollten.«

Hart setzte Bogle sein Glas auf. Er sah mich mit aufgerissenen Augen an. »Was soll'n das heißen?«

»Wenn ich das nur wüßte!« Ich stieß meinen Stuhl zurück. »Mal sehen, wie's Myra geht.«

Sie lag im Bett, als ich hinaufkam. Ein kleiner Ventilator drehte sich sirrend über ihrem Kopf, die Jalousien waren wegen der heißen Nachmittagssonne heruntergelassen.

Ich zog mir einen Stuhl ans Bett. Als ich mich setzte, schlug Myra die Augen auf und blinzelte verschlafen.

»Hallo«, sagte ich.

Zwei Fältchen bildeten sich auf ihrer Stirn. Sie hob den Kopf und sah mich erstaunt an. »Hallo. Was tust du hier bei mir?«

»Ich wollte nur mal nach dir sehen. Fühlst du dich wohl?« fragte ich lächelnd.

Myra schob die Zudecke etwas zurück und stützte sich auf einen Ellbogen. Sie trug einen von Ansells Schlafanzügen, der ihr viel zu groß war.

»Bin ich etwa krank?« erkundigte sie sich, als sie an sich hinuntersah. »Du lieber Himmel, wer hat mir dieses Ding angezogen?« Angst mischte sich in ihren erstaunten Ton. »Was ist denn passiert?«

»Reg dich bitte nicht auf! Du bist wieder im Gasthof«, beruhigte ich sie. »Wir haben dich von Quintl weggeholt. Du erinnerst dich doch an ihn?«

»Selbstverständlich. Aber weshalb habt ihr mich geholt? Warum habe ich nichts davon gemerkt?« Myra strich sich mit den Fingern durchs Haar. »Nun schieß schon los und sitz nicht da wie ein begossener Pudel! Was ist geschehen?«

»Wir fanden dich in tiefem Schlaf und konnten dich nicht aufwecken. Da haben wir dich einfach weggetragen.«

»Ihr konntet mich nicht aufwecken?«

»Jetzt erzähle erst mal, was dir geschehen ist, dann sehen wir weiter.«

»Mir ist nichts geschehen«, erwiderte Myra stirnrunzelnd. »Jedenfalls nicht, daß ich's wüßte.« Sie drückte die Fingerspitzen auf die Augenlider. »Ist das nicht blöd? Ich kann mich an nichts erinnern. Der alte Indianer war mir allerdings nicht ganz geheuer. Meine Zaubertricks haben ihm aber gefallen. Du, ich habe die Show meines Lebens abgezogen! Ich war so gut wie nie. Ich war ein Hit, kann ich dir sagen. Dann brachte mich der Typ in eine Steinhütte. Ich glaubte, Doc und Samuel würden dorthin nachkommen. Aber ich habe sie nicht mehr gesehen. Dann verschwand der Kerl und ließ mich in der Hütte allein. Das war scheußlich, vor allem, als es dunkel wurde. Ich legte mich auf ein komisches schmales Bett und schlief ein. Mehr weiß ich nicht.«

Schweißtropfen liefen mir am Hals hinunter in den Kragen. Ich tupfte sie mit meinem Taschentuch ab. »Was geschah am darauffolgenden Tag?«

»Du meinst . . . heute? Das sagte ich doch eben. Ich schlief ein, und jetzt bin ich hier.«

»Du erinnerst dich also an gar nichts mehr?«

Myra schüttelte den Kopf. »Nur daran, daß ich eingeschlafen bin.«

»Du hast zwei Tage lang geschlafen«, erklärte ich und beobachtete sie dabei.

»Zwei Tage? Bist du verrückt?« Als sie aber meinen Gesichtsausdruck sah, fuhr sie fort: »Du verkohlst mich doch nicht, oder?«

»Nein, ich verkohl' dich nicht.«

Plötzlich lachte sie. »Vielleicht war ich eben so müde. Jetzt ist mir auch noch ziemlich mulmig. Bitte laß mich eine Zeitlang allein, damit ich nachdenken kann. Und dann möchte ich etwas essen.«

Ich stand auf. »Selbstverständlich. Und nimm's nicht so tragisch.«

Gespannt schauten Ansell und Bogle mich an, als ich die

Treppe herunterkam. »Leider erinnert Myra sich an überhaupt nichts«, berichtete ich.

»Soll das etwa heißen, daß sie die ganze Zeit geschlafen hat?« fragte Ansell. »Was ist mit dem Schlangengiftmittel? Was hat sie dazu gesagt?«

»Ach, laßt mich doch in Ruhe!« Mir reichte es im Moment. Ich ging in die Küche, um für Myra etwas zum Essen zu bestellen.

Als ich mit einem Tablett in der Hand etwas später aus der Küche trat, begegnete ich Bogle im Gang.

»Kann ich ihr das raufbringen?« knurrte er.

»Du?« Beinah wäre mir das Tablett heruntergefallen.

»Warum nicht?« fragte er fast drohend. »Du und der Doc waren schon oben. Da kann ich wohl auch mal bei ihr reinschauen.«

Ich grinste. »So übel ist die Kleine also doch nicht, oder?«

»Übel?« Bogle schnappte sich das Tablett. »Hast dich schon mal besser ausgedrückt.« Auf Zehenspitzen, als bestünden die Stufen nur aus Pappe, ging er die Treppe hinauf.

Ich wollte mich gerade in die Lounge begeben, da hörte ich auf einmal einen wilden Schrei von oben und das Scheppern zerbrechenden Porzellans.

Ansell und ich wechselten einen besorgten Blick und rasten hinauf.

Das Gesicht kreideweiß und nacktes Entsetzen in den Augen, stolperte uns Bogle oben im Gang entgegen. Er wollte an uns vorbeilaufen, ich erwischte ihn jedoch am Arm und drehte ihn zu mir herum.

»Mann, was ist denn mit dir los?«

»Geht nicht da rein«, stammelte er. Dicke Schweißperlen liefen über sein fettes Gesicht. »Sie schwebt im Zimmer rum. Schwebt rauf zur Decke.« Damit riß er sich los und polterte wie gejagt die Treppe hinunter.

»Spinnt der?« Verdutzt starrte ich ihm nach. »Im Zimmer herumschweben. Was meint er damit?«

Ansell sagte nichts, aber ich sah, daß ihm bange war.

SIEBTES KAPITEL

»In der Luft schweben?« wiederholte Myra spöttisch. »Der hat wohl nicht alle Tassen im Schrank.«

Die Beine bequem hochgelegt, ruhte sie auf einem doppelsitzigen Korbsessel. Noch war sie blaß, aber zu meiner Freude sah ich es in ihren Augen blitzen.

Die Sonne war hinter den Bergen untergegangen. Im schwindenden Tageslicht herrschte wohltuende Ruhe auf der Veranda. Die verdorrten Zweige der in den Himmel ragenden Zypressen raschelten durch den kühlen Wind. Vor uns der Platz war leer. Ansell und ich lehnten gemütlich bei Myra in unseren Sesseln, während Bogle vor einer halbvollen Flasche Whisky am Tisch saß.

»Der ruiniert sich noch mit seiner Trinkerei«, fuhr Myra fort. »Statt daß er im Suff wie jeder anständige Bürger reagiert, muß er was Besonderes aufweisen und statt weißer Mäuse schwebende Frauen sehen.«

Ich schaute zu Bogle hinüber. Er machte mir Sorgen. Mit hängenden Schultern saß er da und schüttete ständig Whisky in sich hinein. Er sah wie ein schwerkranker Mann aus. Immer wieder schüttelte er den Kopf und murmelte etwas. Ab und an zuckten seine Wangenmuskeln oder seine Augen.

»Jetzt hör mal zu«, antwortete ich Myra, »irgend etwas muß er gesehen haben, sonst wäre er nicht in einem solchen Zustand. Nur aus Spaß läßt sich keiner so vollaufen.«

»Alles nur Schau!« sagte Myra wegwerfend. »Er spielt den Gekränkten. Oder habt ihr mich vielleicht in der Luft schweben sehen? Ihr kamt, zwei Minuten, nachdem er rausgestürzt war, ins Zimmer.«

»Wenn ich das gesehen hätte, säße ich jetzt nicht hier, sondern wäre davongelaufen«, sagte ich lächelnd.

»Genau.« Myra nickte. »Er leidet einfach an Wahnvorstellungen.«

»Sam, willst du uns die Geschichte nicht noch einmal schildern?« bat Ansell freundlich.

Bogle schüttelte sich und schenkte sich Whisky nach. »Ich werde verrückt, wenn ich nur daran denke.« Seine Stimme klang heiser.

»Aber Samuel, da hast du doch nichts zu befürchten«, meinte Myra. »Noch verrückter als du kann keiner werden.«

Bogle ballte die Fäuste und stierte uns an. »Ist mir doch egal, was ihr denkt! Auf meine Glotzen kann ich mich verlassen. Ich kam in das Zimmer, und da lag sie noch auf dem Bett. Aber kaum hatte ich gefragt, ob sie okay sei, ging sie plötzlich samt Zudecke in die Höhe. Steif wie ein Brett, als hinge sie an Drähten, schwebte sie zur Zimmerdecke hoch.«

Wir anderen sahen uns an.

»Sie schwebte vom Bett in die Höhe? Einfach so?« fragte ich. »Aber jemand anderes hast du noch nie aus einem Bett schweben sehen, oder?«

»Nein, noch nie«, erwiderte er schlicht. »Und ich möchte es auch nicht noch einmal sehen.«

»Zuviel Sonne«, bemerkte Ansell leise.

Ich nickte. »Hör zu, Partner, wir haben einen ziemlich harten Tag hinter uns. Warum gehst du nicht ins Bett? Morgen bist du dann wieder topfit.«

Bogle stöhnte. »Denkt ihr, ich könnte jemals wieder schlafen?« Und er goß sich erneut das Glas voll.

Da schwang Myra die Füße auf den Boden und stand auf. Sie trug eine dunkelblaue Bluse zu einer grauen Flanellhose. Ihre zierliche Figur wurde dadurch vorteilhaft zur Geltung gebracht. Sie ging zu Bogle und nahm ihm den Whisky weg.

»Los, geh ins Bett«, befahl sie. »Oder ich tu noch was ganz anderes als nur über dich wegschweben.«

»Komm mir nicht nahe!« Ängstlich wich Bogle vor ihr zurück.

»Myra, laß ihn in Ruhe«, sagte Ansell. »Er scheint noch unter den Nachwirkungen des Schocks zu leiden.

Sekundenlang zögerte Myra, dann schlenderte sie mit der Whiskyflasche zu ihrem Sessel zurück.

Als sie an mir vorbeiging, nahm ich ihr die Flasche weg.

»Man soll nichts verkommen lassen«, sagte ich und nahm einen langen Schluck.

»Okay.« Myra ließ sich in den Sessel fallen. »Jetzt sind wir wieder da, wo wir angefangen haben. Fast eine Stunde haben wir verschwendet, um uns Samuels Gefasel über schwebende Frauen anzuhören.«

»Ja, und das bringt uns nicht weiter«, fand ich.

»Was mich weit mehr interessiert, ist«, Ansell richtete sich etwas auf, »was mag in der Hütte geschehen sein? Myra, hast du nun Quintl etwas abluchsen können oder nicht?«

»Rein gar nichts. Wie oft soll ich das eigentlich noch sagen? Er hat mich in die Hütte gesperrt, und ich schlief dort ein. Mehr weiß ich nicht.«

»Das wär's dann wohl«, stellte ich niedergeschlagen fest. »Dein Schlangengiftmittel kannst du abschreiben, Doc. Kein Mensch bekommt es, da Quintl nun tot ist.«

»Kann sein«, meinte Ansell. »Trotzdem . . . wieso war er bei ihr in der Hütte? Als sie einschlief, war sie allein, und doch fanden wir dort Quintl. Da steckt irgend etwas dahinter?« Er kratzte sich am Kinn und schaute dabei Myra prüfend an. »Du fühlst dich nicht vielleicht irgendwie verändert?« fragte er vorsichtig.

»Willst du wissen, ob ich jetzt zu schweben anfangen möchte oder etwas Ähnliches?« erkundigte sie sich spitz. »Drehst du nun auch durch?«

»Vielleicht ist doch was an dem dran, was Bogle erzählt hat«, fuhr Ansell fort. »Vielleicht hat er doch richtig gesehen.«

»O Gott! Jetzt sind es schon zwei«, stöhnte Myra, zu mir gewandt. »Wir brauchen Zwangsjacken.«

Beunruhigt musterte ich Ansell. »Worauf willst du hinaus?«

Bevor er antworten konnte, kam eine Gruppe Männer in den Patio geritten. Staub wirbelte auf. Die abendliche Ruhe war dahin.

»Was gibt das?« Myra schaute über die Schulter zu den Reitern. »Ein Rodeo?«

Ich aber richtete mich jäh auf. Einer der Reiter war unvorstellbar dick und groß. Das sagte mir alles. »Schnell, Doc«, flüsterte ich, »geh ins Haus und fordere Soldaten an. Das dort sind Banditen.«

Ansell erstarrte vor Angst. Er glich einem aufgeschreckten Kaninchen. »Wieso Banditen?«

»Okay, okay, bleib, wo du bist. Sie haben uns bereits gesehen.«

Myra schaute mich verständnislos an. »Warum machst du so ein Theater?«

»Denk an die Wespen, Baby«, sagte ich grimmig und hörte sie den Atem anhalten.

Von den insgesamt sechzehn Männern lösten sich drei und näherten sich der Verandatreppe. Die anderen blieben bei den Pferden und warteten ab. Einer der drei war der große Dicke. Er ging den anderen voraus und kam jetzt die Stufen hoch. Sie knarrten unter seinem Gewicht.

Es war der fette Kerl, dem wir in den Bergen begegnet waren. Ein verschlagener Ausdruck lag in seinem dunklen feisten Gesicht, als er unter der Lampe stehenblieb und uns fixierte. Vor allem Myra. Nun zog er ein hellseidenes Taschentuch heraus und schneuzte sich. Nicht einen Augenblick ließ er Myra dabei aus den Augen.

Myra musterte ihn von oben bis unten. Das Wiedersehen schien sie in keiner Weise nervös zu machen.

»Haben wir das Dickerchen nicht schon mal gesehen?« fragte sie mich.

Der Typ kam etwas näher. Seine Kameraden blieben außerhalb des Lichtkreises stehen.

Bogle, der die feindselige Atmosphäre spürte, fühlte sich offenbar verpflichtet, sich in Positur zu setzen. »Suchen Sie jemanden, Kumpel?«

Der Dicke kramte in seiner Tasche. »Irgendwo habe ich eine sehr interessante Mitteilung. Wo ist sie nur?« Wieder suchte er überall.

»Vielleicht unter den Speckfalten.« Myra zündete sich eine Zigarette an und warf das Streichholz ins Dunkle.

Ich berührte ihren Arm. »Könntest du bitte deinen Mund halten? Wir haben momentan wirklich genug am Hals.«

Jetzt zog der Dicke einen zerknitterten Zeitungsausschnitt heraus und glättete ihn zwischen seinen großen Händen. Er sah ihn sich genau an und blickte dann zu Myra. Darauf hellte seine Miene sich auf. Er lächelte sogar. Was mich aber nicht beruhigte. Sie wissen ja, wie das ist, wenn Sie einer Schlange begegnen und die Sie anlächelt. Das würde auch Sie nicht beruhigen.

»Ja«, sagte er. »Hier haben wir's. Sehr interessant. Wirklich sehr interessant!«

»Anscheinend spricht er gern mit sich selbst.« Myra gähnte. »Sollten wir nicht langsam ins Bett gehen?«

»Ich habe das unbestimmte Gefühl, daß wir bald in diesen Monolog mit einbezogen werden«, sagte ich nervös. »Also laßt uns möglichst auf der Hut sein.«

Bogle blinzelte den Dicken an, murmelte etwas und lockerte seine wulstigen Muskeln. »Ich kapiere das nicht. Wer ist der Kerl?«

»Ich bin Pablo«, erwiderte der Dicke mit einem spöttischen Blick zu Myra. »Da Sie Fremde in diesem Land sind, ist Ihnen das wohl kein Begriff.«

Ansell zuckte, wie von einer Tarantel gestochen, zusammen.

Wieder lächelte der Dicke. »Der kleine Mann da hat offenbar schon von mir gehört. Ist das so, Señor?«

Auch ich hatte von ihm gehört und teilte Ansells Gefühle, als dieser recht kleinlaut mit »Ja« antwortete.

»Dann sagen Sie Ihren Freunden, wer ich bin«, forderte Pablo. »Sagen Sie ihnen, daß ich dort weitermachte, wo Pancho Villa und Zapata aufhörten. Erzählen Sie ihnen von meiner Festung in den Bergen und den Kerlen, die dort in den Wällen eingemauert wurden. Erzählen Sie von den hervorragenden Männern, die für mich arbeiten, und von den Zügen, die wir in die Luft gehen ließen. Na los, Señor, haben Sie etwa die Sprache verloren?«

Ansell drehte sich zu uns um und nickte. »Das ist er«, bestätigte er nervös.

»Wie schön. Wenn Samuel auf dem Harmonium dazu aufspielt, könnten wir ihn ja gebührend empfangen«, sagte Myra leichthin. »Wir schenken ihm dann eine kleine Flagge und ein Einkaufsnetz für seinen albernen Hut und können dann hoffentlich endlich ins Bett gehen.«

Meines Erachtens war sie wirklich nicht sehr hilfreich.

Pablo spielte mit seinem Taschentuch. »Das ist Myra Shumway, stimmt's?«

»Oh, man kennt mich endlich«, sagte Myra, ein wenig überrascht. »Hallo, Doktor Livingstone!«

»Und Sie, Señor, heißen Ross Millan?«

Bogle straffte sich. »Ich bin Sam Bogle. Nett, Sie kennenzulernen.«

»Halts Maul!« Pablos Blicke durchbohrten den verdutzten Bogle. »Oder ich schneid' dir die Zunge ab!«

Bogle riß den Mund auf. »Also, ich werd' doch noch . . .«

Unterm Tisch trat ich ihm gegen das Schienbein und zischte, er solle Pablo nicht so wörtlich nehmen.

Währenddessen kam Pablo an den Tisch, zog sich einen Stuhl heraus und setzte sich neben Myra. Für sein Gewicht bewegte er sich erstaunlich geschmeidig.

Myra rutschte von ihm weg.

»Dann wollen wir uns mal über einiges unterhalten«, meinte er und griff nach dem Weinkrug, der auf dem Tisch stand. Er füllte Myras Glas mit dem trockenen Rotwein, dann hob er es ins Lampenlicht. »Ihr hübscher Mund hinterläßt Spuren«, stellte er mit einem Lächeln für sie fest. »Also Vorsicht vor Ihren Küssen!« Und er brach in schallendes Gelächter aus.

»Ihr Korsett wird noch platzen«, spottete Myra, ein wenig erschreckt.

Da zerdrückte Pablo das Glas in seiner Hand. Wein und Glassplitter verteilten sich über den Tisch. Bogle wollte aufspringen, doch ich trat ihm erneut gegen das Bein. Am liebsten hätte ich Myra eine runtergehauen. Entweder war sie die dümmste aller Blondinen, oder sie hatte mehr Mumm als wir übrigen drei zusammen. Wie dem auch war, sie verschlimmerte jedenfalls die Situation für uns.

Die Männer im Hof kamen etwas näher. Einige legten die Hand auf ihren Revolverknauf.

Pablo wischte sich die Hand mit dem Taschentuch ab und betrachtete angelegentlich die Schnittwunde in seiner Handfläche. »Das war gedankenlos von mir«, bemerkte er, zu Myra gewandt.

»Sie brauchen sich nicht zu entschuldigen«, erwiderte Myra. »Ich hatte einen Cousin, der hatte auch einen Dachschaden. Dem durfte man nur gußeiserne Eßsachen in die Finger geben. Ich könnte Ihnen so was beschaffen.«

»Wenn meine Weiber frech werden«, erwiderte Pablo träge, »binde ich sie in der Mittagssonne auf einem Ameisenhügel fest.«

Myra drehte sich im Sessel zu ihm herum und fauchte: »Ich gehöre aber nicht zu Ihren Weibern! Und jetzt verschwinden Sie, Sie Fettwanst! Und Ihre Revolverhelden dort können Sie durch den Fleischwolf drehen.«

»Hören Sie nicht auf sie«, warf ich hastig ein. »Das ist nur ihre besondere Art von Humor.«

Pablo wickelte sich das Taschentuch um die Hand. »Ein wirklich besonderer Humor. Meinen Weibern würde ich dafür die Zunge rausschneiden. Dann verginge ihnen dieser Humor.«

Ich hielt es für angebracht, das Thema zu wechseln. »Wollten Sie irgendwas Spezielles mit uns bereden, Señor?« fragte ich und bot ihm eine Zigarette an.

»Ja, etwas sehr Wichtiges.« Meine Zigaretten ernteten nur einen verächtlichen Blick. Er hob den Zeitungsausschnitt auf, den er auf den Boden hatte fallen lassen. Es war eine Seite des *Reporter*. »Sie werden gleich sehen, warum mich die Señorita interessiert«, fuhr er fort und breitete das Blatt auf dem Tisch aus.

Mir war klar, was nun kam. Trotzdem wagte ich kaum, einen Blick auf die fettgedruckten Überschriften zu werfen. Irgendwie war dem Kerl doch tatsächlich die Ausgabe mit Maddox' Entführungsknüller in die Hände geraten. Myras Foto prangte mitten auf der Seite, und für die versprochenen 25 000 Dollar Belohnung hatten sie die größten Ziffern genommen.

Mann, dachte ich, jetzt brauchst du aber deinen ganzen Witz, um dich da rauszureden!

Bevor ich es verhindern konnte, hatte Myra sich das Blatt geschnappt. Ansell und Bogle standen auf und schauten ihr über die Schultern.

»Sieht dir ja richtig ähnlich – das Konterfei«, sagte ich gleichmütig. »Ich habe den *Reporter* schon immer für recht unseriös gehalten, das aber ist der Gipfel. Von Banditen gekidnappt! Das ist ja zum Lachen!«

Über den Rand des Zeitungsblattes hinweg schaute Myra mich alles andere als freundlich an. »Zum Totlachen.«

Es wurde still auf der Veranda, während die drei den Artikel lasen. Schließlich faltete Myra das Blatt übertrieben sorgfältig zusammen und legte es auf den Tisch zurück.

»25 000 Dollar«, sagte sie unangenehm sanft. »Und ich hab' mich auf dich eingelassen!«

»Das ist aber noch nicht alles.« Mit dem Daumennagel säuberte Pablo sich sein Pferdegebiß. »In den Bergen gibt es einen Mann namens Bastino. Ein Freund von mir. Er soll die Señorita entführen, erzählte er mir. Danach muß er es so einrichten, daß Señor Millan sie befreien kann. Von der Belohnung hat Señor Millan aber nichts gesagt. Lumpige 300 Dollar will er Bastino geben. Ziemlich kleinlich, meint Bastino. Er kam mit der Zeitung zu mir, und ich finde, daß ich mich für ihn einsetzen muß.« Er schwenkte seine feiste Hand. »So, und hier bin ich.«

Myra sah mich an. »Du bist mir vielleicht ein gerissener Fuchs«, sagte sie gefährlich beherrscht. »Ich sollte deinen Eltern gratulieren, daß sie so was in die Welt gesetzt haben.«

Selbst Ansell betrachtete mich enttäuscht.

Mein Kragen wurde plötzlich eng. Ich lockerte ihn. »Das alles ist nur ein Mißverständnis«, versicherte ich hastig. »Laß es mich dir erklären . . .«

»Da ist nichts zu erklären«, unterbrach mich Pablo. »Jetzt rede erst mal ich.«

»Sie halten sich da raus«, fuhr Myra ihn an. »Als erstes hab' ich mit diesem doppelzüngigen Schlitzohr ein Wörtchen zu reden.«

»Myra, dein Ärger ist völlig überflüssig«, versuchte ich sie zu beruhigen. »Dir wäre dabei gar nichts passiert, und das mit der Belohnung wollte ich als Überraschung für dich aufheben. Denk doch mal nach, wie angenehm es sein wird, das viele Geld auszugeben!«

»Ich denke ja schon nach.« Myra trommelte auf die Tischplatte. »Ich überlege, was ich jetzt mit dir anstelle.«

»Und was ist mit uns?« mischte Ansell sich ein. »Wir sollten dabei wohl auch übergangen werden?«

Ich beherrschte mich. »Jetzt reicht es mir langsam! Da gebe ich mir alle Mühe, Tausenden von amerikanischen Zeitungslesern einen packenden Erlebnisbericht vorzusetzen, und ihr könnt an nichts anderes als an das Geld denken!«

»Du bist gar nicht scharf auf die Belohnung?« fragte Myra mich lächelnd. »Du willst deinen Lesern nur eine interessante Geschichte liefern?«

»So ist es«, bestätigte ich. »Warum soll ich mich wegen läppischer 25 000 Dollar verrückt machen? Ich bin Berichterstatter.«

»Moment mal«, warf Pablo ein. »Ich bin noch nicht fertig. Ich nehme die Señorita jetzt mit. Sie, Señor Millan, können über die Entführung Ihren Bericht kritzeln, und über die Belohnung reden wir dann später.«

Verblüfft starrten wir vier ihn an. »Sie wollen Miss Shumway mitnehmen?« Mir wurde mit einemmal unsere Situation klar.

»So ist es.« Mit breitem Grinsen schaute Pablo zu Myra. »In der Zeitung steht, sie sei entführt worden. Also tun wir das jetzt. Und dann verlange ich Lösegeld, nämlich 50 000 Dollar. Und die werden Sie zahlen. Wenn's mir zu lange dauert, schicke ich Ihnen erst das rechte Ohr der Señorita und nach drei weiteren Tagen das linke. Kriege ich das Geld dann immer noch nicht, bekommen Sie jeden Tag einen Finger von ihr.«

Ein wenig verlor Myra an Farbe. »Na, gibt das nicht sensationelle Schlagzeilen für dein Käseblatt?« meinte sie zu mir gewandt. »HOCHBEZAHLTE AKKORDARBEIT oder BLONDINE AUF RATEN VERSANDT.«

»An Ihrer Stelle würde ich das nicht tun«, warnte ich Pablo. »Sie fordern Vergeltungsmaßnahmen der Vereinigten Staaten heraus. Wir könnten unsere Truppen auf Sie ansetzen. So wie wir vor einigen Jahren Pancho bis in die Berge hinein gejagt haben.«

Pablo lachte nur. »Wir verschwinden jetzt«, erklärte er und umschloß mit seiner Pranke Myras Arm.

Sie wirbelte herum. »Nehmen Sie Ihre fettigen Pfoten weg! Für wen halten Sie sich eigentlich? Mir können Sie jedenfalls keine Angst einjagen, Sie vollgestopfte Leberwurst!«

Pablo quiekte vor Lachen. »Mutig, die Kleine!« Dann schlug er ihr mit dem Handrücken ins Gesicht.

Myra und der Sessel, auf dem sie saß, kippten nach hinten über und landeten auf dem Boden.

Die zwei Mexikaner, die im Schatten gewartet hatten, zogen die Revolver und traten näher. »Sitzen geblieben!« bellte mich einer an, während der andere Ansell und Bogle in Schach hielt.

Ich fühlte, daß ich bleich wurde. Ohne die Kerle zu beachten, beugte ich mich zu Myra hinunter.

Pablo schlug mir den Weinkrug auf den Nacken. Der Krug zerbrach, der Wein ergoß sich über Myras Bluse. Ich fiel auf Hände und Knie. Weiße, heiße Blitze durchzuckten meinen Kopf.

Wie von weit entfernt hörte ich Pablo lachen. Ich schüttelte mich, riß mich zusammen und richtete mich auf.

Myra umklammerte meine Hand. »Hat er dich verletzt?« fragte sie besorgt.

Bevor ich sie aber beruhigen konnte, riß Pablo sie zu sich hoch. »Laß ihn, du kleines Biest! Von jetzt an hast du nur noch mich anzusehen.«

Da holte Myra tief Luft, krümmte sich etwas und stieß ihm mit der geballten Faust mitten ins Gesicht.

Einer seiner Leute kickte ihr die Füße unter dem Körper weg, und sie landete so hart auf den Verandadielen, daß es ihr einen Augenblick lang den Atem verschlug.

Pablo rappelte sich schwerfällig auf. Er zischte wie eine Schlange. Eine Platzwunde gleich neben seiner Nase zeigte, wo Myra ihn getroffen hatte.

»Geben wir's ihnen, Sam«, knurrte ich, und wir legten los.

Bogle brüllte auf, packte den Tisch und rammte damit den Gorilla, dessen Revolver auf ihn zielte. Die Waffe flog auf den Boden. Der Aufprall mit ihr hinterließ eine tiefe Kerbe in der Tischplatte. Ich sprang den Kerl an, der Myra zum Fallen gebracht hatte, bevor dieser wieder richtig stand. Zusammen stürzten wir auf die Dielen und beinah mitten auf Myra.

Ansell, der sich in eine neutrale Ecke geflüchtet hatte, sagte später, es sei eine gar nicht so üble Schlägerei gewesen. Während ich meinen Gorilla niederdrückte, richtete Pablo sich zu voller Größe auf, seine Fleischmassen wogten vor Erregung. »Hierher!« schrie er der im Patio wartenden Gruppe zu. »Die wollen sich mit uns schlagen.«

Sam machte mit seinem Mann kurzen Prozeß. Er schnappte ihn an den Hüften und warf ihn hinunter auf die heranstürmenden Mexikaner.

Ich bekam mein Opfer an den Haaren zu fassen und donnerte seinen Kopf auf die Holzdielen. Offenbar hatte er einen recht weichen Schädel, denn er war sofort erledigt. Als ich mich aufrichtete, hörte ich Myra aufschreien und sah, wie sich die Mexikaner über die Veranda verteilten.

Pablo packte Myra. Sie wehrte sich, kratzte und schlug nach ihm aus wie eine Wildkatze, doch er wurde mühelos mit ihr fertig, brauchte nicht einmal von dem Stuhl aufzustehen, auf den er sich gesetzt hatte.

Vergnügt kicherte er in sich hinein. Plötzlich riß er sie ruckartig zu sich. Wie eine Kanonenkugel schoß sie auf ihn zu und prallte gegen ihn. Mit der freien Hand fuhr Pablo ihr jetzt ins Haar und zog ihr den Kopf unerbittlich nach hinten, bis es für Ansell so aussah, als wolle er ihr das Genick brechen.

»Hättest du größere Ohren, würde ich sie dir lang ziehen, mein Vögelchen«, sagte er hämisch. »Auf die Knie mit dir!« Und er zwang Myra auf den Boden.

Sam tauchte aus einem Knäuel Männer auf. Er sah wie ein mächtiger, von Wölfen angegriffener Bär aus. Seit Jahren hatte er nicht mehr so gekämpft. Drei Männer umklammerten seine Beine, und einer der kleineren hing an seinem Rücken. So sah Bogle sich suchend nach Myra um. Als er erkannte, was Pablo mit ihr trieb, brüllte er zornig auf. Er beugte sich herunter und hieb auf die Kerle an seinen Beinen ein. Seine großen Fäuste schmetterten wie Felsbrocken in die zu ihm aufgewandten Gesichter. Der Kerl auf seinem Rücken verdoppelte seine Anstrengungen. Er boxte, biß und kratzte, doch Bogle beachtete ihn gar nicht. Er befreite seine Beine von den lästigen Klammeraffen und stürzte sich auf Pablo.

Der kleine Kerl auf Bogles Rücken ballte die Hände und rammte sie mit voller Wucht in Bogles Rippen. Wie ein verwundeter Stier röhrte Bogle. Er griff hinter sich, umschloß das Gesicht des Kerls und drückte die dicken Finger zusammen. Verzweifelt versuchte sich der Mann aus der stählernen Pranke zu befreien. Da schleuderte Bogle ihn plötzlich weg. Er krachte gegen das Verandageländer, dann rührte er sich nicht mehr.

Währenddessen steckte ich unter einem Haufen Mexikaner. Einer traf mich mit einem deftigen Kinnhaken, und ich war erst einmal weg.

Die Mexikaner ließen von mir ab und wollten sich auf Bogle stürzen, kamen aber zu spät.

Für Pablo war das alles ein köstliches Vergnügen. Bogles erstem Anlauf war er geschickt ausgewichen. Als dieser zum zweiten Angriff ansetzte, schnappte Pablo Myra vorn an der Bluse, packte ihre Fußknöchel mit der anderen Hand und schwenkte sie wie einen Rammbock nach vorn auf Bogle zu. Der stürzte dadurch kopfüber auf den Boden, und weil er Myra dabei blitzschnell umfaßte und an sich riß, ersparte er ihr den Aufschlag auf den harten Dielen.

»Macht ihn fertig, ihr Hunde!« befahl Pablo seinen Männern.

Sie fielen über Bogle und Myra her.

Pablo aber hüpfte um das kämpfende Menschenknäuel und lachte, bis ihm Tränen über die fetten Wangen liefen. Er sah ein Bein und griff nach ihm. Nach und nach zog er Myra aus dem Gewirr von dreschenden und tretenden Gliedmaßen. Um Myra vollends herauszuholen, mußte er zwei seiner Leute entfernen. Er faßte einen nach dem anderen an den Haaren und schleuderte sie weg, als wären es junge Hunde.

Mehr tot als lebendig kam Myra aus dem raufenden Haufen heraus. Pablo ließ sie einfach auf dem Boden liegen, wandte sich wieder den Kämpfenden zu und arbeitete sich zu Bogle durch.

Da ließen die Mexikaner von ihrem Opfer ab und zogen sich ein paar Schritte zurück.

Pablo rüttelte Myra mit der Stiefelspitze. Sie schlug die Augen auf und schaute ihn verstört an. »Diesmal haben sie dich beinah skalpiert, Vögelchen.« Er lachte wiehernd. »Ha! Ha! Wirklich ein Mordsspaß! Ein Super-Abend! Eine herrliche Schlägerei!«

Unvermittelt beugte er sich herunter, packte sie fest an der Bluse und hievte sie auf die Füße. Ohne den Griff zu lockern, stapfte er mit ihr über die Veranda, zog sich einen Sessel zurecht und setzte sich. Jegliche Widerstandskraft war aus Myra gewichen. Pablo drückte sie auf seine Knie. Und da saß Myra: schlaff, den Kopf gesenkt, das Gesicht durch das lange Haar verborgen.

Pablos Männer hatten sich auf den obersten Verandastufen versammelt und flüsterten aufgeregt miteinander.

Bogle und ich zählten immer noch Sterne. Ansell verzog sich noch tiefer in seine Ecke in der Hoffnung, nicht beachtet zu werden.

Plötzlich kam wieder Leben in Myra. »Laß mich los, du fette Kröte!« fauchte sie.

Pablo lachte. »Mit Vergnügen, Vögelchen.« Und er stellte sie auf die Füße.

Ohne seine stützende Hand versagten ihre Beine den Dienst,

und sie wäre gefallen, wenn er sie nicht aufgefangen hätte. »Na, na, hat die Señorita keine Kraft mehr?« spottete er.

Myra riß sich zusammen, stieß Pablos Hand zurück und wankte zu mir herüber. Ich setzte mich auf, als ich sie kommen sah, aber in mir drehte sich alles.

»Wie haben wir uns gehalten?« fragte ich benommen, als sie sich neben mich kniete. »Haben wir gewonnen, oder kriegen wir noch mal zu tun?«

»Idiot! Wir haben verloren«, berichtete sie aufgebracht. »Was tun wir jetzt?«

Ich schaute mich um und sah die auf den Stufen versammelten Mexikaner. Eine Flucht war also unmöglich. Deprimiert blickte ich zu Bogle, der sich langsam zu bewegen begann, und dann zu Pablo.

»Sobald ich mich verschnauft habe, starten wir zur nächsten Runde«, versicherte ich. »Du mußt dich dann aus dem Staub machen. Renn in den Wald! Dort kannst du dich vor ihnen verstecken. Hast du verstanden?«

»Du glaubst doch nicht im Ernst, daß ich euch drei hier allein zurücklasse?« protestierte sie. »Das baden wir zusammen aus.«

»Hugh, ich habe gesprochen!« sagte ich trocken, freute mich aber über ihre Einstellung. »Und jetzt sei nicht albern und verschwinde! Die spielen dir übel mit, wenn du in ihre Hände gerätst. Wer soll außerdem die 50 000 Dollar für dich bezahlen?«

»Sieh mal an, du Großmaul! Die willst du wohl nicht für mich ausgeben?«

»Vorsicht! Hinter dir!« warnte ich und versuchte, auf die Beine zu kommen.

Pablo, dem die Geduld ausging, kam wie eine Dampflok über die Veranda gestampft. Nicht einmal einen Schritt konnte Myra tun, da hatte er sie schon gepackt. »Schluß jetzt mit dem Theater! Wir gehen.«

»Nehmen Sie Ihre Pfoten weg!« schrie sie wütend. »Hast du nicht gehört, du fette Leberwurst? Schleich dich in deine Pelle zurück!«

Und da geschah es.

Eine weiße Rauchwolke schoß plötzlich hoch, hüllte Pablo ein, und als sie sich auflöste, war auch Pablo verschwunden.

Ich hatte die ganze Zeit genau hingeschaut. Weder war Pablo in die Lounge gelaufen, noch hatte er sich in eine dunkle Ecke verzogen. Er hatte sich ganz einfach in Rauch aufgelöst. Noch nie hatte ich etwas so Unheimliches erlebt.

Mit einem leisen Aufschrei wich Myra zurück, wirbelte auf dem Absatz herum und kam zu mir. Ich drückte sie an mich, während ich die letzten Rauchspuren langsam im Dunkeln zerfließen sah.

Aber Sie hätten vor allem die Mexikaner sehen sollen! Sie starrten uns sekundenlang an, dann stoben sie in Richtung ihrer Pferde davon. Und wie sie davonstoben! In ihrer panischen Angst trampelten die Größeren einfach über die Kleineren. Keine vier Sekunden, und sie jagten auf ihren Pferden auf die Straße nach Orizaba hinaus. Verlassen lag der große Innenhof vor uns.

»Was ist bloß geschehen?« Ich hielt Myra immer noch an mich gedrückt. Trotz meines Schocks gefiel es mir, sie so in meinen Armen zu halten. Mädchen wie sie waren dafür geschaffen, und ich machte meine Sache sehr gut. »Mann, o Mann, was ist da nur geschehen?«

Auch Bogle hatte natürlich alles beobachtet. »Das ist zuviel«, jammerte er und trommelte mit den Fäusten auf die Dielen. »Erst schwebt Myra in der Luft, und jetzt verschwindet der da im Rauch. Das halte ich nicht aus, sage ich euch! Ich werd ja noch verrückt! Ich muß hier weg. Ich will nach Hause!«

»Hör mit dem Gejammere auf!« Ansell kam aus seiner Ecke hervor und trat zu mir und Myra. »Ich habe alles mit angesehen«, sagte er leise. »Glaubt ihr jetzt endlich an Hexerei? Er hat sich doch in Rauch aufgelöst, stimmt's? Ihr habt es beide gesehen. Myra, was hast du nur getan?«

Myra zitterte. »Ich? Getan? Du kannst mir das nicht einfach anhängen.«

»Aber du hast es getan«, erwiderte Ansell energisch. »Mir kam schon der Verdacht, nachdem Bogle dich schweben sah.

Du bist ein Naguale geworden. Merkst du das denn nicht? Quintl muß dir ohne dein Wissen seine Geheimnisse übertragen haben. Du besitzt jetzt die Zauberkraft eines Nagualen.«

Entsetzt wich Myra vor ihm zurück. »Das ist nicht wahr!« schrie sie. Dann drehte sie sich zu mir um. »Er ist wahnsinnig, sag es ihm. Ich glaube kein Wort davon!«

»Was ist dann mit Pablo geschehen?« hielt ihr Ansell vor Augen. »Männer lösen sich nicht einfach in Rauch auf.«

»Er wird sich irgendwo versteckt haben«, meinte ich und schaute mich suchend um, obgleich ich wußte, daß ich nur Zeit verschwendete. Da sah ich plötzlich etwas auf dem Boden liegen und ging näher darauf zu. »Was ist das?«

Unter dem Tisch lag die längste und appetitlichste Leberwurst, die ich je gesehen hatte. Ich hob sie auf. »Wo zum Teufel kommt die her?«

Myra warf einen Blick darauf, gab ein leises Stöhnen von sich und sackte ohnmächtig vor mir zusammen.

Ansell faßte mich am Arm. »Hast du nicht gehört, was sie vorhin gesagt hat?« Mit zittrigen Fingern zeigte er auf die Wurst. »Das ist Pablo. Das ist alles, was von dem Fettwanst übriggeblieben ist.«

Ich ließ die Wurst wie eine heiße Kartoffel fallen. »Wer spinnt jetzt? Du oder ich?«

»Sie sagte zu ihm, er solle sich in seine Wurstpelle zurückschleichen.« Ansells Stimme war schrill, die Augen traten ihm aus den Höhlen. »Sie besitzt die Kraft, jemanden zu verhexen!«

»Du bist verrückt!« fuhr ich ihn an. »So etwas gibt es nicht.«

Bogle humpelte heran. Mit offenem Mund starrte er Ansell an. »Doc, was quasselst du da?« Er schaute zu Myra herunter. »Was soll sie getan haben?«

Ich richtete meine Aufmerksamkeit von der Wurst auf Myra. »Am besten, ich bringe sie rein.« Damit hob ich Myra auf und trug sie in die Lounge, wo ich sie auf eine Couch legte. »Doc!« rief ich. »Komm und hilf mir!«

Bleich und völlig durcheinander kam Ansell mir nach. »Ich kann's noch nicht glauben! So was Phänomenales . . .«

»Ach, sei doch still!« unterbrach ich ihn unwirsch. »Darüber können wir später reden, jetzt müssen wir uns erst mal um die Kleine kümmern. Wir waren in einer verdammt brenzligen Situation, bevor das passierte. Eigentlich sollten wir ja dankbar sein.«

Es dauerte eine Zeitlang, bis wir Myra wieder soweit hatten. Endlich schlug sie die Augen auf. Sie blinzelte, noch etwas benommen, und sah mich ängstlich an. »Ich habe Schreckliches geträumt. Es war furchtbar.«

»Denk nicht dran«, beruhigte ich sie. »Schlaf jetzt. Ich bin hier bei dir. Du brauchst also keine Angst zu haben.«

Ein kleines Lächeln für mich, und die Augen fielen ihr wieder zu. Eine Sekunde später atmete sie tief und regelmäßig.

»Wäre ich nicht ein großartiger Vater?« meinte ich zufrieden. »Das habe ich doch gut gemacht?«

Bogle kam herein. »Wie geht es ihr?«

»Sie ist in Ordnung«, erwiderte ich. »Was hast du mit der Wurst gemacht? Bring sie mir her!«

»Die habe ich dem Hund gegeben, der hier ins Haus gehört«, sagte Bogle gleichgültig. »Ein netter Köter. Ich wollt ihm was Gutes tun.«

»Du hast sie dem Hund gegeben?« Meine Stimme überschlug sich. Erregt packte ich ihn am Arm.

»Na und? Was wolltest du sonst damit anfangen?« verteidigte er sich. »Meinst du, die wäre zu schade für den Köter?«

»Mann! Das war keine Wurst. Das war Pablo!« schrie ich ihn an.

Bogle riß die Augen auf. »Sag das noch mal.«

»Diese Wurst war keine richtige Wurst. Das war der in eine Wurst verwandelte Pablo«, erklärte ich mit mühsam beherrschter Stimme.

»Die Wurst war keine Wurst, sondern Pablo?« wiederholte Bogle verwirrt. »Habe ich das richtig gehört?«

»Ja, du Fettmops.«

»Tatsächlich? Für mich sah das jedenfalls wie 'ne Wurst aus.«

»Ist mir egal, wie sie für dich aussah. Es war Pablo in der Gestalt einer Wurst.«

»Aha, in der Gestalt einer Wurst.« Blanke Furcht stand in Bogles Augen. »Ich verstehe.«

»Das tust du eben nicht«, sagte ich heftig. »Du verstehst überhaupt nichts. Wo ist der Hund? Sag mir noch das und dann Schluß mit der Debatte!«

»Doc, nimm dir mal unseren Zeitungsfritzen vor«, riet Bogle, zu Ansell gewandt. »Der hat sie, glaube ich, nicht mehr alle.«

»Begreife doch, Bogle«, antwortete Ansell. »Myra hat Pablo in eine Wurst verwandelt.«

Bogles Entsetzen wuchs. »Du auch?« flüsterte er und wich zurück. »Wär's nicht besser, wenn ihr beide euch erst mal hinsetzt oder so?«

»Pablo ist in dieser Wurst!« bellte Ansell. »Und jetzt hol sie zurück – aber schnell!«

Bogle schüttelte es. »Vielleicht bin ich auch schon übergeschnappt. Vielleicht hab' ich den Dachschaden und nicht ihr. Vielleicht hör ich nur Stimmen, die's gar nicht gibt.«

»Mensch, red keinen Blödsinn!« fuhr ich ihn an.

»Aber ich höre andauernd, daß Pablo eine Wurst sein soll«, jammerte Bogle. »Ich bin verrückt! Ich wußte, daß ich's werde, und jetzt bin ich's.«

»Pablo wurde in eine Wurst verwandelt, habe ich gesagt«, zischte Ansell, das dürre Vogelgesicht zu Bogle hochgestreckt. »Jetzt setz dich in Bewegung, du Riesenwabbel!«

Bogle aber kniff nur die Augen zusammen und setzte sich einfach auf den Boden. »Das wird 'n schwarzer Tag für deine alte Dame, Bruder«, sagte er wie zu sich selbst. »Dein Sohn muß in die Klapsmühle . . . ich möcht ihr das nicht sagen.« Er legte sich flach auf den Rücken und gab summende Geräusche von sich.

»Komm, Doc.« Ich wandte mich zur Tür. »Wir müssen den Köter wohl selbst suchen.«

Wir brauchten nicht weit zu gehen. Gleich draußen auf der Veranda lag ein mächtiger Wolfshund und schaute uns aus satten Augen gelangweilt an, als wir herauskamen. Nirgendwo die Spur einer Wurst. Wir starrten den Hund an, der jetzt sichtlich zufrieden die Augen zuklappte und sich die Lefzen leckte.

»Er hat Pablo gefressen«, sagte ich erschüttert. »Mann, das würde ich nicht einmal meinem ärgsten Feind wünschen.«

Langsam nahm Ansell seinen Hut ab und senkte den Kopf.

Da traf mich plötzlich ein furchtbarer Gedanke. Erregt faßte ich nach Ansells Arm. »Doc! Weißt du, was das für uns bedeutet? Sie hat uns jetzt unter der Fuchtel. Wir müssen aufpassen, daß wir den Mund nicht mehr zu weit aufmachen.«

Ansell runzelte die Stirn und setzte den Hut wieder auf. »Wieso?«

»Ist dir denn nicht klar, was sie alles mit uns anstellen kann, wenn sie uns vielleicht satt hat?« Verstohlen schaute ich über meine Schulter, beugte mich etwas zu ihm herunter und sagte leise: »Sie könnte dich in Fleischpastete verwandeln und sie mir zum Lunch servieren. Wie gefiele dir das?«

Als Antwort sackte Ansell mir einfach ohnmächtig in die Arme.

ACHTES KAPITEL

Die Sonne schien durch die Sisal-Jalousien, als ich am nächsten Morgen aufwachte. Unten im Patio hörte ich das zwitschernde Geplapper der Mädchen, die die Frühstückstische deckten. Ich schaute auf meine Armbanduhr. Sie zeigte 6 Uhr 40.

Nochmals zu schlafen, lohnte sich nicht. So angelte ich nach meinem Zigarettenetui. Dann nahm ich in dem harten, schmalen Bett eine halbsitzende Stellung ein und brütete vor mich hin.

Es gab unwahrscheinlich viel zu bedenken, erkannte ich, je länger ich so sinnierte. Es war furchtbar.

Innerhalb vierundzwanzig Stunden hatte sich die Situation derart grundlegend geändert, daß ich eigentlich eine Sensation in der Tasche hatte, ohne einen Finger gerührt zu haben. Wollte

ein Reporter heutzutage einen richtigen Zeitungsknüller aufziehen, durfte er im allgemeinen keine Wunder mit einkalku-
lieren. Doch in meinem Fall war es genau das, was ich zu tun
hatte. Die Entführungsstory war jetzt natürlich kalter Kaffee.
Blondine mit Zauberkräften, so hieß nun die Schlagzeile. Wie
würde Maddox darauf reagieren? Der schmeißt mich raus,
noch bevor ich ihm davon eine Demonstration liefern kann,
überlegte ich deprimiert. Andererseits könnte ich Myra natürlich überreden, ihm dann einen kleinen Denkzettel zu verpassen, damit ich meinen Job wiederbekomme.

Myra! Wie mochte das jetzt mit ihr weitergehen? Ich konnte
mir nicht vorstellen, daß sie sich noch einmal von Ansell oder
mir zu etwas überreden ließe, jedenfalls nicht gegen ihren Willen, und ich mußte jetzt ständig aufpassen, daß ich sie nicht
mehr verärgerte. Ein sanftes Lämmchen war sie ja nun gerade
nicht, sondern eine recht schwierige Person. Mit den Zauberkräften, die sie jetzt besaß, wurde sie ausgesprochen gefährlich.

Mir brach kalter Schweiß aus, als ich an Pablo dachte. Über
sein Schicksal konnte ich unmöglich schreiben. Es gab keine
Beweise. Kein Mensch würde mir das abnehmen. Nicht einmal Maddox durfte ich andeuten, was geschehen war, denn er
würde mich glatt in die Klapsmühle schicken. Die Episode mit
Pablo mußte ich vergessen.

Als nächstes hatte ich zu überlegen, wie ich das nun mit der
Entführung deichseln sollte. Ich mußte nicht nur Maddox,
sondern auch Myra zufriedenstellen. Eine schwierige Sache.
Die 25 000 Dollar Belohnung komplizierten die Sache erheb-
lich. Sehr viel wird da nicht mehr für dich herausspringen,
sagte ich mir resigniert. Ich kannte Myra. Bestimmt würde sie
alles für sich abstauben, und ich konnte nicht einmal darum
mit ihr streiten. Denn was nützten mir 25 000 Dollar, wenn ich
in einen Hamburger oder einen Hähnchenschlegel verwandelt
wurde?

Ich fuhr mir mit den Fingern durchs Haar. Es war zum
Wahnsinnigwerden! Und wenn ich schnell meinen Kram
packte und mich heimlich in Richtung Mexiko-Stadt davon-

machte? Ich wäre meinen Job los, hätte aber wenigstens diese ganze Geschichte vom Hals. Eine verführerische Idee!

In diesem Moment klopfte es leise an die Tür, und Myra kam herein. Sie trug einen geflammten Pyjama und einen roten Morgenrock. Wie sie da in dem diffusen Licht stand, mit dünnen Sonnenstrahlen auf dem Haar, war sie für mich das hübscheste Wesen, das ich seit langem gesehen hatte.

Leise schloß sie die Tür und lehnte sich mit dem Rücken dagegen.

Wir sahen einander an, als begegneten wir uns zum erstenmal, und ich fühlte ganz neue Empfindungen für Myra wachsen. Bisher war sie nur jemand gewesen, über den ich schrieb. Doch wie ich sie so sah, mit großen, ernsten Augen, sonnenüberstrahltem Haar und dieser Art den Kopf zu halten . . . tja, ich glaube, sie spürte, daß mir heiß wurde. Sie bewegte sich nämlich plötzlich, und wenn ich jetzt, nachdem alles vorbei ist, daran zurückdenke, war dies wohl der Moment gewesen, in dem ich mich in Myra verliebte.

»Ich habe Angst«, sagte sie. »Irgend etwas geht in mir vor.«

»Komm her«, bat ich und stützte mich auf einen Ellbogen. »Was geht in dir vor?« Ihr verwirrter Blick bedrückte mich. Sie schien viel von ihrem Selbstbewußtsein verloren zu haben.

»Das kann ich nicht erklären.« Myra setzte sich an das Fußende meines Bettes. »Ich habe das Gefühl . . . ach, du denkst sicherlich, ich spinne.«

»Das tue ich nicht.« Ich griff nach meinen Zigaretten und bot ihr eine an.

Es wurde einen Augenblick lang still im Zimmer. Zigarettenrauch mischte sich in die Sonnenstrahlen, und im Patio schnatterten die Mädchen. Schließlich sagte Myra: »Das von gestern abend, das war kein Traum, nicht wahr?«

Ich schüttelte den Kopf. »Nein.«

»Ich hoffte, es wäre einer gewesen.« Achtlos schnippte sie die Asche auf den Boden. »Einfach ein Traum, aus dem man aufwachen kann. Es ist alles so unheimlich.«

»Leider kann ich nicht sagen, daß du nichts zu befürchten

hast. Aber es tut mir leid, daß wir dich in diesen Schlamassel hineingezogen haben – das kann ich sagen.«

»Ich hab' versucht, mich an mehr Einzelheiten zu erinnern«, fuhr Myra fort. »Wenn ich sie zusammenfüge, bleiben sie aber trotzdem unverständlich. Ich kann mich jetzt besser an den alten Indianer erinnern. Ich weiß, daß wir in dieser Hütte zusammensaßen, aber nicht miteinander sprachen. Jeder las des anderen Gedanken. Das war richtig zum Fürchten. Ich konnte ihn nicht belügen, verstehst du? Oder so wie wir mit ihm reden. Ich versuchte, möglichst an nichts zu denken, als ich fühlte, daß er zuviel von meinen Gedanken erriet. Keine Ahnung, wie gut mir das gelungen ist. Lange Zeit sprachen also nur unsere Gedanken miteinander. Er erzählte mir viele Dinge, daran kann ich mich erinnern. Aber nicht mehr, was für Dinge das waren. Er gab mir ein scheußliches Zeug zu trinken. Nachdem ich alles runtergeschluckt hatte, sah ich schwarzen Qualm aus einer Hüttenecke vorquellen. Das sah schrecklich aus, denn nirgendwo gab es ein Feuer oder so etwas, nur diesen Qualm, der sich zu einem schwarzen Schatten formte. Mir kam es in diesem Moment vor, als ähnelte er dem Schatten einer Frau, doch in der Hütte war es ziemlich dunkel, deswegen bin ich mir nicht sicher. Die ganze Zeit, während wir so lautlos sprachen, schwebte der Schatten aber dicht neben mir.«

Ich zündete mir die zweite Zigarette an. Mir fiel nichts ein, was ich zu der Geschichte sagen könnte, also lag ich nur da und hörte zu.

»Dieser Schatten war auch hinter Pablo, bevor das mit ihm geschah«, sprach Myra schaudernd weiter. »Jetzt fürchte ich mich, auch nur an irgend etwas zu denken, damit nicht wieder so was passiert.«

»Sprich nicht mehr davon, Baby.« Ich zog sie zu mir herunter, legte einen Arm um sie, und sie streckte sich neben mir aus, den Kopf an meiner Schulter. Mir gefiel, wie ihr Haar duftete und weich mein Gesicht berührte.

»Da ist aber noch etwas«, sagte Myra verzagt.

Was mag jetzt noch kommen, dachte ich. »Erzähl!«

»Du wirst das nicht begreifen können«, meinte sie zögernd. »Ich kann es ja auch nicht. Als ich gestern abend ins Bett ging, ist aber etwas in mir geschehen. Mir war so, als sähe ich eine schattenhafte Gestalt aus meinem Bett steigen und aus dem Zimmer verschwinden. Dieses – Etwas schien aus mir herauszukommen. Es – es sah aus wie ich, und als es fort war, fühlte ich mich verändert.«

»Ach, du hast geträumt«, beruhigte ich sie und streichelte ihren Arm. »Nach dem, was du alles durchgemacht hast, sind Alpträume ganz natürlich.«

»Aber ich fühle mich immer noch verändert! O Ross, was geht da nur mit mir vor?«

»In welcher Weise verändert?« Ich drehte mich etwas, um ihr besser in die verängstigten Augen sehen zu können. »Vor allem, dreh jetzt nicht durch, Kleines! Also, wie hast du dich verändert?«

»Ich fühle mich unbeschwerter, glücklicher, als hätte ich mein Inneres gebadet und fühlte mich nun sauberer. Oh, das ist so schwer zu erklären.«

»Warum beunruhigt dich das, wenn du dich glücklicher fühlst«, erwiderte ich und küßte sie.

Brüsk löste sie sich von mir. »Wenn du dich nicht konzentrieren willst, muß ich gehen«, wies sie mich zurecht.

»Merkst du nicht, wie ich mich konzentriere«, flüsterte ich, die Lippen in ihrem Haar.

Myra zog den Kopf weg. »Laß das. Ich wäre jedenfalls froh, wenn das alles nicht geschehen wäre.«

»Warte, bis du die Belohnung in der Tasche hast, dann denkst du anders darüber.«

»Aber ich will sie nicht«, erklärte sie energisch. »Und auch das kann ich nicht begreifen. Gestern war ich wegen des Geldes noch wütend auf dich, und jetzt – jetzt will ich's gar nicht haben. Ich komme auch ohne das aus. Außerdem ist es ein einziger Schwindel.«

Das versetzte mir einen Schock. Mit ihr war tatsächlich etwas geschehen.

»Schwindel?« wiederholte ich überrascht. »Wieso?«

»Du weißt genau, was ich meine«, erwiderte Myra gereizt. »Mich brauchte niemand zu befreien. Es wäre unrecht von dir, die Belohnung einzufordern.«

»Das ist der Gipfel.« Ich ließ mich ins Kissen zurückfallen. »Ausgerechnet du sagst das!«

In diesem Moment öffnete Bogle die Balkontür und steckte seinen Kopf herein. »Entschuldigt, wenn ich störe.« Argwöhnisch schaute er auf Myra. »Das Alleinsein macht mich heute morgen ganz kribbelig.«

»Dann komm halt rein«, sagte ich achselzuckend. »Sucht vielleicht noch jemand Gesellschaft? Dann immer rein mit ihnen. Die Bude kann mir gar nicht voll genug sein.«

»Es sind nur ich und Whisky.« Von dem Wolfshund gefolgt, betrat Bogle das Zimmer. »Whisky scheint mich zu mögen.«

Mit einem unbehaglichen Gefühl sahen Myra und ich auf den Hund. Er mahlte zerstreut mit seinen Zähnen und ließ sich neben dem Bett nieder. Gelangweilt beäugte er uns, dann streckte er sich aus und legte den Kopf auf Bogles Stiefel.

»Wieso Whisky?« fragte ich. »Heißt er so?«

»Ich nenn' ihn so«, erklärte Bogle. »Ihm scheint das zu gefallen, und den Namen kann ich mir merken. Ein braver Kerl, nicht?«

»Na, ich weiß nicht. Immerhin hat er Pablo gefressen«, erinnerte ich. »So schnell kann ich das nicht vergessen.«

Bogle schnitt eine Grimasse. »Pablo gefressen! Du spinnst. Eine Wurst hat er gefressen. Du und der Doc, ihr solltet mal eure Ohren durchpusten lassen.«

Ich sah ihn nachdenklich an. Es wäre zu schön, wenn sich alles so einfach bereinigen ließe!

»Mach dir nichts draus, Sam«, sagte ich. »Es gibt noch andere, die das nicht glauben können.«

Während ich sprach, rollte sich Whisky auf den Rücken und schlug wie eine Krabbe über dem Bauch die Pfoten übereinander. Den Schwanz streckte er gerade aus, dann schloß er die Augen.

»Komisch, wie der Hund sich benimmt«, flüsterte Myra. »Das ist nicht normal.«

»Das würde ich nicht behaupten«, meinte ich und zog die Bettdecke etwas höher. »Aber ein wenig merkwürdig ist es schon.«

Fürsorglich zog Bogle Whiskys Pfoten auseinander und drehte ihn auf die Seite. »Entspann dich, alter Freund. So kannst du doch nicht schlafen.«

Whisky klappte ein Auge auf, sah Bogle an, drehte sich auf den Rücken und verschränkte seine Pfoten wieder über dem Bauch.

»Verdammig! Habt ihr schon mal so 'nen Hund gesehen?« Eifrig beugte Sam sich herunter und zog dessen Pfoten wieder auseinander.

Sein Tun behagte Whisky offenbar nicht. Er riß ein Auge auf, fixierte verdrossen Bogles Hand, stieß seine Schnauze vorwärts und ließ seine Fänge wie eine Mausefalle auf und zu schnappen.

Ich glaube, Bogle dachte, ihm sei die Hand abgebissen worden. Er wagte nicht hinzusehen, setzte sich nur auf den Boden und keuchte entsetzt, bis ich ihm versicherte, daß Whisky sie um acht Zoll verpaßt hatte. Darauf verzog er sich in die entfernteste Ecke des Zimmers, zwängte sich in einen Korbsessel und starrte finster den Hund an.

»Hör zu, Sam«, sagte ich da. »Halte mich nicht für ungesellig. Das bin ich noch nie gewesen. Ich habe immer für Stimmung gesorgt und mich ans Klavier gesetzt. Im Moment bin ich aber mit den Nerven ziemlich am Ende. Also nimm Whisky und mach mit ihm einen kleinen Spaziergang. Du brauchst ja nicht weit zu gehen. In einiger Distanz könnte ich dich ja ertragen, aber dein Gekeuche und Whiskys lächerliches Getue machen mich mürbe. Also, trollt euch, ihr beiden!«

»Mußt du immer in Romanen sprechen, wenn du deine Klappe aufmachst?« brummte Bogle. »Ich warte auf Ansell. Er will mit uns reden. Außerdem habe ich das Frühstück raufbestellt. Du hast das schönste Zimmer.«

110

Ich wandte mich zu Myra. »Da siehst du, wie es läuft, Gold-stück. Wir müssen unseren Plausch ein wenig verschieben. Mit dem blöden Köter im Zimmer kann ich keinen klaren Gedanken fassen.«

Myra kletterte vom Bett und räkelte sich. »Wir hätten es sowieso zu nichts gebracht«, meinte sie müde. »Allein mit Reden ist mir wohl nicht zu helfen.«

»Hab' ich richtig gehört? Du hast Frühstück bestellt?« fragte ich Bogle.

»Hab' ich.« Bogles Miene hellte sich auf, »Eier, Obst und Kaffee. Gestern abend bei dem Trubel bin ich ja kaum zum Essen gekommen. Ständig fiel einer in Ohnmacht. Da vergeht einem der Appetit.«

»Bogle, könntest du mir nicht Whisky aus den Augen schaffen?« bat ich. »Er geht mir echt auf die Nerven.«

»Vielleicht fühlt er sich nicht wohl.«

»Kein Wunder, mit Pablo im Bauch.«

Whisky rollte sich auf die Seite und schaute mich an. Sein Augenausdruck wirkte seltsam menschlich. »Da hast du recht, altes Haus«, sagte er mit tiefer kehliger Stimme. »Er liegt mir wie ein Klotz im Magen.«

»Da haben wir's.« Ich krallte die Finger ins Kopfkissen und starrte mit Grausen auf den Hund. »Ich wußte, daß mit dem was nicht stimmt.«

Myra unterdrückte einen Aufschrei und stand wie hypnotisiert da. Bogle aber wirkte völlig ungerührt.

»Hör mal«, sagte ich zu ihm. »Das klang fast, als hätte der Hund gesprochen.«

»Na und?« erwiderte Bogle. »Er hat schon die halbe Nacht mit mir gesprochen.«

»Na und?« wiederholte ich. »Hast du etwa jemals zuvor einen Hund sprechen hören?«

»Natürlich nicht. Aber in diesem Land wundert mich gar nichts mehr. Außerdem können Papageien sprechen, warum dann nicht auch mexikanische Hunde? Das ist doch gar nicht so unlogisch?« Mit einemmal bemerkte er meinen angespannten Gesichtsausdruck. Sein Blick wurde ängstlich. »Aber unmöglich. Hunde können nicht sprechen. Das willst du damit sagen? Das ist also schon wieder so eine unheimliche Sache. Erst die schwebende Frau, dann verschwindet ein Mann und jetzt der sprechende Hund.«

»Ja, das gehört alles zusammen.«

»Mein Gott, und ich habe die halbe Nacht mit ihm gequatscht!« Bogle drückte sich zitternd in seinen Stuhl, hob die Hände und spreizte sie, als könne ihn das schützen.

»Und was für einen Mist du gequasselt hast«, knurrte der Hund. »Von allen bescheuerten Hohlköpfen, die mir schon die Ohren vollgeschwatzt haben, bist du wirklich der größte.«

»Ich gehe jetzt«, sagte Myra leise. »Irgendwie ist mir nicht mehr nach Frühstück zumute.«

»Bleiben Sie um Himmels willen da, Señorita«, bat Whisky mürrisch. »In diesem verdammten Hotel wird doch überall gezankt. Und hier muß ich nun mein Hundedasein fristen.«

»Aber es gibt nicht zufällig einen Bauchredner bei euch?« fragte ich hoffnungsvoll, denn ich hatte das Gefühl, als müßte ich jeden Moment losrennen, einfach irgendwohin – nur weit, weit weg von hier. »Es könnte ja sein, daß sich hier einer mit uns einen dummen Scherz erlaubt.«

Whisky gähnte. Er besaß die erstaunlichste Sammlung Fangzähne, die ich bisher gesehen hatte. »Deine Mutter mag sich ja um dich bemüht haben, aber aus dir wird wohl nie etwas«, fand er. »Daß ich eure scheußliche Sprache spreche, ist noch lange kein Grund für dich, sich wie ein Idiot zu benehmen.«

Ich wurde langsam nervös. »Hör zu, Partner, würde es dir etwas ausmachen, dich zu verziehen? Nicht etwa, weil ich dich nicht mag, sondern für heute morgen habe ich die Nase voll. Schau später mal wieder rein. Bis dahin habe ich mich vielleicht an diesen Gag gewöhnt.«

Whisky schüttelte sich. »Ich habe jetzt sowieso etwas Wichtiges zu erledigen. Außerdem wird es Zeit für mein Frühstück.« Er trottete zur Balkontür. Leise klickten seine Krallen auf dem gebohnerten Boden. »Ich muß nämlich mal für kleine Hunde, wenn ihr mir das Klischee erlaubt.« Damit lief er auf den Balkon hinaus und verschwand aus unserer Sicht.

Im Zimmer war es lange still. Jeder hatte Mühe, sich wieder zu fassen.

»Der reinste Alptraum, nicht?« meinte ich schließlich. »Vielleicht wachen wir bald daraus auf und lachen dann darüber.«

»Ich nicht.« Bogle wischte sich mit dem Taschentuch übers Gesicht. »Auch wenn's ein Traum wäre, könnt' ich nicht lachen.«

»Ein in Luft aufgelöster Mann und 'ne schwebende Frau wären mir lieber als ein sprechender Hund«, sagte ich nachdenklich. »Ob wir ihn los wären, wenn wir schnell unser Zeug packen und einfach abhauen?«

»Der Köter will bei uns bleiben«, antwortete Bogle düster. »Heute nacht hat er das wenigstens behauptet.«

»Dann kannst du ihn ja mitnehmen«, warf Myra ein. »Wir werden dich auch gebührend bedauern. Aber wir müssen nicht unbedingt alle verrückt werden.«

Doc Ansell kam herein. Ein wenig abgespannt sah er aus. Doch in seinem Blick blitzte es kämpferisch. »Da seid ihr ja alle«, begrüßte er uns. »Das Frühstück kommt gleich. Und wir müssen uns heute morgen ernsthaft unterhalten und Pläne machen.«

»Weißt du schon das mit dem Hund?« fragte ich.

»Was für ein Hund?« Ansell setzte sich.

»Der Pablo verschlungen hat«, erwiderte ich. »Und jetzt Samuels Freund ist.«

»Warum nicht?« Ansell sah mich prüfend an. »Mit einem guten Hund ist man nie einsam. Ihr habt doch hoffentlich nichts dagegen?«

»Keineswegs. Aber der Hund spricht. Eben war er hier bei uns. Er benutzt so Redewendungen wie: Er müsse mal für kleine Hunde. Eine irre Geschichte. Außerdem klappern seine Zähne.«

Ansell runzelte die Stirn. »Sprechen? Was heißt das . . . er spricht?«

»Daß er spricht«, antwortete ich lakonisch, streckte mich und machte es mir gemütlich. »Ich hoffte, du hättest eine Erklärung dafür. Du hättest ihn hören sollen. Der Schock steckt immer noch in mir.«

»Ich verstehe.« Nachdenklich starrte Ansell aufs Bett. »Vielleicht bekomme ich ihn ja auch zu hören. Aber mich wundert das eigentlich nicht. Ich habe gründlich nachgedacht und meine, daß wir auf alles gefaßt sein müssen. Myra besitzt jetzt die gesamte magische Kraft des Nagualismus und wird die unglaublichsten Dinge vollbringen können.«

Ich lächelte. »So, es liegt also alles bei Myra?«

»Selbstverständlich«, bestätigte Ansell. »Ihr hättet mich für verrückt erklärt, wenn ich euch die Fähigkeiten eines Nagualen geschildert hätte. Nun, jetzt seht ihr's ja selbst. Sehr wichtig dabei ist, daß man versucht, sie unter Kontrolle zu halten. Darüber muß ich unbedingt mit Myra sprechen.«

Eine kleine Mexikanerin kam mit einem vollen Tablett herein und stellte es auf den Tisch neben meinem Bett. Es tat richtig gut, jemanden zu sehen, dem nicht die Angst aus den Augen schaute, der völlig normal wirkte.

Nachdem sie sich entfernt hatte, schenkte Myra Kaffee ein, und Ansell nahm das Gespräch wieder auf. »Jetzt paß mal auf, Myra Shumway, ich bin hundertprozentig überzeugt, daß du unbegrenzte Zauberkräfte besitzt. Es wäre zwecklos, das anzuzweifeln. Du mußt dich mit der Tatsache abfinden. Doch statt dich von ihnen beherrschen zu lassen, mußt du Herrin dieser Kräfte sein. Ich kenne mich darin ein bißchen aus, weil ich diese Dinge studiert habe. Daher weiß ich, daß du nur in einer ganz bestimmten Gemütsverfassung zu all dem fähig bist. Jetzt, zum Beispiel, machst du dir zwar viele Gedanken, bist aber entspannt und wärst nicht fähig, diese magischen Kräfte zu wecken. Gestern abend aber, als diese Banditen kamen, hast du dich gefürchtet und wurdest unbewußt in den Zustand versetzt, deine Kräfte zu benutzen. Ihnen sind dann keine Grenzen gesetzt. Also solltest du deine Talente nicht unnötig verschwenden.«

Mit überraschender Entschlossenheit setzte Myra die Kaffeetasse ab. »Ich möchte wieder ein ganz normaler Mensch sein, das ist mein einziger Wunsch. Mehr als nach allem anderen sehne ich mich nach ein wenig Ruhe und Frieden.«

Ansell seufzte. »Wie schade«, murmelte er, halb zu sich selbst. »Offenbar ist dir nicht bewußt, liebes Kind, daß du mit deinen Kräften die ganze Welt beherrschen könntest. Bist du denn gar nicht ehrgeizig?«

»In dieser Hinsicht überhaupt nicht«, erklärte Myra kurz angebunden. »Also reden wir nicht mehr darüber. Da läuft rein gar nichts bei mir ab.«

»Sie hat recht«, mischte ich mich ein. »Wir sollten die ganze Geschichte nicht so wichtig nehmen. Wie lange mögen diese Kräfte anhalten?«

Ansell kratzte sich hinterm Ohr. »Da bin ich mir nicht sicher. Gewöhnlich beginnen die Naguales mit ihren Ritualen, wenn Neumond ist. Ihre Zauberkräfte werden also vielleicht durch den Mond beeinflußt. In diesem Fall würde Myra erst zum Ende dieses Monats wieder normal werden. Wir sollten die Zeit nutzen. Lange ist das nicht, denn Quintl ist tot, und sie wird diese Kräfte niemals wiedergewinnen.«

»Gott sei Dank!« sagte Myra. »Jedenfalls werde ich mir in den folgenden Wochen sehr genau überlegen, was ich sage oder tue. Und ich werde heilfroh sein, wenn ich die Zeit überstehe, ohne daß noch mehr in dieser Richtung geschieht.«

Ansell machte eine ungeduldige Handbewegung. »Und mein Schlangenbißmittel? Soll ich völlig leer ausgehen?«

»Tut mir leid, Doc«, meinte Myra. »Aus der Sache wird nichts. Mir reicht's. Sie mag für dich noch interessant sein, aber . . .«

»Ross, kannst du sie nicht umstimmen?« bat Ansell mich.

Ich hatte mir schon genug den Kopf darüber zerbrochen. »Kaum«, erwiderte ich. »Sie will ja nicht einmal mehr die Belohnung.«

»Was?« Bogle setzte sich aufrecht. »Und wir? Werden wir überhaupt nicht gefragt?«

»Myra, jetzt bist du dran«, sagte ich, zu ihr gewandt.

»Die Belohnung steht uns nicht zu«, erklärte sie. »Kapiert ihr das denn nicht?«

»Das sei Betrug, sagt sie«, fügte ich grinsend hinzu.

»Was soll das sein?« schnaufte Bogle verächtlich und lief rot an. »Ist das 'n Witz?«

»Ich fürchte, unsere Myra ist über Nacht anständig geworden«, sagte ich. »Eine Frau muß schließlich ein Gewissen haben, oder?«

»Ach ja?« knurrte Bogle. »Wißt ihr, was ich denke? Daß sie uns aufs Kreuz legen will.«

»Denkt, was ihr wollt«, meinte Myra ruhig. »Ich will mit der Sache nichts zu tun haben. Ich werd' mich an einen einsamen Ort zurückziehen und das Ende des Monats abwarten.«

Dein Erfolgsbarometer wäre damit dann auf dem Nullpunkt, stellte ich insgeheim fest und dachte an Maddox. Was der mit mir anstellte, wenn ich die Kleine nicht nach New York mit zurückbrachte, darum kümmerte sich keiner!

»Nun überstürze nicht gleich alles«, mahnte ich. »Ihr zwei anderen geht mal bitte raus! Ich will allein mit ihr sprechen.«

»Das kannst du dir sparen. Meine Entscheidung steht fest.« Myra wandte sich zur Tür.

»Kann denn hier keiner vernünftig sein?« brauste ich auf.

»Ehrlich, Ross, ich meine es ernst«, sagte Myra über die Schulter.

Sie legte die Hand auf den Türknopf, als das Zimmermädchen hereingelaufen kam, um mir ein Telegramm zu bringen. Ich nahm es, und das Mädchen schien erleichtert zu sein, daß ich es gleich wieder hinausschickte.

»Warte bitte, bis ich das gelesen habe«, bat ich Myra. »Es könnte etwas Wichtiges sein.«

»Beeil dich!« Myra blieb an der Tür stehen. »Ich will mich anziehen.«

Verblüfft las ich das Telegramm. Es kam von Paul Juden: MADDOX KABELT MÄDCHEN SEI GEFUNDEN STOP WAS TREIBEN SIE DORT STOP OFFIZIELLE ÜBERGABE HEUTE

STOP VATER DES MÄDCHENS FORDERT BELOHNUNG STOP MADDOX BEGEISTERT VON IHNEN STOP JUDEN.

»Das schlägt dem Faß den Boden aus!« Ich gab Myra das Telegramm. Bogle und Ansell traten hinter sie und lasen über ihre Schulter hinweg mit. Einen Augenblick wurde es mucksmäuschenstill, gleich darauf war der Teufel los.

»Was soll das?« Myras Stimme überschlug sich. »Hast du da wieder mitgemischt?«

»Jetzt reg dich nicht gleich so auf!« bat ich hastig. »Ich bin genauso überrascht wie du.«

»So!« Bogle drehte Myra grob herum. »Du wolltest das Geld doch nicht? Du hinterhältiges kleines Biest! Wie hast du das nun wieder fertiggebracht?«

»Sei kein Idiot, Bogle!« fuhr ich ihn an. »Sie hat nichts damit zu tun. Ihr Vater hat Maddox offensichtlich hereingelegt. Das sieht doch ein Blinder! Myra, was für ein Mensch ist dein Vater?«

Sekundenlang zögerte sie. »Ein Schlitzohr ist er schon«, erwiderte sie widerstrebend. »Das war er wohl immer. Ein schlechter Mensch ist er aber nicht.«

»Ich glaube jedenfalls, daß er Maddox begaunern will. Er könnte ihm doch ohne weiteres ein anderes Mädchen als seine Tochter auftischen. Und genau das tut er im Moment.«

Myra starrte mich an. »Aber es gibt das Zeitungsfoto. Sie werden den Schwindel merken.«

»Wahrscheinlich hat er eine aufgetrieben, die dir sehr ähnlich sieht.«

»Genau. Schwierig wäre das nicht«, warf Bogle ein. »Jede mit so 'ner Veronica-Lake-Frisur könnte er nehmen.«

Das schien Myra zu kränken. »So, ich sehe also wie jede dahergelaufene Gans aus?« sagte sie pikiert.

»Also, Myra, jetzt geh doch nicht gleich in die Luft«, mischte Ansell sich ein.

Es muß eine Art Gedankenübertragung gewesen sein, sagte ich mir später. Sicher bin ich mir nicht, aber meiner Ansicht nach war es das. Myra löste sich jedenfalls vom Boden.

Es war ein irrer Anblick. Eben noch saß sie auf der Bettkante, und plötzlich saß sie auf gar nichts, sondern befand sich etwa drei Fuß über dem Bett.

Am verblüfftesten war Myra selbst. »He! Was habt ihr getan?« schrie sie. »Glotzt nicht so, tut lieber was!«

Doch wir saßen alle einfach nur da und starrten sie an.

»Ich dreh durch, wenn das so weitergeht«, stieß ich schließlich heraus. »Beruhige dich bitte, Myra, und laß diese Zicken.«

Nachdem Myra den ersten Schock überstanden hatte, faßte sie nach dem Bettgestell und zog sich wieder auf die Matratze zurück. Leicht und schwerelos wie Distelwolle versuchte sie, dort sitzen zu bleiben.

»Dieser Schwebezustand hebt sich auf, sobald du dich nicht mehr ärgerst«, sagte Ansell.

»Eigentlich ist es recht witzig.« Doch der Schreck schaute ihr noch aus den Augen. »Macht es euch was aus, wenn ich noch mal nach oben schwebe?«

»Tu das bloß nicht«, bat Bogle. »Tu's nicht!«

»Ach was! Warum gönnst du mir nicht den Spaß?« Behutsam stieß Myra sich vom Bett ab.

Und schon schwebte sie in der sitzenden Position in die Höhe, dann kippte sie nach vorn über, ihre Füße schossen nach oben, und so hing sie, den Kopf wenige Fuß über dem Boden, in der Luft.

»Hilfe!« rief sie. »Was tu' ich denn jetzt?«

Doch da war Ansell schon bei ihr. Es gelang ihm, sie zu drehen, bis sie nach einigen Balanceübungen der Länge nach ausgestreckt waagrecht schwebte.

»Lustig«, sagte Myra. »Es ist aber anstrengend sich geradezuhalten. Doc, zieh bitte meine Füße runter. Mal sehn, ob ich auch laufen kann.«

»Ich kann nicht mehr! Das ist unerträglich!« stöhnte Bogle, die Hände geballt, und kniff die Augen zu.

»Sei still!« Vorsichtig zog Ansell Myras Füße herunter und half ihr zu einer aufrechten Position. »Sie macht das prima.«

Zögernd setzte Myra einen Fuß vor den anderen. Es gelang

ihr, drei Fuß über dem Boden das Zimmer zu durchqueren. Am liebsten hätte ich weggesehen, so gespenstisch sah das aus.

»Liegen ist angenehmer«, fand Myra und ging wieder in die Waagrechte.

»Ich stoße dich ein bißchen an«, schlug Doc vor, tat es, und sie glitt durch den Raum. Sanft stieß sie gegen die Wand, schnellte wie ein Luftballon ab und schwebte wieder auf uns zu. Ich packte sie und zog sie zurück aufs Bett.

»Schluß damit!« verlangte ich. »Mich macht das wahnsinnig.«

»Aber es ist himmlisch.« Ihre Augen glänzten vor Vergnügen. »Du bist nur neidisch. Laß mich noch einmal zur Wand und zurück schweben, dann hör ich auf. Bestimmt!«

»Na schön. Wenn du's so toll findest.« Ich gab ihr einen Schubs. Offenbar ein wenig zu stark, denn sie schoß durchs Zimmer und um Haaresbreite an Ansell vorbei, der sich mit einem erschrockenen Ausruf zu Boden warf. Sie schlug gegen die Wand, prallte wie eine Billardkugel ab und wirbelte auf Bogle zu, der sich tief in seinen Sessel duckte. Dann wich die Kraft plötzlich, die sie in der Luft hielt. Myra landete so deftig auf ihrem Hinterteil, daß die Kaffeetassen klirrten.

Ansell eilte zu ihr und half ihr aufzustehen.

»Autsch!« Sie humpelte zum Bett. »Ihr braucht gar nicht so zu lachen!«

»Wenn du dich hättest sehen können, hättest du auch gelacht.« Ich wischte mir die Tränen ab.

»Wenn ich das nächste Mal fliege, polstere ich mir vorher meine Sitzfläche«, sagte Myra und verzog das Gesicht, als sie sich aufs Bett setzte.

Bogle spähte durch die Finger. Nachdem er sich vergewissert hatte, daß sie richtig saß, senkte er die Hände und atmete geräuschvoll durch die Zähne ein. »Tu das nie wieder, Baby. Das kann man ja nicht mit ansehen.«

»Denk doch mal, wie ich meine Schuhsohlen damit schonen würde«, erwiderte sie munter. »So was muß man erlebt haben!«

»Könnten wir jetzt endlich wieder zur Sache kommen?«

fragte ich. »So was Verrücktes habe ich zwar noch nie erlebt, und ich kann kaum klar denken, wir müssen aber wegen deines Vaters etwas unternehmen. Kannst du über ihn sprechen, ohne gleich wieder in die Höhe zu schweben?«

Myra wurde ernst. »Den hatte ich schon wieder vergessen. Aber was soll ich da sagen? Ich muß zu ihm.«

»Nur nichts überstürzen«, wandte ich ein. »Erst müssen wir uns mit Juden in Verbindung setzen, um mehr Einzelheiten zu erfahren. Danach entscheiden wir, wie's weitergeht. Wir packen und fahren schnellstens nach Mexiko-Stadt. Bis heute abend dürften wir dort sein. Dann besprechen wir alles mit ihm und machen einen Plan.«

»Sam und ich begleiten euch«, erklärte Ansell entschlossen. »Und ihr könnt uns nicht davon abhalten.«

Fragend schaute ich zu Myra. Sie zuckte die Achseln. »Von mir aus. Das ist vielleicht sogar besser.«

In diesem Moment wurde die Balkontür aufgestoßen, und Whisky trottete herein. »Mexiko-Stadt? Als junger Hund war ich mal dort, seitdem nicht mehr. Ich komme mit.«

Ich schüttelte den Kopf. »Kommt nicht in Frage. Wir haben keinen Platz für dich, und wir mögen alle keine Hunde. Sieh zu, wie du nach Mexiko-Stadt kommst, wenn du dorthin willst.«

Doch Ansell sah den Hund entzückt an. »Mein Gott, der Kerl ist ein Vermögen wert! Selbstverständlich kommt der mit.«

Whisky beäugte ihn mißtrauisch. »Falls Sie Geld mit mir machen wollen, vergessen Sie's. Streß kann ich nicht ausstehen. Ich komme nur mit, weil ich die Hunde hier vom Ort satt habe. Der Wechsel wird mir guttun.«

»Der spricht wie ein richtiger Gentleman«, staunte Bogle.

Myra ging zur Tür. »Langsam bin ich wirklich reif für die Klapsmühle.«

Nachdenklich sah ihr Whisky hinterher. »Donnerwetter, die ist wirklich nicht ohne! Der Hund, der die mal kriegt, ist ein Glückspilz.«

Geschockt starrte Myra ihn an, dann lief sie hinaus und stieß krachend die Tür zu.

NEUNTES KAPITEL

Bei Einbruch der Dunkelheit erreichten wir Mexiko-Stadt und hatten vor dem *Plaza* Hotel gleich eine Auseinandersetzung. Ich wollte sofort zu Juden fahren, Myra aber hatte genug. Sie wollte sich erst mal frisch machen und dann Juden zu uns ins Hotel bitten.

Zum Schluß setzte Myra ihren Willen durch. Wir marschierten ins *Plaza*, ließen uns Zimmer geben, und da gab es schon die nächste Auseinandersetzung, nämlich wegen Whisky. Der Portier wollte den Hund zunächst nicht ins Hotel lassen, konnte von Bogle aber überredet werden.

Während Bogle und der Portier debattierten, sah ich Whisky zunehmend unruhiger werden und fürchtete schon, er würde seine Schnauze aufmachen. Wenn er jetzt zu sprechen anfinge, würden wir garantiert alle an die Luft gesetzt. Anscheinend war er so schlau und sich dessen bewußt. Schließlich kam man überein, daß Bogle ein Doppelzimmer nahm und dieses mit Whisky teilen sollte.

Die nächste Diskussion brach im Lift aus. Es ging darum, wer die Hotelrechnung bezahlen sollte. Die einzige Person – wenn man ihn überhaupt als Person bezeichnen konnte –, die nicht ausflippte, war Whisky. Wir diskutierten noch, als wir im dritten Stock ankamen und unsere Zimmer inspizierten.

Juden habe die Rechnung zu bezahlen, wurde schließlich entschieden, und da keiner der anderen Paul Juden kannte, hielten sie das für eine gute Lösung. Ich aber wußte, daß es leichter war, einen Taubstummen zum Sprechen zu bewegen als von P. J. einen Cent geschenkt zu bekommen. Ich hatte die Streiterei jedoch satt.

»Ich rufe Juden gleich an«, sagte ich. »Und in einer halben Stunde treffen wir uns alle unten zum Dinner. Einverstanden?«

»In einer Stunde«, entgegnete Myra. »Ich mag mich nicht hetzen. Seit Monaten habe ich in keinem guten Hotel übernachtet. Die Gelegenheit muß ich ausnutzen.« Sie wandte sich zu Bogle. »Tu mir bloß den Gefallen und zieh dir etwas Gescheiteres an, Samuel! Momentan siehst du reichlich vergammelt aus.«

»Du siehst auch nicht gerade sehr flott aus«, gab er zurück. »In deinem Aufzug würdest du nicht einmal in einer Vogelscheuche Minderwertigkeitskomplexe wecken.«

»Schluß damit!« fuhr ich dazwischen. »In einer Stunde treffen wir uns im Restaurant.«

Endlich allein, nahm ich ein Bad, zog mich um, dann telefonierte ich.

Mein Anruf schien Juden nicht allzusehr zu erfreuen. »Wo zum Teufel haben Sie sich herumgetrieben? Maddox ist wütend wie ein Stier.«

»Maddox kann mir gestohlen bleiben«, erwiderte ich. »Setzen Sie sich ins Auto, und kommen Sie schnellstens ins *Plaza*. Ich möchte Ihnen eine nette kleine Überraschung servieren. Nein, es wird nichts verraten. Sie müssen schon herkommen.«

»Okay«, stimmte Juden verdrossen zu. »Hoffentlich ist sie gut!«

»Und ob die gut ist!« versicherte ich lachend und legte auf.

Eine halbe Stunde später traf ich Juden in der Hotelbar. Er sah verstimmt aus, und seine Augen blitzten kampfbereit, als er auf mich zukam. »Auf Sie wartet ein Haufen Ärger«, begrüßte er mich und schüttelte mir lasch die Hand. »Was ist denn mit Ihnen los? Ist Ihnen klar, daß Sie Maddox um 25 Riesen gebracht haben? Er speit nur noch Gift und Galle.«

»Immer mit der Ruhe. Jetzt setzen Sie sich erst mal und lassen Dampf ab. Und dann bereden wir alles bei einem Drink.«

Zwar setzte er sich, doch ihm ließ keine Ruhe, was er im Kopf hatte. »Bestellen Sie einen doppelten Scotch«, bat er. »Ich habe einen lausigen Tag hinter mir und fühle mich dementsprechend.«

Als die Drinks kamen, rückte ich mit meinem Stuhl näher zu Juden. »So, das Mädchen wurde also gefunden? Und der gute Maddox mußte blechen?«

»Richtig. Dem alten Knauser blieb nichts anderes übrig.

Sich von den Moneten trennen zu müssen, brach ihm fast das Herz.«

»Der hat doch gar kein Herz. Ein von Knorpel umgebener Stein bringt sein Blut zum Zirkulieren«, brummte ich. »Und jetzt erzählen Sie, was passiert ist?«

»Soviel ich weiß, kam dieser Shumway heute früh mit seiner Tochter in Maddox' Büro geschneit. Ein Kerl namens Lew Kelly soll das Mädchen gefunden haben. Sie brachten diesen Kelly gleich mit. Maddox stellte sich zunächst auf stur. Anscheinend ist Kelly aber einer von der harten Sorte. Er hatte das von der Belohnung gelesen und erinnerte sich daraufhin, daß er das Shumway-Mädchen mit irgendeinem Mexikaner gesehen hatte. Da machte er sich gleich auf die Socken und hat sich die Kleine geholt. Er setzte sich mit ihr ins Flugzeug und kam heute morgen in New York an. Sie gingen zu ihrem Vater und tauchten dann zu dritt zum Abkassieren auf. Wie gesagt, Maddox wehrte sich wie ein Löwe, mußte das Geld dann aber doch zahlen und macht Sie jetzt für die ganze Geschichte verantwortlich.«

»Wo kommt dieser Kelly her?«

»Vermutlich ist das einer von denen, die überall parat sind, wenn es irgendwo fünfundzwanzig Riesen abzustauben gibt. Sie kennen ja die Typen.«

»Mehr wissen Sie aber nicht über ihn?«

»Was soll ich denn noch alles wissen?«

»Na schön.« Ich kippte die Hälfte meines Whiskys hinunter. »Dann sind wir jetzt an der Reihe. Soll ich Ihnen was sagen, Juden? Kellys Geschichte ist von Anfang bis Ende ein einziger Schwindel.«

»Erklären Sie das Maddox«, erwiderte Juden grimmig. »Der wird Ihnen schon sagen, ob das Schwindel ist oder nicht, aber bestimmt nicht auf die feine Art.«

»Dann dürfte es Sie vielleicht interessieren«, jedes Wort betonte ich, indem ich mit meinem Zeigefinger in die Luft stach, »daß Myra Shumway sich in diesem Moment hier in einem Hotelzimmer befindet.«

Juden leerte sein Glas und schnalzte dem Barkeeper. »Sie ist eben zurückgekommen«, war sein einziger Kommentar.

»Sie war gar nicht in New York«, erklärte ich geduldig. »Wie ich Ihnen erzählt habe, war sie immer mit mir zusammen – von dem Augenblick an, wo ich sie gefunden habe.«

»Ist Ihnen noch nie die Idee gekommen, daß Sie da von irgendeiner jungen Frau zum Narren gehalten werden könnten?«

Ich dachte darüber nach, dann schüttelte ich den Kopf. »Diese Frau ist Myra Shumway. Sie gaben mir doch ihr Foto. Erinnern Sie sich?«

Er öffnete die neben seinen Füßen stehende Aktentasche und förderte ein seitenfüllendes, auf Glanzpapier gedrucktes Foto zutage. »Werfen Sie mal einen Blick darauf«, sagte er und gab es mir.

Ich erkannte Maddox, der einer gutgenährten Schildkröte ähnelte, sowie einen mir unbekannten älteren Mann und Myra. Sie standen in Maddox' Büro, und Maddox überreichte Myra gerade ein Papier. Das starre Lächeln auf Maddox' Gesicht ließ keinen Zweifel daran, daß es sich bei diesem Papier um den Scheck über die 25 000 Dollar Belohnung handelte.

Verblüfft betrachtete ich die Frau auf dem Foto. Hätte ich nicht gewußt, daß Myra in der vergangenen Woche nicht aus Mexiko herausgekommen war, hätte ich die Frau auf dem Bild für Myra Shumway gehalten und das ohne weiteres beeidet. Alle wichtigen Merkmale stimmten überein: das schulterlange blonde Haar, das ihr linkes Auge halb verdeckte, die Haltung und die Art, den Kopf etwas zu neigen, und auch die Gesichtszüge waren die gleichen, obwohl deren Ausdruck mich befremdete. Diesen Ausdruck kannte ich nicht an ihr. Doch ich hatte sie ja auch noch nie bei der Entgegennahme eines 25 000-Dollar-Schecks beobachtet. Ein solcher Betrag würde wohl bei jedem einen besonderen Gesichtsausdruck hervorrufen.

Verwirrt gab ich Juden das Bild zurück. »Irgend etwas stimmt hier nicht. Ich weiß nur nicht, was.« Ich zuckte ratlos mit den Schultern. »Wann wurde das Foto aufgenommen?«

»Heute morgen um elf. Es wurde sofort zum Flughafen gebracht und kam nachmittags hier an.«

»Heute morgen um elf war Myra Shumway bei mir«, erklärte ich mit Nachdruck.

Diesmal schaute Juden verblüfft drein. »Haben Sie zuviel getrunken?«

»Bei den Spesen, die Sie mir zugestehen, ist das nicht möglich«, erinnerte ich ihn ironisch. Der Barkeeper kam in diesem Moment zu uns, und Juden bestellte eine zweite Runde. »So, sie war also bei Ihnen?«

Ich nickte.

»Großartig. Aber wer glaubt Ihnen das? Millan, geben Sie doch zu, daß Sie Mist gebaut haben! Vielleicht kann ich für Sie bei Maddox ein gutes Wort einlegen. Natürlich kann ich nichts versprechen, aber . . .«

»Moment, Juden! Bevor Sie weiterreden, schauen Sie mal dorthin.« Ich zeigte zur Tür.

Dort stand Myra neben dem Bartresen und wartete, daß ich sie entdeckte. Ich machte Sie bereits darauf aufmerksam, lieber Leser, was für eine Augenweide sie war. Ich will das nicht wiederholen, sonst glauben Sie noch, ich wollte etwas verkaufen. Ich möchte es nur in Erinnerung bringen. Marilyn Monroe hätte neben ihr wie ein Mauerblümchen ausgesehen.

Vielleicht war es auch nur das Kleid. Es war aus Goldlamé, und der lange Rock war rot eingefaßt. Wenn sie sich bewegte, blitzte es da und dort rot wie Flammen auf, so daß es aussah, als brenne das Kleid. Von den Knien aufwärts umspannte der Stoff wie ein nervöser Bergsteiger ihre weichen Rundungen.

Sie sorgte für einen ziemlichen Wirbel. Die Männer in der Bar verstummten mitten im Gespräch, als hätte sie jemand mit einem Dolch getroffen, während die Frauen Myra mit feindseligen Blicken bombardierten.

Myra berührte das nicht. Sie kam zu uns und setzte sich mit geradezu beneidenswertem Selbstbewußtsein auf den von mir angebotenen Stuhl.

»Myra«, sagte ich, »darf ich dir Paul Juden von der *Central*

News Agency vorstellen.« Und zu P. J. gewandt. »Das ist Miss Myra Shumway.«

Myras Anblick haute Juden offensichtlich um. Mit Mühe erhob er sich und ließ sich, sobald Myra Platz genommen hatte, schwer auf seinen Stuhl fallen, brachte aber keinen Ton heraus.

»So ist er nicht immer«, entschuldigte ich ihn bei Myra. »An sich kann er sich mit seinem Kopf sehen lassen.«

»Solche Köpfe hab' ich schon auf Schirme gedruckt gesehen«, meinte Myra. »Alles Attrappe.«

»Bitte, Goldkind, wir wollen nicht unfreundlich werden. Juden leidet noch an Schocknachwirkungen. Er wähnte dich nämlich in New York.«

Der Barkeeper kam und sah sie anerkennend an.

»Bitte etwas, was Tote auferweckt«, bestellte Myra mit einem Lächeln. »Aber keinen Finkennapf. Servieren Sie es im Brandyglas.«

Der Barkeeper blinzelte. »Ja, Madam.« Beflissen entfernte er sich.

»Heute trink ich mir einen Schwips an«, verkündete sie munter. »Seit Jahren war ich nicht mehr in einem anständigen Hotel, und seit Jahren hatte ich keinen Schwips mehr. Heute mach ich mal einen drauf!«

Jetzt brabbelte Juden etwas. »Zwillinge«, murmelte er. »Zwillinge.«

Mitfühlend musterte Myra ihn. »Kein Wunder, daß Sie dann wie ein begossener Pudel dasitzen. Soll ich Ihnen gratulieren oder einen Kranz schicken?«

Bevor ich es verhindern konnte, reichte Juden ihr das Foto.

Lange, spannungsgeladene Stille folgte, während sie es betrachtete. Schließlich wandte sie sich zu mir. »Wer ist diese entzückende kleine blonde Schlampe?« Mit zitternden Fingern tippte sie auf das Bild.

»Allem Anschein nach bist du das«, antwortete ich so sanft wie möglich.

Myra atmete tief ein. »Hatte mein Gesicht jemals einen solchen Ausdruck, wie du's bei dieser aufgetakelten, mannstollen, überreifen, falschen Zicke da siehst?« fauchte sie und fuchtelte wild mit dem Foto unter meiner Nase herum.

Selbst Juden wich vor ihrer Wut zurück.

Wie alle Frauen traf sie aber den Nagel auf den Kopf. Genau das war der Unterschied zwischen der Frau auf dem Foto und Myra. Während Myra Charakter besaß, hatte diese da keinen. Sie hatte den harten, rücksichtslosen Ausdruck, den man oft in den Gesichtern der Prostituierten bemerkte. Zweifellos war diese Frau durch und durch schlecht, doch ich mußte erst mit der Nase darauf gestoßen werden, um es zu erkennen.

»Beruhige dich«, bat ich. »Denk an deinen Blutdruck!«

»Das ist also die Schwindlerin, die mich imitiert.« Mühsam beherrscht studierte Myra das Bild. »Und schau dir das selbstzufriedene Ich-hab-was-ich-wollte-Lächeln meines Vaters an. Das war doch mal wieder seine Idee. Aber er soll mir dafür büßen!«

Juden lockerte nervös seinen Kragen. Offenbar fürchtete er, daß Myras Wut sich jetzt jeden Moment über ihm ausladen könnte.

»Na, P. J., erkennen Sie nun, wie man Maddox hereingelegt hat?« fragte ich.

»Wie bringen wir ihm das nur bei?« stöhnte Juden. »Sie kennen Maddox. Die anderen Zeitungen würden wochenlang über ihn herziehen, wenn das rauskommt. Außerdem würde er Ihnen das nie glauben.«

»Nein?« Myra wirbelte auf ihrem Stuhl herum und funkelte Juden an, der so weit wie möglich vor ihr zurückwich. »Glauben Sie nicht, daß ich ihn überzeugen könnte?«

»Vielleicht«, gestand er ihr zögernd zu. »Doch«, verbesserte er sich dann. »Eine wie Sie erreicht wahrscheinlich alles.«

»Der Meinung bin ich auch«, bestätigte Myra vielsagend.

»Trotzdem wird es schwierig«, meinte ich und trank mein Glas aus. »Wenn dein Vater behauptet, sie wäre du, hast du es schwer, das Gegenteil zu beweisen.«

Der Barkeeper brachte Myras Cocktail. Ein großer Cocktail in einem großen Brandyglas. Er stellte es vor sie auf den Tisch. »Eine ganz besondere Mischung von mir, Madam«, sagte er.

Myra nahm das bauchige Glas und trank einen großen Schluck der blaugrünen Flüssigkeit. Gleich darauf schloß sie die Augen, hielt den Atem an und trampelte mit den Füßen ein ganzes Muster auf den Teppichboden. Als sie wieder sprechen konnte, fragte sie heiser: »Habt ihr Rauch aus meinem Mund kommen sehen?«

»Mögen Sie das, Madam?« Gespannt wartete der Barkeeper.

»Mögen ist nicht das richtige Wort. So etwas kann man nicht mögen«, urteilte Myra. Sie stellte das Glas auf den Tisch und schaute es stirnrunzelnd an. »Ein Toter mag keine einbalsamierende Flüssigkeit, aber sie konserviert ihn. Wie heißt das Zeug?«

»Tiger-Atem«, antwortete der Barkeeper und fragte sich, ob sie ihm nun ein Kompliment gemacht hatte oder nicht.

Myra schauderte es. »Gott sei Dank nur der Atem. Der Tiger selbst hätte mich wohl umgeworfen.«

»Wenn Madam es nicht mögen, bring ich Ihnen gern etwas anderes«, erbot sich der Barkeeper gekränkt. »Ich habe noch eine Spezialität. Sie heißt ›Fauchender Panther‹.«

Doch Myra winkte ab. »Ein andermal vielleicht.«

Verwirrt kehrte der Barkeeper hinter seinen Tresen zurück.

Doc Ansell und Bogle betraten die Bar. Beide trugen Smoking. Bogle sah wie ein Eastside-Oberkellner aus.

»So, da sind wir«, meinte Ansell und zog sich einen Stuhl heraus. »Wir wären schon früher unten, wenn es mit Whisky keine Probleme gegeben hätte.«

Ich stellte ihnen Juden vor, der flüchtig nickte.

Myra musterte Bogle. »Sam, dir fehlt nur noch eine Hermelinhemdbrust. Das würde deinen Abendanzug erst so richtig zur Geltung bringen.«

Sam aber starrte sie mit unverhüllter Bewunderung an. »Mensch! Echt sparsam genäht, dein Kleid, aber 'ne Wucht!«

»Hört auf!« warf ich ein. »Wir müssen uns jetzt auf Wichtigeres konzentrieren.« Ich reichte Ansell das Foto.

Aufmerksam betrachtete er es und gab es dann Bogle. »Das ist wahrscheinlich Mr. Maddox bei der Schecküberreichung.«

Ich nickte, ein wenig überrascht, daß er kein Wort über die Frau auf dem Bild verlor. Er sah Myra lediglich nachdenklich an, krauste die Lippen und begutachtete dann seine kleinen sonnengebräunten Hände.

Um so mehr hatte Bogle zu sagen: »Wie kommt Myra auf das Bild? Wie ist sie nach New York gekommen? Und wo ist der Scheck, wenn sie ihn tatsächlich bekommen hat?«

»Das bin doch nicht ich, du Blödmann!« fuhr ihn Myra an. »Hast du keine Augen im Kopf?«

Bogle blinzelte. »Doch. Aber wenn du das nicht bist, hat sich diese Tussy zumindest deine Geographie gepumpt. Wer ist das?«

»Das wüßte ich gern selbst«, erwiderte Myra verdrossen. »Weh ihr, wenn ich das herauskriege! Dann kann sie auch kein Schönheitschirurg mehr zusammenflicken.« Sie angelte sich ihren Cocktail und goß sich gut zwei Zoll davon die Kehle hinunter.

Ich wandte mich zu Juden. »Es muß etwas geschehen, P. J. Vor allem muß ich Maddox über die Hintergründe aufklären, sonst trägt er mir die Sache nach, und das will ich nicht.«

»Sie sind bereits für ihn erledigt, Ross. Besser, Sie stellen sich darauf ein. Tut mir leid, Sie sind gefeuert.«

»Gefeuert?« wiederholte ich und starrte ihn an. »Was ist mit meinem Vertrag?«

»Der läuft sowieso zum Monatsende aus.« Die Geschichte war Juden offensichtlich unangenehm. »Eine Vertragserneuerung käme nicht in Frage«, sagt Maddox. »Sie hätten ihn genug Geld gekostet.«

»Diese undankbare Ratte«, schimpfte ich. »Nach allem, was ich für ihn getan habe!«

»Bis Ende des Monats kann noch allerhand geschehen, um seine Meinung zu ändern«, mischte Ansell sich ein. »Laß dir deshalb keine grauen Haare wachsen.«

»Typen wie den kenne ich«, meinte Bogle dazu. »Nimm ihn dir vor, und zieh ihm die Hammelbeine lang. Das bringt ihn zur Vernunft.«

»Das würde ich lassen«, sagte Juden kopfschüttelnd. »Der bringt es fertig und setzt sie auf die schwarze Liste.« Er stand auf und kratzte sich hinterm Ohr. »Übrigens, war da nicht von irgendeiner Story die Rede? Deshalb sollte ich doch herkommen.«

»Stimmt. Da ich aber gefeuert bin, gebe ich die nicht raus. Ich schenke Maddox doch nichts. Nein, da weiß ich mich zu bremsen.«

»Sehr klug ist das nicht«, entgegnete Juden. »Wenn Sie eine gute Story haben, sollten Sie die mir geben.«

»Nicht heute. Später vielleicht.«

Ein Blick auf meine Miene verriet ihm, daß jedes weitere Wort sinnlos war. »Okay, dann verschwinde ich.« Er schaute zu Myra, krauste die Stirn und strich sich durchs Haar. »Was mit der ist, weiß ich auch noch nicht«, sagte er halblaut wie zu sich selbst. Mit hoffnungsvollem Unterton fragte er Myra: »Sie haben nicht vielleicht doch eine Zwillingsschwester?«

»Nein«, antwortete Myra.

»Dann geb' ich's auf. Zeit ist Geld. Ich kann mich nicht mit solchen Problemen allzu lange aufhalten.«

»Alles Gute, P. J.« Ich schüttelte ihm die Hand. »Wenn ich pleite bin, melde ich mich bei Ihnen.«

»Nichts dagegen.«

»Werd's mir merken. Und bleiben Sie den Krankenhäusern fern!«

»Wird gemacht. Als ich das letzte Mal drin war, ist mir eine der Krankenschwestern gefährlich geworden.« Sein Lachen klang bellend wie das einer Hyäne.

Mit Erleichterung sah ich ihn die Bar verlassen. »Der Kerl ist wild auf Krankenschwestern. Aber sprechen wir nicht mehr von ihm«, sagte ich. »Betrinken wir uns lieber. Ist das nicht ein netter Willkommensgruß, einem den Job vor die Füße zu werfen?«

Myra trank den letzten Schluck Cocktail, schnappte nach Luft und winkte entschlossen dem Barkeeper. »Sag jetzt bloß nicht, ich sei daran schuld! Ich hab' dich nicht um deinen lausigen Job gebracht.«

»Habe ich auch nicht behauptet«, erwiderte ich müde. »Jedenfalls muß ich mir überlegen . . .«

»Du hilfst mir doch, diese blonde Schnepfe zu finden, oder?«

»Das wäre zu überlegen. Wenn auch nicht viel für mich dabei herausspringt.«

Der Barkeeper kam.

»Vier Tiger-Atem«, bestellte Myra. »Aber nicht zu knapp bemessen.«

»Sie mögen das, Madam?« Der Barkeeper strahlte übers ganze Gesicht.

»Nein. Aber er mag mich.«

Ich sah die anderen beiden an. »Was hat uns die Sache bisher gebracht? Eine Anzahl übernatürlicher Ereignisse und einen sprechenden Hund. Daraus müßte sich eigentlich Geld schlagen lassen.«

»Zunächst haben wir etwas viel Wichtigeres zu tun«, sagte Ansell. »Wir müssen vor allem Hamish Shumway und die Frau finden, die sich als Myra ausgibt. Und wir dürfen dabei keine Zeit verlieren.«

Merkwürdig beschwörend sagte er das, so daß ich ihn prüfend ansah. Noch nie hatte ich ihn so beunruhigt gesehen.

»Was geht in deinem Hirn vor, Doc?« fragte ich.

»Viel.« In diesem Moment kamen die Drinks, und er wartete, bis der Barkeeper sich wieder entfernt hatte, bevor er weitersprach. »Im Nagualismus ist der Teufel mit im Spiel, und ich fühle, daß er am Werk ist.«

»Sei still! Immer mußt du uns mit deiner Unkerei die Laune verderben«, schalt Myra gereizt. »Heute nacht amüsieren wir uns, und morgen fliegen wir nach New York.« Damit hob sie das Glas. »Frust und Kummer für alle Spaßverderber! Salute!«

Wir tranken.

ZWEITER TEIL – NEW YORK

Erst als wir bereits drei Tage in New York waren und uns mehr oder weniger gut in einem Brooklyner Apartment eingerichtet hatten, wurde mir klar, daß Doc Ansells Vorahnungen begründet sein könnten.

Während dieser drei Tage waren wir alle auf der Suche nach Myras Vater und sahen deshalb nicht viel voneinander.

Trotzdem bemerkte ich eine leichte Veränderung in Myras Wesen. Sie war freundlicher und stichelte Bogle nicht soviel. Irgendwie sah sie anders aus, obgleich ich mir nicht die Zeit nahm, das näher zu definieren. Mehr denn je ritt sie auf ihrer Ehrlichkeitsmasche herum, was uns alle überraschte.

Den ersten echten Beweis, daß etwas nicht mit rechten Dingen zuging, erhielt ich in der dritten Nacht unseres New Yorker Aufenthaltes. Ich hatte die verschiedenen Presseclubs abgeklappert, um vielleicht etwas über Shumway zu erfahren, und hatte anscheinend des Guten etwas zuviel getan. Richtig zu war ich noch nicht, doch ich hatte immerhin so viel getankt, daß ich zögerte, im Dunkeln die Treppe hinaufzusteigen. Und den Lichtschalter fand ich natürlich nicht.

Ich stand in der Diele und versuchte zu entscheiden, ob ich auf allen vieren hinaufklettern oder im Wohnzimmer schlafen sollte, als ich jemanden die Treppe zum Apartment heraufkommen hörte. Sekunden später wurde die Eingangstür geöffnet, und es kam jemand herein.

»Wer ist das?« fragte ich und spähte ins Dunkle.

Ich vernahm einen erschrockenen Ausruf und erkannte daran Myra.

»Mach das Licht an«, sagte ich. »Ich suche schon seit fünf Minuten nach dem verdammten Schalter.«

Keine Antwort. Statt dessen lief sie die Treppe hinauf. Ich konnte ihren Schatten erkennen, als sie an mir vorbeischlüpfte.

»Eine nette Art, seine Freunde zu behandeln«, beschwerte ich mich. »Könntest wenigstens hallo sagen.«

Doch da war sie schon oben und verschwunden.

Ein wenig verärgert überlegte ich, was wohl in sie gefahren sein mochte. Ich stolperte auf die Treppe zu und schaffte es sogar, oben anzukommen. Sofort stapfte ich zu Myras Zimmer und klopfte.

Drinnen war nichts zu hören. So öffnete ich die Tür und steckte den Kopf hindurch. Es brannte kein Licht.

»Myra?« rief ich. »Was ist denn mit dir los?«

Eine verschlafene Stimme kam aus der Dunkelheit. »Was ist?«

Ich tastete nach dem Schalter und machte Licht.

Myra richtete sich im Bett auf. Sie trug einen lustigen Schlafanzug und sah mich höchst unfreundlich an. »Hast du nicht alle? Nimm deine besoffene Visage und verschwinde in dein Bett!«

Ich konnte es nicht fassen. »Aber du bist gerade eben an mir vorbeigelaufen«, sagte ich verdutzt. »Bist du immer so schnell ausgezogen?«

Sie setzte sich aufrecht. »Du hast zuviel getrunken. Ich liege seit elf im Bett. Hau ab!«

Doch ich trat ins Zimmer. »Im Ernst, Sweetheart, da lief eben jemand die Treppe rauf. Ich dachte, das wärst du. Verdammt noch mal, ich könnte schwören, daß du es warst!«

»Du, das klingt mächtig nach dem Seidenraupen-Gag. Verschwinde! Oder ich schmeiß dich raus, du Säufer!«

Verdutzt sah ich sie an. Das war die Myra, die ich von Mexiko her kannte. Was war das für eine plötzliche Veränderung zu der Myra, die ich seit drei Tagen kannte!

»Beruhige dich. So besoffen bin ich nun auch wieder nicht.« Ich ging zu dem Stuhl, wo ihre Kleidung lag, und befühlte sie. Sie war noch warm. »Das hier mußt du gerade ausgezogen haben«, stellte ich fest und hielt die Sachen hoch.

»Wie kommen die dahin?« fragte sie überrascht. »Ich habe meine Kleider aufgeräumt, bevor ich mich hinlegte.«

»Tatsächlich? Was du zum Anziehen brauchst, liegt aber alles noch hier auf dem Stuhl. Also, einer von uns muß spinnen. Ich aber bestimmt nicht.«

136

Myra kletterte aus dem Bett und kam zu mir. »Komisch, diese Sachen habe ich überhaupt noch nicht aus dem Koffer genommen, seitdem wir hier sind«, sagte sie verunsichert.

»Okay.« Ich ließ ihr Kleid fallen. »Vergiß es. Mich interessiert nicht, wo du heute abend warst. Du brauchst nicht so faustdick zu lügen.«

»Ich lüge nicht! Und ich laß mich hier nicht von dir vergackeiern!«

»Das dürfte mir schwerfallen.« Mit einemmal hatte ich das Debattieren satt. »Geh schlafen«, sagte ich und verließ das Zimmer.

Ich brauche Ihnen wohl nicht zu erzählen, wie stark mich die Geschichte beschäftigte. An Schlaf war nicht zu denken, und so zerbrach ich mir weiter den Kopf darüber. Ich hätte wirklich schwören können, daß Myra da an mir vorbeigelaufen war. Es erschien mir aber unmöglich, daß sie in derartig kurzer Zeit sich ausziehen und ins Bett schlüpfen konnte. Genau das mußte sie aber getan haben.

Weshalb hatte Myra sich schlafend gestellt? Wo war sie gewesen? Oder hatte sie mir doch die Wahrheit gesagt? Fast die ganze Nacht gingen mir immer wieder diese Fragen durch den Kopf, bis ich schließlich doch noch einschlief.

Am folgenden Morgen, ich rasierte mich gerade, kam Ansell in mein Zimmer.

»Hallo«, begrüßte ich ihn, während ich meine Stoppeln mit dem elektrischen Rasierer bearbeitete. »Mann, habe ich einen Kater!«

»Ross, ich habe viel nachgedacht.« Ansell setzte sich auf das Fußende meines Bettes. »Gewisse Dinge gefallen mir nicht.«

»Was für Dinge?«

»Die Frau auf dem Foto«, erwiderte er bedächtig. »Kannst du mir erklären, wieso sie Myras hundertprozentiges Ebenbild zu sein scheint?«

Ich wählte einen Schlips aus und trat vor den Spiegel. »Kann ich nicht.«

»Da hast du's. Eine Zwillingsschwester hat Myra nicht, und

ich lasse mir nicht weismachen, daß eine andere, mit Myra nicht verwandte Frau ihr so ähnlich sehen kann.«

»Das ist aber der Fall. Shumway könnte eine Schauspielerin aufgetan haben, die das eben so gut hingekriegt hat. Typen wie der tun eine Menge für soviel Knete.«

Ansell verzog skeptisch das Gesicht. »Ich glaube, da steckt viel mehr dahinter. Natürlich kann ich nicht behaupten, du hättest mit deiner Erklärung unrecht, aber ich habe meine eigenen Gedanken dazu.«

»Red nicht um den heißen Brei herum, sondern sag schon, was du denkst!«

»Ist dir nicht eine Veränderung an Myra aufgefallen?«

In diesem Moment fiel mir ein, was in der Nacht geschehen war. »Es gab eine Veränderung«, antwortete ich. »Jetzt ist Myra aber wieder die alte.«

»Wieso? Was ist gestern abend passiert?«

Ich berichtete ihm alles.

Ansell hörte aufmerksam zu, das Gesicht ernst, der Blick besorgt. Als ich fertig war, klatschte er in die Hände. »Dann habe ich recht! Myra gibt es zweimal. Mächtige und geheimnisvolle Kräfte umgeben uns.«

»Nun fang nicht damit wieder an!« protestierte ich gereizt. »Es ist alles schon schlimm genug.«

»Hast du zufällig das Buch ›Dr. Jekyll and Mr. Hyde‹ gelesen?«

»Ich glaube«, sagte ich erstaunt. »Was hat das aber damit . . .«

»Sehr viel«, schnitt mir Ansell das Wort ab. »Wie dir dann bekannt ist, wird darin beschrieben, wie sich im Menschen das Gute vom Bösen trennt. Die Kraft dazu besitzen die Naguales. Und genau das muß mit Myra geschehen sein.«

Nachdenklich zog ich mein Jackett an und betrachtete mich im Spiegel. In dem harten Tageslicht sah ich ziemlich angeschlagen aus. Ich war recht blaß und hatte dunkle Schatten unter den Augen. »Halt lieber den Mund, wenn du nichts Vernünftigeres zu sagen hast.«

»Du willst mir nicht glauben, das ist es«, erwiderte Ansell trocken. »Unwissenheit erzeugt Angst. Und die Angst sitzt schon in dir.«

Ich ließ mich neben ihm auf der Bettkante nieder. Na schön, dachte ich, er will die Sache unbedingt loswerden, also laß ihn.

»Gut, erkläre es mir noch einmal«, sagte ich.

»Meiner Ansicht nach hat Quintl in Myra das Gute vom Bösen getrennt und jeder dieser Komponenten Gestalt gegeben. Selbstverständlich eine Gestalt, die den ursprünglichen äußeren Merkmalen entspricht. Wir haben also zwei Myras, eine gleicht haargenau der anderen, doch besitzt die eine sämtliche guten menschlichen Eigenschaften und die andere nur alle schlechten. Geht dir jetzt ein Licht auf?«

»Das ist Wahnsinn.« Alles wehrte sich in mir dagegen.

»Das würdest du nicht sagen, wenn du etwas mehr über diese Dinge wüßtest. Du hättest mir auch nicht geglaubt, wenn ich dir erzählt hätte, daß Whisky sprechen könne. Aber gib es zu, inzwischen ist das schon fast selbstverständlich für dich.«

»Stimmt.« Da fielen mir wieder meine nächtlichen Erlebnisse ein. »Du meinst also wirklich, daß Myra sich in zwei Personen verwandeln kann oder vielmehr zweierlei Körper besitzt, wenn sie will?«

»Ja, das glaube ich. Allerdings geschieht es wohl ohne ihren Willen, ohne daß sie sich dessen bewußt ist und es steuern kann. So könnte man, glaube ich, sagen.«

»Damit wäre erklärt, was heute nacht geschehen ist. Aus zwei Myras ist wieder eine geworden.«

»Richtig.«

»Aber was hat die andere unternommen?«

»Das müßten wir unbedingt herausfinden, denn darin lauert Gefahr für Myra.«

»Wieso?«

»Gehen wir zu den Grundprinzipien zurück«, erklärte Ansell. »Böse Instinkte sind in uns allen verborgen, und manche unter uns können diese Instinkte nicht im gleichen Maß kontrollieren wie die anderen. Es hängt von unserer Erziehung, unserer Umgebung und unserer Charakterstärke ab, ob diese bösen Instinkte die Oberhand gewinnen. Wird das Böse in uns aber von dem einschränkenden Einfluß unserer guten Instinkte getrennt, entsteht eine durch und durch primitive Kraft, die viel Unheil anrichten kann. Es wäre furchtbar, wenn Myra für etwas büßen müßte, was sie gar nicht getan hat.«

Ich kam nicht mehr mit. »Was sie nicht getan hat?« wiederholte ich.

»Nimm mal an, die andere Myra – die Myra auf dem Foto – begeht ein Verbrechen. Dann müßte unsere Myra das wahrscheinlich ausbaden.«

»Und warum?«

»Das hängt davon ab, ob die andere Myra während der Tat gesehen wird. Eine sieht aus wie die andere. Ihre Fingerabdrücke sind die gleichen. Beide sind auffallende Erscheinungen. Siehst du denn nicht, was für Gefahren da drohen?«

Ich atmete tief durch. »Du siehst Gespenster. Außerdem ist mir das zu hoch. Wir müssen Shumway finden, das ist jetzt wichtiger. Komm, ich schnuppere Frühstück.«

»Warte«, hielt Ansell mich zurück. »Was ist mit diesem Kelly? Vielleicht sollten wir nach dem suchen.«

»Keine schlechte Idee. Besprechen wir das beim Frühstück.«

Im Wohnzimmer deckte Bogle den Tisch. »Alles fertig, Freunde«, verkündete er. »Rührei mit Schinken, wie gefällt euch das?«

»Klingt gut«, sagte ich. »Kommt Myra nicht runter?«

»Sieht nicht so aus. Weiber wie sie finden doch nie aus dem Bett, und dann brauchen sie den halben Vormittag zum Anziehen. Ich möchte jetzt gern was in den Bauch bekommen.«

Nachdem er in die Küche verschwunden war, bemerkte ich zu Ansell: »Die blöde Hausmütterchenrolle scheint Sam sogar Spaß zu machen. Glaubst du, er ist schwul?«

Zerstreut schüttelte Ansell den Kopf. »Er hat sich immer ein richtiges Zuhause gewünscht. Irgendwo in der Wildnis hat er davon geschwärmt, einen eigenen Hausstand zu gründen. Merkwürdig, nicht? In Chicago gehörte er zu den berüchtigsten

Revolverhelden, und hier pusselt er herum, putzt die Wohnung, kocht und bedient Myra, wo es geht.«

Da kam Sam mit dem Frühstück auf einem Tablett und stellte es auf den Tisch. Er verschwand gleich wieder und kehrte mit einem kleineren Tablett zurück, das er Myra hinauftrug.

»Kelly«, sagte ich mit vollem Mund. »Ein guter Gedanke, Doc. Ob wir den aufspüren können?«

»Vielleicht mit Hilfe eurer Redaktion.« Ansell schenkte sich Kaffee ein. »Du könntest dort mal herumfragen.«

Ich überlegte. »Am besten Dowdy. Er ist so was wie die rechte Hand von Maddox. Der müßte etwas wissen.«

Sam kam vergnügt pfeifend zurück, zog sich einen Stuhl an den Tisch und setzte sich. »Dieser Hund bringt mich noch um«, sagte er. »Es ist idiotisch, aber so etwas habt ihr noch nicht erlebt. Er hockt bei Myra, und die beiden unterhalten sich wie zwei Professoren. Ich bin platt, über was die alles quatschen.«

»Laß sie nur.« Ich schob ihm die Pfanne mit den Rühreiern hin. »Solange sie sich nicht streiten, macht das ja nichts. Für meinen Teil habe ich jedenfalls Schwierigkeiten, mich mit ihm zu unterhalten. Irgendwie bringt er mich immer wieder aus der Fassung.«

»Ein kluges Kerlchen, der Köter.« Bogle spießte Schinken auf seine Gabel. »Er ist politisch ziemlich auf Draht.«

»Du kennst nicht zufällig diesen Kelly?« warf Ansell ein. »Den Kerl, der Shumway geholfen hat.«

»Kelly? Kellys gibt es wie Sand am Meer. Zwei oder drei kenne ich. Da ich den Typ aber nicht gesehen habe, kann ich dazu nichts sagen.«

»Zerbrich dir deshalb nicht den Kopf, Doc.« Ich schenkte mir Kaffee nach. »Ich gehe nachher sofort zum *Reporter*. Vielleicht finde ich etwas heraus.«

»Ehrlich, langsam wird's Zeit, daß wir den alten Shumway schnappen«, brummte Bogle. »Sonst hat er die ganze Knete ausgegeben, bis wir ihn endlich erwischen.«

»Wir tun unser Bestes«, erwiderte Ansell. »Du aber trägst nicht viel dazu bei, Sam.« Damit stieß er seinen Teller weg, stand auf, setzte sich in einen Sessel und begann die Zeitung zu lesen.

Whisky trottete herein. Er knurrte etwas in vulgärem Englisch, was wohl eine Begrüßung sein sollte, und wedelte mit dem Schwanz.

»Wenn du schon sprechen mußt, Whisky, dann gewöhne dir bitte nicht Sams verdammten Akzent an«, beschwerte ich mich.

»Alter Nörgler«, gab der Hund zurück. Er lief zu Sam. »Na, Kumpel«, fuhr er fort und legte die Schnauze auf Sams Knie. »Was gibt's zum Frühstück? Der Schinken da ist mir ein wenig zu fett.«

»Na und? Das ist doch nicht weiter schlimm? Das Fett kann ich abschneiden. Ich habe aber auch ein Steak. Wär das nicht was?«

»Hmhm«, meinte Whisky. »Das klingt schon besser. Wo hast du's?«

Sie verschwanden in Richtung Küche.

»Mich macht noch verrückt, wie der Köter sich hier aufspielt«, schimpfte ich. »Steak zum Frühstück! Der wird zu fett.«

»Wieso fett?« Sam hatte den Kopf durch die Tür gesteckt. »Das Lästern würde ich an deiner Stelle lassen. Du bist auch nicht einer der schlankesten.«

Auch Whisky äugte herein. »Von hier aus sieht deine gewölbte Taillenlinie jedenfalls so aus, als hättest du ein Sechs-Gänge-Lunch samt Kasserolle verschluckt.«

»Ihr könnt mich mal!« Ich sah grinsend an mir hinunter. »Meine Taillenlinie ist in Ordnung. So, jetzt gehe ich zum *Reporter*. Bis später, Doc.«

»Bis später.« Ansell winkte.

Mir fiel ein, daß ich schnell bei Myra hineinschauen und auf Wiedersehen sagen könnte. Ich klopfte an ihre Tür.

»Herein!« rief sie.

Ich stieß die Tür auf, trat ein, sah sie aber nicht im Bett liegen. Ich schaute mich erstaunt um.

»Hallo? Wo bist du?«

»Guten Morgen, Ross!« sagte Myra und tätschelte meinen Kopf.

Sie schwebte dicht unter der Zimmerdecke, ein Buch in der Hand und eine Zigarette zwischen den Lippen.

»Herrschaft!« Gereizt wich ich einen Schritt zurück. »Muß das unbedingt sein?«

»Warum nicht? Hast du nie die Redewendung ›es liegt was in der Luft‹ gehört? Nun, in diesem Fall bin ich's. Es ist irre gemütlich und erholsam.«

Langsam schwebte sie tiefer, bis ihr Gesicht auf der Höhe von meinem war. Sie legte einen Arm um meinen Hals und senkte die Füße zu Boden. Das Stehen fiel ihr schwer.

»Heute morgen fühlte ich mich unwahrscheinlich leicht. Leicht wie eine Feder.«

Nachdenklich schaute ich sie an. »Und wie fühlst du dich sonst noch?«

»Ach, ganz ordentlich.« Ihr Blick war verschlossen. »Gestern abend warst du ja widerlich besoffen. Ich könnte mich jetzt noch darüber aufregen.«

Sicher war ich mir nicht, doch sie wirkte wieder wie die neue Myra. »So schlimm war's gar nicht. Erzähl aber mal, was los war? Du weißt, was ich meine.«

Sie ging zum Bett und setzte sich. »Ich habe Angst«, sagte sie. »Und ich habe wieder komisch geträumt. Ich träumte, daß jemand hier ins Zimmer kam und in mich schlüpfte. Dann hast du mich geweckt. Lagen da nicht Kleider auf dem Stuhl, als du reinkamst, oder habe ich das auch geträumt?«

»Ja, da lagen welche«, bestätigte ich nervös. »Weshalb fragst du?«

»Weil sie nicht mehr da sind. Ach, was geht hier nur vor?«

»Keine Ahnung.« Doch ich war nun sicher, daß Ansell recht hatte. Es gab zwei Myras. Das erschien unglaublich, alles deutete aber darauf hin. »Komm, du sollst dich nicht aufregen. Leider muß ich jetzt weggehen. Wollen wir uns zum Lunch treffen?«

Ihre Miene hellte sich auf. »O ja! Um wieviel Uhr und wo?«

Ich schaute auf ihren Wecker. Es war schon spät. »Im ›Manetta's‹, in zwei Stunden. Dort sprechen wir über alles.«

»Prima. Glaubst du, das nützt was?«

»Weiß ich nicht. Trotzdem muß ich über einiges mit dir reden.« Ich wandte mich zur Tür. »Mach dir keine Sorgen, und lasse Whisky zu Hause. Ich möchte mit dir allein sein.«

»Ich sag's ihm. Er wird aber nicht begeistert sein.«

»Als ob mir das was ausmachte!« brummte ich und verließ sie.

ELFTES KAPITEL

Der Portier des *Reporter* wirkte verlegen, als ich am Eingang zu den Redaktionen auftauchte.

»Hallo, Murphy.« Ich überlegte, wo ihn wohl der Schuh drückte. »Schön, Ihr Runzelgesicht mal wiederzusehen. Wie stehen die Aktien? Ich war ja lange nicht hier.«

»Sie sagen es.« Er trat von einem Fuß auf den anderen, als stehe er auf dem Kesselblech eines überlasteten Schleppdampfers. »Sie wollen doch nicht etwa in die Redaktion kommen, Mr. Millan?«

»Doch, habe ich vor«, erwiderte ich munter. »Da kenne ich nichts. Ich werde mich schon nicht in dem Laden vergiften, obgleich er seit Jahren ausgeräuchert werden sollte.«

Er lachte wie kein sehr froher Mensch. »Na ja, Mr. Millan, Sie wissen doch, wie's so läuft.« Wieder trat er von einem Fuß auf den anderen.

Plötzlich kam mir der Verdacht, daß er mich nicht hineinlassen wollte. »Was ist los, Murphy?« fragte ich scharf. »Ist da drinnen jemand gestorben oder so?«

»Das nicht, Mr. Millan, aber ich hab' meine Anweisungen. Mr. Maddox will Sie nicht in der Redaktion sehen. Wir bedauern das alle, aber da kann man nichts machen.«

»Maddox!« Ich schob meinen Hut nach hinten und musterte Murphy eher wütend als gekränkt. »Was sagt man nun dazu? Aber machen Sie sich nichts draus, Murphy. Sie tun nur Ihre Arbeit. Hören Sie, ich hätte gern mit Dowdy gesprochen. Könnten Sie zu ihm gehen und ihm sagen, daß er zu Joe rüberkommen soll?«

»Wird gemacht, Mr. Millan«, versprach Murphy, sichtbar erleichtert. »Ich sag es ihm. Ich sag's ihm sofort.«

Ich schlenderte zu Joes Billardbar, die hinter dem Verwaltungsgebäude der Zeitung lag, und fühlte mich hundeelend. Seit fast zehn Jahren arbeitete ich für dieses Blatt, es war wie mein zweites Zuhause. Ich kam mir plötzlich wie verwaist vor.

McCue von der *Telegram* war der einzige Gast in dem Schuppen. Er saß am Tresen auf einem der hohen Hocker und blätterte im Telefonbuch, als ich hereinkam.

Beide, er und der Barkeeper, starrten mich wie ein seltsames Tier an.

Ich grinste. »Hallo, Mac. So früh auf dem Damm?«

Er verzog sein großes, teigiges Gesicht und gab mir eine schlaffe Hand. »Ross Millan«, sagte er, als könne er es nicht glauben. »Ich dachte, du machst irgendwo in der Pampa Harakiri.«

»Morgen, Willy«, begrüßte ich den Barkeeper. »Wie wär's mit einem Kaffee?«

»Schön, Sie wiederzusehen, Mr. Millan«, freute er sich und trat zur Maschine. »Männer wie Sie vermißt man.«

»Weil wir bezahlen, was wir bestellen.« Ich zog einen Hocker näher und setzte mich. »Während diese Schreibtischhengste am liebsten alles anschreiben lassen wollen.«

McCue zog einen Dollar heraus und legte ihn auf den Tresen. »Willy, der Kaffee da geht auf meine Kosten. Es ist mir ein Vergnügen, den bei Kräften zu halten, der Maddox fünfundzwanzig Riesen gekostet hat.«

Ich lächelte, obgleich mir nicht sehr wohl dabei war. »Laß die Witze«, sagte ich. »Und steck den Dollar wieder ein. Das ist dann wenigstens einmal ehrlich verdientes Geld.«

McCue stopfte den Dollar in die Tasche zurück. »Wenn du's sagst. Gut, dich mal wieder zu treffen. Freut mich fast ebenso wie ein Wohnblockbrand. Du sitzt auf der Straße, habe ich gehört.«

»Der *Reporter* hat mich gefeuert, wenn du das meinst.« Ich zündete mir eine Zigarette an. »Aber meine Zukunft ist bestens gesichert.«

»Sagte der Mann, als sie ihn auf den elektrischen Stuhl setzten«, meinte McCue trocken. »Na ja, bei dir hört sich's nicht nach Galgenhumor an. Was für einen herzerweichenden Knüller hatten Maddox und du euch denn ausgedacht?«

»Vergiß es.« Ich rührte in meinem Kaffee. »Das ist Schnee von gestern. Was gibt es Neues?«

McCue beugte sich wieder über das Telefonbuch. »Wir haben eine heiße Spur im Wilson-Mordfall. Ich muß da so 'ne Mieze anrufen.« Endlich fand er die Nummer, und er zog das abgegriffene Telefon näher, das auf dem Tresen stand. Die Sprechmuschel war kaputt und die Schnur angerissen und verknotet. »Seit wann bist du von Mexiko zurück?«

»Seit ein paar Tagen«, erwiderte ich und schaute ihm beim Wählen zu. »Du solltest dir Mexiko mal ansehen. Es ist nicht übel.«

»Ohne mich. Pferde und Sand, das ist nichts für mich.« Im Telefon knackste es, und ich hörte gedämpft eine dünne Stimme etwas in McCues Ohr sagen. Er rutschte auf seinem Hocker ein Stück vor. »Ist dort die Wohnung von Miss Gloria Hope-Dawn?« fragte er.

»Jetzt hört euch das an! Telefonierst du etwa mit Hollywood?« sagte ich überrascht.

»Unsinn. Nur mit einem abgetakelten Glamour-Girl von der East-Side.« Nun mußte er seine Aufmerksamkeit wieder dem Telefon zuwenden. »Hallo? Ist dort Miss Gloria Hope-Dawn? Hier spricht Mr. McCue von der *Telegram*. Richtig. Stimmt es, daß Harry Wilson Ihnen voriges Jahr einen Nerzmantel schenkte?«

Offenbar hatte sie allerlei dazu zu sagen, den McCue schloß die Augen, preßte den Hörer ans Ohr und lauschte.

»Okay, okay«, sagte er schließlich. »Ich muß nun mal Fragen stellen. Das gehört zu meinem Beruf.«

Wieder lauschte er ins Telefon, bis er plötzlich hineinbellte: »Ich empfehle Ihnen Odol zu benutzen, das reinigt den Atem.« Damit legte er auf. Dann wischte er sich das Gesicht mit einem schmutzigen Taschentuch ab. »Mich wundert nur, wo diese Weiber alle ihren Wortschatz herhaben.« Er seufzte. »Die werde ich mir wohl ansehen müssen. Wilson hätte der jedenfalls keinen Nerzmantel zum Warmhalten schenken müssen. Die ist ja der reinste Vulkan!«

Du wirst die Arbeit für den *Reporter* vermissen, sagte ich mir. Kaum schnupperte ich ein bißchen Presseluft, und schon fühlte ich, wieviel mir das alles bedeutete. In Mexiko, da war das etwas anderes. Aber hier in New York war das ein verdammt interessantes Spiel.

»So, ich muß mich auf die Socken machen.« McCue glitt vom Hocker. »Du verschwindest ja nicht gleich wieder aus New York, oder? Hast du schon neue Pläne?«

»Mach dir meinetwegen keine Sorgen, Mac. Ich habe genug zu tun. Da muß schon ein ganzes Bataillon solcher Ratten wie Maddox anrücken, um mich zu erschüttern!«

Er musterte mich nachdenklich. »Ja, so wird es wohl sein.«

Darauf winkte er mir zu und ging auf den Ausgang zu, wo er beinah mit Dowdy zusammenrannte, der mit einem ängstlichen Ausdruck in dem abgemagerten Adlergesicht hereingelaufen kam.

»Paß auf deine Kasse auf, Willy«, rief McCue. »Da kommt noch einer vom *Reporter*.« Und er verschwand auf die Straße hinaus.

Einen Kaffee lehnte Dowdy ab. Den Blick auf die Tür gerichtet, setzte er sich halb auf einen Barhocker und war so nervös, daß ich von ihm nicht viel Hilfe erwarten durfte. Wahrscheinlich wollte er schnellstens wieder ins Büro zurück.

»Wo ist Shumway?« fragte ich kurz angebunden.

Dowdy blinzelte. »Shumway? Keine Ahnung. Woher soll ich das wissen?«

»Wenn Sie mir alles erzählen müßten, was Sie nicht wissen, Dowdy«, sagte ich geduldig, »dann würden wir dieses Lokal als alte Männer verlassen. Ich weiß auch nicht, warum Sie Shumways Aufenthalt kennen sollten. Aber fragen schadet ja wohl nichts.«

»Seien Sie nicht gleich beleidigt, Ross. Maddox will nicht, daß wir mit Ihnen sprechen. Wenn er erfährt, daß ich mich hier mit Ihnen unterhalten habe, macht er mir die Hölle heiß.«

»Machen Sie doch nicht soviel Wind um den Kerl. Ihr Redaktionsleute nehmt Typen wie Maddox viel zu ernst. Ich muß Shumway finden. Das ist wichtig.«

»Tut mir leid. Ich weiß nicht, wo er steckt. Er und seine Tochter kassierten die Belohnung ein und verdünnisierten sich. Wir haben ihre Adresse nicht in den Akten.« Sehnsüchtig lugte er zur Tür.

»Und dieser Kelly?« fuhr ich rasch fort, da ich ihn wahrscheinlich nicht mehr viel länger halten konnte. »Wissen Sie etwas über den?«

»Wenig. Er soll das Mädchen gefunden haben, und rechtmäßig hätte ihm die Belohnung zugestanden. Sie wollten sie untereinander aufteilen. Ich habe ihn nur einmal gesehen. Das war, nachdem Shumway und seine Tochter das Geld geholt hatten.«

»Was wollte er?« Ich glaubte, endlich Boden zu gewinnen.

»Er wollte mit Kruger Kontakt aufnehmen.«

»Peppi Kruger?« Verblüfft schaute ich ihn an.

»Ja, Peppi ist jetzt 'ne große Nummer«, erwiderte Dowdy. »Er ist Präsident der Brooklyn Motor Company. Letztlich spielt er eine bedeutende Rolle in der East-Side-Politik. Vor sechs Monaten bekam er die Kontrolle über die Vereinigung der Taxi-Chauffeure. Sie kennen ja die Brüder. Peppi hat sie ganz schön auf Trab gebracht und eine Menge Kies gemacht. Jede Taxigesellschaft, die nicht pünktlich bezahlte, mußte mit Schwierigkeiten rechnen. Inzwischen fressen sie ihm alle aus der Hand. Wie ich hörte, soll aber die Bezirksstaatsanwaltschaft ein Auge auf ihn haben. Na ja, der kann sich jederzeit zurückziehen. Das Geld dazu hat er.«

Ich pfiff leise. »Das sind mir die richtigen.« Ich verzog verächtlich den Mund. »Als ich ihn kennenlernte, schmuggelte er Rum für Brescia. Was wollte Kelly von Kruger?«

Dowdy rutschte vom Hocker. »Das weiß ich nicht. Ich hatte nichts damit zu tun. Es dürfte ihm aber nicht schwergefallen sein, mit Peppi in Verbindung zu treten.« Wieder schickte er einen sehnsüchtigen Blick zum Ausgang. »Ich muß jetzt zurück, falls Maddox nach mir fragt.«

»Okay, Dowdy. Sie haben mich auf eine Spur gebracht.«

»Wieso?« fragte er mißtrauisch. »Weshalb sind Sie so an Shumway interessiert?«

»Würde Sie denn nicht der Kerl interessieren, der Sie um Ihren Job gebracht hat?« Unsere Blicke trafen sich.

Er war offenbar beunruhigt. »Millan, Sie wollen doch nicht etwa Stunk machen? Maddox würde das nicht gefallen.«

»Denken Sie, das kratzt mich? Selbst ein Zwerg ließe sich durch eine Ratte wie ihn nicht ins Bockshorn jagen.«

Erneut schaute er mich beunruhigt an, schüttelte mir die Hand und ging rasch über die Straße zu den *Reporter*-Büros zurück.

Ich trank meinen Kaffee zu Ende, zündete mir eine Zigarette an und angelte mir dann das Telefonbuch. Kruger wohnte in der East Seventy-eight Street. Das gab mir zu denken. Das hieß schon etwas, wenn einer in diesem schmalen Viertel wohnte, im Osten durch Lexington und im Westen durch die Fifth Avenue begrenzt. Das hieß viel. Das roch nach Geld, nach sehr viel Geld.

»Erinnern Sie sich an Peppi?« fragte ich Willy, der zum Lunch die Gratis-Sandwiches richtete.

»Und ob. Mit dem Kerl hat's immer Ärger gegeben. Er war nicht oft da, aber wenn er kam, artete das immer in Sauferei aus. Er soll eine tolle Karriere gemacht haben, aber bestimmt nicht auf ehrliche Art. Ich beneide ihn nicht.«

Ich grinste. »Und wenn Sie's täten, würde das auch nichts ändern. Peppi wäre es bestimmt egal.«

»Wahrscheinlich«, bestätigte Willy lachend. »Sie sind doch nicht etwa an Peppi interessiert, Mr. Millan?«

»Wer weiß? Wenn man wie ich Zeit hat, interessiert einen alles.«

»Ohne Arbeit?« fragte der kräftig gebaute Barkeeper teilnahmsvoll.

»Verschnaufpause.« Ich gähnte. »Wenn ich will, bekomme ich Arbeit. Machen Sie's gut, Willy. Bis bald.«

»Machen Sie's auch gut, Mr. Millan.« Willy schaute weiterhin mitfühlend. »Hoffentlich ergibt sich bald was für Sie!«

Das hoffte ich ebenfalls, während ich die Straße entlangging.

Verschwendet war der Vormittag jedenfalls nicht. Es gab Neues zu bedenken. Weshalb hatte Kelly mit Peppi Kontakt aufnehmen wollen? Das war eine Überlegung wert. Wurde Kelly von Shumway und dem Mädchen aufs Kreuz gelegt? Vielleicht hatte Kelly früher mal für Peppi gearbeitet und wollte nun, daß dieser auf Shumway Druck ausübte und ihn zwang, die Belohnung zu teilen.

Ich erinnerte mich gut an Peppi. Man konnte ihn nicht leicht vergessen. Vor ungefähr zwei Jahren hatte ich ihn das letzte Mal gesehen. Er hatte eine Mordanklage am Hals. Ich weiß noch, wie er im Gerichtssaal neben seinem Verteidiger saß und der Anklage durch den Staatsanwalt zuhörte. Während der zweitägigen Verhandlungen zuckte er nicht ein einziges Mal mit den Wimpern, und er kam mit einem blauen Auge davon, ohne daß die Geschworenen überhaupt dazu kamen, die Geschworenenbank verlassen zu müssen. Soviel ich weiß, stand er viermal wegen Mordes vor Gericht und wurde viermal freigesprochen. Inzwischen konnte er sich einen Killer kaufen, wenn er jemanden ins Jenseits befördern wollte.

Peppi war ein kleiner Bursche mit hervorstehenden Augen. Als Kind hatte er eine Hautkrankheit, bei der ihm alle Haare ausgingen. Seitdem ich ihn kenne, ist er kahl wie ein Ei. Abgesehen davon, daß er wie ein Abklatsch von Lugosi aussah, besaß er einen schlechten Charakter.

Damit kam ich wieder auf mein Problem zurück. Was hatte Kelly von ihm gewollt? Die einzige Möglichkeit, das herauszufinden, war, dem Mann einen Besuch abzustatten. Wenn ich unter einem guten Vorwand hingen, erreichte ich vielleicht etwas. Der Besuch behagte mir nicht gerade, doch ich beruhigte mich, daß jemand, der in einem der Häuser an der East Seventy-eight wohnte, mir nicht gleich die Kehle durchschneiden würde. Oder doch?

Solche Überlegungen brachten mich aber nicht weiter, und so nahm ich ein Taxi und nannte Peppis Adresse.

Dem Fahrer war sie bekannt.

»Ein Freund von Ihnen, Mister?« Er zwängte das Taxi durch den dichten Verkehr, als wolle er mich schnellstens wieder los sein.

»Fragen Sie ihn. Er wird Ihnen sagen, ob Sie das was angeht.«

»Aha, einer von den Schlagfertigen«, brummte der Fahrer. »Ist heut' auch nichts Besonderes mehr, überhaupt nichts Besonderes.«

»Ich habe gute Ohren«, sagte ich trocken.

Darauf schwieg er die nächsten zwei Quadrate, mußte dann aber doch noch etwas loswerden: »Dieser Kruger ist eine Plage fürs Taxigeschäft. Es sollte ihm einer das Handwerk legen.«

»Kommen Sie mit rein und tun Sie's.« Ich stemmte meine Füße gegen den vorderen Sitz.

Der Fahrer lachte auf. »Feine Ratschläge sind das. Genausogut können Sie sagen, ich solle Joe Louis einen Kinnhaken geben.«

»Ich bezahle fürs Fahren, Mann. Unterhaltung brauche ich keine.«

Das wirkte, und ich hörte keinen Muckser mehr von ihm, bis er vor Peppis Haus anhielt. Ich gab ihm einen Dollar. »Der Rest ist für Sie«, sagte ich. »Sieht so aus, als könnten Sie eine kleine Pause brauchen.«

Langsam steckte er den Dollar weg und spuckte auf den Gehsteig. »Ihr haltet euch wohl für 'ne Wucht, ihr superschlauen Burschen? Ihr müßt ja vom ewigen Spiegelküssen ganz wunde Lippen haben.« Er fuhr weg, bevor mir eine passende Antwort einfiel.

151

Nun konzentrierte ich mich auf Peppis Haus. Ein netter Schuppen. Wie er aussah, hätte Vincent Astor, J. P. Morgan oder irgendein anderer reicher Großindustrieller darin wohnen können. Es war ein solider, großer und nüchterner Klinkerbau mit braunrotem Ziegeldach und weiß eingefaßten Erkerfenstern.

Ich stieg die drei breiten Stufen zum Eingang hinauf, einer massiven Eichentür mit eisernen Beschlägen, und läutete.

Ein älterer, wie ein Butler aussehender Mann öffnete. »Kommen Sie herein, Sir«, sagte er, ohne sich die Mühe zu machen, mich nach meinen Wünschen zu fragen.

Er führte mich in eine große, supermodern eingerichtete Diele, wie ich sie auf dieser Seite von Lexington noch nicht gesehen hatte. Nicht daß sie mir besonders gut gefiel, aber sie stank nach Geld, und das war wohl auch der Zweck der Sache.

Fragend sah mich der Butler an. Er war groß, hatte weißes Haar und wäßrige blaue Augen. Eine Gesichtshälfte war wie nach oben gezogen, als hätte er einmal einen Schlaganfall gehabt. Es gab ihm einen ständig mißbilligenden Ausdruck. »Wen möchten Sie sprechen, Sir?« erkundigte er sich.

»Mr. Kruger, bitte.«

»Mr. Kruger, Sir?« Des Butlers Brauen schossen nach oben, als wünschte ich den Präsidenten zu sprechen.

»Sehr richtig«, sagte ich lächelnd.

»Tut mir leid, Sir«, erwiderte er würdevoll, »Mr. Kruger empfängt niemals ohne Voranmeldung. Vielleicht kann Ihnen seine Sekretärin helfen?«

»Hören Sie, zum Anmelden hatte ich keine Zeit, und seine Sekretärin kann mir gestohlen bleiben. Ich möchte Mr. Kruger sprechen. Melden Sie Ross Millan vom *New York Reporter*, und sagen Sie, es sei wichtig.«

Sekundenlang musterte mich der Butler. Dann entgegnete er: »Sehr wohl, Sir.« Er ließ mich stehen, wo ich war, und schritt gemessen die Treppe hinauf.

Nach einer Weile überlegte ich, ob ihn vielleicht endgültig der Schlag getroffen habe und er irgendwo oben jammernd auf dem Boden liege. Der Zeiger der altmodischen Standuhr bewegte sich ruckartig weiter, und ich ärgerte mich immer mehr, daß man mich da einfach stehen ließ.

Schließlich kam jemand. Es hörte sich nicht nach dem Butler an. Wer sich da näherte, lief leichtfüßig und schnell, und dann sah ich eine junge Frau die breite Treppe herunterkommen. Sie war fast zerbrechlich dünn und dunkelhaarig, hatte ungewöhnlich gerade Brauen und sehr große kobaltblaue Augen mit großen Pupillen und einem nicht zu deutenden Ausdruck. Sie trug eine gelbe Hose, einen burgunderfarbenen Pulli und ein gelbes Tuch um den Kopf. Das war alles in Ordnung, aber dann sah ich ihren Mund. Der sagte alles über sie aus: ein schmaler und lippenloser roter Schlitz. In Gedanken sah ich sie in einem halbdunklen Raum sitzen und genüßlich einer Spinne die Beine herauszupfen. Vorn und hinten wirkte ihre Figur wie durch die Mangel gezogen.

»Ich bin Mr. Krugers Sekretärin«, stellte sie sich mit tiefer tönender Stimme vor.

»Sehr schön. Wirklich sehr schön.«

Eine ihrer Brauen ging in die Höhe. »Sie wollten Mr. Kruger sprechen?« startete sie einen zweiten Anlauf.

»Ja, wollte ich, habe aber meine Meinung geändert. Mein Arzt hat mir täglich nur eine Mahlzeit erlaubt«, kalauerte ich und rückte meinen Schlips zurecht. »Sind Sie für heute abend schon ausgebucht?«

»Sie kommen vom New York Reporter, Mr. Millan, ist das richtig?« Ihre kobaltblauen Augen waren eine Spur dunkler geworden.

»Ja. Ross Millan. Für Sie einfach nur Ross. Haben Sie Lust, mit mir auszugehen? Ein bißchen kurzfristig, aber heute abend hätte ich Zeit.«

»Was wollen Sie von Mr. Kruger?«

Irgendwie schien heute nicht mein bester Tag zu sein, doch so schnell gab ich mich nicht geschlagen. »Das erzähle ich ihm selbst«, erklärte ich geduldig. »Hoffentlich kränkt Sie das nicht. Es handelt sich lediglich um eine Männersache. Frauen haben ja auch ihre Geheimnisse, stimmt's?«

»Dann folgen Sie mir nach oben«, erwiderte sie, wandte sich um und ging den Weg, den sie gekommen war, wieder zurück.

Oben auf der letzten Stufe holte ich sie ein und blieb an ihrer Seite. »Ich habe vorhin nur ein bißchen gescherzt«, sagte ich. »Ich habe Sie doch nicht allzusehr durcheinandergebracht?«

Auch darauf bekam ich keine Antwort.

»Dürfte ich Ihren Namen wissen?« fuhr ich fort. »Nur damit ich Sie meinen Freunden vorstellen kann.«

»Lydia Brandt«, sagte sie, ohne mich anzusehen. »Aber ich glaube nicht, daß ich Ihre Freunde kennenlernen werde.«

»Wer weiß?« erwiderte ich. »Es geschehen die seltsamsten Dinge.«

Sie öffnete auf dem Gang eine Tür und trat zur Seite. »Mr. Kruger kommt sofort.«

»Aber Sie wollen mich doch nicht verlassen?« meinte ich und marschierte ins Zimmer.

Sie sah mich mit ihren kobaltblauen Augen verführerisch an, antwortete aber nicht, sondern schloß die Tür und ließ mich in dem großen, von Bücherwänden eingerahmten Zimmer allein.

Ich schaute mich neugierig um und stellte fest, daß ich die umfassendste Sammlung von Kriminalromanen vor mir hatte, die mir je untergekommen war. Selbst das Polizeipräsidium konnte da nicht mithalten. Die Skala reichte von Verbrechen des sechzehnten Jahrhunderts bis zur modernen Kriminalität. Es gab Bücher über Vergiftungen, Gerichtsmedizin, Morde, Erpressungen, Entführungen, Überfälle, praktisch über alles nur Denkbare.

Ich hatte mich gerade in den zweiten Band von Havelock Ellis vertieft, als die Tür aufging und Peppi hereinkam.

Ich war perplex. Anders kann man es nicht nennen. Schließlich hatte ich ihn seit Jahren nicht gesehen, und wie ich schon erwähnte, schmuggelte er damals Rum.

Inzwischen war er natürlich in ganz andere Gesellschaftskreise aufgestiegen, und ich war auf eine Veränderung gefaßt gewesen, aber nicht auf eine solche Veränderung.

Er trug einen grauseidenen Hausmantel, mit scharlachroter

Kordel zugebunden, und darunter anscheinend einen weißen Seidenpyjama. Sein Gesicht war glatt, ohne das kleinste Fältchen. Offenbar ließ er es in jeder freien Minute massieren. Seine Hände waren weich, sehr gepflegt und die Nägel manikürt. Nur seine Augen hatten sich nicht verändert. Es waren dieselben harten kleinen blauen Knopfaugen. Und auch der große kahle Schädel war derselbe, nur daß er glänzte, als sei er mit Bienenwachs poliert.

Auch er musterte mich, während er die Tür schloß und näher kam.

»Eine tolle Bibliothek, Peppi.« Etwas anderes fiel mir im Moment nicht ein. »Wer hat das alles für Sie zusammengestellt?«

Er rieb sich mit dem Daumen die Nase. Das war neu. Früher hatte er keine Zeit für solche nervösen Angewohnheiten. »Was wollen Sie?« Er hatte eine hohe dünne Stimme. Eher wie die eines Japaners. Bei ihrem Klang überfiel mich ein ganzer Schwarm Erinnerungen. Ich hatte sie vergessen, diese helle zischende Stimme.

»Was für ein Aufstieg!« meinte ich bewundernd. »Wenn ich an den Peppi Kruger von früher denke und Sie jetzt so vor mir sehe!«

»Was wollen Sie?« wiederholte er.

Ich sah ihn sekundenlang schweigend an. Seine kalten Knopfaugen verrieten mir, daß er mich nicht mit Zuneigung zu überschütten gedachte, und so hielt ich es für besser, zur Sache zu kommen.

»Wo ist Kelly?«

»Kelly?« wiederholte er stirnrunzelnd. »Was für ein Kelly? Wovon reden Sie, Mann?« Sein leicht gereizter Ton entging mir nicht.

Ich lehnte mich an den großen eichenen Lesetisch. »Da gibt es einen gewissen Kelly, mit dem ich sprechen möchte. Er soll nach Ihnen gesucht haben, und ich dachte, wenn er inzwischen mit Ihnen Kontakt aufnehmen konnte, kann ich das nun über Sie tun.«

Peppi fixierte mich, dann erwiderte er: »Ich kenne keinen Kelly.«

Ich zuckte mit den Schultern. »Zu dumm. Eigentlich hatte ich Gegenteiliges gehört. Okay, dann verschwinde ich wieder.«

»Was wollen Sie von ihm?« Blitzschnell wie die gegabelte Zunge einer Schlange schoß die Frage heraus.

»Ich möchte Ihre Zeit nicht vergeuden.« Ich stieß mich von der Tischkante ab. »Es ist nichts, was Sie interessieren dürfte.«

»Bleiben Sie, und setzen Sie sich.« Das war keine Einladung, sondern ein Befehl. Doch ich hatte nichts zu verlieren. Ich ließ mich in einen der schweren Sessel nieder und machte es mir bequem.

Zerstreut spielte Peppi mit der Kordel seines Hausmantels. Offenbar dachte er über etwas nach.

»Sie arbeiten nicht mehr für den *Reporter*?« sagte er plötzlich.

Ich nickte. »Stimmt. Maddox hat mich rausgeschmissen. So was nennt man Dankbarkeit.«

»Was tun Sie jetzt?« fragte er ungeduldig.

»Ich lebe von Einfällen und meinem Sparstrumpf«, erwiderte ich unbekümmert. »Unkraut vergeht nicht. Wieso das Interesse?«

»Ich hätte etwas für Sie.«

Ich sah ihn prüfend an, aber das froschähnliche Gesicht, die harten blauen Augen und der glänzende Glatzkopf verrieten mir nichts. Doch ich hatte ein ungutes Gefühl. Ich wußte, wie seine Geschäfte gewöhnlich aussahen. Das war nichts für mich. Doch ich mußte ihm das sehr vorsichtig beibringen.

»Momentan bin ich nicht auf einen Job aus«, sagte ich gelassen.

»Es ist aber ein guter und nichts daran, was Ihnen gegen den Strich ginge«, betonte er und setzte sich mir gegenüber in einen Sessel.

Ich gab einen knurrenden Ton von mir. »Und was soll das sein?«

»Lu Andasca läßt sich für die Wahl aufstellen. Er sucht

einen, der die Werbetrommel für ihn rührt. Der richtige Mann wäre ihm wöchentlich zweihundertfünfzig Dollar wert. Wäre das nichts für Sie?«

Damit hatte ich nicht gerechnet. »Lu Andasca? Nie von dem gehört!«

»Der ist in Ordnung.« Peppi betrachtete seine manikürten Fingernägel. »Ein guter Mann.«

»Wieso glauben Sie, ich wäre für so was geeignet?«

»Sie würden das schaffen. Und zweihundertfünfzig Dollar, das wäre doch nicht schlecht?«

»Bestimmt nicht«, räumte ich ein. »Ich bin da aber noch mit zwei oder drei Sachen beschäftigt, die . . .«

»Warum damit die Zeit verschwenden«, unterbrach er mich.

Wir sahen uns an.

»Das alles bringt Ihnen doch nichts«, fuhr er fort. »Shumway ist uninteressant für Sie. Er ist alt und abgewrackt. Auch Kelly ist uninteressant, dieser elende Wurm. Und das Mädchen lassen Sie in Ruhe. Auf junge Mädchen sollten Sie nicht scharf sein. Die verderben nur die Geschäfte.«

So, jetzt wußte ich's. Was sollte ich darauf antworten?

Peppi lehnte sich zurück und starrte an die Decke. »Wenn Andasca es schafft, gibt es viel Arbeit für Sie. Ich bin an der Sache persönlich interessiert.«

Ein Blick auf meine Uhr sagte mir, daß es bald Mittag war. »Hören Sie«, sagte ich. »Ich bin zum Lunch verabredet. Lassen Sie mich darüber nachdenken.«

»Selbstverständlich. Tun Sie es in Ruhe. Mein Chauffeur kann Sie fahren. Wo essen Sie?«

»Im ›Manetta's‹«, antwortete ich, ohne nachzudenken.

»So, dort. Finden Sie sie hübsch?«

Überrascht sah ich ihn an. »Sie? Woher . . .?«

»Myra Shumway. Mit ihr sind Sie doch verabredet, oder?«

»Was wissen Sie über Myra Shumway? Was soll das alles, Peppi?« Ich richtete mich im Sessel auf. Die Sache wurde ja immer rätselhafter!

»Entschuldigen Sie mich einen Moment«, erwiderte er nur, stand auf und ging hinaus.

Da saß ich nun und zerbrach mir den Kopf, was das zu bedeuten hatte. Nach einer Minute kam Peppi zurück und lächelte zum erstenmal. »Sie wollen es sich also noch überlegen?« fragte er.

»Kommen Sie, Peppi, was wissen Sie über Myra Shumway? Heraus mit der Sprache!«

»Ich lese Zeitung«, erwiderte er gleichgültig. »Und ich höre immer mal wieder dies und das. Viel wichtiger ist Andasca. Ja oder nein, wie lautet Ihre Antwort?«

Ich erhob mich. »Geben Sie mir bis morgen Bedenkzeit. Und wo finde ich den Mann?«

»Dann bis morgen, Millan. Rufen Sie mich an. Ich organisiere dann ein Treffen. Wollen Sie meinen Wagen?«

Ich schüttelte den Kopf. »Nein. Ich nehme ein Taxi.«

Mit einemmal schien er sich zu langweilen und wollte mich wohl los sein. »Also rufen Sie an. Zweihundertfünfzig Dollar sind doch eine Überlegung wert.« Und dann war er wieder draußen.

Keine drei Sekunden war er weg, da kam der Butler. »Hier entlang, Sir«, sagte er und brachte mich zur Eingangstür hinunter.

Ich stand auf der Straße und hörte hinter mir die Tür zufallen, bevor mein ziemlich verwirrter Denkapparat wieder richtig funktionierte. Ich starrte an dem großen Haus hoch und fühlte mich beobachtet.

Deshalb winkte ich einem Taxi und bat den Fahrer, mich zum Manetta's zu fahren.

ZWÖLFTES KAPITEL

Von Myra war nirgendwo etwas zu sehen, als ich dort ankam. So setzte ich mich an die Bar.

»Einen Minz-Cocktail, bitte«, bestellte ich. »Und ich

möchte die Minzblätter zerstoßen, nicht einfach nur eingetaucht.«

»Wir zerstoßen sie immer, Sir«, versicherte der Barkeeper. »Außerdem reiben wir den Glasrand mit Minze ein.«

»Ausgezeichnet. Dann brauche ich ja nichts mehr zu sagen. Es gibt aber Bars, wo die Blätter nur eingetaucht werden.«

»Die verstehen dann eben nichts davon.« Der Barkeeper ging ans Ende des Tresens, wo er meinen Drink mixte.

Währenddessen zündete ich mir eine Zigarette an und dachte über Peppi nach. Weshalb hatte er mir diesen Job angeboten? Wie ich Peppi kannte, steckte irgend etwas dahinter. Außerdem hätte ich wetten können, daß er Kelly kannte und Kelly bei ihm gewesen war.

Ich sinnierte so vor mich hin, da kam eine Frau herein. Eine Frau in einem flammendroten und sehr kurzen Seidenkleid. Um ihre Schultern lag ein weißer Seidenschal mit roten Tupfen. Ein schickes rotweißes Filzhütchen thronte, keß zur Seite geneigt, auf ihrem blonden Haar.

Es war Myra.

Merkwürdig, irgendwie erkannte ich sie nicht gleich. War es vielleicht die Art, wie sie sich bewegte, und der ungewohnte Augenausdruck, daß sie mir so fremd erschien?

Jetzt entdeckte sie mich, winkte und kam lächelnd auf mich zu.

»Da bist du ja«, begrüßte sie mich. »Wartest du schon lange?«

»Ich – ich habe dich kaum erkannt«, erwiderte ich. »Ist das neue Kleid daran schuld?«

Sie sah mich forschend an. »Gefällt es dir?« Und wieder mit einem Lächeln: »Speziell für dich.«

»Es ist todschick.« Insgeheim überlegte ich, was an ihr anders war. »Setzen wir uns. Ich habe eine anstrengende Stunde hinter mir.«

Darauf ging Myra zu einem der Tische und nahm Platz. Ich folgte ihr.

»Ach ja«, seufzte ich, nachdem wir unsere Drinks bekommen hatten. »Wie erholsam es doch ist, eine so schöne Frau anschauen zu können.« Mein Blick wanderte zu ihren Beinen. »Du hast hübsche Knie. Das habe ich noch gar nicht bemerkt.«

Sie lachte. »Das kommt nur, weil du plötzlich schrecklich schielst.«

»So wird's sein.« Ich beobachtete sie genau. »Du bist Whisky also losgeworden?«

»Das bin ich.« Eine gewisse Härte in ihrer Stimme ließ mich sie noch genauer betrachten. Sie lächelte, aber das Lächeln spiegelte sich nicht in ihren Augen wider. »Hast du etwas Interessantes erlebt?«

»Höchst interessant«, antwortete ich und erzählte ihr von Peppi.

Ruhig hörte sie mir zu und fragte, als ich endete: »Was wirst du tun?«

»In bezug auf den Job? Vermutlich nichts. Ich mag nicht für Peppi arbeiten.«

»Aber wäre es nicht eine interessante Arbeit?« wandte sie überrascht ein.

»Das weiß ich noch nicht. Die Bezahlung ist gut. Peppi ist aber nicht der Mann, mit dem ich zusammenarbeiten möchte. Er ist unberechenbar.«

»Du sollst doch nicht für Peppi arbeiten, sondern für diesen Andasca, oder?«

»Das ist dasselbe. Andasca tanzt wahrscheinlich nach Peppis Pfeife.«

»Überlege es dir noch einmal. Was willst du denn sonst tun?«

Ich leerte mein Glas. »Mir wird schon was einfallen. Laß uns jetzt essen«, forderte ich sie auf und erhob mich.

Wir gingen ins Restaurant rüber.

Dort wurden wir von beflissenen Kellnern empfangen, und nachdem wir bestellt hatten, meinte ich: »Jetzt mal im Ernst, sollten wir nicht als erstes deinen Vater finden?«

Myra hob die Schultern. »Weißt du, ich habe darüber nachgedacht. So wichtig ist mir das eigentlich nicht.«

Ich sah sie an. »So, ist es nicht?«

»Nein.«

»Und was ist mit der Frau, die dich gespielt hat?«

Wieder zuckte sie mit den Schultern. »Die kratzt mich nicht. Wenn Vater sich einen billigen Triumph verschafft hat, bin ich alt genug, um darüber zu lächeln. Aber reden wir nicht mehr darüber, sondern lieber über dich. Ich finde, du solltest dich nach einem Job umsehen.«

»Nanu, du machst dir meinetwegen Gedanken? Das ist neu.«

Sie schaute auf, mit einem Blick, der mein Blut in Wallung brachte. »Warum sollte ich nicht über dich und deine Zukunft nachdenken?« fragte sie und legte ihre Hand auf meine.

»Ist dir etwa die Erleuchtung gekommen, daß du mich doch ein wenig magst?« Ich drückte ihre Hand.

»Vielleicht. Vielleicht könnte ich dich sogar richtig gern haben. Aber du müßtest dir einen festen Job suchen.«

»Kein Problem. Mit meinen Erfahrungen kann ich den jederzeit finden.«

»Warum willst du dann nicht zu Andasca gehen und sehen, ob das nicht doch etwas für dich wäre?« schlug sie mir ein bißchen zu eifrig vor.

»Du setzt dich ja mächtig für den Burschen ein«, sagte ich argwöhnisch. »Du willst mich wohl unbedingt zu seinem Public-Relations-Mann machen?«

»Ich möchte nur, daß du einen guten Job findest.«

»Bei Andasca, das versuchst du doch zu erreichen«, gab ich zurück. »Aber ich habe dir bereits gesagt, was ich über Peppi und seine Machenschaften denke. Ich bekomme Arbeit, doch auf keinen Fall bei Andasca.«

»Was für ein Dickschädel!« Ärger schwang in ihrer Stimme mit. »Wo sonst kannst du wöchentlich zweihundertfünfzig verdienen?«

»Soviel Kies ist das nun auch wieder nicht. Wenn ich ein paar Artikel loslasse, bekomme ich das Doppelte.«

Myra biß sich auf die Unterlippe und sah weg. »Gut. Wenn das deine Meinung ist.« Sie entzog mir ihre Hand.

Ein Erfolg wird dieses Essen gerade nicht, dachte ich und wünschte, wir könnten irgendwo hingehen, um uns in Ruhe auszusprechen. Denn sie hatte irgend etwas im Sinn, worüber sie noch nichts gesagt hatte, und ich hätte gern gewußt, worum es sich handelte.

Schweigend beendeten wir unseren Lunch. Fiel doch mal ein Wort, war es über die anderen Gäste oder so, und das ganze Essen über sah mir Myra nicht ein einziges Mal in die Augen. Endlich konnte ich bezahlen, und wir verließen das Lokal.

Ich war nicht gerade gut gestimmt.

In Schweigen gehüllt, warteten wir auf ein Taxi. Als eines vor uns hielt, fragte ich: »Was machen wir jetzt? Zurückfahren und den Hund ausführen? Oder wollen wir uns in einen Park setzen?«

»In den Park«, antwortete sie.

Seit zwei Jahren war ich nicht mehr im Central Park gewesen. Es freute mich, dort mal wieder zu bummeln. Nichts hatte sich verändert, und auch in fünfzig Jahren sah es dort wahrscheinlich immer noch so aus wie heute. Wenn ich längst unter der Erde lag, würden Mütter und Kindermädchen weiter auf den Bänken sitzen, in der Sonne lesen oder tratschen und auf die Kinder aufpassen, die mit Rollschuhen, leeren Kinderwagen, Rollern oder Dreirädern herumtobten. Ruderboote lagen wie dicke Wasserwanzen auf dem See. Auch sie würden immer dort sein. Eingefleischte New Yorker in bescheidenen Verhältnissen vermissen das Land so gut wie gar nicht. Sie haben ihren Central Park mit dreißig Tennisplätzen, neunzehn Ballspielfeldern, sechs Hockeyfeldern und viereinhalb Meilen Reitwegen, um mit ihren Freundinnen abends auszureiten. Das genügte jedem und auch mir.

Wir setzten uns auf eine schattige Bank und beobachteten die vorbeilaufenden Leute. Es tat gut, einfach nur dazusitzen. Doch an sich hatte ich über vieles nachzudenken. Als ich Myras Hand nehmen wollte, rutschte sie von mir weg.

»Ich mag das nicht vor allen Leuten«, wies sie mich zurecht.

»Wer kümmert sich darum?« erwiderte ich überrascht. »Können wir dann wenigstens über uns sprechen?«

»Natürlich. Über etwas Spezielles?«

»Wollen wir heiraten?« fragte ich, obwohl ich nicht recht wußte, ob ich das nun wünschte oder nicht. Mich interessierte vor allem ihre Reaktion.

»Ich glaube nicht.« Myra schaute über den See, wo am anderen Ufer engumschlungen einige Paare entlangschlenderten. »Wozu heiraten? Und überhaupt, ich würde niemals einen Mann heiraten, der keine gute Stellung hat. Warum sollte ich? Bis jetzt bin ich sehr gut allein zurechtgekommen.«

»Man heiratet nicht wegen einer guten Stellung oder Geld«, entgegnete ich sanft, »sondern weil man sich liebt.«

»Woher hast du denn diese Weisheit?« Ein kurzer Blick traf mich. Lachend fuhr sie fort: »Das klingt nach ›Was jedes junge Mädchen wissen sollte‹. Dieser sentimentale Kram ist im Bürgerkrieg mit untergegangen.«

»Manchmal möchte ich dich am liebsten ins Wasser schmeißen«, knurrte ich verärgert. »Können wir nicht einmal ernsthaft miteinander reden?«

»Erst wenn du einen Job hast. Dann vielleicht.«

»Okay, wenn ich Arbeit habe, denkst du über meine Frage nach, ja?«

»Nur wenn es etwas Vernünftiges ist.«

»Deine materialistischen Ansichten gehen mir langsam auf den Wecker, mein Engel.«

Sie zog eine Schnute. »Willst du nicht doch mit Andasca sprechen? Nur mir zu Gefallen?«

»Und was ist mit dir?« versuchte ich auszuweichen. »Was soll ich Doc und Sam sagen? Willst du denn nicht deinen Vater finden oder Kelly oder das Mädchen, das dir so ähnlich sieht?«

»Ross.« Sie griff fast leidenschaftlich nach meiner Hand. »Solange wir beide uns haben, ist alles andere doch unwichtig. Ich wünsche mir nur, daß wir beide für immer zusammensein können. Warum vergessen wir die anderen zwei nicht?«

163

»Wir können uns von ihnen trennen«, erwiderte ich ge- dehnt. »Müssen ihnen das aber sagen.«

»Dann tun wir das«, bat sie eifrig. »Sagen wir's ihnen.«

»Okay, von mir aus.« Kurz nach drei, sah ich mit einem Blick auf meine Uhr. »Sie müßten im Apartment sein, falls Sam nicht im Spielsalon ist.«

Als wir auf die lange Flucht Steinstufen zugingen, die aus dem Park führte, begann sie wieder: »Wirst du mit Andasca sprechen?«

Ich seufzte. »Ja. Irgendwann heute abend.«

»Versprochen?« Sie hakte sich fest bei mir ein.

»Versprochen, wenn dir soviel daran liegt.«

Im Apartment kam Sam sofort aus der Küche, als er uns hörte, einen besorgten Ausdruck in den Augen. »Da seid ihr ja endlich«, sagte er erleichtert. »Ist Whisky bei euch?«

»Wieso?« fragte ich. »Myra hat ihn nicht mitgenommen.«

»Mist!« fluchte er unglücklich. »Dann hat er sich verlaufen. Er lief gleich, nachdem du gegangen warst, auf die Straße«, fuhr er, zu Myra gewandt, fort. »Bis jetzt ist er nicht wieder da. Ich habe immer wieder auf die Straße geguckt, konnte ihn aber nirgendwo entdecken. Ich dachte, er sei dir vielleicht gefolgt und du hättest ihn dann zu einem Spaziergang mitgenom- men.«

Myra schüttelte den Kopf. »Ich habe ihn nicht gesehen.«

»Er wird schon wiederauftauchen.« Ich warf meinen Hut auf einen Stuhl. »Du kennst doch Whisky. Er wird eine Hun- dedame aufgerissen und mit ihr angebandelt haben.«

In diesem Moment kam auch Doc Ansell. »Habt ihr Whisky?« erkundigte er sich sofort.

»Nur keine Aufregung«, mahnte ich. »Der kommt wieder. Er wird sich nur ein bißchen austoben. So ein großer Hund braucht seinen Auslauf, und dabei wird er sich mit der Gegend vertraut machen.«

Nun fiel Ansells Blick auf Myra. »Hübsch siehst du heute aus. War es nett beim Lunch?«

»Ja, sehr nett«, erwiderte Myra und setzte den Hut ab.

»Machst du dir denn gar keine Sorgen wegen Whisky?«
brummte Sam.

Myras Wimpern zuckten. »Nein. Ross sagt doch . . .«

»Ross, Ross! Macht ihr beide euch jetzt auch noch schöne
Augen?«

Da wandte Myra sich zu mir und bat: »Sag's ihnen.« Dann
lief sie hinaus.

Mißtrauisch sahen Ansell und Sam mich an. »Was ist los?«
wollte Sam wissen.

Ohne Hast marschierte ich zu einem Sessel und ließ mich hin-
einfallen. »Keine Ahnung«, antwortete ich. »Aber es ist eine
Menge geschehen seit heute früh.« Ich berichtete ihnen von
Peppi, Andasca und Lydia Brandt.

Stumm hörten sie mir zu, bis Ansell dazu meinte: »Von Andasca wird gesagt, daß er ein ganz übler Bursche sei.«

»Das habe ich auch gehört«, bestätigte Sam. »Als ich in Chicago war, gehörte er zu Jo-jos Leuten. Du willst dich doch nicht
mit dem zusammentun?«

Mit dem Daumen zeigte ich nach oben. »Sie will es. Ich soll
euch beide fallenlassen und nur mit ihr zusammenleben. Solange sie und ich zusammen wären und ich für Andasca arbeitete, sei ihr alles andere gleichgültig, sagt sie. Was haltet ihr davon?«

Es war ihnen unverständlich.

»Von der Sache mit ihrem Vater will sie nichts mehr wissen,
und ihr ist egal, daß jemand sie imitiert hat. Es ist gerade so, als
sei sie eine ganz andere«, fügte ich hinzu und sah Ansell bedeu-
tungsvoll an.

Er nickte. »Ich verstehe, was du meinst. Aber ich frage
mich . . .«

»Der Sache muß nachgegangen werden«, entschied ich und
schloß einen Moment die Augen. »Vielleicht sollte ich mir diesen Andasca doch mal ansehen.«

»Das ist auch meine Meinung«, stimmte Doc zu. »Nimm
Sam mit.«

»Wo finde ich den Burschen? Weiß das einer von euch?«

»Als ich das letzte Mal von ihm hörte«, berichtete Sam, »lebte er in einer Bude am Mulberry Park. Vielleicht weiß dort einer, wo er jetzt steckt.«

»Auf zum Mulberry Park!« sagte ich. »Und du, Doc, paßt mir währenddessen auf meine kleine Freundin auf. Laß sie nicht aus der Wohnung. Vielleicht irre ich mich, aber ihr Meinungswechsel ist mir nicht ganz geheuer.«

»Überlaß mir das nur«, meinte er, und so machten wir uns auf den Weg und ließen ihn allein.

Der Mulberry Park liegt nördlich der Brooklyn Bridge und etwa hundert Yards von Chinatown entfernt. Neuerdings ist es eine große Grünanlage mit schattigen Bäumen, von der Stadt mit Schaukeln, Planschbecken und Duschen für Kinder ausgestattet. Der Platz lag still und verlassen da, ein Jahrhundert zuvor war er jedoch einer der berüchtigsten Orte Manhattans. Five Points befand sich dort und ganz in der Nähe das »Old Brewery«, ein riesiges, weitläufiges Gebäude, in dem Schwarze und Weiße in Scharen hausten. Fünfundsiebzig Männer, Frauen und Kinder waren früher in jedem der saalartigen Zimmer zusammengepfercht. Sie sehen also, was für eine üble Brutstätte das »Old Brewery« gewesen ist. Mord gehörte zur Tagesordnung. Die Kinder lebten dort oft jahrelang, ohne ihre Zimmer zu verlassen, um nicht schon in den Gängen das Opfer irgendeines blutrünstigen Kerls zu werden. Die Halbwüchsigen, die stark genug waren, um sich dort behaupten zu können, suchten sich in den engen Gassen Kameraden. New Yorks erste Jugend-Gangs hatten dort ihren Ursprung.

Für die folgenden hundert Jahre wurde die Strecke von Mulberry Bend durch Chatham Square und die Bowery hinauf zum Sündenbabel der Metropole. Die Gangs vermehrten sich rasch.

Der Mulberry Park Distrikt war in jenen Tagen also eine verrufene Gegend. Inzwischen sind die alten Gangs tot. Chinatown und Mulberry Bend verblaßten zu scheinbar harmlosen Orten, doch der Distrikt bot immer noch den Nährboden für Gewaltverbrechen.

Für Sam war es jedoch so etwas wie heimatliche Luft, als wir auf den großen Platz kamen und uns einen Weg durch die auf dem Gehweg herumquirlenden Kids bahnten.

»Und wohin gehen wir jetzt?« fragte ich und fühlte die feindseligen Blicke der schlampigen Frauen, die in den Türen der eintönig schmutzigen Häuser standen.

»Ich kannte da einen Typ«, sagte Sam. Er kratzte sich am Kopf. »Der hatte hier irgendwo eine Kneipe. Wie hieß er bloß?« Eine tiefe Falte bildete sich auf seiner Stirn.

Geduldig wartete ich und versuchte, so unauffällig wie möglich dazustehen. Selbst die Kinder hatten ihr Spiel unterbrochen und starrten uns neugierig an.

»Good-time-Waxey«, stieß Sam plötzlich heraus. »So hieß der Zwerg. Der hat bestimmt was über Andasca auf Lager. Der kennt alle hier in der Gegend.«

Wir fanden Good-time-Waxey hinter der Bar eines übel ausschauenden Schuppens Ecke Mulberry und Kenmare. Er lehnte träge auf dem Tresen, eine Sportzeitung vor sich ausgebreitet, und studierte die Pferdeliste des Drei-Uhr-Rennens.

Argwöhnisch musterte er uns, als wir in den dämmrigen Gastraum traten.

»He, Waxey.« Sam schenkte ihm ein breites Grinsen. »Trägst du immer noch Schleifchen um deine Hühneraugen?«

Waxey stutzte. Sein fettes, schweißglänzendes grobes Gesicht hellte sich auf, und er streckte eine Pranke über den Tresen, die so groß wie eine Melone wirkte. »Bogle!« Sie schüttelten sich die Hand. »Wo kommst 'n du plötzlich her?«

Sam lachte, während er den Arm des stämmigen Kerls wie einen Pumpschwengel behandelte. »Ich wollt mich auf dem alten Schrottplatz mal wieder umsehen. Wie läuft der Laden?«

Waxeys Lächeln erlosch. »Siehst du doch. Sechs Jahre schufte ich in der Klitsche, und was bringt's mir? Ein paar lausige Kröten im Monat. Der reinste Hungerlohn. Und für was? Ist doch alles Scheiße!« Erbittert spuckte er auf den Boden.

»Mann!« Sam machte große Augen. »Der Schuppen war doch immer ein heißer Tip.«

»*War*«, wiederholte Waxey düster. »Da war'n die Jungs

167

noch hier. Lucky . . . erinnerst du dich an Lucky? Als es den hier gab, da war was los. Aber jetzt . . . jetzt könnt ich genausogut die Hände in den Schoß legen und auf milde Gaben hoffen.«

Das hier ist mein Partner Millan.« Sam schob mich zum Tresen. »Er ist in Ordnung. Wir arbeiten zusammen.«

Waxey sah mich prüfend an, dann streckte er seine Hand aus. »Sams Freunde sind meine Freunde.« Sein Händedruck ließ mich fast in die Knie gehen.

»Wir sind hier, weil wir 'nen Tip von dir wollen«, erklärte Sam etwas leiser.

In den kleinen grünen Augen glitzerte es interessiert. Waxey rieb sich die formlose Nase. »Bist du wieder beim Syndikat gelandet, Sam?« fragte er hoffnungsvoll.

»Noch nicht«, erwiderte Sam vorsichtig. »Könnte aber was werden. Was weißt du über Andasca?«

Waxey blinzelte. »Warum fragst du?«

»Nur so. Mein Kumpel will für ihn arbeiten.« Mit dem Daumen zeigte Sam in meine Richtung. »Erst muß er aber wissen, was bei dem so abgeht.«

Waxey musterte mich. »Der Kerl hat's zu was gebracht«, brummte er schließlich. »Zwanzig-Dollar-Hemden, maßgeschneiderte Anzüge für hundertfuffzig Mäuse. Er sahnt überall ab, und Puppen umschwirren den, da würd' euch das Wasser im Mund zusammenlaufen.«

»Ja, aber wo mischt er alles mit?« bohrte Sam weiter.

Jetzt dämpfte Waxey die Stimme. »Peppi Kruger steht hinter ihm. Die beiden haben die Bowery fest im Griff.«

»Wie fest?« fragte Sam, während er sehnsüchtig auf die Reihe verstaubter Flaschen hinter Waxeys Kopf schaute. »Wie wär's mit einem Drink, Partner?«

»Genehmigt.« Waxey holte eine nichtetikettierte schwarze Flasche unter dem Tresen hervor. »Was Gutes«, sagte er und schob uns die Flasche hin. »Bedient euch.«

Während Sam einschenkte, bemerkte ich: »Kruger soll auf dem absteigenden Ast sein, hab' ich gehört. Deshalb ist mir nicht ganz wohl dabei, mich mit ihnen zusammenzutun.«

»Was soll er sein?« japste Waxey. »Sind Sie übergeschnappt? Jetzt macht mal eure Lauscher auf, ihr zwei. Diese
Burschen stehen ganz oben. Da holt sie keiner runter. Die anderen Nulpen kommen nicht mal an sie ran.«

Doch ich hörte ihm nicht mehr zu. Ich starrte durch die offene Tür auf die Straße. »Bleib da, Sam«, sagte ich unvermittelt.
»Ich bin gleich wieder zurück.« Und ließ sie mit ihren verblüfften Mienen einfach stehen.

Auf der anderen Straßenseite hatte ich nämlich einen Hund
im Schatten an den Hausmauern entlanglaufen sehen. An sich
nichts Besonderes, wenn es kein Wolfshund gewesen wäre. Solche Hunde sah man selten in dieser Gegend.

Es war Whisky, dessen war ich mir sicher.

Als ich aus der Kneipe gerannt kam, war er nicht mehr zu
sehen. Doch ich hatte mir gemerkt, in welche Richtung er ge-
trottet war, und hastete über die Straße, bog in eine stinkende
Gasse ein und lief sie entlang. Da sah ich etwas auf dem Pflaster
und blieb stehen. Ich stellte fest, daß ich einer Blutspur folgte,
einer unzusammenhängenden Schnur hellroter kleiner Punkte.

Ich lief schneller und rief seinen Namen. Am Ende der Gasse
sah ich ihn, und mit welcher Mühe er sich vorwärtsschleppte.

»Whisky!« schrie ich und spurtete los, denn er sackte in diesem Moment erschöpft zusammen. »Was ist passiert, mein Guter?« Besorgt beugte ich mich über ihn.

Eine völlig überflüssige Frage. Unterhalb seines Nackens
entdeckte ich einen großen geronnenen Blutfleck, quer über
dem Kopf klaffte eine blaurote Wunde, als hätte ihm jemand
mit einem Stock einen kräftigen Schlag versetzt. Blut rann aus
einer Schnittwunde an einer Pfote. Whisky war in einem schlim-
men Zustand und mußte dringend verarztet werden.

»Keine Angst, Whisky.« Ich kniete neben ihm nieder. »Ich
bringe dich hier weg.«

»Halte dich nicht mit mir auf«, knurrte er. »Die haben Myra.
Sie entführten sie, als sie zu eurer Verabredung zum Lunch weggehen wollte. Das war nicht Myra, die zu dir ins ›Manetta's‹ gekommen ist . . . das war die andere.«

»Die andere?« wiederholte ich verständnislos. »Wer hat wen entführt? Wovon redest du, Whisky?«

Er bemühte sich zu sprechen, und ein entsetzter Ausdruck trat in seine Augen. Sein Gebiß klapperte, mühsam richtete er sich zur Hälfte auf, fiel aber sofort wieder um.

»Immer mit der Ruhe, Whisky. Ich hole Sam, und wir tragen dich«, sagte ich. »Aber erkläre mir um Himmels willen, was du da eben erzählt hast. Wer sollte denn Myra entführen wollen?«

Wieder klapperte Whisky erregt mit den Zähnen, als versuche er verzweifelt zu sprechen, und dann – es war in diesem Moment eine wirklich schlimme Überraschung für mich – begann er zu bellen.

DREIZEHNTES KAPITEL

Erst als ich Waxeys Spelunke erreichte und Bogle herausholte, wurde mir richtig klar, was Whisky mir zu berichten versucht hatte. Es war einfach absurd. Doch die ganze Geschichte war schließlich völlig absurd.

Die Frau war also nicht Myra gewesen, und Myra wurde gekidnappt. Je rascher ich zu Ansell zurückkehrte und diese Frau in die Zange nahm, desto besser. Da Whisky nicht mehr sprechen konnte, war er momentan keine große Hilfe für mich. Ich mußte warten, bis er sich genügend erholt hatte, um uns dorthin zu führen, wo man ihn so zugerichtet hatte. Das half uns vielleicht weiter.

Bogle zu erzählen, daß es zwei Myras gebe, war sinnlos. Er würde mich nur für verrückt erklären. Außerdem wäre es reine Zeitverschwendung, ihn vom Gegenteil überzeugen zu wollen.

So ließ ich Whisky in Sams Obhut und nahm mir ein Taxi. Sam sollte den Hund auf dem schnellsten Weg in eine Hundeklinik bringen und dann sofort in unsere Wohnung kommen. Außer sich vor Wut sah Sam, wie schwer Whisky verletzt war. Trotzdem gelang es mir, die Einzelheiten zu umgehen und Sam klarzumachen, daß er so rasch wie möglich ins Apartment zu kommen hatte.

Noch nie, so erschien es mir, war eine Taxifahrt so lang gewesen. Ungeduldig trieb ich den Fahrer zu größerer Eile an. Ohne eine Erklärung dafür zu haben, breitete sich eine maßlose Angst in mir aus.

Als wir vor unserem Wohnblock hielten, warf ich dem Fahrer das Geld hin und raste die Stufen hinauf.

Sekunden später stand ich in unserem Apartment. Plötzlich spürte ich kalten Schweiß auf der Stirn. Ich fühlte die gleiche unheimliche Atmosphäre wie damals, als ich Quintls Leiche entdeckt hatte.

Nicht das geringste Geräusch war zu hören. Ich rief nach Ansell mit einer Stimme, die ich kaum als meine wiedererkannte.

Auf Zehenspitzen ging ich zur Küche und spähte hinein. Es war niemand darin. Etwas mutiger betrat ich das Wohnzimmer. Vielleicht waren Ansell und diese Frau weggegangen. Ich wollte gerade in den Schlafzimmern nachsehen gehen, als etwas meinen Blick auf sich lenkte. Mir stockte der Atem.

Unter dem Sofa war etwas Rotes zu erkennen. Ich kniete mich, um es besser sehen zu können. Es war Myras rotes Kleid, zusammengeknüllt und weit unters Sofa geschoben. Die Sache wurde immer wirrer. Ich zog das Kleid hervor und richtete mich auf.

Als ich es glattstreichen wollte, berührte ich eine feucht-klebrige Stelle. Ich schaute auf meine Finger und sah Blut daran. Ein großer frischer Blutfleck verlief über das Vorderteil des Kleides.

Einen Augenblick lang glaubte ich, man hätte sie getötet, und das versetzte mir einen furchtbaren Schock. Dann sah ich mir das Kleid näher an und konnte weder das Einschußloch einer Kugel noch den Schnitt eines Messers entdecken. Es machte eher den Eindruck, als sei es nicht durch Myra selbst, sondern durch etwas anderes beschmutzt worden.

Ich schmiß das Kleid fort, raste die Treppe hinauf und stürzte in Ansells Zimmer.

Er lag quer über dem Bett. Auf dem Boden und an der Wand,

da war überall Blut. Erst als ich ihn so dort liegen sah, wurde mir bewußt, wie klein der Mann war. Sein Jackett war vorne blutverschmiert, sein Gesicht zeigte ein fahles Blaugrau. Da ich ihn noch nicht berührt hatte, hielt ich ihn für tot.

Und als ich ihn berührte und fühlte, wie kalt seine Hand war, erkannte ich, wie sehr er mir ans Herz gewachsen war. Wilder tödlicher Zorn durchfuhr mich. Hätte ich in diesem Moment denjenigen erwischt, der das getan hatte, ich hätte ihn ohne Zögern umgebracht.

»Doc«, rief ich leise, hatte aber Angst, ihn aufzurichten. »Was ist mit dir passiert, Doc?«

Langsam schlug er die Augen auf, blinzelte verwirrt und schien mich nicht zu erkennen.

»Ich bin's ... Millan.« Ich kniete mich neben ihn. »Was kann ich tun? Bist du schwer verletzt?« Ich ahnte die Antwort auf diese Frage, bevor ich sie aussprach. Es sah so aus, als hätte er keine zwei Minuten mehr zu leben.

Ansell versuchte, etwas zu sagen, schaffte es aber nicht. Ich sah, wie sich seine Lippen bewegten, und hielt mein Ohr dicht über sie, konnte aber nicht hören, was er auszusprechen versuchte. Aber er mußte reden! Er durfte nicht sterben, ohne mir gesagt zu haben, was geschehen war und wer es getan hatte. Ich raste ins Wohnzimmer, goß einen doppelten Scotch in ein Glas und rannte wieder nach oben.

»Los, Doc!« Sanft hob ich seinen Kopf an. »Reiß dich zusammen!«

Der Whisky half, doch ich sah, daß Ansell nicht mehr viel Zeit hatte. Bitte, laß ihn noch lange genug leben, um mir zu berichten, was geschehen ist, betete ich.

Er wollte sprechen, ich sah es. Er gab sich die größte Mühe.

»Du hattest recht. Sie war nicht Myra«, hauchte er schließlich. »Kaum wart ihr weg, griff sie mich an. Ich hab's herausgefordert, weil ich nicht abwarten konnte. Nimm dich vor ihr in acht, Ross. Sie ist gefährlich. Es ist genauso, wie ich annahm. Sie ist der böse Teil.« Er schloß die Augen, und ich glaubte, es sei zu Ende, doch er ruhte sich nur etwas aus.

Es war unfaßbar, daß es so etwas geben konnte, aber die Myra, die mit uns zusammengearbeitet und ihren Schabernack mit uns getrieben hatte, hätte das niemals tun können.

Noch einmal zwang Ansell sich zu sprechen: »Sie werden das Myra anhängen wollen«, wisperte er stockend. »Du mußt sie da irgendwie raushalten, Ross. Ich warnte dich, daß so was eintreten würde. Wo ist Myra? Was ist mit ihr?«

»Mach dir keine Sorgen, Doc«, beruhigte ich ihn. »Ich erledige das schon. Ruh dich jetzt aus. Ich rufe einen Arzt her, dann wird alles wieder gut.«

»Du mußt sie finden und ihr ein Alibi verschaffen«, fuhr Ansell fort. »Die Polizei rufst du erst an, wenn du hier alles überprüft und die Sachen weggeräumt hast, die als Beweis gegen sie verwendet werden könnten. Die andere ist durch und durch schlecht. Du mußt sie finden und sie beseitigen, bevor der Monat zu Ende geht. Sie darf sich nicht mehr mit Myra vereinigen. Nach Vollmond wird sie es bestimmt versuchen.«

Ich begriff rein gar nichts von dem, was er sagte, doch ich konnte nichts anderes tun als dasitzen und zuhören. Seine Stimme wurde schwächer. Er starb, als Sam ins Zimmer stürmte.

Entsetzt sah er auf Doc und lief zu ihm.

»Er ist tot, Sam«, sagte ich und stand auf. Aber wie sollte ich ihm erklären, was geschehen war? Er würde es nicht begreifen. Trotzdem mußte ich es versuchen, denn er wußte bereits viel zuviel. Doch mir graute vor dem Gedanken, ihm diese absolut phantastische Geschichte in den dicken Schädel zu trichtern.

Bogle warf einen Blick auf Ansell, dann drehte er sich um und packte mich. Er riß mir dabei fast Hemd und Jacke vom Leib, und ich machte mich auf eine Schlägerei gefaßt. Sein Gesicht war rot angelaufen. Er starrte mich in verzweifeltem Zorn an.

»Wer war es?« schrie er und rammte mich gegen die Wand. »Reiß dein Maul auf, du Hundesohn! Wer war's?«

Ich konnte es ihm in diesem Moment nicht sagen. In seinem Zustand hätte er das nicht verdauen können. Ich wisse es nicht, antwortete ich und versuchte, mich seinem Griff zu entreißen. Es war, als wollte ich mich aus den Klauen einer Bärenfalle befreien.

»Beruhige dich, Sam. Das bringt überhaupt nichts.«

Darauf schnaufte er verächtlich und stieß mich weg. Ich schlug gegen die Wand und landete beinah auf dem Boden. Sam wandte sich wieder Ansell zu. Er kniete sich, nahm dessen Hand, und ich sah, daß er weinte. Leise ging ich hinaus und ließ die beiden allein.

Ratlos stieg ich die Treppe hinunter. Was tun? Docs Tod erschütterte mich, ich hatte Angst um Myra und wollte unbedingt die andere Myra erwischen. Eigentlich sah ich in ihr nicht eine andere, sondern irgendein Wesen, das Doc umgebracht hatte. Im Wohnzimmer schenkte ich mir einen doppelten Whisky ein, setzte mich und dachte nach.

Es war Mord. Also mußte ich die Polizei rufen. Und ich mußte ihnen dann etwas zu erklären versuchen, was ich selbst nicht begreifen konnte. Gelang es mir aber nicht, sie vom Unbegreiflichen zu überzeugen, saß Myra in der Tinte. Allein das blutbefleckte Kleid genügte für einen Haftbefehl. Ich kippte den Whisky hinunter und hob das Kleid auf. Vernichte alles, was sie als Täterin verdächtigen könnte, hatte Ansell gesagt. Das hier mußte also als erstes weg.

Da wurde mir das Kleid von Bogle, der lautlos hereingekommen war, aus der Hand gerissen. Ein Blick auf das Blut genügte, und er wußte, daß es Myra gewesen war. »Wo ist sie?« fragte er tonlos. Bisher hatte ich Bogle nur als harmlosen Muskelprotz angesehen, aber nicht in diesem Moment. Er sah wie ein Killer, wie ein halb Wahnsinniger aus.

»Höre mich erst mal an, Sam«, bat ich. »Trink was. Das beruhigt.«

»Sie hat ihn also umgebracht?« sagte er durch zusammengepreßte Zähne. »Das wird sie büßen. Doc war gut zu mir. Wir sind bestens miteinander klargekommen, bis ihr aufgetaucht seid. Du und sie. Anscheinend stehst du auf dieses Miststück, aber es wird nicht viel von ihr übrigbleiben, wenn ich mit ihr fertig bin.«

»Sei kein Idiot, Sam. Natürlich weiß ich, was du für Doc empfindest. Er war ein prima Kerl. Aber sie hat ihn nicht getötet.«

»Und das da?« Er hielt mir das Kleid vor die Nase.

»Klar, das scheint zu beweisen, daß Myra es war. Sie war's aber nicht.«

»Das sollen die Bullen klären. Wird Zeit, daß sie kommen und sich auf ihre Spur setzen.« Sam stapfte zum Telefon. »Und wenn sie dem elektrischen Stuhl entwischt, nehm ich sie mir vor.«

Würde die Polizei kommen und das Kleid finden, wäre Myra geliefert, das war mir klar. Man würde sie durchs ganze Land hetzen.

Ich riß Sam zurück. »Laß die Bullen aus dem Spiel! Das erledigen wir allein. Kruger steckt hinter der Sache. Siehst du das denn nicht?«

Bogle machte sich von mir los. »Ich bin doch nicht plemplem. Du bist verrückt nach dem Weib, aber das hält mich nicht auf. Wie sollen wir Doc unter die Erde bringen, ohne die Polizei zu benachrichtigen?«

»Okay«, sagte ich achselzuckend, »wenn du es unbedingt so willst.« Ich ließ ihn gehen, blieb aber absichtlich hinter ihm.

Mir gefiel die Lösung zwar nicht, doch ich mußte es tun. Ich brauchte etwas Zeit, um mich zu vergewissern, daß von Myra nicht noch andere für die Polizei interessante Dinge zu finden waren.

Offenbar ahnte Bogle meine Absicht, denn er drehte sich um und warnte: »Mach keinen Ärger. Du ziehst den kürzeren.«

»Das kommt auf einen Versuch an.« Ich holte aus und versetzte ihm einen Kinnhaken.

Er wich nach hinten aus, als meine Faust ihn traf, so daß ihre Wucht zum größten Teil verpuffte. Aber nun war er dran. Seine Faust traf meine Rippen und schickte mich hart an die Wand. Boxen konnte er.

»Hör auf«, sagte er und senkte die Hände. »Ich will dich nicht verletzen, aber wenn du mich in Rage bringst, brech ich dir vielleicht alle Knochen.«

Kann schon sein, dachte ich. Doch es gab eine noch viel schlimmere Bescherung, wenn ich Bogle nicht zur Vernunft brachte.

Ich tänzelte auf ihn zu. »Mann, benutz doch mal deinen Verstand!« beschwor ich ihn und spähte nach einer ungedeckten Stelle, um meine Rechte zu landen. »Myra hat ihn wirklich nicht getötet. Sie mochte den alten Knaben genauso gern wie du. Nicht einmal grob anfassen würde sie ihn. Das solltest du eigentlich wissen.«

»Ach ja? Und wie kommt das Blut an ihr Kleid? Sie war in der Wohnung, als wir gingen, und wo ist sie jetzt?«

»Kruger hat sie sich geschnappt, du Fettkloß.« Mir wurde auf einmal bewußt, daß wir kostbare Zeit verschwendeten. »Begreif doch endlich! Kruger oder jemand von seinen Leuten. Sie wollten sich aus irgendeinem Grund Myra holen. Doc versuchte, sie daran zu hindern, und da legten sie ihn um. Während wir uns hier raufen, bringen sie Myra Gott weiß wohin.«

Einen kurzen Moment lang sah es so aus, als hätten meine Worte gefruchtet, aber da verfinsterte sich Sams Miene schon wieder. »Aber das Kleid«, erinnerte er ungeduldig. »Und was sollte Kruger schon von ihr wollen. Ein so großes Vieh wie der interessiert sich doch nicht für die.«

Plötzlich starrten wir beide auf dieselbe Stelle. Mir war unverständlich, daß ich es nicht sofort gesehen hatte. Aber das blutige Kleid und der Schock, den armen Doc sterbend auf dem Bett vorzufinden, mußten mich blind gemacht haben. Auf dem Kaminsims hatte jemand ein weißes Kuvert gegen die Uhr gelehnt.

Beide stürzten wir uns darauf. Ich glaubte, es zu haben, da schlug Bogle zu, traf mich hinter dem Ohr und schickte mich zu Boden. Mir war, als wäre das Empire State Building auf mich herabgedonnert. Wie lange ich weg war, weiß ich nicht. Wahrscheinlich nicht mehr als ein paar Sekunden, doch sie reichten Bogle, um den Brief zu öffnen und zu lesen.

Langsam setzte ich mich auf, und ein Blick auf Bogles Miene verriet mir, daß ihn nun nichts mehr von Myras Unschuld überzeugen konnte.

»Für dich«, sagte er kalt. »Sie schreibt, sie habe ihn niedergeschlagen und gehe nun weg. Irgendwann, wenn wieder Ruhe eingetreten sei, will sie dir schreiben.« Damit stopfte er den Brief in seine Tasche. »Nun behaupte mal noch das Gegenteil!«

Ich schüttelte mich, um einen klaren Kopf zu bekommen, und stand auf. Den Brief, den mußte ich haben! Er genügte, um Myra auf den Stuhl zu bringen. Der Brief und das Kleid. Plötzlich wurde mir die volle Bedeutung von dem bewußt, was Doc zuletzt gesagt hatte. Die Frau, die Ansell getötet hatte, wollte den Mord auf Myra abwälzen. Mit Bogle als Zeugen bekämen die Bullen einen bereits geklärten Fall vorgesetzt.

Irgendwie mußte ich Sam die Geschichte mit den zwei Myras begreiflich machen. Nur so konnte ich sie retten.

»Sam, tu mir den Gefallen und hör mir jetzt einmal genau zu«, begann ich. »Ich weiß von Doc, was geschehen ist. Als ich ihn fand, gelang es ihm, noch soviel zu sagen, daß ich mir ein Bild machen konnte. Die Frau, mit der ich im ›Manetta's‹ gegessen habe, war nicht Myra. Es war die Person, die Myra verkörpert. Sie ist das perfekte Ebenbild.« Anschließend berichtete ich, was Whisky mir noch sagen konnte.

Doch Bogle erwiderte nur: »Du bist in die Frau verknallt. Wahrscheinlich würdest du alles tun, um ihren Hals zu retten. Mich kannst du mit dem Quatsch jedenfalls nicht herumkriegen. Erzähl das den Bullen.«

Ich hatte ohnehin nicht erwartet, daß er mir glauben würde, hatte es aber versuchen müssen. Nun gab es nur noch eine Lösung. Ich mußte das Kleid und den Brief vernichten. Also legte ich mit beiden Fäusten los, diesmal aber mit mehr System. Ich täuschte mit der linken und versetzte ihm mit der rechten einen Haken. Bogle kannte alle Tricks. Er fing die Rechte mit dem Unterarm ab und zog gleich mit einem schweren Treffer in mein Gesicht nach. Jetzt aber geriet ich in Wut. Ich griff ihn an, ließ ihn nicht zum Zug kommen und trieb ihn durchs Zimmer. Ich drängte ihn gegen die Wand und konnte zwei schwere Hiebe landen, bevor er mich mit einem schmetternden Aufwärtshaken zurückschlug.

Wieder ging ich auf ihn los und rannte in einen Swinger, der mir fast den Kopf von den Schultern schlug. Ich drehte mich um mich selbst und knallte so hart gegen die Wand, daß es mich kurz außer Gefecht setzte.

Jetzt tänzelte er langsam durch das Zimmer auf mich zu. Während ich mich aufrappelte, sah ich den Ausdruck seines Gesichts. Mir lief es eiskalt den Rücken herunter. Sam kannte keine Hemmungen mehr. Ich mußte froh sein, wenn ich lebend davonkam. Bevor ich richtig auf den Füßen stand, traf mich ein Schlag seitlich am Kopf, dann setzte er mir mehrere in die Magengegend.

Von Sams Fäusten bearbeitet zu werden, kam den Schlägen eines Preßlufthammers gleich. Unter jedem Treffer bogen sich meine Rippen. Es tat höllisch weh, mehr als ein Schlag ins Gesicht.

Ich konnte ihn abschütteln und einen Haken so günstig landen, daß er zurücktaumelte. Irgendwie spurtete ich vorwärts und versetzte ihm einen zweiten auf den Mund. Sam grunzte. Ich hatte ihn also verletzt. Das konnte ihn aber nicht bremsen. Er sah nur noch rot, und er war zwanzig Pfund schwerer als ich.

Er stürzte sich auf mich und traf mich mit vier sehr kurzen Haken in die Rippen. So mußte man sich unter einer Rammmaschine fühlen. Meine Knie knickten ein, ich griff haltsuchend nach Sam, um nicht zu Boden zu gehen, aber er schleuderte mich weg, und ich sah verschwommen etwas auf mich zuschießen. Wie ein durch die Luft fliegender Fußball sah es aus. Ich war hilflos dagegen, konnte nicht einmal versuchen, ihm auszuweichen. Es explodierte seitlich an meinem Kinn – und das war's dann.

Als ich zu mir kam, war ich allein. Schwerfällig setzte ich mich auf und betastete mein Kinn. Geschwollen war es, doch zum Glück nicht gebrochen.

Ich stellte mich auf die Füße und tappte zur Whiskyflasche. Ein großer Schluck davon half erstaunlich, und ein zweiter bewirkte wahre Wunder. Ich war Sam nicht böse. Von seinem

Gesichtspunkt aus hatte er durchaus richtig gehandelt. An seiner Stelle hätte ich das gleiche getan.

Ich ging ins Badezimmer und ließ mir kaltes Wasser übers Gesicht laufen. So sieht es schon etwas besser aus, dachte ich, als ich den Hahn zudrehte. Ich verließ das Bad und hörte gleichzeitig die Polizeisirenen.

Sam stand unten in der Diele. Trotz seines reichlich lädierten Gesichts sah er neben mir fast hübsch aus.

Wir schauten uns an. Schließlich meinte er ein wenig beschämt: »Tut mir leid, Kumpel, aber du hast's ja so gewollt. Erwarte also kein Mitleid von mir. Das Luder kommt mir nicht ungeschoren davon. Und wenn du sie noch so sehr magst!«

»Du machst jedenfalls einen schrecklichen Fehler, Sam«, erwiderte ich nur und ging ins Wohnzimmer.

Dann trafen die Gesetzeshüter ein. Da waren Clancy vom Morddezernat, den ich recht gut kannte, zwei vom Streifendienst und ein Fotograf.

Sie debattierten erst einmal draußen in der Diele, doch mir war schnuppe, was da im Moment vorging. Ich konnte jetzt nur noch den Verlauf der Dinge abwarten und dann versuchen, Myra aus dem Schlamassel herauszuholen.

Ich hörte, daß Clancy und Sam nach oben in Docs Zimmer gingen. Eine Zeitlang blieben sie dort. Dann kamen die beiden wieder herunter, und Clancy schickte die anderen zur Spurensicherung nach oben.

Clancy war ein kleiner dicker Kerl mit bläulichroten Wangen und stark buschigen Brauen, die ihn recht bärbeißig aussehen ließen. Gewöhnlich versteckte er sich hinter einer ausgegangenen Zigarre und benahm sich wie seine berühmten Vorbilder aus dem Film. Er war nicht gerade einer der hellsten im Morddezernat. Ich bedauerte, daß ausgerechnet er den Fall bearbeitete.

Jetzt kam er herein und baute sich vor mir auf. »Sieh mal an! Ross Millan«, sagte er überrascht. »Was tun Sie denn hier?«

»Hallo, Clancy.« Gelassen lehnte ich mich im Stuhl zurück. »Lange nicht gesehen, was?«

Er musterte erstaunt mein Gesicht, dann wandte er sich zu Bogle. »He, was sehe ich denn da? Habt ihr beide euch gerauft?«

»Gerauft?« tat ich verblüfft. »Wie kommen Sie auf die Idee?«

»Tun Sie nicht so dumm!« bellte er. »Schauen Sie Ihre Visage an.«

»Ach, das«, murmelte ich achselzuckend. »Hab' mir eben mal ein neues Gesicht zulegen wollen. In Mexiko gabelt man die verrückten Ideen auf. Manche tragen dort Bart, andere Ohrringe und ich Beulen. Das ist momentan der Hit in Mexiko, stimmt's, Sam?«

Von Bogle kam jedoch keine Antwort. Die Gegenwart der Polizei war ihm ausgesprochen unbehaglich.

»Immer oben auf, was?« brummte Clancy. »Weshalb habt ihr euch geschlagen?«

»Oh, um uns fit zu halten«, erklärte ich. »Auf jeden Fall nicht wegen dieser Geschichte. Im Ernst, Clancy, es ist nur eine für uns typische Art, uns zu unterhalten.«

Clancy fixierte mich skeptisch und kaute dabei an seiner Zigarre. »Na ja, lassen wir das mal. Was haben Sie mit der Sache zu tun?«

In knappen Worten berichtete ich, wie ich Doc Ansell und Bogle in Mexiko kennengelernt hatte, Myra erwähnte ich aber nicht.

»Was können Sie mir zu diesem Mädchen sagen?« Die Frage kam aus seinem Mund geschossen, als hätte er mich vor einem halben Dutzend Kameras vor sich und müsse sich vor einer Schar autogrammjagender Verehrerinnen produzieren.

»Von welchem Mädchen?«

»Tun Sie nicht so. Von Myra Shumway«, schnauzte er mich an.

»Ja, das weiß ich. Aber von welcher Myra Shumway?« fragte ich. »Es gibt nämlich zwei.«

Sekundenlang sah er mich sprachlos an.

»Was soll das?« explodierte er dann. »Was heißt das – zwei?«

»Clancy, hinter der Sache steckt mehr, als Sie ahnen. Dinge, die schwer zu verstehen sind. Entlasten Sie Ihre Beine, und lassen Sie's, den ruppigen Cop zu spielen, dann will ich's Ihnen zu erklären versuchen.«

»Hören Sie nicht auf den«, fuhr Sam erbittert dazwischen. »Der ist in die Frau verknallt.«

Offenbar hielt Clancy nicht viel von Bogle. »Ruhe«, blaffte er. »Falls Ihre Meinung erwünscht ist, frage ich Sie.« Erneut wandte er sich mir zu. »Also, schießen Sie los!«

Ich zeigte auf einen Stuhl. »Setzen Sie sich. Das ist nicht mit zwei Worten gesagt, und Sie brauchen jetzt Ihre ganze Kraft für Ihre Gehirnzellen.«

»Die lassen Sie gefälligst aus dem Spiel und passen lieber auf, daß Sie Ihre eigenen richtig benutzen. Ich weiß, Millan, Sie halten sich für superschlau. Wenn Sie mich hier aber für dumm verkaufen wollen, dann nehme ich Sie als Hauptzeugen erst einmal mit. Wie gefällt Ihnen das?«

»Solche Drohungen sind überflüssig, Clancy.« Doch sie riefen mich zur Vorsicht. Wenn die mich in Untersuchungshaft steckten, war ich für Myra nutzlos.

»Los, Millan! Kommen Sie endlich zur Sache.«

Doch ich ließ mir Zeit. Ich kam zwar nicht drumherum, aber es war eine höchst unangenehme Aufgabe, diesem Mann die gesamte Mexiko-Episode erzählen zu müssen.

So begann ich also mit meinem Bericht. Träge hörte Clancy zu. Er zündete sogar seine Zigarre an und verpestete damit die Luft. Der Gestank schien selbst ihm nicht zu behagen, denn er machte sie nach ein paar Zügen wieder aus. Auf diese Weise reichte ihm so eine Zigarre vermutlich Wochen. Diese eine stank allerdings, als rauche er schon seit einem Jahr an ihr.

Mittendrin hätte ich am liebsten aufgegeben, denn ich sah ihm an, daß es hoffnungslos war. Für ihn gab es offenbar nur zwei Möglichkeiten, daß ich entweder verrückt sei oder ihn zum Narren hielte. Er begann vor Wut immer mehr zu glühen, daß ich fürchtete, er könne explodieren.

»Tja«, schloß ich. »Das sind die Hintergründe. Myra wurde von jemandem entführt, und ihre andere Hälfte brachte Ansell um.«

Kruger erwähnte ich nicht, denn sein Einfluß reichte überallhin. Mit dem Kerl wollte ich mich auf meine Art auseinandersetzen, ohne Einmischung der Polizei.

Clancy äußerte sich erst nach einem tiefen Atemzug. »Der Richter wird sich über diese Geschichte freuen! Wenn ich Sie nicht kennen würde, Millan, und nicht schon öfter mit Ihnen zu tun gehabt hätte, würde ich Sie wegen Verschwendung meiner Zeit einlochen. Wofür halten Sie mich? Nur ein Irrer glaubt Ihnen dieses Schauermärchen.«

Ich zeigte auf Bogle. »Der kann es bezeugen, Clancy, Ihnen alles bestätigen. Die Wurst, den sprechenden Hund, die schwebende Frau, die ganze phantastische Story.«

Doch Bogle schaute von mir zu Clancy und sagte: »Der will Ihnen nur die Arbeit erschweren. Ich habe nichts von dem Quatsch gesehen. Das ist alles erfunden.«

Wütend fuhr ich aus meinem Sessel hoch. »Du Dreckskerl! Du weißt genausogut wie ich, daß ich nur Wahres berichtet habe.«

»Nichts als Unfug!« brüllte Clancy mich plötzlich an. »Jetzt reicht es mir, Millan! Entweder rücken Sie jetzt mit der Wahrheit heraus, oder Sie kommen mit!«

»Aber ich habe Ihnen die Wahrheit . . .«, begann ich.

»Okay.« Abrupt stand Clancy auf. »Sie kommen beide mit. Mir langt es jetzt. Mal sehen, was der Chief dazu zu sagen hat.«

Ich schaute Bogle an. »Das hast du nun davon.«

»Sie muß dafür bezahlen«, brummte er böse. »Dir wird es nicht gelingen, sie da herauszureden. Und wenn die Plattfüße sie freisprechen sollten, nehme ich sie mir vor. Sie hat meinen Doc umgebracht. Dafür muß sie büßen.«

»Wen nennen Sie hier Plattfüße?« herrschte ihn Clancy an.

»Ach, Sie sind doch auch nichts anderes als so ein mieser Bulle«, knurrte Bogle verächtlich.

Bevor Clancy ihm deshalb eins draufgeben konnte, traf der Wagen ein, der Doc abholen sollte.

Stumm sahen wir die Männer hinaufgehen, und Bogle fing wieder an zu weinen, als sie mit der Bahre herunterkamen.

VIERZEHNTES KAPITEL

Der betreffende Captain im Polizeipräsidium hieß Summers. Ich kannte ihn recht gut. An sich war er kein schlechter Kerl. Benahm sich aber an schlechten Tagen wie eine Fliege auf einem heißen Ofen und konnte ohne jede Vorwarnung plötzlich in die Luft gehen.

Fast vier Stunden ließen sie mich warten, bis sie mich in sein Büro riefen. Ich war halb wahnsinnig von der Warterei.

»Hallo, Millan«, begrüßte mich der Captain. »Tut mir leid, daß Sie warten mußten. Setzen Sie sich.«

Nachdem wir uns die Hände geschüttelt hatten, nahm ich Platz. »Das macht nichts«, tat ich gelassen. »Das gehört wohl dazu.«

»Wahrscheinlich.« Eine lange Minute musterte er mich, griff darauf nach einer Zigarettendose und schob sie mir zu. »Bedienen Sie sich.«

Beide zündeten wir uns eine an, dann meinte er: »Daß Sie in einen Mord verwickelt sind, paßt gar nicht zu Ihnen. Ich hätte Sie für gescheiter gehalten.«

»Ich bin in überhaupt nichts verwickelt«, verwahrte ich mich.

»Nur keine voreiligen Schlüsse! Ich habe den armen Kerl nur gefunden.«

»Ja, ja, Sie haben ihn nur gefunden. Wieso hinterläßt Ihnen dann die Frau die Nachricht, daß sie den Mann niedergeschlagen habe?«

»Das ist eine komplizierte Geschichte«, erwiderte ich. »Jedenfalls hat Myra Shumway ihn nicht getötet und auch nicht den Brief geschrieben. Die andere hat beides getan.«

»Aha, die andere?« Sein Gesicht verschwand hinter einer Rauchwolke. »Richtig! Ein Mann wird zur Wurst, ein Hund spricht und eine Frau schwebt in der Luft. Clancy hat mich bereits unterrichtet.«

Clancy trat von einem Fuß auf den anderen, und es wurde so still im Zimmer, daß sich das Ticken meiner Armbanduhr wie das eines Weckers anhörte.

»Ihnen hätte ich etwas Gescheiteres zugetraut«, meinte Summers schließlich. »Verschonen Sie mich also mit diesem Unsinn. Es hat Ihnen offenbar Spaß gemacht, den guten Clancy zu verulken. Bei mir würde Ihre Freude bestimmt nicht lange anhalten.«

Wir sahen uns in die Augen, und ich erkannte, daß ich meine Taktik ändern mußte.

»In Ordnung. Dann fragen Sie doch diese Frau. Warum nur mich?«

»Wenn wir sie gefunden haben, werden wir das tun«, gab Summers zurück. »Sie wird eine Menge gefragt werden, und danach kommt sie auf einen hübschen elektrischen Stuhl und wird gebraten.«

Wenigstens hatte man sie noch nicht gefunden. Das war immerhin etwas.

»Sie war Ihre Freundin, stimmt's?« erkundigte er sich leichthin.

Ich schüttelte den Kopf. »Ich mag sie. Mit ihr ist es nie langweilig. Das ist aber alles.«

»Dieser Bogle sagt etwas ganz anderes.«

»Und das glauben Sie etwa? Hören Sie, Bogle hat mit dem Alten lange zusammengearbeitet. Er glaubt, Myra habe ihn getötet, und wird alles tun, um sie überführt zu sehen. Er ist voreingenommen.«

»Und Sie? Glauben Sie nicht, daß sie den Mord begangen hat?«

»Sie kennen meine Antwort«, erwiderte ich heftig. »Selbstverständlich hat sie ihn nicht begangen.«

»Da sind Sie vermutlich der einzige, der das glaubt.« Summers tippte auf ein Blatt Papier. Es war der Brief, den Bogle eingesteckt hatte. »Sie hat den Mord ja sogar zugegeben.«

»Tja«, sagte ich und nahm meine übereinandergeschlagenen Beine auseinander. »Sie haben etwas, das als Geständnis gelten könnte, und haben das befleckte Kleid. Das macht es mir sehr schwierig.«

»Außerdem waren Myra Shumways Fingerabdrücke auf

184

dem Messer.« Summers massierte sanft seinen Hinterkopf. »Und wir fanden von ihr ein Haar auf der Jacke des Toten. Also wirklich, Millan, ein kinderleichter Fall. Überlegen Sie sich gut, was Sie aussagen.«

»Ich kann Ihnen leider nicht helfen«, entgegnete ich achselzuckend, »aber wenn Sie meinen Bericht nicht schlucken wollen, muß ich aufgeben.«

Nachdenklich sah er mich an. »Na schön, legen Sie los«, forderte er mich auf. »Ich kenne Sie lange genug, um zu wissen, daß Sie kein Lügner sind. Berichten Sie.«

Hinter ihm stöhnte Clancy, was aber keiner von uns beiden beachtete.

So erzählte ich alles, was ich bereits Clancy erzählt hatte, fügte aber noch eine Menge Einzelheiten dazu.

Schweigend lauschte Summers und massierte dabei seinen Kopf. Sein kalter, ausdrucksloser Blick löste sich keine Sekunde von mir. Als ich fertig war, nickte er.

»Das muß ich Ihnen lassen, Millan, eine wirklich irre Geschichte.«

»Ja, da haben Sie recht.«

»Dieser Hund spricht also? Ein ganz gewöhnlicher Köter? Und der spricht? Wo ist er jetzt?«

»Irgendwo in einer Hundeklinik. Fragen Sie Bogle, der hat ihn dorthin gebracht.«

»Wir haben Bogle bereits gefragt, und der sagt, der Hund habe nie gesprochen.«

»Dann rufen Sie in dieser Klinik an. Die dem Mulberry Park am nächsten liegt. Dort muß der Hund sein.«

Summers' Miene wurde etwas freundlicher. »Tun Sie das«, sagte er zu Clancy. »Einen sprechenden Hund! Das muß ich hören.«

»Moment, er kann jetzt nicht mehr sprechen«, fiel es mir in diesem Augenblick siedendheiß ein. »Jemand hat ihn auf den Kopf geschlagen, und nun bellt er nur noch.«

Meinen Worten folgte beklemmendes Schweigen. Summers' fleischiges Gesicht verfärbte sich. »So, jetzt bellt er nur noch«, wiederholte er, sah gleichzeitig, daß Clancy sich nicht rührte, und fuhr ihn an: »Gehen sie trotzdem. Mich interessiert, ob dort kürzlich ein verletzter Hund eingeliefert wurde.«

Clancy verließ uns.

»Tut mir leid, Summers«, sagte ich, »das klingt zwar unglaublich, gestern aber hat Whisky noch gesprochen. Das schwöre ich.«

»Der Hund spricht also nicht mehr, und die Frau kann nicht mehr schweben.« Ein ärgerlicher Ausdruck trat in Summers' Augen. »Wenn ich Sie nicht kennen würde, Millan, könnten Sie jetzt was erleben. Ich sollte ein paar Jungs organisieren und Ihnen eine tüchtige Abreibung verpassen lassen.«

Nervös verlagerte ich meine Haltung. »Geben Sie mir die Chance, es zu beweisen«, bat ich unvermittelt, denn ich erinnerte mich, daß Summers gern spielte und ein ganzes Monatsgehalt auf eine Karte setzen konnte. Einmal hatte er sogar um das des darauffolgenden Monats gespielt. Wenn ich an seine sportlichen Instinkte appellierte, gelang es mir vielleicht eher, ihn zu überreden. »Summers, wenn ich Ihnen beide Frauen hier ins Büro bringe, könnte Sie das von der Wahrheit meiner Geschichte überzeugen?«

»Wie wollen Sie das schaffen?« fragte er, schon nicht mehr so ärgerlich.

»Geben Sie mir zwei Wochen. Allein sie ausfindig zu machen, wird mich viel Zeit kosten. Aber das schaffe ich schon. Vorausgesetzt, Sie rufen Ihre Bluthunde zurück und geben mir freie Hand.«

»Und was sagt die Presse, wenn ich in den nächsten Tagen mit keinerlei Ergebnissen aufwarten kann?« wandte er mit bedenklichem Blick ein und rieb sich die kurze Knollennase. »Sie sind ja selbst Journalist und wissen, wie die mir die Hölle heiß machen werden.«

»Ich kenne das Spiel lange genug, Summers. Man kann der Presse allerhand vormachen, wenn man will.« Ich fühlte, daß ich den Keil richtig angesetzt hatte, jetzt noch ein guter Schlag, und mein Ziel war erreicht. »Hinter der ganzen Sache steckt nämlich weit mehr als ein einfacher Mord. Das gibt für mich eine Bombenstory, und es wäre gut für Sie, wenn Sie sich darin von ihrer fähigsten Seite zeigen. Ich will Ihnen was sagen, Summers, wenn Sie Myra Shumway einbuchten und ihr den Mord anhängen, geht Ihnen etwas durch die Lappen, was einer der hiesigen Bonzen vertuschen möchte. Überlassen Sie mir für zwei Wochen den Fall, und Sie bekommen ihn dann fertig gelöst von mir serviert.«

»Wer?« wollte Summers sofort wissen.

»Das ist mein Bier«, erwiderte ich. »Vielleicht irre ich mich, was ich aber nicht glaube. Sie erfahren alles, wenn es soweit ist.«

»Es dürfte Ihnen klar sein, daß ich Sie auf Grund dieser Aussagen als Helfershelfer festhalten könnte«, machte mich Summers mit auf einmal kalter Stimme aufmerksam.

»Wo sind dafür Ihre Zeugen? Ich habe nichts gesagt.«

Er wollte aufbrausen, grinste dann aber nur. »Ich gebe Ihnen eine Woche. Von jetzt an gerechnet, haben Sie mir die zwei Frauen innerhalb einer Woche hier im Büro zu präsentieren. Gelingt Ihnen das nicht, besorge ich mir einen Haftbefehl für Sie wegen Mittäterschaft, und dann will ich mal sehen, ob ich Sie nicht zum Reden bringen kann. Was sagen Sie dazu?«

»Einverstanden«, stimmte ich ohne Zögern zu und hielt ihm meine Hand hin.

Er erwiderte kaum meinen Händedruck. »Okay, Millan. Sie können abhauen. Aber nicht vergessen, in einer Woche um diese Zeit will ich Sie hier sehen, mit den zwei Frauen. Und wenn Sie die Stadt verlassen, haben Sie mir vorher Ihr Ziel anzugeben. Verstanden?«

»Verstanden.« Im Nu stand ich an der Tür.

»Ich rechne nicht damit, daß Sie Erfolg haben«, rief er mir nach, als ich hinausging. »Weil es nämlich gar keine zwei Frauen gibt.«

»Wir sprechen weiter darüber, wenn wir uns nächste Woche wiedersehen«, antwortete ich und schloß die Tür hinter mir.

Im Korridor stieß ich auf Clancy, der seinen Augen nicht zu trauen schien. »He! Wohin wollen Sie?«

»Summers will mich erst nächste Woche wiedersehen«, informierte ich ihn fröhlich. »Haben Sie etwas über meinen Hund erfahren?«

»Hab' ich. Ins Eastern Dog Hospital wurde ein Wolfshund mit einer Schädelverletzung gebracht. Er ist ihnen leider wieder abgehauen. Das kann aber Ihr Köter gewesen sein.«

»Ja, wahrscheinlich. Was ist, sollten Sie nun nicht ein Wörtchen mit Bogle reden? Offenbar bin ich nicht der einzige, der hier Märchen erzählt.«

»Darauf können Sie sich verlassen«, erwiderte er verdrossen.

»Und, Clancy«, fuhr ich fort, »Sie täten mir einen großen Gefallen, wenn Sie ihn eine Woche lang auf Eis legen könnten.«

»Wird gemacht«, versprach er und schaute mich prüfend an. »Was haben Sie vor?«

»Wird nicht verraten. Fragen Sie Summers, er soll Ihnen sagen, was er weiß. Bogle ist jedenfalls auf der falschen Spur und sollte mir deshalb vom Hals gehalten werden. Also tun Sie Ihr möglichstes. Ich widme Ihnen dann auch ein paar gute Worte in meiner Reportage.«

»Das erinnert mich übrigens daran«, Clancy schnalzte mit seinen dicken Fingern, »daß Maddox vor ein paar Stunden angerufen hat. Sie sollen sofort zu ihm in die Redaktion kommen.«

Das war eine Überraschung.

»Maddox? Er will mich sehen?«

»Genau.«

»In Ordnung, Clancy. Danke. Also dann, bis auf ein andermal!« Und ich machte, daß ich aus diesem Laden herauskam.

Auf der Straße bremste ein vorbeifahrendes Taxi etwas ab, als der Fahrer mich sah. Fragend schaute er mich an und hielt am Straßenrand, als ich nickte.

»*Reporter*-Redaktionsgebäude«, sagte ich durchs offene Fenster und zog die Tür auf. Im gleichen Moment stutzte ich.

In der gegenüberliegenden Ecke des Rücksitzes saß eine Frau.

»Was soll das?« wandte ich mich gereizt an den Fahrer. »Sie haben ja schon einen Fahrgast.«

»Steigen Sie ein, Mr. Millan«, forderte mich die Frau auf. »Ich möchte mich mit Ihnen unterhalten.«

Die Stimme kannte ich, und so spähte ich nochmals in den Wagen. Ich erkannte Lydia Brandt. In der Hand hielt sie eine kleine, unauffällige Automatik, deren kurzer Lauf auf meine Brust zeigte.

»Na, so ein Zufall«, war das einzige, was mir im Moment einfiel.

»Steigen Sie ein, falls Sie kein Loch im Bauch haben wollen.«

»Aber doch nicht hier vor dem Polizeipräsidium. Das würde denen ganz schön auf die Nerven gehen«, sagte ich hastig und setzte mich neben sie.

Das Taxi schoß vom Straßenrand weg und die breite Avenue entlang.

Lydia Brandt trug ein schickes Kleid und in dunklem Kirschrot die Accessoires: einen turbanähnlichen Hut, Handschuhe, Tasche und die Pumps. Alles sah nach Fifth Avenue aus.

»Wozu die Entführung mit einer Waffe, schöne Frau. Erwähnte ich nicht bereits, daß ich für Ihre weiblichen Reize recht anfällig bin?« fügte ich schließlich hinzu, ohne sie aus den Augen zu lassen, denn mir gefiel nicht, mit welcher fast lässigen Selbstverständlichkeit sie die Automatik behandelte. Ich konnte mir etwas Schöneres vorstellen als eine Kugel aus dieser Entfernung.

»Mr. Kruger will Sie sprechen«, erklärte sie gleichgültig. »Ich dachte, Sie würden vielleicht nicht mitkommen wollen.«

»Was? Auf einen Besuch bei Peppi verzichten? Da kennen Sie mich schlecht. Für Männer wie ihn schwärme ich. Ich giere nach einem Autogramm von ihm und würde seine abgelegte Kleidung tragen.«

»Sehr witzig.« Ihre Augen wurden dunkel. »Das Lachen wird Ihnen bald vergehen.«

»Sie brauchen mir nicht zu drohen«, erwiderte ich lächelnd. »Peppi hat einen Job für mich. Ich hätte ihn sowieso bald besucht.«

Nun legte Lydia Brandt die Waffe oben auf ihre Handtasche

und faltete ihre langen schlanken Finger darüber. Der Lauf zeigte weiter auf mich. Zumindest aber hatte sie ihren Finger vom Abzug genommen, was mich ungemein beruhigte. Ihr Blick streifte mein zerschundenes Gesicht. »Wenn Sie sich wieder einmal mit jemandem schlagen müssen, sollten Sie sich einen schwächeren Partner aussuchen.«

»Ach, das ist nicht so schlimm«, winkte ich ab. »Aber ich halte es für keine gute Idee, mich vor dem Polizeipräsidium aufzulesen. Aus Peppis und meiner Sicht gesehen. Es war wirklich unklug, den Cops auf die Nase zu binden, daß Kruger und ich miteinander zu tun haben.«

»Wieso?«

»Man hat mich zwar laufen lassen, ich verwette aber mein letztes Paar Socken, daß ich vom Auge des Gesetzes beobachtet werde. Die bleiben mir bestimmt auf den Fersen.«

Ich hatte es geschafft. Sie blickte beunruhigt.

»Sie werden beschattet?« Hastig spähte sie durch das kleine Rückfenster.

Es herrschte dichter Verkehr. Sie konnte unter den vielen Wagen keinen verdächtigen sehen.

Ihre Bewegung genügte mir jedoch. Ich hatte ihr die Automatik weggenommen, bevor sie meine Absicht erraten konnte.

»Nehmen Sie's mir nicht übel«, sagte ich und steckte das Ding in meine Tasche. »Aber Ihr Spielzeug macht mich nervös.«

Sie drückte sich in die Polster und starrte mich wütend an.

»Und jetzt reden wir mal vernünftig«, fuhr ich fort. »Sagen Sie dem Fahrer, er soll zu meinem Apartment fahren. Dort können wir uns unterhalten.«

»Das können wir auch hier«, gab sie tonlos zurück.

»Seien Sie nicht albern. Sie haben Ihren Spaß gehabt. Jetzt bin ich dran.« Damit beugte ich mich vor und gab dem Fahrer meine Adresse an. »Aber ein bißchen flotti, Karl Otti!«

Der Fahrer machte keine Anstalten, die Richtung zu wechseln, sondern fuhr weiter auf die Fifth Avenue zu.

»Einer Ihrer Jungs?« fragte ich Lydia Brandt.

Ich bekam keine Antwort, wußte aber auch so, daß ich recht

190

hatte. Also zog ich die Automatik aus der Tasche und stieß sie dem Mann in den Nacken. »Haben Sie nicht gehört, was ich gesagt habe?«

Der Fahrer bog an der nächsten Ecke ab, und ich setzte mich zurück.

»Das wird Ihnen noch leid tun«, fauchte Lydia.

»Seien Sie vernünftig, und schauen Sie mal nach hinten«, erwiderte ich, indem ich auf eine schwarze Limousine zeigte, die dicht hinter uns fuhr. »Das ist Polizei, und jetzt werde ich Ihnen etwas sagen. Ich bin in einen Mordfall verwickelt, und wenn die annehmen müssen, daß auch Peppi mit drinsteckt, nehmen die ihn mit Vergnügen auseinander.«

Offenbar wußte Lydia nicht, was sie davon halten sollte.

»Keine Angst, Honey, ich will mich nur ein bißchen mit Ihnen unterhalten. Danach mache ich dann Peppi meine Aufwartung. Davor muß ich aber die Bullen abgeschüttelt haben.«

Beide schwiegen wir, bis wir vor meinem Apartmenthaus anlangten. Als sie ausstieg, warnte ich: »Keine Mätzchen, bitte. Gehen Sie einfach ins Haus.«

Der Fahrer, ein schlaksiger junger Kerl, schaute Lydia fragend an, doch sie marschierte ohne ein Wort für ihn über den Gehsteig und zum Eingang. Ich drückte ihm ein paar Dollar in die Hand. »Bestellen Sie Peppi, daß ich bald bei ihm aufkreuze«, sagte ich und folgte Lydia.

Von der Haustür aus sah ich die schwarze Limousine vorbeifahren, als ich zurückschaute. Hinter der Windschutzscheibe erkannte ich Clancy. Ich schob Lydia ins Haus und schloß hinter uns beiden die Tür.

In meinem Apartment forderte ich Lydia auf: »Setzen Sie sich. Fühlen Sie sich wie zu Hause.«

»Was wollen Sie von mir?« Ihre kobaltblauen Augen blitzten, ihr Mund war eine dünne harte Linie.

Sanft drückte ich sie in einen Sessel. »Ich will mit Ihnen sprechen.« Auf sie runterschauend, fuhr ich fort: »Heute nachmittag wurde Doc Ansell ermordet, von einer Frau, die Myra Shumway verkörpert.«

»Er wurde von Myra Shumway getötet«, verbesserte sie.

»Gut, jetzt weiß ich, wo wir stehen. Wo ist sie?«

»Bei Mr. Kruger.«

»Ist auch die andere dort?«

»Es gibt keine andere.«

»O doch, die gibt es«, widersprach ich grimmig. »Dieses Gespräch wird weder aufgezeichnet, noch haben wir irgendwelche Zeugen. Ich möchte lediglich einiges klarstellen.«

»Es gibt keine andere«, wiederholte Lydia.

»Okay, es gibt keine andere. Was hat Kruger mit ihr vor?«

»Das will er Ihnen persönlich sagen.«

»Und deshalb soll ich zu ihm kommen?«

»Genau.«

»Warum hat sie Ansell umgebracht?«

»Das sollten Sie lieber Myra Shumway fragen.«

»Ich möchte es von Ihnen hören.«

Wieder einmal bekam ich keine Antwort.

Ich stieß mich von der Tischkante ab, an die ich mich gelehnt hatte, und ging zum Fenster. Auf der anderen Straßenseite versteckte sich ein Mann hinter einer Zeitung. Von dem steifen Hut bis zu seinen Plattfüßen sah man ihm den Cop an. Ich drehte mich zu Lydia um.

»Was hat Andasca mit all dem zu tun?«

»Sie sollten mich jetzt gehen lassen«, sagte sie unvermittelt und griff nach Handschuhen und Tasche. »Es reicht jetzt nämlich.«

»Ja, es reicht.« Ich nickte. »Es reicht wirklich.«

Gern tat ich es nicht, und der Gedanke kam mir auch erst, als Lydia aufstand. Es war eine dieser Ideen, die einen aus heiterem Himmel plötzlich treffen konnten, und so gut waren, daß man sie, ohne nachzudenken, befolgte.

Ich versetzte Lydia mitten aufs Kinn eine kurze Rechte. Ich könnte schwören, daß sie gar keinen Schmerz spürte. Sie sackte zu Boden, bevor ich mein Gleichgewicht wiedergefunden hatte.

Ich kniete neben ihr nieder und hob eines ihrer Augenlider an. Für eine gute Weile war sie ausgeschaltet. Wenn Peppi Myra hatte, dann hatte ich jetzt Lydia. Bei einem Handel mit einer Ratte wie Peppi war es ratsam, sich eines seiner Spielzeuge anzueignen, wenn er umgekehrt eins von meinen in der Hand hatte.

Mit einem kurzen Blick aus dem Fenster stellte ich fest, daß der Cop immer noch da war. Das erschwerte die Dinge, machte sie aber nicht unmöglich.

Ich ging ins Badezimmer, wo ich eine große Rolle Klebeband fand. Damit fesselte ich im Wohnzimmer Lydia an den Handgelenken und den Füßen. Mit meinem schönsten seidenen Taschentuch knebelte ich sie und legte sie aufs Sofa.

Darauf zündete ich mir eine Zigarette an und stellte einige Überlegungen an. Wenn Peppi erfuhr, daß ich Lydia bei mir hatte, schickte er mit Sicherheit seine Gorillas her. Also mußte ich Lydia aus der Wohnung schaffen. Die Frage war, wohin? Und wenn mir ein gutes Versteck einfiel, wie brachte ich sie hier heraus, solange der Bulle vor meiner Tür Wurzeln schlug?

Ich dachte angestrengt nach.

Das Apartmenthaus hatte einen Hinterausgang. Vermutlich stand dort aber auch einer von den Burschen. Ich marschierte in die Küche und schaute hinunter. Ich hatte richtig vermutet. An der Zufahrt zu dem Häuserblock lungerte ein großer kräftiger Kerl herum.

Wie ich nun ungesehen zusammen mit Lydia das Haus verlassen sollte, war mir schleierhaft. Nachdem ich Lydia so gefesselt hatte, konnte ich mir außerdem nicht vorstellen, daß sie mich freiwillig begleiten würde. Und sie unter den Augen des Gesetzes hinauszutragen, war ebenfalls undenkbar.

Andererseits hatte ich mich zu beeilen. Ich mußte weg sein, bevor Peppi von dem Taxifahrer erfuhr, daß ich Lydia die Waffe abgenommen und das Mädchen mit in meine Wohnung genommen hatte. Etwas Gutes hatten die Cops allerdings. Sie verhinderten, daß Peppis Schläger plötzlich vor meiner Wohnungstür stehen konnten. Das war mein einziger Trost.

Auf der Suche nach einem Ausweg ging ich in mein Zimmer hinauf, fand dort aber nichts, was mir weitergeholfen hätte. Dann schaute ich in Myras Zimmer. Und das war mein Glück.

In eine Ecke gelehnt, stand eine lebensgroße Kleiderpuppe mit Myras Maßen. Sie benutzte sie bei ihren Vorführungen, und diese Puppe brachte mich auf eine Idee.

Das Ding trug im Moment ein Abendkleid, es konnte stehen, aber auch sitzen. Ich trat näher und hob die Puppe hoch. Schwer war sie nicht.

So trug ich sie runter ins Wohnzimmer und legte sie neben Lydia.

Dann sah ich nochmals zu dem Polizisten vor dem Haupteingang hinunter. Er war mir unbekannt, und das bedeutete, daß auch er mich wohl noch nicht gesehen hatte.

Ich ging also in mein Zimmer hinauf, holte einen leichteren Anzug als den, den ich anhatte, aus dem Schrank, zog ihn an und kramte einen Schlapphut heraus, den ich, tief in die Stirn gezogen, aufsetzte. Dann ging ich zum Bett, nahm das obere und untere Laken und lief damit hinunter.

Im Wohnzimmer gab es einen kleinen runden Tisch, dessen Platte einen Durchmesser von ungefähr anderthalb Fuß hatte. Für mein Vorhaben gerade richtig. Ich holte mir einen Schraubenzieher und schraubte den Tisch auseinander.

Nun ließ ich mich auf den Boden nieder und befestigte jeweils ein Tischbein mit Klebeband unter Lydias Knien. Die anderen zwei befestigte ich senkrecht an ihrem Körper.

Jetzt stellte ich Lydia auf den Boden. Die hölzernen Tischbeine hielten sie aufrecht. Genau das, was ich beabsichtigte. Ich legte Lydia auf den Boden, zog ihr die Schuhe aus und ging damit in die Küche, wo ich zwei längere Schrauben fand, mit denen ich die Schuhe an der Tischplatte befestigte. Mit einiger Mühe konnte ich Lydia die Schuhe wieder anziehen und die Schnürsenkel fest zubinden.

Wieder stellte ich Lydia auf die Füße und trat etwas zurück. Sie wirkte nun wie eine der Kleiderpuppen mit Ständer, wie man sie bei jeder Schneiderin sehen konnte.

Zehn Minuten hatte ich für die Sache gebraucht. Ich mußte mich beeilen. Rasch spannte ich ein Stück Klebeband über Lydias Mund und klebte ihr die Arme an die Tischbeine. Selbst wenn sie aufwachen sollte, würde sie sich wohl nicht bewegen oder die Aufmerksamkeit auf sich lenken.

Nun wickelte ich sie in eines der Laken und schnürte es in Taillenhöhe mit einer Kordel fest. Das gleiche tat ich mit der Puppe.

Wie sie so eingewickelt nebeneinanderlagen, war nicht mehr zu unterscheiden, wer Lydia und wer die Puppe war.

Jetzt kam der kniffligste Teil des Unternehmens dran. Das Apartmenthaus war in Flügel unterteilt. Wir wohnten im Westflügel, und jeder Flügel war mit dem anderen durch einen langen Gang verbunden. Es gab vier Vordereingänge, die alle auf dieselbe Straße führten, so daß sie von einem einzigen Mann überwacht werden konnten.

Meine Überlegung war folgende: dieser Mann hatte mich mit Lydia durch den Westeingang hineingehen sehen, und da hatte ich einen dunklen Anzug getragen. Wenn ich jetzt in einem hellen Anzug zum Nordeingang herauskam, würde er mich wohl nicht mit dem in Zusammenhang bringen, der in den Westflügel gegangen war. Egal wie, ich mußte es so versuchen.

Ich klemmte Lydia unter den einen und die Puppe unter den anderen Arm. Zusammen hatten sie ein ziemliches Gewicht, doch es war zu schaffen. Von meinem Apartment marschierte ich die Korridore entlang, bis ich zur Nordtür kam. Dort stellte ich Lydia und die Puppe noch im Haus drinnen ab, zog den Hut etwas tiefer ins Gesicht und lief auf die Straße hinaus.

Mir war, als seien Tausende von Polizistenaugen auf mich gerichtet. Ich schaute nach rechts und links. Der Cop, der sich vor dem Westeingang postiert hatte, kam langsam in meine Richtung. Wohl nicht, weil er Verdacht geschöpft hatte, sondern um in jedem Fall sicher zu sein.

Ich drehte mich und schlenderte auf ihn zu. Da hielt er inne, machte kehrt und ging wieder zum Westeingang zurück. Angriff war eben doch die beste Form der Verteidigung!

Ich schaute kurz über die Schulter nach hinten, stellte mich an den Bordstein, und als sich ein Taxi näherte, winkte ich.

Der Fahrer bremste ab und hielt gleich darauf vor mir. In diesem Moment ging ein Polizist vom Streifendienst vorbei. Er sah mich flüchtig an, und wieder kam mir eine glorreiche Idee.

»Hallo, Officer!« rief ich und ging auf ihn zu. »Ich könnte Ihre Hilfe und Ihren Schutz brauchen.«

Erstaunt musterte er mich. Seine Miene wurde aber freundlicher, als er die fünf Dollarscheine sah, die ich sorgfältig zusammenfaltete. Diese Sprache verstand jeder Cop.

»Aber sicher«, erwiderte er. »Eine Kleinigkeit, jederzeit.«

Ich steckte ihm die Moneten zu. Dabei sah ich mit einem Seitenblick, daß der Mann vor dem Westeingang interessiert zu uns herübersah und langsam wieder näher kam.

Ich faßte meinen Streifendienstler am Ärmel. »Kommen Sie, Officer.« Ich führte ihn in den Korridor des Nordeingangs. »Es geht um einen Scherz. Ich habe da zwei Kleiderpuppen, die ich einem Freund ins Bett legen will. Ich habe mich da nämlich noch für etwas zu revanchieren, und er hat eine sehr eifersüchtige Frau.«

Während ich sprach, zog ich ihn zu der Puppe und Lydia hin. Ich nahm die Puppe und schlug das Laken zurück, damit er den Papiermaché-Kopf sehen konnte. »Sieht die nicht richtig echt aus?«

Er betrachtete sie. »Und die wollen Sie Ihrem Kumpel ins Bett legen?« fragte er überrascht.

»Nicht nur die. Die beiden hier kriegt er hineingelegt.«

So hatte ich schon lange keinen Mann mehr lachen hören. Ich bekam sogar Angst, daß ihm irgendein Äderchen platzen könnte. Er lachte röhrend und schlug sich dabei auf die Schenkel, und ich mußte danebenstehen und ebenfalls Freude an dem Scherz mimen. Jede Sekunde aber zehrte an meinen Kräften, denn ich fragte mich, ob es ihm wohl auffallen würde, wenn Lydia jetzt aufwachte und sich bewegte.

»Könnten Sie diese hier nehmen und mir ins Taxi bringen?« bat ich, als er sich etwas beruhigte und die Augen trockenwischte. Gleichzeitig stopfte ich ihm die Puppe unter den Arm. »Gut, daß Sie vorbeikamen, sonst würde der Fahrer jetzt vielleicht glauben, daß ich jemanden entführen wolle.« Ich grinste.

»Und bleiben Sie Kavalier, nützen Sie die hilflose Lage dieser Dame nicht aus!«

Wieder brach er in schallendes Gelächter aus. Er nahm die Puppe wie zum Tanz in die Arme. »Wie wär's mit einem Walzer, Madam?« Dann sah er mich an. »Die riecht nach Scotch.«

»Na und? Sie würden auch nach etwas riechen, wenn Sie so zu wären wie die.«

»Stimmt.« Er kicherte in sich hinein und stapfte mit ihr auf die Straße hinaus.

Ich packte Lydia, die sich tatsächlich bewegte, als ich sie aufhob. Mir lief der Schweiß den Rücken herunter, doch es gab jetzt kein Zurück. Ich beeilte mich, so daß ich gleichzeitig mit meinem Helfer beim Taxi ankam.

Im selben Moment tauchte auch der Cop vom Westeingang auf. Mißbilligend schaute er sich die Szene an.

»Was geht hier vor?« Sein Blick wanderte über die verhüllten Figuren, dann zu dem Distriktpolizisten.

»Ach, das ist doch O'Hara«, sagte der, und seine gute Laune erlosch. »Ich möchte ja einmal erleben, daß sich keiner in meinen Bezirk einmischt!«

»Ich bin im Sondereinsatz«, erklärte O'Hara. »Was haben Sie da?«

»Kümmern Sie sich um Ihren Sondereinsatz«, blaffte der Distriktpolizist. »Ich helfe dem Mann hier nur mal schnell zwei Miezen zu entführen.« Und schon wieder brach er in Lachen aus.

Beide, O'Hara und der Taxifahrer, rissen die Augen auf.

Vorsichtig versuchte ich, um O'Hara herum ins Taxi zu steigen, doch ich schaffte es nicht, da er zu nah neben der Tür stand. Außerdem fürchtete ich, seine Aufmerksamkeit auf mich zu lenken. Bisher hatte er mich keines Blicks gewürdigt.

»Wieso entführen?« O'Hara krauste die Stirn. »Das begreife ich nicht. Das ist doch gesetzeswidrig.«

Der Distriktpolizist sah mich an. »Und so einer hat mal behauptet, daß Schnüffler Dummköpfe seien.« Erneut schüttelte ihn dröhnendes Lachen.

Langsam geriet O'Hara in Wut. »Zum Teufel, was ist denn nun wirklich in den Tüchern?« herrschte er mich an.

»Zeigen Sie's ihm, Meister.« Mir gelang sogar ein Lächeln. »Wir wollen kein Geheimnis daraus machen. Sonst buchtet er uns noch ein.«

»Mann, das sind Kleiderpuppen!« erklärte mein Helfer daraufhin. »Er will sie seinem Freund ins Bett legen. Der wird Augen machen!«

»Puppen?« wiederholte O'Hara verständnislos. »Woher wissen Sie, daß es Puppen sind?«

»Na, was soll es denn sonst sein . . . vielleicht Leichen?« regte sich der Distriktpolizist auf. »Was soll'n die dummen Fragen. Denken Sie, ich würde dabei helfen, ein paar Leichen ins Taxi zu schaffen?«

»Das kann man bei Ihnen nie wissen«, erwiderte O'Hara vielsagend. »Da wird ja allerlei gemunkelt.«

Aufgebracht stopfte mir mein Helfer die Puppe in den Arm, ballte die Fäuste und schob sein rotangelaufenes Gesicht vor. »So? Und was munkelt man?« wollte er von O'Hara wissen.

»Ach, das ist jetzt unwichtig. Jedenfalls weiß ich daraus, daß Sie sich nicht so aufzuspielen brauchen.«

Lydia bewegte sich in meinem Arm und gab einen dumpfen Laut von sich.

Beide Polizisten hörten auf, sich wütend anzustarren. Sie drehten sich nach mir um.

»Da hat sich die Gurke gemeldet, die ich zum Dinner gegessen habe«, erklärte ich hastig.

»Dann essen Sie keine Gurken mehr«, sagte O'Hara. »Ich mag diese Geräusche nicht.«

»Also, das ist doch der Gipfel, was glauben Sie denn, wer Sie sind?« ereiferte sich mein Polizist. »Er kann Gurke essen, wann er will.«

»Ich weiß, wer ich bin«, grollte O'Hara. »Was man von anderen nicht behaupten kann.«

Nun verlor der Taxifahrer seine Geduld. »Was ist nun, Herrschaften? Wird das Taxi gebraucht oder nicht?«

Beide Polizisten wandten sich ihm zu.

»Sie werden hier hübsch warten«, bellte der von der Streife. »Wir sagen's Ihnen, wenn's soweit ist.«

»He!« Des Mannes Stimme vibrierte vor Zorn. »Ich lasse mich doch nicht von ein paar Cops einschüchtern!«

Aber O'Hara hatte sich schon wieder zu mir umgedreht. Er musterte mich kalt. »Woher weiß ich, daß Sie da nur Puppen haben?«

Auch mir riß der Geduldsfaden. Ich hielt ihm die Kleiderpuppe hin. »Schauen Sie doch nach! Mir reicht es langsam. Ich habe diesen Polizisten nur gebeten, mir mal kurz zu helfen. Da muß doch nicht gleich die ganze Polizei gelaufen kommen und hier das Maul aufreißen!«

»Genau. Er hat völlig recht«, bekräftigte der Streifenpolizist.

O'Hara tastete die Puppe vorsichtig ab, warf einen Blick auf den Kopf und schien befriedigt zu sein. »Ein ziemlich verrückter Scherz«, brummte er und drückte meinem Helfer die Puppe in die Hand.

»Ihre Meinung interessiert mich, ehrlich gesagt, nicht.« Endlich konnte ich die Wagentür aufziehen.

Während ich Lydia hineinschob, stöhnte sie wieder.

»So, so, die Gurken«, knurrte hinter mir O'Hara.

Ich schaute über die Schulter. »Ach, Sie hören ja Gespenster!« Schnell stieg ich ins Taxi ein.

»Moment.« O'Hara trat an den Wagen. »Ich möchte mir noch die andere Puppe ansehen.«

Mit meiner Beherrschung war es fast am Ende.

»Glauben Sie, ich packe die jetzt auch noch aus, nur um Ihre Neugier zu befriedigen? Sie haben wohl nicht alle!« Krachend schlug ich die Tür zu.

»Lassen Sie den Mann doch in Frieden«, mischte sich der andere Polizist ein. »Sie können einem wirklich auf die Nerven gehen.«

O'Hara war jedoch stur. Er riß die Tür wieder auf. »Zeigen Sie mir die andere Puppe! Und wenn Sie Schwierigkeiten machen, nehme ich Sie aufs Revier mit.«

Langsam stieg ich aus. Zumindest konnte ich so besser weg-laufen.

Schon beugte O'Hara sich ins Wageninnere, da trat vorn am Westeingang ein Mann aus dem Haus und entfernte sich rasch in die entgegengesetzte Richtung.

»Ist das dort nicht der Kerl, den Sie beschatten sollen?« Ich zog O'Hara aus dem Wagen und zeigte auf den Davoneilenden.

O'Hara schaute in die Richtung, fluchte leise und spurtete los.

Ich aber wandte mich zu meinem Helfer. »Kann ich mich ver-ziehen, bevor er zurückkommt?« Und ich raschelte mit ein paar Dollarscheinen für den Fall, daß er sie in der Dämmerung nicht sehen konnte.

»Klar.« Die Scheine verschwanden in seiner Tasche. »Hauen Sie ab.«

»West Forty-fourth«, rief ich dem Fahrer zu, weil mir im Mo-ment nichts anderes einfiel. »Und geben Sie Gas!«

Während das Taxi davonjagte, sank ich zwischen Lydia und der Puppe in die Polster zurück und atmete erst einmal tief durch. Ich war so erleichtert, daß es mich auch nicht aufregte, als Lydia zu zappeln begann und grunzte.

»Die Gurke liegt Ihnen aber wirklich im Magen«, bemerkte der Fahrer teilnehmend. »Hoffentlich hat der Händler, der die Ihnen verkauft hat, wenigstens ein schlechtes Gewissen.«

Ich preßte eine Hand auf Lydias Mund.

»Sei still«, zischte ich, »oder ich erwürge dich!«

Der Wagen machte einen Schlenker, und der Fahrer erkun-digte sich. »Haben Sie das zu mir gesagt?«

»Quatsch! Zu meinem Magen. Das werd ich ja wohl noch dürfen?« Hart umschlossen meine Finger Lydias Mundpartie.

»Mir wäre lieber, Sie lassen das, Mister«, bat der Fahrer. »Es macht mich irgendwie nervös. Einen Magen kann man außer-dem nicht erwürgen. Man kann ihm eins draufgeben oder ihn vergiften, aber nicht erwürgen.«

»Ja, das habe ich nicht bedacht.« Mit der freien Hand wischte ich mir den Schweiß vom Gesicht. »Das nächste Mal denke ich dran. Danke.«

»Gern geschehen«, gab der Fahrer leutselig zurück. »Nur wer seinen Kopf benutzt, kommt weiter.«

Da konnte ich ihm nur zustimmen.

FÜNFZEHNTES KAPITEL

Peppis Butler war keineswegs überrascht, als er die Tür öffnete und mich davorstehen sah.

»Kommen Sie herein, Sir.« Gemessen trat er zur Seite.

»Ist Peppi zu Hause?« Ich warf meinen Hut auf den großen Mahagonitisch, der in der Diele stand.

»Mr. Kruger ist zu Hause, Sir«, korrigierte er mich. »Sie werden erwartet.«

»Na, großartig.« Ich zog meinen Schlips gerade. Der Butler schloß die Haustür. »Ich hoffe, Miss Brandt befindet sich wohlauf, Sir?« erkundigte er sich höflich.

Ich warf ihm einen Blick zu, doch seine Miene war undurchdringlich. »Soviel ich weiß, ja«, erwiderte ich. »Heutzutage verändern sich die Frauen jedoch von einer Stunde zur anderen. Also sagen wir mal, als ich sie zuletzt sah, ging es ihr gut.«

Sekundenlang hatte ich den Eindruck, daß er mich gern niedergeschlagen hätte, dann hatte er wieder sein Pokergesicht aufgesetzt. »Miss Brandt ist immer sehr freundlich zu mir gewesen«, sagte er, als wolle er sein Interesse erklären.

»Wie schön für Sie. Muß ja sehr interessant sein, Ihr Liebesleben. Irgendwann müssen Sie mir mal davon erzählen.«

»Sehr wohl, Sir.« Es war ihm anzusehen, wie sehr er mich verabscheute. »Wollen Sie mir bitte folgen, Sir?«

So folgte ich ihm die Treppe hinauf in die Bibliothek.

»Mr. Kruger wird jeden Moment hier sein.«

»Er soll sich beim Zähneputzen ruhig Zeit lassen. Ich hab's nicht eilig.«

»Sehr wohl, Sir.« Würdevoll entfernte sich der Butler. Die Tür schloß sich hinter ihm.

Keine zwei Minuten später kam Peppi.

Er blieb stehen, fixierte mich und ließ deutlich erkennen, daß ich mir inzwischen sein Wohlwollen weitgehend verscherzt hatte.

»Oh, das ging ja schnell.« Beifällig musterte ich seinen Anzug. »Alle Achtung, aus Ihnen ist ein richtiger Salonlöwe geworden.«

»Wo ist sie?« fragte er.

Das mochte ich an Peppi. Er kam immer ohne viel Umschweife zur Sache.

»Die gleiche Frage wollte ich Ihnen stellen.« Gelassen sah ich von meinem Sessel zu ihm auf. Und ich beglückwünschte mich, daß ich mir Lydia geschnappt hatte. Ich hätte nicht gedacht, daß ich Peppi und den Butler so damit auf Touren bringen könnte.

Peppi atmete scharf ein. Es kostete ihn große Mühe, sich zu beherrschen. »Ich spreche von Miss Brandt.« Er ließ die Arme hängen, aber die kleinen Hände waren geballt. »Wo ist sie?«

»Und ich spreche von Miss Shumway. Seien Sie vernünftig, Peppi. So kommen wir nicht weiter. Händigen Sie mir Myra aus, und Sie bekommen Lydia zurück. Ich betreibe damit nur ausgleichende Gerechtigkeit.«

»Ach ja?« Auf einmal lächelte Peppi. »Sehr clever, Millan. Sehr clever.« Er zog sich einen Sessel näher und setzte sich. »Eigentlich sollte ich Ihnen sehr böse sein, doch ich denke, daß wir uns einigen können.«

»Das hoffe ich.« Sein Stimmungswechsel kam mir etwas zu plötzlich, und so beobachtete ich ihn scharf.

»Sie haben Miss Brandt doch nicht verletzt?« Ehrliche Sorge schwang in seiner Stimme mit.

»Ich werde Ihnen sagen, was ich nicht mit ihr getan habe«, erwiderte ich kalt. »Ich habe ihr keinen Mord angehängt. Darin sind Sie mir also voraus.«

Seine Fingernägel schienen seine ganze Aufmerksamkeit zu besitzen. »Ich habe niemandem einen Mord angehängt. Beantworten Sie jetzt meine Frage?«

»Wir vergeuden nur Zeit. Ich will Myra, und Sie wollen Lydia. So einfach ist das. Also, machen wir den Handel perfekt?«

»Wenn Miss Shumway bei mir wäre, würde ich das selbstverständlich gern tun«, bekam ich liebenswürdig zur Antwort. »Sie ist weggelaufen.«

»Vielleicht läuft Lydia mir dann auch weg. Obwohl ich das bezweifle.« Im übrigen glaubte ich ihm kein Wort.

»Ich sollte die Polizei rufen.« Jetzt konnte ich eine gewisse Nervosität bei ihm beobachten.

Das war der Witz des Tages. Peppi und zur Polizei gehen! Genausogut könnte eine Schlange sagen, sie wolle einen Mungo-Affen um Hilfe bitten.

»Das könnten Sie tun.« Ich zündete mir eine Zigarette an. »Die freuen sich wahrscheinlich darüber.«

»Falls Sie Miss Shumway finden könnten, was würden Sie mit ihr tun?« fragte Peppi. »Sie wird von der Polizei gesucht.«

»Das überlege ich mir, wenn Sie sie mir übergeben haben. Und meine Geduld ist bald zu Ende, Peppi.«

Da ging die Tür auf, und Lydia Brandt spazierte herein.

Das war ein Mordsschock. Doch ich versteckte ihn hinter einem Lächeln. Das Glück war in diesem Spiel eben nicht auf meiner Seite.

»Hallo, Pfirsichblüte«, begrüßte ich sie. »Gerade sprachen wir von Ihnen.«

Fast regte sich Mitleid in mir, als ich die blauen Flecken auf ihren Wangen sah, wo ich im Taxi zugepackt hatte, um sie zum Schweigen zu zwingen. Außerdem hatte sie von meinem Faustschlag eine Schramme am Kinn. Abgesehen davon war sie so zornig wie eine Wespe, die man in eine Papiertüte eingesperrt hatte.

Peppi war nicht weniger überrascht. Er faßte sie am Arm und starrte sie an, als wolle er seinen Augen nicht trauen.

»Was ist passiert?« fragte er atemlos.

Doch sie schob ihn beiseite und kam auf mich zu. Nichts macht mich so nervös wie eine aufgebrachte Frau. Sie sind dann nämlich unberechenbar. Sie können einen mit der Hutnadel erstechen oder wollen einem die Augen auskratzen. Sie können dir die letzten Haare auszureißen versuchen oder dich in eine empfindliche Stelle treten. Es ist einfach nicht vorauszusehen, was sie mit einem vorhaben.

Abwehrend hob ich die Hände. »He! Passen Sie auf, daß Ihr BH nicht kracht«, warnte ich hastig. »Denken Sie an Ihre gute Erziehung. Benehmen Sie sich wie eine Dame!«

Sie trat mir gekonnt mit der scharfen Schuhspitze ins Schienbein. »Mistkerl!« zischte sie. »Ich bring' Sie dafür um!« Und sie holte zu einem zweiten schmetternden Tritt ins Schienbein aus.

Doch ich erwischte ihren Fuß, bevor er mich traf, riß ihn hoch, und Lydia landete hart auf dem Boden. Das kühlte ihr Temperament wohl etwas ab. Jedenfalls saß sie nur da, funkelte mich an und verzog vor Schmerz den Mund.

Ich stand auf, wurde im gleichen Moment aber an den Schultern gepackt, herumgedreht und mit einem Faustschlag auf den Tisch geschleudert. Ich versuchte, wieder auf die Beine zu kommen, schaffte es nicht und landete samt Tisch kopfüber auf dem Boden.

Mit einer Grimasse befühlte ich mein Kinn und blinzelte den Kerl an, der mich niedergeschlagen hatte. Der Mann bestand nur aus Muskeln, das Gesicht ein Abklatsch von Epsteins Fratze und ein Paar Schultern so breit wie Scheunentore.

»Komisch«, brummte ich. »Keiner scheint mich zu mögen.«

Lydia, in deren Nähe ich gelandet war, nutzte die Gelegenheit und trat mich ins Knie. Im Nu war ich auf den Beinen und entfernte mich aus ihrer Reichweite. »Hören Sie doch mit der blöden Treterei auf!«

Der Muskelprotz wollte sich von neuem auf mich stürzen, Peppi hielt ihn aber zurück. »Warte«, befahl er. »Laß ihn in Ruhe. Ich will mit ihm ein Wörtchen reden.«

Er wandte sich zu Lydia und half ihr aufzustehen. Prompt wollte sie von neuem auf mich losgehen, wurde von Peppi aber zurückgerissen. »Schluß damit! Sag endlich, was los war.«

Es sprudelte aus ihr heraus wie ein Wasserfall. Sie berichtete, wie ich ihr die Waffe abgenommen, sie in meine Wohnung mitgeschleift und sie dort niedergeschlagen hatte; wie ich sie geknebelt und gefesselt, in das Dachgeschoß eines Warenlagers am Fluß gebracht und sie dann dort liegen gelassen hatte. Irgendein Wächter habe sie gefunden und befreit.

Während ihres gesamten Berichtes blitzte sie mich wütend an. Kaum war sie fertig, machte sie einen Satz auf mich zu, wurde aber wieder von Peppi am Arm erwischt und zurückgezogen. »Schluß damit, habe ich gesagt. Du bist nicht wesentlich verletzt und konntest zum Glück entkommen. Jetzt will ich mit Millan erst mal reden. Später überlasse ich ihn dir vielleicht.«

Lydia bedachte mich mit einem Blick, der einen davonlaufenden Stier zum Stehen gebracht hätte, dann ging sie hinaus und ließ mich mit Peppi und dem Gorilla allein.

»Behalt ihn im Auge, Lew«, ordnete Peppi an. »Stellt er sich auf stur, gehört er dir.«

Ich setzte mich wieder. »Nur weiter so! Nehmt keine Rücksicht auf mich. Ihr könnt mich ja versteigern.«

Peppi kam näher. Auf dem Tisch stand eine Dose, aus der er sich eine Zigarre holte. »So clever sind Sie also doch nicht.«

»Gegen Fehler ist keiner gefeit«, antwortete ich achselzuckend. »Ich habe mir eben ein paar geleistet. Was soll's?«

»Sie verändern aber alles«, stellte er fest und blies mir eine Rauchwolke ins Gesicht. »Jetzt können wir nämlich reden.« Peppi wanderte im Zimmer herum. »Ich habe das Shumway-Mädchen hier. Sie hatten durchaus recht.«

»Sie konnten schon immer gut lügen«, erwiderte ich verächtlich. »Und die andere, haben Sie die auch?«

Peppi lächelte. »Sie meinen Arym?«

»Heißt sie so?«

»Warum nicht? Das ist einfach Myra umgekehrt ausgesprochen. Mir gefällt der Name.«

»Myra anders herum?«

»Ja, Myra anders herum – in jeder Hinsicht. Ihr Mädchen ist in Ordnung.«

»Mein Mädchen?« Ich versuchte, überrascht auszusehen. »Wie kommen Sie auf den Quatsch?«

»Weil ich es weiß«, meinte er grinsend. »Sonst hätte ich mir nicht die Mühe gemacht. Da es nun von mir abhängt, wann und wie Sie dieses Haus verlassen, dürften Sie vielleicht ein paar Einzelheiten interessieren. Danach reden wir übers Geschäft.«

»Schießen Sie los«, erwiderte ich gelassen. »Ich habe nichts zu verlieren.«

Abgesehen davon, war ich sogar sehr interessiert. Es gab eine Menge zu klären. Wenn Peppi also reden wollte, hatte ich nichts dagegen.

»Ansell hatte recht. Es gab zwei Mädchen.« Peppi schnippte seine Asche in den unbenutzten offenen Kamin. »Schwer zu glauben, aber es dauerte nicht lang, und ich erkannte, was es damit auf sich hatte.«

»Selbstverständlich«, bemerkte ich sarkastisch. »Sie hatten ja schon immer ein schlaues Köpfchen. Hat nicht mal ein Kolumnist behauptet, Sie hätten mehr Verstand im kleinen Finger als im Kopf?«

»Soll ich ihm eins überziehen?« Lew zog einen kurzen Gummiknüppel aus der Hüfttasche.

Peppi schüttelte den Kopf. »Nicht nötig. Du hast noch ausreichend Gelegenheit.« Wieder zu mir gewandt, wollte er wissen: »Erinnern Sie sich an Kelly?«

»Natürlich. Als ich neulich hier war, hatten Sie angeblich noch nie etwas von ihm gehört.«

»Da wollte ich noch nicht über ihn sprechen«, erklärte Peppi lächelnd. »Durch Kelly erfuhr ich einiges über die Shumway. Und sie interessierte mich. Sie überlistete Kelly, und der kam und wollte, daß ich ihr die fünfundzwanzig Riesen wieder abjage. Das lehnte ich ab. So was gehört nicht zu meiner Masche. Aber ich wollte mir die Frau ansehen. Sie gefiel mir sofort.« Erneut flog Asche in den Kamin. »Mein lieber Mann, die hat's in sich! Ich schaffte mir diesen Kelly vom Hals und behielt sie eine Zeitlang hier. Dann tauchte noch ihr Vater auf, den konnte ich aber mit etwas Geld wieder loswerden. Schließlich erzählte sie mir von Ihnen und was in Mexiko geschah.« Er trat ans Fenster, schaute hinaus und kam wieder in die Mitte des Zimmers zurück. »Erst wollte ich's nicht glauben, mußte mich aber überzeugen lassen. Sie ist eine ziemlich ruhelose Person. Keine Ahnung, wo sie jetzt ist. Tja, und was die dumme Geschichte mit Ihrem Freund Ansell angeht, den hätte sie natürlich nicht umzulegen brauchen. Andererseits kommt es mir gelegen.«

»Aha. Wenn ich das richtig sehe, komme ich jetzt ins Spiel?«

Peppi nickte. »Ich arrangierte mich mit Arym, dem Double Ihres Mädchens, weil sie behauptete, sie könnte Sie dazu bringen, für Andasca zu arbeiten. Und das war ja mein Wunsch. Nachdem Sie mir gesagt hatten, Sie wollten mit Ihrer Myra bei ›Manetta's‹ essen, war alles ein Kinderspiel. Ich schickte Lew weg, um Myra zu holen, dann konnte Arym deren Platz einnehmen.« Er zuckte mit den Schultern. »Als dieser Ansell ihr zu lästig wurde, verlor sie dann die Nerven und tötete ihn. Wie gesagt, mir kam das gelegen, und wenn Sie jetzt nicht mitspielen, übergebe ich Myra eben der Polizei.«

»Sagen Sie endlich, was ich tun muß«, drängte ich.

»Ich habe einen Job für Sie. Maddox will Sie wiederhaben. Was sagen Sie dazu?«

»Maddox? Hat er das gesagt?«

»Wortwörtlich. Und auch ich möchte, daß Sie dort wieder arbeiten. Ich bin nämlich auf Fotos scharf, die in Maddox' Besitz sind. Sie sehen, ich spreche ganz offen zu Ihnen.« Peppi lächelte, und für mich gab es kaum etwas Häßlicheres als sein Lächeln. »Sie sollen mir diese Fotos besorgen. Keine schwierige Sache, oder? Andasca ließ sich vor Monaten vollaufen und verzapfte dabei einigen Blödsinn. Einer von der Presse schoß Fotos von ihm. Zum Beispiel, wie er mit mir spricht. Ich wollte nicht, daß er mit mir spricht. Aber machen Sie das einem Betrunkenen klar. Wenn diese Fotos in die Zeitung kommen, ist Andasca erledigt. Das gleiche geschieht, wenn einer erfährt, daß ich hinter ihm stehe. Maddox will die Bilder einen Tag vor der Wahl veröffentlichen. Sie müssen sie mir also vor diesem Termin bringen. Wenn nicht, wandert Myra ins Gefängnis.«

Dazu gab es nicht viel zu sagen. Es war ein ehrlicher Handel.

»Ich will dafür aber nicht nur Myra«, sagte ich. »Ich will beide Frauen. Wenn ich Myra nämlich aus dem Schlamassel raushalten will, muß ich die andere der Polizei ausliefern.«

»Von mir aus«, erwiderte Peppi gleichgültig. »Ich lege keinen Wert mehr auf die andere. Ich will nur die Fotos. Dafür können Sie die beiden haben.«

»Dann geht die Sache klar.« Damit stand ich auf. »Ich gehe jetzt zu Maddox.«

Peppi stieß seine Zigarre aus. »Bis zur Wahl bleiben Ihnen noch drei Tage«, unterrichtete er mich und tippte auf den Kalender. »Und es ist sinnlos, mit Maddox verhandeln zu wollen. Ich bot ihm fünfzig Riesen für die Fotos, aber er verkauft sie nicht. Sie müssen also herausfinden, wo er sie aufbewahrt und sie einfach einkassieren. Ist das klar?«

Ich sollte Maddox also etwas stehlen. Nun, wie ich ihn kannte, würde er im Handumdrehen den gesamten Polizeiapparat mobilisiert haben, um meinen Skalp zu bekommen.

»Völlig klar. Ich hab' ihm noch etwas heimzuzahlen. Dann sind wir endlich quitt.«

»Okay. Und versuchen Sie keine Tricks«, riet Peppi mit einer Kopfbewegung in Richtung Lew. »Sie erreichen nichts, wenn Sie mich verärgern.«

Ich lächelte. »Daß ich Myra kurz mal sehe, ist wohl zuviel verlangt?«

Wie erwartet, nickte er. Und ihn umstimmen zu wollen, hielt ich für sinnlos. Also ging ich und bekam vom Butler die Haustür geöffnet.

»Nehmen Sie sich vor der Brünetten in acht, mein Freund«, verabschiedete ich mich von ihm. »Sie ist nicht immer ein sanftes Lämmchen.«

Er brummte irgend etwas, was ich nicht verstand, und schloß energisch die Tür, als ich draußen war.

Fünfzehn Minuten später stand ich in Maddox' Büro.

Nun, Maddox war nicht der Typ, den man unbedingt bei sich als Gast sehen wollte, sondern eher einer, den man ins Asyl abschieben würde. Anscheinend hatte er Schwierigkeiten mit seinem Blutdruck. Ich weiß es nicht, aber er sah aus, als hätte er einen Vulkan verschluckt und wartete beunruhigt, was nun passierte.

Es war seine Sekretärin bei ihm, die von den meisten Kollegen »Whalebone-Harriet« genannt wurde. Wie der Spitzname sagte, war ihre Figur in der Entwicklung offenbar stehengeblieben und so gerade und steif wie ein großer Knochen. Dessenungeachtet war sie aber eine intelligente Person und mir immer wohlgesinnt.

Auch jetzt schaute sie ihren Chef aufmunternd an, während ich in der Tür verharrte und überlegte, ob es ratsam sei, noch weiter ins Zimmer hineinzugehen.

Maddox legte einen gerade eben zerbrochenen Bleistift weg und strich nervös die geknickte Schreibtischunterlage glatt. Offenbar war er nun bereit, unser Wiedersehen zu akzeptieren. Mit aufgesetztem Lächeln näherte ich mich über die große Fläche Teppichboden, blieb aber sechs Fuß vom Schreibtisch entfernt stehen.

»Da bin ich, Mr. Maddox.«

Er wollte von seinem Stuhl hochfahren, doch Harriet drückte ihn besänftigend wieder nach unten. Am Zucken seiner Kinnmuskeln sah ich, was es ihn kostete, sich zu beherrschen.

»So, da sind Sie wieder, Sie nichtsnutziger, hohlköpfiger Pavian!« donnerte er, daß die Fensterscheiben klirrten. »Sie wollen sich Journalist oder Sonderkorrespondent nennen? Oder gar ...«

»Mr. Maddox, bitte!« mahnte Harriet. »Sie wollten sich zusammennehmen. Wenn Sie Mr. Millan so empfangen, können Sie nicht erwarten, daß er Ihnen hilft.«

»Mir helfen?« Mit zitternden Fingern lockerte Maddox sich den Kragen. »Sind Sie wirklich überzeugt, dieser hirnlose Tintenkleckser könnte mir helfen. 25 000 Dollar hat er die Zeitung gekostet. 25 000 Dollar! Und schauen Sie ihn an. Dem ist das völlig egal.«

»Es war nicht mein Fehler«, verteidigte ich mich, trat aber lieber zwei Schritte zurück. »Fragen Sie Juden. Der kann Ihnen berichten, was passiert ist. Sie sind von diesem Shumway reingelegt worden. An dem sollten Sie Ihre Wut auslassen.«

Maddox schwoll an. »Ich? Ich bin reingelegt worden?« Erregt beugte er sich über den Schreibtisch, und wieder zog Harriet mahnend an seinem Ärmel. »Sie sind übers Ohr gehauen worden, Sie Trottel! Ich weiß alles. Und wenn Sie meinen, ich glaube den Mist, den Sie Summers aufgetischt haben, dann sind Sie ein noch größerer Narr, als ich gedacht habe. Schwebende Frauen! Sprechende Hunde! Ein Mann als Wurst! Pah!«

»Vergessen Sie's«, sagte ich. »Ich möchte mit Ihnen über Andasca sprechen.«

»Andasca?« Er stutzte. »Wieso? Was wissen Sie von Andasca?«

»Ich weiß, was Sie gegen ihn in der Hand haben«, tastete ich mich vorsichtig vor. »Und daß Kruger das von Ihnen haben möchte.«

Ruckartig lehnte er sich im Stuhl zurück. »Woher wissen Sie das alles?«

»Von Kruger. Hören Sie, Mr. Maddox, vergessen Sie die fünfundzwanzig Riesen. Selbst so einen Betrag kann die Zeitung verschmerzen. Das kommt ja nicht alle Tage vor.«

Schon wieder wollte Maddox in die Höhe gehen, wurde von Harriet aber daran gehindert.

»Kruger hat Shumways Tochter einen Mord angehängt. Er liefert sie der Polizei aus, wenn Sie die Fotos nicht rausrücken. Ich soll ihm die Fotos bringen, dann übergibt er mir Myra Shumway als Gegenleistung. Durch sein Dazutun ist die Frau für den elektrischen Stuhl reif.«

Maddox atmete scharf ein. »So, ich soll Ihnen also die Fotos geben?« sagte er mühsam beherrscht. »Und Sie wollen sie dann Kruger geben? Sie bekommen sie nicht, Millan. Und wenn er deshalb alle Männer und Frauen und Kinder dieses Landes auf den Stuhl schicken könnte! Haben Sie das jetzt verstanden?«

An sich hatte ich nichts anderes erwartet. »Trotzdem möchte ich Ihnen die ganze Geschichte erzählen. Wollen Sie mir zuhören, Mr. Maddox?«

»Wollen Sie mir zuhören, Mr. Maddox«, äffte er mich nach.

»Wozu, glauben Sie, habe ich Sie wohl herkommen lassen? Bestimmt nicht, weil ich Sehnsucht nach Ihrer lächerlichen Visage habe!«

»Okay.« Ich zog mir einen Stuhl heran. »Es dauert ein bißchen, aber Sie wissen dann wenigstens, woran Sie sind.«

»Ich weiß dann, woran ich bin?« wiederholte er schneidend. »Sie wissen, woran Sie sind, wenn Sie hier rausgehen.«

Ich ließ mich nicht von ihm ins Bockshorn jagen, sondern berichtete in knappen Worten die ganze Geschichte, von dem ersten Zusammentreffen mit Myra bis zu dem Besuch bei Kruger.

Während Harriet mitstenografierte, trommelte Maddox unablässig auf die Schreibtischplatte und starrte zu mir herüber, als wolle er mich jeden Moment zerfleischen. Schließlich war ich fertig, doch auch jetzt sah er mich nur stumm an. Das lange Schweigen war beklemmend. Selbst Harriet schien an mir zu zweifeln.

»Das ist ja ein Alptraum!« explodierte er dann. »Aber ich weiß jetzt Bescheid. Mann, Sie sind eine Gefahr für die Menschen dieses Landes! Wissen Sie, was ich mit Ihnen tue? Ich bring' Sie ins Irrenhaus. Und wenn es mich den letzten Cent kostet. Sie kann man nicht mehr länger frei herumlaufen lassen.«

»He!« Ich sprang auf die Füße. »Das können Sie nicht tun!«

»Und ob ich das kann. Warten Sie's ab. Nächste Woche um diese Zeit stecken Sie in der Zwangsjacke.«

Es klopfte an der Tür.

»Herein!« rief Harriet.

Murphy, der Pförtner, kam ins Büro. Er hatte sich in einem Maß verändert, wie ich es nie für möglich gehalten hätte. Sein Gesicht war kreideweiß und eingefallen, und er schleppte sich wie unter einer tonnenschweren Last vorwärts.

»Was wollen Sie?« blaffte Maddox. »Kommen Sie später. Ich habe zu tun.«

»Entschuldigen Sie, Mr. Maddox, Sir.« Murphy war kaum zu verstehen. »Ich kündige. Ich wollte mich nur verabschieden.«

»Kündigen? Was soll das? Sie arbeiten seit zwanzig Jahren für mich.« Verständnislos schüttelte Maddox den Kopf.

»Das weiß ich, Sir«, erwiderte Murphy traurig. »Meine Frau trifft der Schlag, wenn ich ihr das sage. Aber ich muß aufhören. Ich bin sehr gewissenhaft, Sir, und ich merke, daß ich für diesen Job nicht mehr fit genug bin.«

»Was faseln Sie da für einen Unsinn?« Maddox stieß seinen Stuhl zurück. »Murphy, ich warne Sie. Wenn das ein Scherz sein soll, werde ich ungemütlich. Ich kann keine Leute brauchen, die meine Zeit verplempern. Sie gehn jetzt wieder runter und tun Ihre Arbeit. Falls Sie einen zuviel getrunken haben, dann schlafen Sie eben Ihren Rausch aus. Bei einem langjährigen Mitarbeiter wie Ihnen drücke ich schon mal ein Auge zu. Aber nun verschwinden Sie.«

Murphy ging auf ihn zu. »Ich bin nicht betrunken, Sir. Aber ich muß den Verstand verloren haben.«

»Den Verstand verloren?« Ein wenig irritiert trat Maddox einen Schritt zurück.

»So ist es, Sir. Heute morgen war alles noch in bester Ordnung, aber jetzt ist was nicht mehr richtig bei mir. Ich muß gehen, sonst tue ich noch was, was mir dann leid tut.«

»Woher wollen Sie wissen, daß Sie den Verstand verloren haben?« fragte Maddox, der jetzt wieder hinter seinem Schreibtisch stand.

»Ich höre merkwürdige Dinge, Sir«, erklärte Murphy unglücklich. »Höre im Kopf Stimmen.«

»Harriet«, wandte Maddox sich zu seiner Sekretärin, »hört man Stimmen im Kopf, wenn man verrückt wird?«

Harriet hob ihre kantigen Schultern. »Ein sehr tröstliches Zeichen ist es nicht, Mr. Maddox«, antwortete sie leise.

Ihr Chef wischte sich mit dem Taschentuch übers Gesicht und nickte. »Vermutlich nicht.« Er sah Murphy an. »Was für Stimmen?«

Es schauderte den alten Mann. »Unten ist ein großer Hund, und ich bilde mir ein, daß er was zu mir gesagt hat. Na ja, ich höre eben plötzlich Stimmen, die es nicht gibt.«

»Der ... der Hund soll etwas gesagt haben? Was denn?« fragte Maddox gereizt.

»Er wollte wissen, ob ich meine Socken täglich wechsle.«

Plötzlich wurde mir bewußt, was Murphy gesagt hatte. Ich sprang auf. »Was? Ein Hund?«

Murphy wich erschrocken zurück. »Ja, Mr. Millan, ein großer Hund. Ich sollte Ihnen deswegen nicht die Zeit stehlen . . .«

»Wo ist er, Murphy? Das ist Whisky.« Ich drehte mich zu Maddox um. »Jetzt werden Sie was erleben. Murphy, holen Sie ihn rauf! Wo haben Sie ihn gelassen?«

»Das können Sie nicht von mir verlangen«, jammerte er. »Ich will den Köter nicht mehr sehen.«

Im Nu war ich an der Tür und riß sie auf. Die Hälfte der Vorzimmerdamen hatte am Schlüsselloch gelauscht und fiel mir nun entgegen. Ich stieß sie zur Seite und rannte ohne Aufenthalt zum Lift.

Unten standen mehrere Leute am Eingang herum, von Whisky war aber nirgendwo etwas zu sehen.

»Ist hier eben ein Hund gewesen?« erkundigte ich mich.

»Ja, ein großer Wolfshund«, sagte ein kräftiger Mann. Er zwängte sich an einem anderen vorbei, um zu mir zu kommen. »Vor ein paar Minuten kam er hier herein, und plötzlich spielte Murphy verrückt und raste zum Aufzug. Der Hund trottete hinaus und sah richtig beleidigt aus.«

»In welche Richtung ist er gelaufen?«

»Nach rechts. Was ist denn eigentlich los?«

Ich nahm mir nicht die Zeit zu antworten, sondern lief auf die Straße.

Whisky war nirgendwo zu entdecken. Aber das war nicht so schlimm, denn es gab nur eine Möglichkeit, wohin er gelaufen sein konnte: zu uns nach Hause.

Ich winkte einem Taxi und nannte dem Fahrer die Adresse. »Halten Sie sich möglichst dicht am Gehsteig«, bat ich. »Ich suche nach einem Freund.«

Der Fahrer, ein dürrer Kerl mit flinken Mäuseaugen, tippte an seine Kappe. »Ich halte, wenn Sie's sagen.« Er fuhr los und hielt sich an meine Anweisung.

Erst kurz vor dem Apartment sah ich Whisky auf dem Gehsteig. Er war diesmal in einem besseren Zustand. Jemand mußte ihn gewaschen haben. Die Kopfwunde sah aber immer noch gar nicht gut aus.

»Stop!« rief ich dem Fahrer zu und kletterte hastig aus dem Wagen. »Whisky, altes Haus!« Ich rannte zu ihm hinüber. »Bin ich froh, dich endlich wiederzusehen!«

Whisky schaute zu mir hoch. »Ich auch. Hab' dich schon überall gesucht.«

»Komm mit ins Taxi, Whisky.« Ich tätschelte ihn herzlich. »Wir haben viel zu besprechen.«

Wieder im Taxi, bat ich den Fahrer, einfach ein bißchen herumzufahren und erklärte: »Ich habe meinem Hund nämlich verschiedenes zu berichten.«

»Ein schönes Tier«, fand der Fahrer mit einem Blick auf Whisky. »Aber Sie haben den Hund doch nicht etwa geschlagen, Mister?«

»Hören Sie«, erwiderte ich und schob Whisky weiter in die Ecke, um etwas Platz für mich zu schaffen. »Ich habe nicht viel Zeit und möchte mich nur mit meinem Hund unterhalten und nicht mit Ihnen.«

»Leute, die ihre Hunde schlagen, mag ich nämlich nicht«, fuhr der Mann aber, zu uns gewandt, fort. »Neulich mußte ich zusehen, wie ein Kerl seinen Hund verdrosch. Dem habe ich's dann aber gegeben!«

»Na, das muß ja ein Zwerg gewesen sein.« Whiskys Schnauze berührte fast des Fahrers Kopf.

»Groß war er nicht«, räumte der Mann ein und zündete den Motor. »Das ändert aber nichts an der Tatsache.«

Whisky und ich machten es uns bequem. Fröhlich betrachtete einer den anderen. »Bestimmt hast du eine schlimme Zeit hinter dir«, begann ich. »Was haben sie mit dir gemacht?«

Bevor Whisky antworten konnte, purzelten wir beide übereinander auf den Boden, da der Fahrer plötzlich wie ein Irrer auf die Bremse trat.

»Mann, was soll das?« schimpfte ich.

Der Fahrer drehte sich um, und irgendwie erinnerte mich die

Farbe seines Gesichts an einen Fischbauch. »Sagen Sie«, seine Stimme zitterte, »hat der Hund da nicht eben gesprochen?«

»Ach, was reden Sie da? Fahren Sie lieber weiter«, forderte ich ihn ungeduldig auf.

»Einen Augenblick.« Seine Mäuseaugen sahen mich unbeirrt an. »Erst will ich das geklärt haben. Hat eben der Hund mit mir gesprochen?«

»Na, und wenn schon? Das ist doch nichts Schlimmes.«

»Nein, natürlich nicht. Aber Hunde sprechen nicht. Die bellen.«

»Ach so. Deshalb brauchen Sie sich nicht aufzuregen. Das ist eben das Besondere an dem Hund.«

»Okay, wenn's sonst nichts weiter ist.« Offenbar beruhigt, nahm der Mann den Fuß von der Bremse.

»Sag mal, ich dachte, du hast deine Stimme verloren«, wandte ich mich wieder zu Whisky.

»Das hatte ich«, knurrte er. »Und das war verdammt unangenehm. Hoffentlich muß ich nie wieder bellen. Da versteht einen ja keiner. Aber wir vergeuden hier nur Zeit. Ich weiß, wo Myra ist.«

»Ich auch«, sagte ich grimmig. »Bei Peppi.«

Aber Whisky schüttelte den Kopf. »Sie ist in Waxeys Klitsche, oben in einem der vorderen Zimmer.«

»Sie ist bei Peppi«, widersprach ich, ein wenig irritiert. »Ich muß dich wohl erst auf den neuesten Stand bringen.« Und ich berichtete von Ansell und Peppi und all dem anderen.

Aufmerksam hörte er mir zu und meinte, als ich geendet hatte: »Vergiß diese Fotos. Myra ist bei Waxey, kannst es mir glauben. Wir holen sie dort raus und hetzen Peppi die Polizei auf den Hals. Sag dem Fahrer, er soll wenden.«

»Bist du wirklich sicher?« Noch war ich nicht ganz überzeugt. »Was hat Waxey mit Peppi zu tun?«

»Hör mit deinem Gesabbere auf! Gib dem Fahrer Bescheid!«

»Okay, okay.« Ich beugte mich vor. »Bringen Sie uns bitte zum Mulberry Park.«

»Wird gemacht. Aber ich hab' mir das noch mal überlegt«, fuhr der Mann fort. »Ich nehme Ihnen das nicht ab, daß Hunde sprechen können. Den Bären können Sie mir nicht aufbinden.« Damit bog der Fahrer in eine Seitenstraße ab.

SECHZEHNTES KAPITEL

Während wir zum Mulberry Park fuhren, berichtete Whisky von seinen Erlebnissen. Er hatte beobachtet, wie Myra beim Verlassen unserer Wohnung entführt wurde und war dem Wagen gefolgt. So hatte er sehen können, wie sie in Good-time Waxeys Absteige geschafft wurde und war hinterhergelaufen.

Gegen Waxey und Lew hatte er jedoch nichts ausrichten können. Nur um Haaresbreite war er ihnen entkommen, aber erst nachdem ihm Lew mit dem Gummiknüppel beinah den Schädel eingeschlagen hatte.

Erbittert lauschte ich seinem Bericht. »Dem Scheißkerl geb' ich's. Das zahle ich ihm heim!«

»Halt dich lieber zurück«, mahnte Whisky. »Das ist ein Goliath gegen dich.«

»Ich passe schon auf. Ich riskier's trotzdem, falls er mal nicht achtgibt und ich einen guten Treffer landen kann.«

Als das Taxi am Straßenrand hielt, brummte Whisky: »Da sind wir.«

»Ja.« Ich stieg aus und bezahlte. Hastig nahm der Fahrer das Geld, ohne mich anzusehen. Er folgte Whisky aber mit argwöhnischen Blicken und machte dann, daß er davonkam. »Dem Knaben waren wir nicht geheuer«, sagte ich. »Hör mal, Whisky, die Sache könnte schiefgehen, wenn sie dich sehen. Bleib hier und beobachte das Haus, und wenn ich in einer halben Stunde nicht wieder rausgekommen bin, holst du die Polizei.«

»Lieber nicht. Außer es sind beide Frauen dort. Wenn die Cops nur Myra und nicht die andere erwischen, sitzen wir noch schlimmer in der Tinte.«

»Da ist was dran«, räumte ich ein. »Aber wenn mir was passiert, was tust du dann?«

»Ich schick dir 'nen Kranz. Mehr kann ich dann nicht tun.«

»Den kannst du dir sparen«, fuhr ich ihn an. »Du wirst mir hübsch in die Kneipe nachkommen, wenn ich länger als 'ne halbe Stunde drinbleibe.«

»Werd's mir überlegen«, knurrte Whisky. »Große Lust habe ich nicht.«

»Kann ich verstehen. Bist du denn sicher, daß sie drinnen ist?«

»Dort oben in dem Zimmer, das auf die Straße geht. Ich habe sie aus dem Fenster schauen sehen.«

»Gut. Dann muß ich überlegen, wie ich da raufkomme.«

»Genau. Wenn einer dich aufhalten will, kümmre dich einfach nicht drum.«

Kümmre dich einfach nicht drum! wiederholte ich im stillen nicht besonders zuversichtlich. Whiskys Kopfwunde war nicht gerade sehr ermutigend.

Ich ließ ihn an der Ecke des Platzes zurück und marschierte auf Waxeys Kneipe zu. Es sah dort ziemlich still aus. Drinnen fand ich hinter der Bar einen dünnen aufgeschossenen Jungen. Kopf und Oberkörper lagen auf dem Tresen. Verschlafen blinzelte er mich an.

»Wo ist Waxey?«

»Weggegangen.« Der Junge gähnte und legte den Kopf wieder auf die verschränkten Arme.

So schaute ich mich in dem dusteren Raum um. Drüben auf der rechten Seite entdeckte ich eine Tür, die wahrscheinlich nach oben führte.

»Dann warte ich«, erwiderte ich und setzte mich neben der Tür auf eine umgekehrte Bierkiste.

Der Junge gab keine Antwort, da er fast schon wieder schlief. Von meiner Kiste aus beobachtete ich ihn und hörte ihn dann nach einer Minute schnarchen.

Leise rutschte ich mit der Kiste etwas dichter zur Tür. Der Bursche schaute nicht auf. Um sicherzugehen, gab ich ihm noch zwei Sekunden, dann huschte ich zur Tür und öffnete sie vorsichtig. Der Junge schlief seelenruhig über den Tresen gelehnt.

Nun spähte ich in den dunklen Flur und erkannte an dessen Ende die Treppe. Mit einer Knarre in der Tasche wäre mir wohler gewesen. Nichtsdestotrotz war ich fest entschlossen, Myra rauszuholen, falls sie dort oben war. Schnell lief ich die Stufen hinauf.

Das erste Zimmer, in das ich hineinschaute, war anscheinend Waxeys Schlafzimmer. Bis auf ein Bett und einen Haufen schmutziger Sachen war es leer. Waxey hatte offenbar einen recht üblen Lebensstil.

Die nächste Tür war abgeschlossen. Mir blieb keine Zeit für irgendwelche feineren Methoden. Also beugte ich mich etwas nach hinten und trat dann mit voller Wucht unterhalb des Schlosses gegen die Tür. Sie flog auf, und ich landete auf Händen und Knien drinnen auf dem Boden.

Auf dem Bett lag Myra und drehte sich jetzt zu mir um. Mit einem etwas verlegenen Grinsen setzte ich mich auf.

»Da bist du ja endlich!« flüsterte sie und plagte sich in eine sitzende Stellung. Nun sah ich, daß sie an Füßen und Händen gefesselt war. »Sitz nicht wie ein Idiot da herum, sondern heb deinen Hintern und bring mich hier heraus!«

Ich folgte ihrer freundlichen Aufforderung und richtete mich auf. »Wie schön, wieder deine Stimme zu hören, Kleines.«

»Ach, laß den Quatsch!« Ungeduldig hampelte sie auf dem Bett herum. »Mach mir die Dinger ab. Für Freudentränen ist erst später Zeit.«

»Stimmt.« Mit zwei Schritten war ich bei ihr. »Haben sie dich verletzt?«

»Red nicht soviel! Dafür hatten die noch keine Zeit. Aber sie haben mir mit den nettesten Dingen gedroht.«

Ich schaute mir die Schnur an, mit der Myra gefesselt war. Wer das getan hatte, hatte gute Arbeit geleistet. Doch ich besaß ein Taschenmesser, und damit hatte ich sie im Handumdrehen befreit.

»Das wär's, Baby«, sagte ich und setzte mich neben sie. »Wie fühlt sich das jetzt an?«

»Lausig.« Sie bewegte die Füße und stöhnte auf. »Jetzt habe ich auch noch einen Krampf.«

»Das haben wir gleich.« Ich schob meine Ärmel rauf. »Ich verschaff dir wieder eine ordentliche Durchblutung.«

»Hände weg! Massieren kann ich mich selbst.«

»Schade. Ich hatte mich schon darauf gefreut.«

Während Myra ihre Beine kräftig rieb, schaute ich mich ein bißchen um. Außer dem Bett und einem Tisch gab es nichts in dem Zimmer. Auf dem Tisch stand ein merkwürdig aussehender Apparat. Er hatte zwei große Sprungfedern, Zahnräder und an einer langen Kette eine Art Handschelle. Das Ding interessierte mich.

»Das werden die mir büßen!« schimpfte Myra. »Wozu haben die mich überhaupt entführt?«

»Das erzähle ich dir gleich.« Ich nahm die Handschelle. »Wozu soll das gut sein?«

»Faß das nicht an!« schrie Myra entsetzt.

»Wieso? Ist das eine Menschenfalle?«

Gleichzeitig hörte ich ein scharfes Klicken. Die Federn schossen vorwärts, die Zahnräder wirbelten herum, und die Handschelle saß plötzlich an meinem Handgelenk.

»Du Riesentrottel!« fauchte Myra.

»Eine Menschenfalle, tatsächlich.« Irgendwie bewunderte ich den Mechanismus. »Schlau ausgedacht. Damit kann man ein Vermögen machen.«

Myra schwang die Füße auf den Boden und humpelte zu mir. »Du solltest es nicht anfassen, habe ich gesagt!« jammerte sie.

Ich schaute mir die Handschelle an und zog daran. »Die kriege ich schon ab«, beruhigte ich sie. »Gott sei Dank konnte ich sehen, wie es geht.«

»Die kriegst du nie ab!« Sie war dem Weinen nah. »Oh, ich könnt' dich umbringen!«

Myra hatte recht. Die Handschelle saß fest um meinen Arm.

Was ich auch probierte, sie war nicht zu öffnen. Die daran befestigte Kette erlaubte mir nur, mich ein paar Schritte von Tisch und Wand zu entfernen.

»Los, Myra«, sagte ich zunehmend nervöser, »schaff mir das Ding vom Arm.«

»Wie soll ich das machen? Du verdammter Hornochse! Was tun wir jetzt nur?«

Stumm fummelte ich an dem Ding herum. Nach einer Weile gab ich es auf. »Nur keine Panik. Wenn diese dumme Kette glaubt, mich halten zu können . . . so was gibt's doch nicht!« Ich stellte mich mit Schuhspitzen an die Wand, packte die Kette mit beiden Händen und warf mich mit meinem ganzen Gewicht nach hinten. Damit hatte ich den Haken, der die Kette an der Wand befestigte, aus dem Mauerwerk reißen wollen. Der Haken hielt. Mich aber zerriß es beinah. Ich setzte mich auf den Boden und rieb mir die Stirn.

»Du hast recht, Baby«, meinte ich, wütend auf mich. »Ich bin ein Trottel und Hornochse.«

»Die machen dich kalt, wenn sie dich hier finden.«

»Sag nicht so was. Wenn das einer hört, kommt er noch auf dumme Ideen. Hör zu, es sieht für uns beide nicht rosig aus, aber für dich steht zehnmal mehr auf dem Spiel als für mich.«

Das verstand sie nicht. »Wieso?«

In knappen Worten berichtete ich von Doc Ansell, der Polizei, und daß man nach ihr fahndete. »Jetzt verstehst du hoffentlich, daß du dich irgendwo verstecken mußt. Warte nicht auf mich. Verschwinde. Nimm Whisky mit und sage ihm, wohin du gehst. Dann kann er mir später Bescheid geben.«

»Ich lasse dich nicht allein«, protestierte Myra. »Ich suche jetzt nach einer Feile oder sonst etwas, um die Kette von der Schelle zu entfernen.«

»Alles Zeitverschwendung. Such mir lieber eine Ratte zur Unterhaltung, dann ist die Gefängnisszene perfekt. Und jetzt geh! Die tun mir schon nichts.«

»Ich lasse dich hier nicht allein«, blieb sie stur. Plötzlich stieß sie einen spitzen Schrei aus.

»Was ist los? Warum guckst du so komisch?« fragte ich, als ihr Gesichtsausdruck sich veränderte.

Myra streckte eine Hand nach mir aus, und ich sah, daß sie zitterte.

»Du willst doch jetzt nicht in Ohnmacht fallen? Komm, halt dich an mir fest.« Ich versuchte ihr ein Stück näher zu kommen.

»Mit mir geschieht etwas«, sagte Myra verwirrt.

Ihr Blick machte mir angst, und dann sah ich etwas, das mich zurückweichen ließ. Sie werden das nicht glauben. Ich selbst glaubte es nicht, sondern eher, daß mit meinen Augen etwas nicht stimmte.

Myras Konturen verzerrten sich. Ihre Figur verschwamm wie auf einem unscharfen Foto, selbst ihr Gesicht schien sich langsam aufzulösen.

»Was passiert da mit dir?« rief ich. Mein Herz schlug hart.

Sie antwortete nicht, stand einfach verschwommen und schwankend vor mir. Jetzt sah ich eine Art geformten Schleier vor ihr. Er bewegte sich. Eine schattenhafte Gestalt trat aus ihr heraus.

Bestimmt kennen Sie solche Trickfilme, in denen Personen durchsichtig werden. Genauso sah diese Gestalt aus. Noch nie im Leben hat mir etwas einen derartigen Schock versetzt.

Wie ich so starrte, wurde die Gestalt deutlicher. Und dann stand sie vor mir – Myra, die zweite. Ihr exaktes Spiegelbild, allerdings nur mit einem BH und einem weißen Satinslip bekleidet. Kein Zweifel, das war Arym. Doch obwohl ich die zwei vor mir sah, konnte ich es nicht glauben.

Myra wich zurück. Sie war ebenso geschockt wie ich. Im nächsten Moment drückte sie ihr Kleid fester an sich. »Du . . . du hast mir meine Unterwäsche geklaut!«

Arym betrachtete sich mit Wohlgefallen. »Irgend etwas mußte ich anziehen«, erwiderte sie unbekümmert. »Schließlich sind wir nicht allein.« Mich traf ein zurechtweisender Blick. »Dir fallen gleich die Augen heraus.«

Ich schaute in eine andere Richtung und entschuldigte mich lahm: »So einen Anblick läßt sich keiner entgehen.«

Myra starrte Arym mit offenem Mund an. »Aber . . . du bist doch ich!«

»Selbstverständlich. Zumindest teilen wir uns in ein und denselben Körper«, sagte Arym.

Myra schlug die Hände vor das Gesicht. »Das ist entsetzlich. Wie soll das weitergehen?«

»Es ist nicht mehr so schlimm, wenn du dich daran gewöhnt hast«, erwiderte Arym und kicherte. »Jeder Mensch hat zwei Naturen in sich.«

»Das wissen wir«, warf ich ein. »Aber die anderen können aus ihrem Körper nicht zwei machen. Diese Geschichte macht mich noch wahnsinnig!«

»Dafür ist Quintl verantwortlich«, fuhr Arym fort. »Er hatte eben einen speziellen Sinn für Humor. Eigentlich finde ich's toll. Ich war es leid, einen Körper mit einer anderen teilen zu müssen. Jetzt habe ich einen eigenen. Das gefällt mir.«

Myra kam zu mir gelaufen und klammerte sich an mich. Beruhigend legte ich einen Arm um sie. »Nicht aufregen, Kleines. Gleich wachen wir auf und stellen fest, daß dies nur ein Alptraum war.«

»Das ist es aber nicht«, verbesserte Arym. »Seht es endlich ein. Ich bin zwar ein Teil von Myra, mache mich jetzt aber selbständig.«

Myra musterte sie. »Du bist schlecht. Man sieht es dir an.«

»Na und?« entgegnete Arym gleichgültig. »Wir können nicht alle gut sein. Außerdem wäre es recht langweilig, wenn nicht in jedem ein wenig Schlechtigkeit steckte. Überleg mal, wie entsetzlich brav du jetzt ohne mich sein wirst.«

»Du hast mir das Leben also so verdorben.« Erregt löste Myra sich von mir und trat vor Arym.

»Das hat mich manchmal harte Arbeit gekostet. Ich kann dir gar nicht sagen, wie froh ich bin, dich eine Zeitlang los zu sein.«

»Mach dir keine Illusionen«, erwiderte Myra heftig. »Ich lasse dich nicht wieder in mich zurück.«

»Wenn ich Lust dazu habe, hinderst du mich nicht.« Arym setzte sich auf die Bettkante. »Du kommst ohne mich nicht aus.«

»O doch, du wirst schon sehen, daß ich's kann.«

»Wovon willst du leben?« höhnte Arym. »Durch die Diebstähle habe ich immer für Geld gesorgt. Denke an Joe Krum. Was hat es mich gekostet, daß du endlich schlau wurdest.«

Myra bekam rote Wangen. »Ich wünschte, ich hätte nicht auf dich gehört.«

»Du hast leider einen anstrengend starken Charakter«, mußte Arym einräumen.

»Nun, die Sorge bist du ja jetzt los. Du bist Gott sei Dank nicht mehr in mir. Und du bleibst auch draußen.«

»Mich reizt es gar nicht zurückzukommen«, gab Arym achselzuckend zurück. »Also reg dich ab. Da wäre ich ja nicht mehr in Sicherheit.« Sie lachte hämisch. »Nein, ganz bestimmt nicht.«

Eine Falte bildete sich auf Myras Stirn. »Was meinst du damit?«

»Wenn dieser dumme alte Kerl nicht gewesen wäre, hätte ich dich nicht freiwillig verlassen. Mit einiger Mühe hatte ich ja sowieso schon die Oberhand über dich bekommen. Aber dieser Trottel mußte sich einmischen, und da mußte ich ihn umlegen. Wenn die Bullen mich schnappen, komm ich dafür auf den elektrischen Stuhl, sagte Peppi. Deshalb versteckt er mich, bis sie dich gefunden haben. Dann hast du den Mord am Hals. Wenn sie dich dann hingerichtet haben, kann ich ein neues Leben beginnen.«

Jetzt erst wurde Myra bewußt, in was für Schwierigkeiten sie steckte. Verzweifelt sah sie zu mir herüber.

»Wenn ich doch diese verdammte Schelle los wäre«, fluchte ich und zerrte an der Kette. »Ich wüßte schon, was zu tun wäre.«

»Gar nichts könnt ihr tun«, freute sich Arym und verschränkte die langen nackten Beine. »Hier habt ihr den sprichwörtlichen Kampf zwischen Gut und Böse. Ich wollte mit Myra auskommen, aber mir war das zu anstrengend. Warum soll eine Frau mit einer solchen Figur und solchem Aussehen ständig ein so ödes Leben führen, wie Myra es tut? Ich hab' das satt. Seitdem sie dich kennenlernte, hat sie nichts mehr geklaut. Was glaubt sie wohl, wovon wir leben sollen? Deshalb mußte ich sie verlassen und mir wenigstens diese Belohnung an Land ziehen. Sie hätte die flötengehen lassen. Jetzt wartet das Geld auf mich, wo es keiner finden kann.« Aryms Augen leuchteten bei dem Gedanken daran auf. Sie lehnte sich, auf die Hände gestützt, nach hinten. Ich will nicht schon wieder davon anfangen, aber dieses Weibstück könnte zweifellos ein Topmodell werden. Ihre Stimme riß mich aus meinen Betrachtungen. »Ross, möchtest du mich eigentlich immer noch heiraten, wenn alles vorbei ist? Das hast du doch gesagt, oder?« Ein kokettes Lächeln begleitete ihre Frage.

»Er liebt mich, merk dir das, du Miststück!« fauchte Myra, bevor ich antworten konnte.

»Das dachte ich mir«, meinte Arym wegwerfend. »Ross hat mich aber bereits gefragt. Nicht wahr, Darling?«

Was sollte ich dazu sagen?

»Da siehst du's.« Myra lächelte schadenfroh. »Du bekommst ihn nicht zwischen deine Klauen. Außerdem hast du jetzt genug geredet. Ich bring dich zur Polizei. Die werden sich schon die Richtige aussuchen.«

Angst flackerte in Aryms Augen auf. »Das tust du nicht. Das bringt sowieso nichts.« Flink rutschte sie vom Bett und lief zur Tür.

»Laß sie nicht raus!« schrie ich und versuchte, sie zu packen.

Myra eilte ihr nach, aber Arym war schneller. Sie riß die Tür auf – und stieß mit Lew zusammen.

Jetzt überstürzten sich die Dinge. Ich stieß den Tisch in Richtung Lew, Arym verschwand, die Tür hinter sich zuschlagend, im Flur, und Myra schwebte plötzlich zur Decke.

Als der Tisch umfiel, krachte auch die Menschenfalle auf den Boden. Der Sturz setzte den Mechanismus in Gang. Die Zahnräder begannen zu surren, und die Handschelle klickte auf. Ich konnte meinen Arm gerade noch befreien, da ging Lew schon auf mich los.

Seinen ersten Kinnhaken konnte ich dämpfen. Trotzdem

wackelten meine Zähne bedenklich. Doch dann konnte ich seine Angriffslust mit einer Rechten in den Magen erschüttern.

Er wich zurück, und Myra packte ihn am Haar. Sie wickelte sich liebevoll eine Strähne um den Finger und zog.

Er schaute wie ein Idiot um sich, nach rechts, nach links und nach hinten, konnte aber niemanden sehen, da Myra ja über ihm schwebte. Während er so beschäftigt war, nutzte ich meine Chance und bearbeitete ihn wie einen Punchingball. Ich dachte an Whisky und gab es ihm ordentlich. Lew wollte nach hinten ausweichen, Myra aber saugte sich mit aller Kraft wie ein Blutegel an ihm fest. Jetzt schaute er nach oben und entdeckte sie. Entsetzt riß er den Mund auf, und so hatte ich keine Schwierigkeiten, meinerseits einen schweren Kinnhaken zu landen.

Ein lächerlich verklärtes Lächeln zog über sein Gesicht, dann sackte er in sich zusammen.

»Gute Arbeit«, stellte ich fest und blies kühlend auf meine Knöchel. »Los! Laß uns schnellstens verschwinden!«

Ich langte nach oben und zog Myra sanft auf die Füße. So federleicht, wie sie war, hatte ich Mühe, sie an meiner Seite zu halten.

»Sie ist uns entwischt«, ärgerte sich Myra und hielt sich an mir fest, konnte ihre Füße aber nicht auf dem Boden aufsetzen.

»Macht nichts. Ich bin froh, daß ich wenigstens dich habe.« Wir hatten die Tür noch nicht erreicht, da hörten wir schwere Schritte die Treppe heraufkommen.

»Durchs Fenster«, flüsterte Myra. »Schnell!«

Ich ließ sie los und lief hin, und Myra, nunmehr ohne Halt, schoß in die Höhe und knallte mit dem Kopf an die Decke.

»Au!« jammerte sie. »Das hat weh getan.«

Aber ich beachtete sie nicht. Ich beugte mich nämlich gerade aus dem Fenster und mußte feststellen, daß wir uns mit einem Sprung auf die weit unten liegende Straße nur das Genick brechen würden.

»Wir sind zu hoch«, sagte ich und trat vom Fenster weg. »Was tun wir jetzt, verdammt noch mal?«

Myra schwebte herunter und zum Fenster hinaus, blieb aber

in erreichbarer Nähe. Es war ein irrer Anblick, sie dort dreißig Fuß über der Straße einfach in der Luft liegen zu sehen.

Menschen blieben unten stehen und starrten zu ihr herauf. Einige packten verwirrt den Ärmel eines Vorbeigehenden. Eine dicke Frau rannte wie eine Wahnsinnige davon. Ihr gellendes Schreien erinnerte an das Pfeifen einer Lokomotive.

»Steh da nicht herum!« rief Myra. »Gib mir deine Hand. Ich lasse dich schon nicht fallen.«

»Bist du verrückt? Ich soll . . .« Hinter mir flog krachend die Tür auf. Schnell packte Myra meine Hand.

Ich gebe gern zu, daß ich die Augen schloß, als ich in die Luft trat. Myra konnte mich jedoch mühelos vor dem Fallen bewahren. Ich spürte, wie der Wind an meinem Körper entlangstrich, und öffnete langsam wieder die Augen.

Wir hatten mehrere Gebäude überflogen. Waxeys Kneipe lag weit hinter uns.

»Macht es dir Spaß?« fragte Myra lächelnd, fest hielt sie meine Hand umschlossen.

»Nur, weil ich mich auf dich verlasse.« Ich umfaßte ihr Handgelenk noch etwas kräftiger. »Sonst würde mich allein schon der Gedanke daran um den Verstand bringen.«

Wir schwebten über eine belebte Straße hinweg. Ich sah einen Betrunkenen, der zufällig nach oben schaute, erstarrte und dann das Gesicht mit den Händen bedeckte. Der Schock half ihm vielleicht, für immer von der Flasche wegzukommen.

»Such eine ruhige Stelle, wo wir runtergehen können«, bat ich Myra. »Wir verursachen sonst einen ziemlichen Tumult.«

Wir umkreisten zahlreiche Häuser, bis wir eine verlassene Gasse entdeckten. Langsam ließen wir uns auf den Boden herunter. Kaum standen wir einigermaßen fest auf den Füßen, bemerkte ich in einer Tür einen alten Mann, der uns mißtrauisch beobachtete.

»Tun Sie das öfter?« wollte er wissen, während er nervös seinen Bart streichelte.

»Nur wenn uns der Übermut packt«, antwortete ich und klopfte mir den Staub vom Jackett. »Vergessen Sie's am besten.«

»Ich wünschte, das könnte ich«, entgegnete der Alte und seufzte. »Aber das wird mich mein Leben lang verfolgen.«

»Na, die kurze Zeit wird es ja noch zu ertragen sein«, scherzte ich gutmütig.

»Mach dich nicht über ihn lustig«, wies mich Myra zurecht. »Wie er aussieht, müssen wir ihm einen ziemlichen Schrecken eingejagt haben.«

»Das kann man sagen, junge Frau«, bestätigte der Alte eifrig. »Das Schlimme daran ist, daß keiner die Geschichte glauben wird.« Er schlurfte ins Haus und schloß die Tür.

»Uff! Wir haben wirklich Schwein, daß wir da heil rausgekommen sind«, fand ich.

Plötzlich sah mir Myra durchdringend in die Augen. »Hast du dieser blonden Schlampe tatsächlich einen Antrag gemacht?« fragte sie vorwurfsvoll.

»Aber Darling, ich hielt sie doch für dich«, verteidigte ich mich. »Da war ein Ausdruck in ihren Augen, daß ich einfach nicht anders . . .«

»Du willst sagen, in dieser Form hätte ich dich nie ermutigt«, unterbrach sie ernst. »Nein, das habe ich wohl nicht«, stimmte sie zu, stellte sich auf die Zehen und küßte mich.

»Mein Antrag steht auch jetzt noch«, sagte ich nach einer Weile. »Magst du darüber nachdenken?«

»Ja, Ross. Und jetzt muß ich mir erst mal Unterwäsche kaufen. Können wir irgendwohin fahren, wo ich so was finde?«

»Dann müssen wir uns beeilen«, mahnte ich. »Wenn uns die Cops nämlich . . .«

»Ich kann so nicht herumlaufen«, erklärte Myra energisch. »Das müssen wir eben riskieren.«

Am Ende der schmalen Straße sah ich ein Taxi halten und winkte. Wir waren beim Einsteigen, als Whisky angejagt kam. Keuchend sprang er zu uns hinten in den Wagen, und wir fuhren los.

SIEBZEHNTES KAPITEL

»Wo soll's hingehen, Chef?« erkundigte sich der Fahrer, als wir alle richtig saßen.

»Erst einmal geradeaus«, erwiderte ich und schob Whiskys Pfote von meiner Brust. »Ich sag's Ihnen, wenn ich's mir überlegt habe.«

Myra und Whisky waren völlig aus dem Häuschen vor Wiedersehensfreude, und ich mußte Whisky ermahnen, daß ich es ihm schon sagen würde, wenn ich abgeschleckt werden wollte.

»Mann, o Mann, daß ich euch wiedersehe!« japste Whisky vergnügt. »Ich hatte euch schon aufgegeben.«

»Einen Augenblick taten wir das auch.« Lächelnd umschloß ich Myras Hand. »Nur gut, daß du das Schweben gelernt hast, Baby.«

»Ohne mein Dazutun, wie du weißt. Aber vergiß nicht meine Unterwäsche. Ohne die Sachen fühle ich mich wie nackt.«

Whisky spitzte die Ohren. »Wieso? Was hast du mit ihnen gemacht?«

»Laß, Myra, du kannst jetzt nicht die ganze Geschichte erzählen«, sagte ich. »Das Zeug ist im Moment unwichtig. Du wirst von der Polizei gesucht. Wenn die hören, daß ich mit einer Blonden und einem Hund gesehen wurde, haben wir die Meute schnell auf dem Hals.«

»Na schön«, gab Myra nach und lehnte sich zurück. »Aber du kannst dir nicht vorstellen, wie mich so was verunsichert.«

»Egal. Wir müssen uns jetzt überlegen, wohin wir fahren sollen.«

»Das entscheidest am besten du.« Vertrauensvoll schob sie ihre Hand in meine. »Ich tue, was du mir sagst.«

»Ich muß dich irgendwohin bringen, wo dich niemand findet. Anschließend muß ich mich auf die Suche nach Arym machen.«

Myra krauste die Stirn. »Wer ist Arym?«

»Dein zweites Ich«, erklärte ich. »Sie selbst hat sich den Namen gegeben. Wenn ich sie erwische, bist du aus dem Schneider.«

»Und wie willst du das anstellen?«

»Das weiß ich noch nicht. Das überlege ich mir erst, nachdem ich ein Versteck für dich gefunden habe.« Mir fiel in diesem Moment Harriet ein. »Ich hab's«, rief ich aus, beugte mich vor und bat den Fahrer, an der nächsten Telefonzelle zu halten.

»Geht es auch hier?« fragte er und wechselte von einer Fahrbahn zur anderen, um in die Parkbucht eines Drugstores einzubiegen.

»Wartet hier«, sagte ich zu Myra. »Ich muß mal telefonieren.«

Im Drugstore gab es nur ein öffentliches Telefon, und das wurde gerade von einer Frau in Anspruch genommen.

Ich wandte mich an den Mann hinter dem Eisstand. »Ob die Frau noch lange telefoniert? Mein Taxi wartet draußen. Ich hab's eilig.«

»Die muß bald ausgequasselt haben«, meinte der. »Jedenfalls hängt sie schon seit dem Mittag an der Strippe. Außerdem dürfte sie bald die ganze Luft in dem Kasten aufgebraucht haben.«

Ich nickte dankend und sah, daß er offenbar wußte, was er sagte, denn die Frau hängte unvermittelt auf und verließ die Zelle. Sie lächelte den Eisverkäufer an und entfernte sich.

»Was die nur so lange zu schwatzen haben«, meinte der Mann, auf die Theke gelehnt. Doch ich hörte schon nicht mehr zu. In der Telefonzelle wählte ich hastig die Nummer des *Reporter*.

Harriet habe im Büro von Mr. Maddox zu tun, bekam ich dort zu hören.

»Können Sie nicht jemanden bitten, sie da kurz rauszuholen«, fragte ich. »Es ist sehr wichtig.«

»Wie wichtig?« erkundigte sich die Frau in der Vermittlung, wenig beeindruckt.

»Ihre Wohnung brennt, und ihr Vater mußte sich aufs Dach

flüchten. Er kann nicht mehr zurück«, log ich. »Ist das wichtig genug, um Harriet zu rufen?«

»Deshalb darf ich Mr. Maddox nicht stören«, gab sie zurück.

»Wie lange steht der Mann schon auf dem Dach?«

Das Herzchen konnte froh sein, daß ich nicht bei ihr in der Vermittlung stand. Sie hätte ihr blaues Wunder erlebt.

»Es spielt keine Rolle, wie lange er dort steht, sondern daß es unter ihm brennt und ihn die Höhe schwindelig macht. Er will seine Tochter sehen, bevor ihm irgend etwas passiert.«

»Wenn sie bei Mr. Maddox fertig ist, sag ich's ihr«, antwortete sie spitz und legte auf.

Wahrscheinlich hatte sie mir nicht geglaubt.

Ich mußte das Telefon verlassen, um Geld zu wechseln. Als ich zurückkam, betrat gerade ein Mann den Glaskasten.

»Einen Moment, Mister, ich habe einen Notfall«, erklärte ich. »Bitte lassen Sie mich schnell dran.«

Doch er schüttelte den Kopf. »Ich habe auch einen Notfall. In der Wohnung meiner Frau brennt es . . .«

»Ich weiß, und sie hat sich aufs Dach gerettet«, fiel ich ihm verdrossen ins Wort.

Erstaunt sah er mich an. »Woher wissen Sie das?« Dann zuckte er mit den Schultern. »Was soll's. Ich warte. Sie hat ja von da oben 'ne schöne Aussicht.«

Ich bedankte mich und rief nochmals den *Reporter* an. »Wenn Sie mich nicht sofort mit Miss Halliday verbinden«, sagte ich, sobald sich die Vermittlung meldete, »zahle ich Ihnen das in einer dunklen Nacht heim.«

»Fein. Wollen wir uns gleich verabreden?« erwiderte sie prompt. »Zu dumm, daß es augenblicklich nachts nie richtig dunkel wird.«

»Nein?« Am liebsten hätte ich ihr den Hals umgedreht.

»Na, Sie wissen schon, wie ich's meine. Wie dunkel sollte es denn sein?«

»Weiß ich nicht, und das ist mir auch egal. Die erstbeste dunkle Nacht, das kann ich Ihnen jedenfalls sagen!«

»Immer diese vagen Verabredungen!« Jetzt kicherte sie auch

noch. »Bei mir läuft nur was, wenn es fest ausgemacht ist. Wie wär's mit heute abend? Morgen ist Neumond, dann ist es bestimmt zu hell.«

In meinem Gedächtnis regte sich etwas. »Neumond?« wiederholte ich. »Morgen? Sind Sie sicher?«

»Ganz sicher. Auf solche Kleinigkeiten achte ich immer. Die können eine Frau nämlich ziemlich beeinflussen.«

»Ach, das interessiert mich jetzt nicht. Den Wievielten haben wir heute?«

»Den 31. Juli. Wieso? Haben Sie irgend etwas vermasselt?«

Mir rutschte beinah der Hörer aus der Hand. Der letzte Tag des Monats! Ansells Worte fielen mir ein. Zum Monatsende, wenn der Mond wechselte, würde Myra ihre Kräfte verlieren. Hastig schaute ich auf eine nahe Wanduhr. 5 Uhr 15. Mir bleiben nur noch sieben Stunden, um alles in die Reihe zu bringen.

»Hallo? Sind Sie noch dran«, kam es aus der Leitung.

»Sieht so aus.« So höflich wie möglich fügte ich hinzu: »Könnten Sie mal schauen, wie weit Miss Halliday ist?«

»Und was wird aus unserer Verabredung?«

»Heute abend, gut so? Ich hole Sie ab.«

»Wie erkenne ich Sie?«

»Mich? Nichts leichter als das. Ich trage einen Röhrenhosen-Anzug und dazu das linke Bein über der rechten Schulter. Ich bin nicht zu verfehlen.«

Sekundenlang war es still in der Leitung. »Können Sie gar nichts wegen dieses linken Beines unternehmen?«

»Ich kann's zu Hause lassen.«

»Ach ja? Würden Sie das übers Herz bringen?« fragte sie hoffnungsvoll. »Der Anzug geht ja noch, aber das mit dem Bein würde mir auf den Geist gehen.«

»Genau das soll es«, hob ich hervor.

Auch das mußte sie erst verarbeiten. »Gut, heute abend«, sagte sie dann munter. »Miss Halliday ist jetzt frei. Ich stelle Sie durch.«

Harriet kapierte sofort. Noch bevor ich zu den Einzelheiten kam, wußte sie schon, was ich wollte. Sie gab mir die Adresse ihrer Wohnung, beschrieb mir den Weg und versprach, früh nach Hause zu kommen. Ich dankte ihr und legte auf, und als ich die Telefonzelle verließ, war mir, als hätte ich in der kurzen Zeit zehn Pfund abgenommen. Draußen stieß ich mit dem Mann zusammen, der so dringend hatte telefonieren wollen. Er entschuldigte sich.

»Einen Moment noch«, hielt er mich auf. »Erinnern Sie sich, warum ich eigentlich telefonieren wollte?«

Ich frischte sein Gedächtnis auf.

»Richtig. Mein Kopf ist wie ein Sieb. Stellen Sie sich vor, ich weiß nicht einmal, ob das Feuer heute oder schon vorige Woche ausgebrochen ist. Übel, nicht?«

Ungeduldig schob ich ihn beiseite und lief auf die Straße. Dort fand ich Whisky, auf dem Boden des Taxis liegend, Myra aber war nirgendwo zu sehen.

»Wo ist sie?« wollte ich natürlich wissen.

»Und wo warst du?« fragte Whisky. »Los, steig ein!« Das klang so dringend, daß ich wortlos reinkletterte und die Tür zuzog.

»Was ist passiert?«

»Wie lange soll ich eigentlich noch hier herumstehen?« mischte sich der Fahrer ärgerlich ein. »Sie haben vielleicht keines, aber ich hab' ein Zuhause.«

Whisky bleckte die Zähne. »Warten Sie gefälligst«, knurrte er.

Wie der Blitz war der Fahrer aus dem Taxi. Er riß an seinem Kragen. »Wozu hab' ich Füße? Keine Sekunde länger bleibe ich in der Kiste!«

»Kommen Sie wieder rein, wenn Sie sich beruhigt haben«, rief ich ihm nach. »Dafür erleben Sie einen interessanten Abend.«

Der Fahrer achtete nicht auf mich. Er rannte wie ein Irrer davon.

So wandte ich mich wieder zu Whisky. »Also, wohin ist sie gegangen?«

»Duck dich lieber«, drängte Whisky verschwörerisch. »Die Bullen sind schon da.«

»Was?« rief ich erschrocken aus. »Wieso? Haben sie Myra?«

»Noch ein paar Minuten, und dann ist die Sache gelaufen«, sagte er mit geisterhaft hohler Stimme. »Sie ist dort drüben auf der anderen Seite in dem Wäschegeschäft. Kaum warst du gegangen, entdeckte sie es und war im Nu aus dem Wagen. Ich konnte sie nicht zurückhalten. An der Ecke stand ein Cop und sah sie. Er fackelte nicht lange und forderte Verstärkung an. Sie sind gerade eingetroffen.«

Ich folgte seinem Blick, und jetzt sah ich auf der anderen Straßenseite die zwei Polizisten. Sie standen vor der schicken Boutique und betrachteten schmunzelnd die in den Schaufenstern ausgelegten Dessous.

»Warum holen sie sie nicht heraus?« Mir war ziemlich flau im Magen.

»Woher soll ich das wissen?« knurrte Whisky. Offensichtlich ging ihm das ebenso an die Nieren wie mir.

»Ich kann hier nicht einfach hocken bleiben. Ich muß sehen, was dort vor sich geht. Du bleibst hier, Whisky.« Damit stieg ich aus und überquerte die Straße.

Erst sah es aus, als wollten mich die zwei Polizisten aufhalten, da ich aber einfach weiterging, ließen sie mich durch.

Im Laden sah ich als erstes Clancy.

»Sieh da«, meinte ich grinsend, »wird für die liebe Frau etwas Hübsches eingekauft?«

»Da sind Sie ja endlich!« empfing er mich, kochend vor Wut. »Ich habe überall nach Ihnen gesucht. Wo ist sie?«

Ich warf einen kurzen Blick durch den Raum. Eine ausgesprochen hübsche Boutique. Hier stimmte alles. Wer die eingerichtet hatte, verdiente ein Lob: glänzende Chrommöbel, überall Spiegel und angenehm indirekte Beleuchtung. Man sank so tief in den Teppich ein, daß sein Flor fast die Knöchel kitzelte. Ringsum an den Wänden kleine Nischen mit lebensgroßen Puppen, bekleidet mit Badeanzügen, Dessous oder Negligés. Einige dieser Puppen wirkten so lebendig, daß ich zweimal hinschaute, um mir keines der Details entgehen zu lassen.

Am hinteren Ende des Raums bewachte ein Polizist eine

Gruppe junger Frauen. Der Job schien ihm zu gefallen. Wofür ich vollstes Verständnis hatte. Als hätte man sie einfach von der Bühne des Folies-Bergère hierher versetzt, so sahen sie aus. Ein nervös dreinblickender Knabe im Cut, offenbar der Geschäftsführer, lief geschäftig herum.

Myra war jedoch nirgendwo zu sehen.

»Sie?« wandte ich mich erstaunt zu Clancy. »Wer soll das sein? Mein lieber Freund, warum sehen Sie das Leben nicht mal von der leichteren Seite? Es gibt noch etwas anderes als Arbeit. Schauen Sie sich dort die Mädels an. Läuft Ihnen da nicht das Wasser im Mund zusammen?«

»Kommen Sie mir nicht auf die Tour«, blaffte Clancy. »Erst hat man sie in diesen Laden gehen sehen, und jetzt tauchen Sie auch noch auf. Glauben Sie, ich sei blöd?«

»Sie, sie, sie«, wiederholte ich. »Von wem reden Sie eigentlich?«

»Von der Shumway, natürlich.« Ungeduldig schlug er sich mit den Fäusten gegen die Schenkel. »Nehmen Sie sich in acht, Millan«, warnte er finster. »Sie wird wegen Mordes gesucht.«

»Ja, ja, ich weiß. Was hat das aber mit mir zu tun? Ich habe hier nur mal hereingeschaut. Haben Sie den Laden noch nicht durchsucht? Außerdem sollten lieber Sie sich in acht nehmen, Clancy. Meine Zeitung sieht es nicht gern, wenn ihre Leute so von Ihnen schikaniert werden.«

Das nahm ihm den Wind aus den Segeln. Doch nun ließ er seine schlechte Laune an den Polizisten aus.

»Steht da nicht mit Stielaugen herum, sondern sucht sie! Laßt keine Ecke aus. Nehmt den ganzen Laden auseinander. Sie muß hier sein. Also, findet sie!«

Entrüstet eilte der Geschäftsführer heran. »Das kann ich nicht zulassen. Die Umkleidekabinen dürfen Sie nicht betreten. Meine Kundinnen werden sich beschweren. Das ist eine Zumutung! Eine unerhörte Zumutung!«

»Wartet«, befahl Clancy seinen Männern und wandte sich dem Geschäftsführer zu. »Sparen Sie sich Ihr Gejammer. Vor fünf Minuten kam eine Frau in diesen Laden. Sie muß also noch hier sein. Wo ist sie?«

Der Geschäftsführer rang seine Hände. »Ich führte sie dort hinein.« Er wies auf eine leere Kabine, die sich neben einer der Nischen befand. »Aber sie ist weg. Wohin und wie weiß ich nicht.«

»Irgendwo muß sie sein«, brummte Clancy. »Eines Ihrer Mädchen soll sofort aus allen Kabinen die Kundinnen herausholen«, befahl er dann.

»Ausgezeichnet«, warf ich ein. »Unser Playboy vom Dienst hat natürlich keine Ahnung, daß sich die Kundinnen zum Auskleiden in die Kabinen zurückziehen.«

»Sie halten sich da heraus!« schnauzte Clancy mich an. »Ich werde diese Frau finden, und wenn es meine letzte Diensthandlung sein sollte!«

»Das ist sie mit Gewißheit, wenn Sie hier lauter unbekleidete Damen der Gesellschaft antreten lassen«, gab ich trocken zurück. »Captain Summers' Frau kauft hier auch öfter ein.«

Clancy baute sich vor mir auf. »Wenn Sie nicht augenblicklich den Mund halten, wird Ihnen das noch leid tun«, bellte er. Doch ich hatte ihn offensichtlich verunsichert. »Ich weiß, Sie möchten der Frau zur Flucht verhelfen. Aber sie entwischt mir trotzdem nicht.«

»Nur zu«, erwiderte ich achselzuckend, »schaufeln Sie sich Ihr eigenes Grab.«

Clancy drehte sich dem Geschäftsführer zu. »Holen Sie sie raus. Alle! Die Frau muß in einer der Kabinen sein, und sie steht unter Mordverdacht.«

Einen Moment zögerte der Geschäftsführer, sah aber wohl keine andere Lösung, als Folge zu leisten. Er beauftragte zwei Mädchen, von Kabine zu Kabine zu gehen.

Fünf Minuten später standen sechs notdürftig verhüllte entrüstete Frauen vor Clancy, der nun fast einem Nervenzusammenbruch nahe war. Myra befand sich nämlich nicht unter ihnen.

Während er eine nach der anderen ungläubig anstarrte, schlenderte ich herum und sah mir die Schaufensterpuppen etwas näher an. Mir schwante langsam, wo Myra sich versteckte. Und tatsächlich, eine von ihnen kam mir sehr bekannt vor. Ich schaute ein zweites Mal hin und begegnete Myras flehendem Blick. Sie trug ein elegantes schwarzes Negligé und auf dem Kopf ein Arrangement aus schwarzen Boafedern, das ihr Gesicht leicht verdeckte. Da sie zwischen den echten Puppen stand, war sie nur von ihnen zu unterscheiden, wenn man dicht vor ihr stand.

»Geh weg«, zischte sie. »Guck nicht zu mir.«

»Das muß ich aber«, flüsterte ich. »Erstens liebe ich dich, und zweitens siehst du zum Anbeißen aus. Hast du Angst?«

»Und wie! Geh jetzt endlich weg!«

»Bin schon fort. Aber ich komme wieder.«

Als ich mich abwandte, kam eine der Verkäuferinnen auf mich zu, eine Rothaarige. Ehrlich gesagt, stehe ich auf Rothaarige. Insbesondere wenn sie elfenbeinfarbene Haut, grüne Augen und hübsche Kurven haben. Diese war mit all dem ausgestattet. »Hallo«, sagte ich deshalb und lüftete meinen Hut.

»Möchten Sie das Negligé vielleicht kaufen?« fragte sie lächelnd. »Kann ich Ihnen dabei behilflich sein?«

Clancy, so bemerkte ich mit einem Blick, hatte immer noch mit den aufgebrachten Kundinnen zu tun.

»Es gefällt mir«, antwortete ich zurückhaltend. »Ich habe aber niemanden, der es anziehen könnte.«

»Oh, das ist kein unlösbares Problem.« Hüftschwenkend kam sie noch etwas näher. »Schlimmer ist, zu viele Frauen zu kennen, die nichts anzuziehen haben.«

»Mir wäre das aber lieber«, entgegnete ich. »Ich bin FKK'ler.«

Sie krauste zwar die Stirn, ließ sich dadurch aber nicht allzusehr erschüttern.

»FKK'ler? Über die habe ich doch in meinem Benimm-dich-Buch mal was gelesen«, tat sie nachdenklich. »Es will mir nur nicht mehr einfallen.«

»Gnädigste, wozu brauchen Sie Anstandsregeln«, erwiderte ich erstaunt. »Sie sollten immer nur Ihrem Instinkt folgen.«

»Das wäre, wie einen Wagen ohne Bremsen zu fahren«, parierte sie lächelnd. »Ich kenne meine Instinkte nämlich besser als Sie.«

Langsam begann mich die Frau zu interessieren.

»Dann könnten wir demnächst doch mal eine kleine Fahrt machen«, schlug ich hoffnungsvoll vor.

»Nur nicht zu viele Pläne auf einmal. Konzentrieren wir uns zunächst auf das Negligé.« Damit drehte sie sich wieder zu Myra um. »Würde ich darin nicht verführerisch aussehen?«

»Nicht halb so verführerisch wie ohne es«, sagte ich hastig.

»Diese Bemerkung will ich überhört haben. Sie entbehrt wirklich jeder geschäftlichen Basis.«

»Wen interessiert eine geschäftliche Basis. Gehen wir irgendwohin und vergessen die dummen Geschäfte«, schlug ich vor.

Doch sie war hartnäckig. »Und was ist mit dem Negligé? Ich sehe bestimmt sehr gut darin aus. Warten Sie, ich führe es Ihnen vor.«

»Ein andermal. Ich . . .« Mir stockte der Atem, denn sie legte eine Hand auf Myras Arm.

»Es ist traumhaft schön«, schwärmte die Rothaarige. Im nächsten Augenblick schien sie etwas zu erschrecken. Sie drückte Myras Arm.

Schnell zog ich ihre Hand fort: »Ich verstehe mich aufs Handlesen. Mal sehen, wie es um Ihre Zukunft aussieht.«

»Etwa eine Zukunft, in der Sie eine Rolle spielen.« Sie mühte sich um ein Lächeln, starrte Myra dabei aber sichtlich beunruhigt an. »Komisch, die Puppe hier fühlt sich an, als wäre sie ein Mensch.«

»Tatsächlich?« Ich tätschelte Myras Allerwertesten. »Phantastisch, was die heute alles mit Pappmaché hinkriegen.«

Selbstverständlich ließ ich die Hand der Rothaarigen nicht los, deren Unruhe sich langsam legte. Da sah ich aus den Augenwinkeln heraus, daß Myra sich bewegte. Ohne ihre starre Haltung aufzugeben, hob sie sich plötzlich ein kleines Stück vom Boden ab und blieb so in der Luft stehen. Mir brach kalter Schweiß aus.

Da die Rothaarige mit dem Rücken zu Myra stand, bemerkte sie nicht, was da vorging. Hastig legte ich eine Hand auf Myras Schulter, drückte sie auf den Teppich zurück und hielt sie so fest.

»Können Sie mir wirklich aus der Hand lesen?« hörte ich die Verkäuferin fragen.

»Vor ein paar Monaten habe ich einen Fernunterricht begonnen.« Mir war speiübel. »Bis jetzt kann ich aber nur Vergangenes erkennen. Die Zukunft kommt, glaube ich, erst nächste Woche dran.«

Für eine Sekunde ließ ich Myra los. Sofort löste sie sich vom Boden, und so drückte ich sie rasch wieder hinunter.

Gleichzeitig entzog die Rothaarige mir die Hand. »Gut, dann warte ich bis nächste Woche. Meine Vergangenheit kenne ich, und die geht nur mich etwas an.«

Die Reaktion hatte ich erwartet, was ich ihr aber nicht auf die Nase band.

»Das Modell scheint es Ihnen wirklich angetan zu haben«, fuhr sie fort. »Sie können sich wohl nicht entscheiden?«

Es wurde zunehmend schwieriger, Myra festzuhalten. Wieder ging sie einige Zoll in die Höhe, und ich zog sie ein wenig zu heftig herunter.

Deshalb merkte es die Rothaarige. Ich hörte sie scharf einatmen. »Was ist?« fragte sie nervös. »Wollte sie umfallen?«

»Hier zieht es so stark«, erklärte ich geistesgegenwärtig. »Und diese Puppen sind erstaunlich leicht.«

Ihr schien die Sache aber nicht geheuer zu sein. »Die da finde ich sowieso scheußlich. Nein, ich mag sie nicht.«

Clancy hatte die Kundinnen einigermaßen beruhigen können und kam jetzt zu uns. Schweißperlen standen ihm auf der Stirn. Verdrossen fixierte er mich.

»Was tatschen Sie da an der albernen Puppe rum?«

»Ich bin eben einer von denen, die daran Spaß haben«, entschuldigte ich mich.

»Außerdem stimmt irgend etwas nicht mit diesem alten Modell«, warf die Rothaarige ein. »Irgendwie will es ständig nach oben schweben.«

»Schweben?« Clancy musterte sie mißtrauisch.

»Ja, ich weiß auch nicht. Aber so sieht es aus.«

»Ach, sie redet Unsinn, Clancy«, sagte ich hastig. »Der Trubel hier ist ein bißchen zuviel für sie.«

Aber Clancy würdigte mich kaum eines Blicks, sondern konzentrierte sich auf Myra. »Aha, so ist das«, brummte er. »Das hätte ich mir eigentlich denken können.« Ehe ich es verhindern konnte, hatte er Myra das Federgebilde abgerissen.

Nicht einmal mit der Wimper zuckte sie. Steif und mit ausdruckslosen Augen stand sie reglos da.

Clancy betrachtete sie. »Kein Zweifel, Sie sind es, Myra Shumway. Also hören Sie auf, hier Schaufensterpuppe zu spielen. Sie sind verhaftet.«

Da nahm ich die Hand von Myras Schulter und trat einen Schritt zurück. Als Clancy sie packen wollte, entschwebte sie ihm einfach. Starr wie eine Statue erhob sie sich zehn Fuß hoch in die Luft. Das versetzte Clancy natürlich einen Schock. Er kniff die Augen zusammen.

»Unmöglich!« stöhnte er. »So was gibt's doch nicht!«

»Was haben Sie?« fragte ich unschuldig. »Haben Sie noch nie etwas von den Leichter-als-Luft-Modellen gehört? Transportprobleme werden dadurch wesentlich vermindert.« Ich klopfte ihm freundschaftlich auf die Schulter.

»Hören Sie mit dem Unsinn auf!« Durch gespreizte Finger wagte er, noch einmal einen Blick auf Myra zu werfen. »Meine eigenen Probleme genügen mir momentan vollauf.«

Zu diesem Zeitpunkt trottete Whisky in den Laden.

Durch die allgemeine Aufregung bemerkte ihn keiner. Die Verkäuferinnen schrien, den Geschäftsführer hatte es umgehauen – er saß auf dem Boden und nestelte zitternd an seinem Kragenknopf –, und die Polizisten starrten, wie angewurzelt, mit aufgerissenen Augen auf Myra.

Zu allem Übel hing die Rothaarige auch noch an meinem Hals und kreischte mir hysterisch die Ohren voll.

Whisky hätte sich keinen besseren Moment für seine Ankunft aussuchen können.

Er kam zu mir gelaufen. »Kaum bist du hier, und schon hast du eine am Haken«, sagte er mit einem anerkennenden Blick für die Rothaarige. »'ne flotte Mieze!«

Seine laut gesprochenen Worte wirkten wie ein Blitzschlag. Die Rothaarige stöhnte leise auf und glitt ohnmächtig auf den Teppich. Clancy wich kreidebleich zurück. Alle anderen im Raum klammerten sich entsetzt aneinander. Jedes Geräusch verstummte.

»Glauben Sie mir jetzt, was ich Ihnen von der schwebenden Frau und dem sprechenden Hund berichtete?« fragte ich Clancy. »Sie können's ja nun selbst hören und sehen.«

»Ja, ja, ich glaube alles«, erwiderte Clancy schlotternd. »Aber das ist für mich zuviel. Sie müssen zum Captain mitkommen.«

Whisky beäugte das Gesicht der Rothaarigen. »Merkwürdig, daß die Weiber immer gleich umfallen müssen.« Eifrig begann er, ihr Gesicht abzuschlecken.

Ich trat ihm kurz gegen sein verlängertes Hinterteil und herrschte ihn an, als er fluchte und den Schwanz hastig einzog: »Laß sie in Ruhe! Außerdem verdirbst du dir vielleicht den Magen mit der vielen Schminke.«

»Die hat aber sehr gut geschmeckt«, meinte er, ein Feixen in den Augen. »Abgesehen davon, habe ich sie nur wiederbeleben wollen.«

»Damit würdest du ihr nichts Gutes tun. Im Moment geht es ihr so besser.«

»Können Sie den da nicht zum Schweigen bringen?« flehte Clancy und sah Whisky an, als wäre dieser ein Ungeheuer. »Mich macht das alles wahnsinnig.«

Myra schwebte an mir vorbei. »Wie geht es weiter?« fragte sie. »Soll ich verschwinden?«

»Nein. So können wir nicht ewig weitermachen. Wir gehen jetzt alle mit zu Summers, und der soll dann sehen, was zu tun ist.«

Sie kam etwas tiefer und ging in meiner Reichweite in waagerechte Lage. Ich zog sie näher und küßte sie. »Es wird alles gut werden«, versprach ich. »Einmal müssen sie ja Vernunft annehmen.«

Clancy riß sich mühsam zusammen. »Könnten Sie die Frau nicht dazu überreden, auf dem Boden zu bleiben? Mir wird ganz übel, wenn ich sie so in der Luft sehe.«

Myra sah ihn stirnrunzelnd an. »Ich soll auf Sie Rücksicht nehmen? Nein! Sie waren schließlich immer gegen mich.«

»Ja, du mußt unbedingt so bleiben«, drängte ich. »Je mehr Leute dich sehen, desto mehr Zeugen haben wir. Komm, Liebling.«

Ich faßte sie an den Schultern und schob sie dem Ausgang zu.

Es muß ein irrer Anblick gewesen sein. Die Hände auf der Brust gefaltet, lag Myra der Länge nach ausgestreckt in der Luft. Als schöbe ich eine Bahre ohne Fahrgestell, so sah das aus.

Whisky gesellte sich an meine Seite. »Sag mal, Kumpel, willst du etwa so durch die Straßen marschieren?«

»Das habe ich vor«, bestätigte ich ruhig. Dann mußte ich Myra einen Moment loslassen, um die Tür zu öffnen.

»Millan!« rief Clancy und kam uns nachgerannt. »Das können Sie unmöglich tun.«

»Versuchen Sie doch, mich daran zu hindern«, antwortete ich entschlossen.

Nervös schaute er sich nach seinen Männern um, die sich noch immer nicht von der Stelle gerührt hatten. »Na los! Bringt die beiden in den Wagen!«

Sekundenlang zögerten die Cops, kamen dann aber vorsichtig auf uns zu.

»Sieht so aus, als würden wir Schwierigkeiten bekommen«, sagte ich zu Myra.

Da senkte sie die Füße auf den Boden. »Überlasse das mir.« Ihre Augen sprühten Feuer. »Bisher war ich doch sehr brav, oder? Wenn die aber Ärger machen wollen, kann ich das auch.«

Jetzt berührten ihre Füße den Teppich, und das schien den Polizisten neuen Mut zu geben. Geschlossen schritten sie auf uns zu.

Plötzlich schnalzte Myra mit den Fingern in ihre Richtung,

und die Männer blieben jäh stehen. »Es fängt an zu regnen«, stellte der eine verwirrt fest.

»Kümmern Sie sich nicht um den Regen«, bellte Clancy, »sondern verhaften Sie die Frau!«

Ein kräftiger irischer Cop streckte die flache Hand aus und wurde blaß. »Heilige Mutter Gottes!« stieß er mit halberstickter Stimme heraus. »Es regnet ja hier drinnen!«

Es sah aus, als würde Clancy jeden Moment platzen. »Idiot! Hier drinnen kann es nicht regnen!« brüllte er. »Ich reiße Ihnen das Abzeichen von der Jacke, wenn Sie nicht augenblicklich tun, was ich sage!«

Nun schnalzte Myra auch in seine Richtung mit den Fingern, und er zuckte fast im selben Moment zusammen. »O Gott!« Er schaute zur Decke. »Es regnet tatsächlich.«

»Das hab' ich doch gesagt.« Angst flackerte in den Augen des irischen Polizisten. »Ich mach, daß ich hier rauskomme.«

Die Geschichte faszinierte mich. Über jedem Cop und über Clancy sah ich leichten Sprühregen niedergehen, doch er kam nicht von der Decke, sondern schien ein kleines Stück über ihren Köpfen aus dem Nichts heraus anzufangen.

Die Männer gingen unsicher weiter, und der Regen folgte ihnen. Nie hatte ich etwas so Gespenstisches gesehen.

»Machst du das?« fragte ich Myra leise.

»Selbstverständlich. Wußtest du nicht, daß ich's regnen lassen kann. Das ist ein alter Naguale-Zauber.«

Ihr Blick fiel auf die Rothaarige, die sich gerade ziemlich benommen aufsetzte. »Ein bißchen Regen wird dem Teint dieser Tussy nur guttun«, sagte sie giftig.

Wieder schnalzte sie, diesmal zu der Rothaarigen hin.

Aber das konnte man keinen Sprühregen mehr nennen, es schüttete förmlich auf die hübsche Verkäuferin herab. Schreiend sprang sie auf die Füße und lief blindlings durchs Geschäft. Das schmale Band strömenden Regens blieb unbeirrt über ihr. Innerhalb weniger Sekunden war sie bis auf die Haut durchnäßt.

»Das reicht, glaube ich«, fand Myra befriedigt. »So schön ist sie doch gar nicht, oder?«

Im Augenblick sah die Rothaarige eher aus, als hätte man sie gerade aus dem Fluß gefischt.

Myra schnalzte mit den Fingern, und es regnete nicht mehr.

Clancy und die Polizisten trockneten sich mit ihren Taschentüchern ab. Die Rothaarige aber lag auf dem Boden und trommelte hysterisch mit den Absätzen auf den Teppich.

»Falls uns immer noch jemand in den Wagen bringen will, fängt es sofort wieder an zu regnen«, drohte Myra.

»Tun Sie, was Sie wollen, Miss Shumway«, sagte Clancy zermürbt. »Ich hindere Sie nicht.«

Darauf nahm Myra erneut ihre liegende Stellung ein. »Schiebe mich auf die Straße hinaus«, forderte sie mich auf. »Und dann weiter bis zum Polizeipräsidium. Dann haben wir wohl genug Zeugen.«

Als ich zum zweitenmal dazu ansetzte, sie durch die Tür zu schieben, trat Sam Bogle in den Laden.

Ein Blick genügte, um zu wissen, daß er betrunken war. Uns sah er gar nicht – nur Myra.

»Glaub ja nicht, daß ich dich einfach davonkommen lasse«, grollte er. »Doc war mein Freund. Und niemand bringt einen Freund von mir um, ohne dafür zu bezahlen.«

Wir alle waren so überrascht, daß wir uns nicht rührten. Nur Myra senkte die Füße wieder auf den Boden und sah ihm in die Augen.

»Sam, ich habe ihn nicht getötet. Das solltest du eigentlich wissen.«

»Du hast ihn umgelegt.« Haß glomm in Sams Augen. »Und jetzt wirst du dafür büßen.«

»Paß auf!« rief Whisky und sprang vorwärts.

Zu spät. Sam schoß aus der Hüfte heraus. Ich sah seine Waffe aufblitzen.

Myra torkelte zwei Schritte auf ihn zu, dann sank sie auf den Boden.

Erschüttert starrten wir auf sie, unfähig, uns zu bewegen. Die Pistole glitt aus Sams Hand.

Schließlich kniete ich neben Myra nieder. Hinter mir hörte ich Sam jammern.

»Das habe ich nicht gewollt. Ehrlich, das wollte ich nicht!«

ACHTZEHNTES KAPITEL

Über eine Stunde warteten wir im Krankenhaus, bevor die Ärzte eine Auskunft geben konnten.

Da waren Summers, Clancy, Whisky, Bogle und ich sowie zwei Polizisten als Bewachung für Bogle.

Immer wieder schielten Summers und Clancy zu Whisky. Ein sprechender Hund, das konnten sie einfach nicht fassen. Summers hatte sich die gesamte Geschichte angehört, und nach dem ersten Schock über Whiskys menschliche Stimme hatte er sogar soviel Format besessen, sich bei mir zu entschuldigen.

»Ich lasse Ihnen freie Hand, Millan«, sagte er. »Donnerwetter! Noch nie habe ich so einen Fall vor Gericht gebracht. Hoffentlich kommt das Mädchen durch. Aber es ist das Unglaublichste, was mir je in die Finger gekommen ist. Da können Sie mir mein Mißtrauen doch nicht übelnehmen, oder? Selbstverständlich ist es mir nur recht, wenn Sie jetzt die andere aufzutreiben versuchen.«

Doch ich brachte es nicht fertig, das Krankenhaus zu verlassen. Dort über dem Gang lag Myra in einem der Krankenzimmer und kämpfte um ihr Leben. Mir war, als zöge mir jemand den Boden unter den Füßen weg. Ich wollte in der Nähe sein, um sofort an ihr Bett eilen zu können, wenn man jemanden zu ihr ließ.

Ich fühlte, daß es Whisky ebenso erging.

Wir saßen einfach da und warteten, und als der Arzt herauskam, hatte ich Angst, aufzustehen und auf ihn zuzugehen.

»Wer von Ihnen ist Mr. Millan?« erkundigte er sich.

Summers war bereits aufgesprungen und sagte irgend etwas zu dem Arzt, worauf der mit den Schultern zuckte. Mir lief es eiskalt den Rücken herunter, als ich das sah. Dann wies Summers auf mich, und der Arzt winkte mich heran.

Schwerfällig stand ich auf. Meine Beine fühlten sich während der wenigen Schritte an, als wären sie von einer Straßenbahn überrollt worden.

Whisky blieb an meiner Seite.

»Wie geht es ihr, Doktor?« Angstvoll schaute ich in sein müdes Gesicht.

»Nicht besonders gut«, erwiderte er. »Sie möchte Sie sehen. Aber sie darf sich nicht aufregen. Ich fürchte, sie kommt nicht durch.«

»Sie muß durchkommen!« Erregt faßte ich den Arzt am Ärmel. »Sie müssen sie retten.«

»Wir tun, was wir können«, versicherte er und entzog sich meinem Griff. »Doch sie hilft nicht mit. Und wenn ein Patient sich aufgibt, nützt die beste Behandlung nichts. Miss Shumway zeigt nicht ein bißchen Lebenswillen.«

»Darf ich zu ihr?«

»Für eine Minute. Und sagen Sie nichts, was sie belasten könnte.«

Zusammen mit Whisky betrat ich das schmale Zimmer.

Myra lag flach ausgestreckt. Sie sah bleich und eingefallen aus. Es schmerzte mich, sie so zu sehen.

Ich setzte mich und nahm ihre Hand.

Da schlug sie die Augen auf. »Ich hatte schon Angst, daß du nicht zu mir darfst«, wisperte Myra.

Whisky schob seine lange Schnauze aufs Bett. Sie streichelte kurz über seine Ohren und wandte sich mir wieder zu.

»Der müßte noch geboren werden, der mich von dir fernhalten kann.« Mir gelang ein Lächeln. »Werde bald gesund, Liebling. Ich komme ohne dich nicht aus.«

»Es wird schon, Ross. Ich bin nur müde. Ich muß schlafen. Danach geht es mir bestimmt gleich besser. Aber jetzt mag ich auf keinen Fall länger wach bleiben.«

»Kleines, der Arzt hat das Gefühl, daß du nicht gesund werden willst.« Ich streichelte ihre Hand. »Du mußt kämpfen. Whisky und ich warten auf dich. Du darfst uns nicht im Stich lassen.«

»Wenn es nur nicht so mühsam wäre«, antwortete sie schläfrig. »In mir ist ja nur die Hälfte meiner Widerstandskraft. Wenn meine andere Hälfte hier wäre, könnte ich's bestimmt schaffen.«

Deshalb also fehlte ihr der nötige Lebenswille. Sie brauchte Aryms Kampfgeist. In diesem Moment kam leise eine Schwester herein und gab mir ein Zeichen.

So tätschelte ich Myras Arm und versicherte: »Ich komme wieder. Versprich mir, daß du solange durchhältst.«

»Beeile dich«, flehte sie. Nur mit Mühe hielt sie die Augen offen.

Ich kehrte mit Whisky zu den anderen zurück.

Summers fragte: »Es sieht schlimm aus, nicht wahr?«

»Ja. Sie entschuldigen mich. Ich muß ein bißchen an die frische Luft. Hier drinnen werd' ich noch verrückt.«

»Das kann ich verstehen. Gehen Sie nur«, meinte er mitfühlend.

Ich trat zu Bogle. »Kopf hoch! Ich tue für sie, was ich kann.«

In seinen Augen standen Tränen. »Warum habe ich das nur getan? Ich muß wahnsinnig gewesen sein.«

Trotz allem tat er mir leid. »Du hast Doc eben gern gehabt. Er bedeutete dir ebensoviel wie Myra mir. An deiner Stelle hätte ich das gleiche getan.«

Er schüttelte den Kopf. »Ich könnte ihr eigentlich kein Haar krümmen, aber ich bin einfach durchgedreht.«

Darauf gab es für mich nichts zu sagen. So verließ ich ihn und ging auf die Straße hinaus.

Auch jetzt wich Whisky mir nicht von der Seite. »Wir müssen Arym finden«, sagte ich zu ihm. »Nur sie kann Myra noch retten.«

»Was kann die schon helfen«, knurrte er traurig.

»In ihr steckt ein Teil von Myras Willenskraft und Stärke. Sie muß wieder in Myra schlüpfen. Zusammen können sie's schaffen. Peppi weiß bestimmt, wo sie ist. Als erstes gehe ich zu ihm.«

»Ist dir klar, was für ein Risiko du mit dem Besuch eingehst?«

»Das muß ich wagen. Wenn ich bei ihm nichts erfahre, ist es aus.«

»Ohne die Fotos macht der nicht das Maul auf. Hole sie dir, dann hast du einen Trumpf in der Hand.«

Ich schaute auf meine Uhr. Es war zehn vor sechs, Feierabend. Maddox war wahrscheinlich schon nach Hause gegangen.

»Eine gute Idee, Whisky.« Auf mein Zeichen hielt ein vorbeifahrendes Taxi. »Wenn wir in Maddox' Büro gelangen, könnte ich seinen Safe knacken.«

Das Taxi mischte sich wieder in den Verkehr, da meinte Whisky: »Ich halte mich da raus, Kumpel. Ich habe dich nur auf die Idee gebracht, das reicht.«

»Mitgefangen, mitgehangen«, gab ich zurück. »Es hängt alles davon ab, ob wir ungesehen in das verdammte Büro kommen können. Sind wir einmal dort, ist es nicht mehr schwierig.«

Whisky knirschte nervös mit den Zähnen. »Einen Hund stecken sie ja wohl nicht ins Gefängnis, oder?«

»Nein, die bringen dich irgendwohin und verpassen dir eine Kugel.«

»Genau das befürchte ich auch.«

»Zerbrich dir nicht den Kopf. Das tun sie höchstens einmal«, versuchte ich ihn aufzuheitern.

Maddox' Büro lag im obersten Stockwerk des Redaktionsgebäudes. Ich ließ das Taxi bereits an der Ecke halten, um das letzte Stück zu Fuß zu gehen. Abends um diese Zeit gab es keinen Pförtner. Um zum Aufzug zu kommen, mußte ich aber durch die Halle an der Information vorbei, die noch besetzt war.

Ich spähte durch das Glas der Eingangstür. »Wir haben Glück«, sagte ich zu Whisky. »Ich kenne den Burschen. Komm!«

Der Mann an der Information sah uns gleichgültig an.

»Ich möchte zu meinem Freund, dem Nachtredakteur«, erklärte ich. »Kann ich raufgehen?«

»Bitte. Kennen Sie den Weg?«

Ich nickte, und wir steuerten auf den Aufzug zu.

»Das ist gut gelaufen«, stellte ich fest, während wir in die Höhe sausten.

Whisky antwortete mit einem Seufzer. »Dafür können sie dir fünf Jahre aufbrummen. Selbst Summers wäre dagegen machtlos.«

»Still!« Vorsichtig betrat ich die achte Etage.

Am Ende des Gangs befand sich die Tür zu Maddox' Büro. Kurz davor hielt Whisky den Kopf schräg.

»Warte!« zischte er.

»Warum?«

»Weil jemand in dem Zimmer ist.«

Ich lauschte, konnte aber nichts hören. »Sicher?«

»Darauf kannst du wetten.« Whisky senkte den Schwanz.

Auf Zehenspitzen schlich ich zur Tür. Tatsächlich, gedämpft durch die dicke Tür, hörte ich jetzt eine Männerstimme.

»Mist!« Enttäuscht trat ich zurück. »Was tun wir jetzt?«

»Uns irgendwohin zurückziehen und warten.«

Statt dessen legte ich eine Hand auf den Türknopf und drehte ihn langsam. Die Tür gab wenige Zoll nach, so daß ich ins Vorzimmer spähen konnte. Es war niemand drin. Die Stimmen kamen von der gegenüberliegenden Seite aus Maddox' Zimmer, dessen Tür offenstand.

»Du bleibst hier«, flüsterte ich und schlich ins Vorzimmer.

Ich durchquerte es und blieb unmittelbar neben der Tür stehen. Mir stockte der Atem, als ich kurz hineinschaute.

Drinnen stand Peppi vor Maddox' Safe. Bei ihm waren sein Gorilla Lew und zwei andere Männer, die ich nicht kannte.

Peppi rauchte eine Zigarre. Seine andere Hand steckte in der Hosentasche. Den Hut hatte er aus der Stirn geschoben.

Aufmerksam sah Peppi Lew zu, der sich am Safe zu schaffen machte.

Lautlos huschte ich zur Korridortür zurück, wo Whisky wartete, blieb aber abrupt mitten im Zimmer stehen, als ich auf einem der Schreibtische eine Pressekamera mit angeschlossenem Blitzlicht entdeckte. Ich schnappte sie im Vorbeigehen und ging damit zu Whisky.

»Wozu brauchst du die?« Argwöhnisch beäugte er den Apparat.

»Peppi und seine Gang knacken den Safe«, informierte ich ihn. »Paß auf. Ich gehe jetzt wieder zu der offenen Tür und schieße von denen ein Foto. Wenn wir damit davonkommen, haben wir Peppi in der Hand.«

»Idiot! Glaubst du, der läßt dich ein Foto machen und dann einfach davonspazieren? Der macht Kleinholz aus dir.«

»Nicht, wenn du mitmachst.«

»Die haben mich schon einmal fast erschlagen«, erwiderte er unentschlossen. »Ich möchte lieber den neutralen Beobachter spielen, was du ebenfalls tun solltest.«

»Red keinen Stuß! Sobald ich das Foto geschossen habe, schnappst du die Platte und haust damit ab. Solange wir das Bild haben, tun die mir nichts.«

»Das hoffst du«, meinte er skeptisch. »Die sind vielleicht anderer Meinung.«

Womit er durchaus recht haben könnte, aber ich mußte es riskieren.

»Hast du's bis auf die Straße geschafft, laufe zu Miss Hallidays Wohnung. Dort wartest du auf mich. Bin ich nach einer Stunde nicht dort, bringt die Platte zu Summers.«

Whisky schaute besorgt. »Mußt du unbedingt den Helden spielen? Können wir uns nicht etwas Gescheiteres ausdenken?«

Ich schüttelte den Kopf. »Ich muß Peppi unter Druck setzen können, und das ist der einzige Weg. Stell dich in den Aufzug und warte dort.«

»Mir wäre lieber, du würdest das tun und nicht ich.« Doch er trottete zum Aufzug.

Ich stellte die Kamera schußbereit ein und ging wieder zurück.

Als ich zur Tür kam, hörte ich Peppi mit Lew schimpfen.

»Wenn du das Ding nicht aufkriegst, gib es gefälligst zu. Zwanzig Minuten sind wir jetzt schon hier oben.«

»Noch einen Versuch«, grunzte Lew, ein Ohr an den Safe gepreßt. »Und ich brauche Ruhe, um das Schloß einrasten zu hören.«

Peppi atmete scharf ein und beugte sich gespannt vor. Genau in dieser Haltung sah ich sie von der Tür aus.

Ich hob die Kamera, hielt sie möglichst ruhig weit ins Zimmer hinein und befahl laut: »Stillhalten!«

Ich ließ ihnen die Zeit, mir die Köpfe zuzuwenden, dann drückte ich den Auslöser. Das Blitzlicht flammte auf und blendete alle, aber ich wartete nicht, um zu sehen, wie sie reagierten.

Ich raste durchs Vorzimmer in den Flur, schmetterte die Tür zu und riß die Platte aus dem Apparat.

Whisky beobachtete mich mit bangen Augen.

»Hier.« Hastig schob ich ihm die Plattenkassette in die Schnauze, drückte auf den Aufzugknopf, die Tür glitt zu, und im gleichen Moment stürmten Peppi und Lew in den Gang.

In Lews Hand sah ich eine Waffe. Sein Blick war zum Fürchten.

»Flossen hoch!« Eine Bewegung seiner Pistole unterstrich die Aufforderung.

Langsam hob ich die Hände über den Kopf, in einer Hand immer noch die Kamera.

Kochend vor Wut riß Peppi sie mir weg, warf einen Blick darauf und schleuderte sie auf den Boden. »Wo ist die Platte?« fauchte er.

»Auf dem Weg aus dem Haus. Aber nur nicht gleich durchdrehen!« fügte ich hastig hinzu, als Lew sich auf mich stürzen wollte. »Das Foto verschafft Ihnen 'ne Menge Ärger, wenn Sie Ihren Verstand nicht beschäftigen.«

»Wer hat die Platte?« fragte Peppi.

»Das ist unwichtig. Viel interessanter dürfte für Sie sein, wem sie in einer Stunde übergeben wird.«

»Ich verstehe.« Gefährlich sanft klang jetzt Peppis Stimme. »Sie sind ein Narr, mir mit so einer Tour zu kommen.«

»Dann bin ich eben ein Narr«, erwiderte ich. »Jetzt habe ich aber etwas gegen Sie in der Hand, was Sie nicht auf die leichte Schulter nehmen können.«

»Soll ich ihn mir vornehmen?« knurrte Lew.

Peppi zeigte mit dem Kopf auf das Büro. »Gehen wir da rein. Dort läßt es sich besser sprechen.«

Mit Lew auf den Fersen ging ich in Maddox' Zimmer.

»Also, wozu das Theater?« blaffte Peppi. »Was wollen Sie?«

»Wenn ich mich nach einer Stunde an einer ganz bestimmten Adresse nicht sehen lasse«, erklärte ich, ohne Lew aus den Augen zu lassen, »wird dieses Foto dem Polizeichef gebracht. Mal sehen, wie Sie sich dann aus der Sache herausreden.«

»Wie heißt die Adresse?« Peppi drehte seine Zigarre zwischen den Fingern hin und her.

»Seien Sie nicht albern.« Ich schlenderte um Maddox' Schreibtisch herum und setzte mich. »Es geht um ein Geschäft, Peppi. Geben Sie mir Arym, dann bekommen Sie die Platte.«

Während ich sprach, sah ich mir den Schreibtisch an. Irgendwo gab es einen versteckt angebrachten Alarmknopf. Damals, in der Prohibitionszeit, als mehrere Morddrohungen auf Maddox' Tisch geflattert waren, hatte er sich nämlich eine Alarmanlage installieren lassen.

»Mach endlich den verdammten Safe auf«, wandte Peppi sich zu Lew. »Danach nehmen wir uns dann den Schlaukopf hier vor.«

Das paßte mir natürlich nicht. Ich entdeckte den Knopf und drückte meinen Daumen darauf.

Einer der anderen Gorillas versetzte mir einen saftigen Schwinger hinters Ohr, doch eine Sekunde zu spät. Während ich zu Boden ging, begann irgendwo im Gebäude die Alarmglocke zu schrillen.

Ich mühte mich auf die Füße, und Lew wollte auf mich losgehen.

»Nicht jetzt!« hielt Peppi ihn auf, das Gesicht bleich vor Wut. »Nimm den Kerl, und dann machen wir, daß wir hier wegkommen.«

Lew bohrte mir das Schießeisen in den Rücken und schob mich in Maddox' Privatlift. Die anderen folgten.

Auf dem Weg nach unten fixierte mich Peppi, und sein Blick

gefiel mir überhaupt nicht. »Sie werden es noch bereuen, daß Sie Ihre Nase da reingesteckt haben!«

Der Lift brachte uns zum Seiteneingang. Davor wartete eine große Limousine. Sobald wir eingestiegen waren, schoß sie in Richtung Fifth Avenue davon.

Den ganzen Weg über bis zu Peppis Haus fiel kein Wort. Neben mir saß Lew. Er hielt den Pistolenlauf in meine Rippen gedrückt, in den Augen einen hungrigen Ausdruck. Bei der geringsten Bewegung, das war mir klar, würde er mich mit Blei füllen. So rührte ich mich nicht, schwitzte aber fürchterlich.

In Peppis Haus stieß Lew mich ins Wohnzimmer.

Dort war der Butler an der Bar mit einer Karaffe beschäftigt. Mit einem boshaften Lächeln in dem verschlagenen Gesicht musterte er mich.

»Holen Sie Miss Brandt«, verlangte Peppi.

Der Butler verschwand.

Während ich in der Mitte des Zimmers stehenbleiben mußte, traten Peppi und Lew ans Fenster. Dort wechselten sie leise ein paar Worte, denen Lew ein glucksendes Lachen folgen ließ.

Mir war ziemlich flau im Magen. »Verschwendet nicht zuviel Zeit«, drängte ich. »Es bleiben nur noch fünfunddreißig Minuten, um mir Arym zu übergeben.«

»Das reicht«, antwortete Peppi.

»Aber ich bluffe nicht«, sagte ich. »Diesmal habe ich den Trumpf in der Hand. Wo ist Arym? Entweder Sie geben sie mir, oder die Platte wandert zu Summers.«

»Ich weiß nicht, wo die Frau ist, und es interessiert mich auch nicht. Ich habe Sie davor gewarnt, mich nicht reinzulegen. Wer nicht hören will, muß fühlen.«

In diesem Moment trat Lydia Brandt ins Zimmer. Sie schaute mich wie ein hungriger Tiger an, der seine Beute erspäht.

»Ich möchte den Vogel hier zum Singen bringen«, erklärte Peppi. »Vielleicht kannst du ihm ein paar Töne entlocken.«

Lydia lächelte. »Mit Vergnügen.«

»Und wie willst du das erreichen?« fragte Peppi.

»Ich möchte das Experiment von neulich wiederholen, da ist es mir ja nicht richtig gelungen.«

»Sie glaubt einen Kerl sauber sezieren zu können«, sagte Peppi zu mir gewandt. »Aber ich bezweifle das.«

»Soll sie's doch versuchen«, fand Lew und grinste. »Was macht es schon, wenn ein bißchen mehr Blut spritzt.«

Der Schweiß brach mir aus.

Lew ging zur Tür. Er rief die beiden anderen Macker herein, die mit in Maddox' Büro gewesen waren. »Bindet ihn fest, und wenn er Mätzchen macht, schlagt ihn nieder.«

Schneller als ich denken konnte, hatten die beiden mich im Griff. Ich wartete, bis sie mir die Arme nach hinten drehen wollten, dann legte ich los.

Ich entriß ihnen einen meiner Arme und schmetterte dem größeren der zwei Kerle die Faust ins Auge. Als der andere ausholte, landete ich einen kräftigen Tritt in dessen Bauch.

Weiter kam ich nicht, denn schon war Lew zur Stelle und schlug mir mit seiner Knarre auf den Schädel. Als ich wieder zu mir kam, hatten sie mich, wie für einen Entfesselungstrick bestimmt, auf einen Stuhl gebunden.

Peppi schaute auf die Uhr. »Die Zeit wird knapp.«

»Ich brauche nicht lange«, beruhigte ihn Lydia. Sie hielt ein schmales, scharfes Messer in der Hand. Fachmännisch musterte sie mein Gesicht. »Mit Frauenbekanntschaften dürfte es von nun an wohl vorbei sein«, meinte sie höhnisch.

»Lydia, seien Sie vernünftig«, bat ich eindringlich. »Sie wollen das Ding da doch nicht wirklich benutzen?«

Sie hob das Messer höher und kam auf mich zu. »Im ersten Moment spüren Sie gar nichts«, sagte sie, nunmehr über mich gebeugt. »Ich tue das nicht zum erstenmal.« Bleich und unerbittlich sah sie auf mich herab. Offensichtlich genoß sie es, mich so schwitzen zu sehen.

»Wollen Sie uns jetzt was sagen?« fragte Peppi.

»Ja.« Soweit es ging, wich ich vor der Messerspitze zurück.

»Wo befindet sich die Platte?«

Ich nannte ihm Harriets Adresse.

»Gehen wir«, forderte Peppi Lew auf. »Uns bleiben nur noch zehn Minuten.«

Beide wandten sich zur Tür.

»He!« rief ich. »Laßt mich nicht mit der Puppe hier allein! Die kommt vielleicht auf dumme Gedanken.«

Ein hämisches Grinsen im Gesicht, drehte Peppi sich um. »Worauf Sie sich verlassen können. So schnell legen Sie mich nicht wieder herein.« Er wandte sich zu Lydia. »Wenn du mit ihm fertig bist, soll Toni ihn in den Fluß werfen.«

Lydia nickte.

»Wir sind bald wieder zurück.« Damit verließ Peppi zusammen mit den anderen das Zimmer, und ich war mit Lydia allein.

Wenn ich ehrlich bin, wirkten diese Minuten als ungewollte Abmagerungskur. Ich zerrte an meinen Fesseln, ohne das geringste auszurichten.

Kalte Entschlossenheit strahlte von Lydia aus. Offenbar schreckte sie vor nichts zurück.

Sie war nicht ganz normal, übergeschnappt wie alle Fanatiker. Das zu wissen, nützte mir aber nichts.

»Gut«, sagte sie jetzt, »dann kann's losgehen. Ich empfehle Ihnen stillzusitzen. Dann ist es im Nu geschehen und tut in den ersten Stunden nicht einmal weh.« Sie lächelte. »Später aber um so mehr.«

Und ob ich ihr das glaubte!

Jetzt trat sie vor mich hin und griff mir mit ihren langen Fingern in die Haare. Hastig drückte ich mein Kinn an die Brust, damit sie nicht an mein Gesicht herankam.

»Was sollen die Mätzchen?« Sie zog an meinen Haaren, und mir wurde angst, als ich ihre Kraft spürte.

Doch ich setzte meine eigene dagegen und behielt das Kinn unten. Sie zog aber immer fester. Es fühlte sich an, als müsse jeden Moment meine Kopfhaut abreißen.

»Verdammt noch mal!« fluchte Lydia plötzlich und berührte mein Ohr mit dem kalten Stahl.

Mit einem Schrei wich ich zur Seite und sah im nächsten Augenblick nur noch die Zimmerdecke über mir – und das Messer bedrohlich nah über meinen Augen.

Da schlug krachend die Tür auf, und Arym stürmte herein.

Erst starrte sie mich an, dann Lydia, die sofort mein Haar losließ und einen Schritt zurücktrat. Wenn ich gekonnt hätte, hätte ich Arym jetzt umarmt.

Lydia faßte sich als erste. »Was wollen Sie hier? Verschwinden Sie!«

»Was tun Sie da?« Aryms Augen funkelten zornig. »Ross, was geht hier vor?«

»Sie will mein Gesicht massakrieren. Offenbar ein alter Familienbrauch.«

»So, will sie das?« Arym legte Tasche und Handschuhe auf den Tisch und nahm langsam den Hut ab. »Nur über meine Leiche.«

»Hauen Sie ab!« fauchte Lydia. »Sie haben hier nichts zu suchen. Gehen Sie rauf, und warten Sie auf Peppi. Ich tu' das auf seinen Wunsch.«

»Ross gehört mir.« Arym ging auf Lydia zu. »Außer mir rührt ihn keine an.«

Mit gezücktem Messer stürzte Lydia sich auf sie.

Ich schrie eine Warnung. Das wäre jedoch nicht nötig gewesen, denn Arym war durchaus fähig, auf sich selbst aufzupassen. Sie verschwand einfach in einer weißen Rauchwolke.

Das Messer zum Zustechen bereit, blieb Lydia mit einem verblüfften Ausruf stehen und sah sich wütend nach allen Seiten um.

Unmittelbar hinter ihr schwebte plötzlich eine große, mit Blumen gefüllte Vase vom Tisch weg in die Höhe und sauste auf Lydias Kopf nieder. Die Vase zersprang in unzählige Scherben, und Lydia schlug der Länge nach auf dem Boden auf.

»So, das wär's«, sagte Aryms Stimme.

Unsichtbare Hände sammelten die Blumen zu einem Strauß und legten ihn auf Lydias Brust.

»Hübsch, nicht? Ihr fehlt lediglich der Sarg.« Auf einmal war Arym wieder sichtbar. »Aber dafür habe ich jetzt keine Zeit.«

Mit von Grauen vermischter Faszination starrte ich sie an und meinte nervös: »An eure Tricks werde ich mich nie gewöhnen.«

»Hat dir meine kleine Vorführung etwa nicht gefallen?« fragte Arym nicht ohne Stolz.

»Doch. Aber allzuviel kann ich nicht davon vertragen. Bitte, Sweetheart, mach mich endlich los.«

»O nein, erst muß ich etwas mit dir besprechen.«

»Dafür haben wir jetzt keine Zeit«, erwiderte ich beschwörend. »Jeden Moment kann Peppi zurückkommen.«

»Na und?« Sie zuckte mit den Schultern und legte mir einen Arm um den Hals. »Dann ergeht es ihm so wie der da. Da kenne ich nichts.«

»Arym, du mußt mich losbinden«, drängte ich energisch. »Ich brauche dich für etwas.«

»Das weiß ich. Erst wirst du dir aber anhören, was ich von dir möchte.« Sie setzte sich mir auf die Knie und spielte mit meinem Ohrläppchen. Ich konnte das nicht ausstehen, war aber klug genug, ihr das jetzt nicht zu sagen. »Ich möchte, daß du mich heiratest, Ross.«

Ich sah sie sprachlos an. »Also, wirklich!« entgegnete ich schließlich gereizt. »Jetzt ist keine Zeit für solche Scherze.«

»Das ist kein Scherz. Entweder heiratest du mich, oder dies ist das letzte, was du in deinem Leben ablehnst.«

»Ich heirate Myra.« Damit versuchte ich, Arym vom Schoß zu schieben. »Zum Donnerwetter, sei doch vernünftig! Myra ist schwer krank. Sie braucht dich, um durchzukommen. Du mußt ihr helfen.«

»Ja, ja, das weiß ich«, meinte sie unbekümmert. »Ich habe sie gerade besucht. Sie ahnte, in welchen Schwierigkeiten du stecktest, und schickte mich, um dich da rauszuhauen. Ich versprach, es zu tun, aber nur unter der Bedingung, daß sie dich freigibt. Sie tut es. Jetzt liegt es an dir. Versprich, mich zu heiraten, und ich helfe dir.«

Es war unfaßbar, was sie da verlangte. »Ich denke nicht daran! Schämst du dich nicht, mich auf so gemeine Art zu erpressen?«

»Warum regst du dich so auf?« Arym preßte ihre Wange an meine. »Wenn du mich nicht willst, überlasse ich dich Peppi, und auch Myra soll sehen, wie sie allein zurechtkommt.«

Ich mußte tief Luft holen. »Das kannst du doch nicht tun, Arym. Was glaubst du, was dabei herauskommt? Denkst du, diese Ehe könnte halten? Schon nach einer Woche würde ich dich verlassen. Für was für einen Schwächling hältst du mich eigentlich?«

Ein unsicherer Ausdruck trat in ihre Augen. »Magst du mich denn nicht wenigstens ein bißchen?« fragte sie verzagt und umarmte mich heftig.

»Doch, ich mag dich. Du hast schließlich vieles von Myra, aber eben nicht ihre guten Seiten. Die wirst du nie haben.«

»Trotzdem kann ich sehr nett sein«, schmeichelte sie. »Und deine guten Seiten würden für mich mit gelten.«

Mir kam unvermittelt eine Idee.

»Ich wäre unter einer Bedingung einverstanden.«

Argwöhnisch musterte sie mich. »Was für eine Bedingung?«

»Du schlüpfst wieder in Myra und gibst damit deinen separaten Körper auf. Dann heirate ich euch beide.«

»Nein.« Erbost rutschte Arym von meinem Schoß. »Ich möchte meinen separaten Körper behalten.«

»Du wirst aber nie damit glücklich sein«, versuchte ich sie zu überreden. »Und nur so kannst du mich bekommen. Wenn du mich nicht mit Myra teilen magst, verlierst du mich eben völlig.«

Arym begann im Zimmer hin und her zu laufen. »Offenbar verstehst du nicht, was dieser Körper für mich bedeutet. In dieser Gestalt kann ich tun und lassen, was ich will, und auch lieben, wen ich will.«

»Aber du siehst ja, was du damit erreichst. Die andere Lösung ist wirklich der einzige Ausweg. Überleg mal, ob du so, als Hälfte, glücklich werden kannst? Die liebenswerten Charaktereigenschaften sind alle in Myra. Wenn du in sie zurückkehrst, bist du wieder komplett. Und du bekommst mich dazu.«

Abrupt blieb sie stehen und sah mich an. »Du Teufel! Aber von dieser Seite habe ich es bisher nicht gesehen. Du hast recht.

Ich vermisse Myra. Mir fehlt es, daß ich sie nicht mehr zu etwas Unrechtem verführen kann. Mir fehlt die Auseinandersetzung mit ihr. Wahrscheinlich bin ich ein hoffnungsloser Dummkopf, aber ich bin einverstanden, wenn Myra mich zurückhaben will.«

»Aber ich sag's dir gleich, du wirst dich zukünftig am Riemen reißen und nicht mehr stehlen«, warnte ich. »Wenn ich dein Mann bin, lasse ich das nicht mehr zu.«

»In Ordnung. Aber das würde ich keinem anderen in der Welt versprechen.« Endlich nahm Arym das Messer und schnitt die Kordeln durch.

Ich verzog das Gesicht, als ich aufstand. »Wir müssen schnellstens zu Myra«, drängte ich und stampfte Leben in meine Beine. »Ich habe sie schon viel zu lange allein gelassen.«

»Mach dir keine Sorgen, ihr geht es gut.«

Da fiel mir Whisky ein. »O Gott!« Hastig humpelte ich zum Telefon. »Die schneiden dem armen alten Whisky vielleicht gerade die Kehle durch.«

»Worüber du dir alles Sorgen machst! Ein Hund wie der fordert so was früher oder später ja geradezu heraus.«

Die Leitung zum Polizeipräsidium war frei.

Sobald ich mit Summers verbunden war, berichtete ich rasch das Nötigste. »Schicken Sie einen Streifenwagen hin. Möglichst sofort«, bat ich eindringlich und nannte ihm Harriets Adresse. »Mit der Platte in der Hand können Sie Kruger samt Anhang aus dem Verkehr ziehen.«

»Die Platte holen wir uns«, versicherte Summers aufgeregt und legte auf.

»Hoffentlich klappt es«, murmelte ich. Und etwas lauter: »Komm, ab ins Krankenhaus!« Ich legte ihr einen Arm um die Taille und küßte sie. »Du bist Klasse. Und du brauchst bestimmt nichts zu bereuen. Aber jetzt müssen wir fort. Mach dich unsichtbar. Die Bullen brauchen dich nicht zu sehen.«

»Schon erledigt.«

Eine dünne Rauchspur zeigte an, wo sie gestanden hatte.

Als wir das Krankenhaus erreichten, warteten Clancy und

zwei Polizisten noch immer vor Myras Zimmer. Bogle hatten sie weggebracht.

»Wie geht es ihr?« wandte ich mich besorgt an Clancy.

»Schlecht«, antwortete er ernst. »Der Arzt ist gerade drin.«

»Kann ich zu ihr?«

»Nicht jetzt.« Clancy hob abwehrend die Hand. »Vielleicht, wenn der Arzt gegangen ist.«

Ich drehte mich brüsk um. Am liebsten wäre ich einfach ins Zimmer gestürmt, beherrschte mich jedoch, ging zu einem Stuhl und setzte mich.

»Der hat ein Gesicht wie 'ne Tomate«, wisperte Arym. »Wer ist das?«

Ich informierte sie.

»Ein unsympathischer Typ. Dem spiele ich einen kleinen Streich.«

»Laß das«, sagte ich hastig. »Wir können hier keinen Ärger brauchen.«

»Wir? Für mich gibt das keinen Ärger, höchstens einen Mordsspaß.«

»Um Himmels willen, benimm dich! Ich habe wirklich schon genug am Hals.«

Während ich sprach, näherte sich Clancy und musterte mich mißtrauisch. »Muß das sein?« murrte er.

»Was wollen Sie? Darf man jetzt nicht einmal mehr mit sich selbst sprechen?«

»Dürfen schon«, räumte er widerwillig ein. »Aber ich finde es nicht gut. Es beweist, daß der Verstand nachzulassen beginnt.«

»Besser, als gar keinen zu haben, Sie Trottel!« beschimpfte ihn Aryms Stimme.

Clancy zuckte zusammen. Er starrte mich an. »Was war das?«

»Wieso? Ich habe nichts gesagt.«

»Lügen Sie doch nicht! Noch so eine Unverschämtheit, und ich buchte Sie ein.«

In diesem Moment ging eine junge und hübsche Schwester vorbei.

Clancy, der immer etwas für gutaussehende junge Frauen

übrig hatte, vergaß seinen Ärger, rückte den Schlips zurecht und warf sich in Positur, »'n Abend, Schwester«, grüßte er mit breitem Lächeln.

Sie blieb stehen und lächelte freundlich zurück. »Guten Abend. Kann ich irgend etwas für Sie tun?«

Bevor Clancy antworten konnte, tat es hinter ihm Aryms Stimme: »Ja, Sie könnten sich Ihr albernes Lächeln abschminken.«

Clancy glaubte nicht richtig zu hören. Mit offenem Mund sah er sich erbost nach allen Seiten um.

Die Schwester warf den Kopf nach hinten. »Also, so was! So abgenutzt wie Ihres ist es nicht. Und Ihre komische Stimme sollten Sie auch mal überholen.«

Sie drehte sich um und wollte weitergehen, da war plötzlich ein klatschender Laut zu hören. Mit einem empörten Ausruf blieb die Schwester ruckartig stehen. Stand eine Sekunde wie erstarrt, dann wandte sie sich zu uns um, das Gesicht puterrot.

»Was erlauben Sie sich?« Ihre Worte galten Clancy. »Und so was wie Sie nennt sich vielleicht auch noch Gentleman!«

Clancy blinzelte verwirrt. »Ich . . . ich habe gar nichts getan.«

»Ich kann Ihnen nur sagen, Mister«, fügte die Schwester hinzu, »die Männer in meiner Heimatstadt tun so was nicht.«

Langsam kam Clancy in Fahrt. »Sie brauchen sich auf Ihre Heimatstadt gar nichts einzubilden, es gibt auch noch andere.«

»Ihre möchte ich jedenfalls nicht kennenlernen, wenn dort solche Typen herkommen«, gab die Schwester schnippisch zurück. Instinktiv legte sie eine Hand auf die untere Rückenhälfte, als sie sich entfernte.

Mit ihrer Bemerkung hatte sie Clancys Stolz getroffen. »Hören Sie«, rief er ihr hinterher. »Ich komme aus der ältesten Stadt dieses Staates.«

»Das wundert mich nicht«, antwortete die Schwester über die Schulter. »So antik ist auch Ihr Benehmen.« Damit verschwand sie im Gang um eine Ecke.

Verärgert blickte Clancy ihr nach. »Dummes Ding. Was ist das für ein Krankenhaus, das solche Schwestern einstellt?«

Während er sprach, öffnete sich Myras Zimmertür, und der Arzt kam heraus.

Ich sprang auf. »Kann ich jetzt zu ihr?«

»Ja.« Sichtlich betroffen sah er mich an. »Es tut mir sehr leid. Ich habe getan, was ich konnte.«

Ein Kloß wuchs in meinem Hals. »Ist sie . . .?« begann ich, aber sein Gesichtsausdruck sagte bereits alles.

Ich lief an ihm vorbei ins Zimmer.

Dort zog eine Schwester gerade ein Laken über Myras Gesicht. Sie nickte mir mitfühlend zu und ging hinaus.

Da stand ich nun, schaute auf Myras zierliche Gestalt unter dem weißen Laken und fühlte mich hundeelend.

»Sie hat sich also davongemacht.« Mit einemmal stand Arym neben mir. »Das ist doch nicht zu fassen!« Sie schlug das Laken zurück.

Wie friedlich Myra dalag! Das schöne Haar rahmte das schmale bleiche Gesicht ein. Die Lippen trugen ein kleines Lächeln.

»Also, wirklich! Sie übertrifft doch alle gottverdammten, heuchlerischen Betschwestern«, schimpfte Arym.

»Laß das jetzt«, bat ich müde und setzte mich auf die Bettkante. »Sie wollte leben, aber wir sind zu spät gekommen.«

»Alles Schwindel!« rief Arym aus. »Die tut bloß so. Hör damit auf, Myra! Oder ich schnapp mir deinen Körper und laß dich ohne ihn liegen.«

»Versuch's, dann kannst du was erleben«, antwortete dicht neben mir Myras Stimme.

Erschrocken sah ich mich überall um und konnte jetzt am Fußende des Bettes einen aufrechtstehenden verschwommenen Schatten erkennen.

»Materialisiere dich nicht noch mehr«, warnte Arym. »Du hast nichts an.«

»Als ob ich das nicht wüßte«, erwiderte Myra gereizt. »Wo seid ihr beide so lange gewesen? Gerade wollte ich nach euch suchen.«

»Moment mal«, sagte ich. »Bist du denn nicht tot?«

»Natürlich ist sie es nicht«, antwortete Arym. »Ich habe dir doch gesagt, daß du dir keine Sorgen machen mußt.«

»Hat er sich denn welche gemacht?« freute sich Myra.

»Ach, du kennst ja die Männer«, erwiderte Arym leichthin. »Aber das ist jetzt nicht so wichtig. Geh wieder in deinen Körper. Wir haben verschiedenes zu besprechen.«

»Okay, gleich bin ich soweit.« Der Schatten kletterte aufs Bett und verkleinerte sich, bis er nicht mehr zu sehen war.

Eine Sekunde später setzten sich Myras sterbliche Überreste im Bett auf. Instinktiv wich ich zurück. Das war wirklich ein bißchen zuviel für mich.

»Er will, daß ich wieder in dich zurückkomme«, sagte Arym verdrossen. »Nur dann will er mich heiraten.«

»Das kommt nicht in Frage«, lehnte Myra energisch ab. »Ich hab' genug von deinem Einfluß. Das will ich nicht bis zum Lebensende mitmachen. Lieber sterbe ich.«

Da riß ich mich zusammen, nahm Myras Hand und redete ihr zu: »Myra, du mußt jetzt vernünftig sein. In einer Stunde beginnt der Neumond. Wenn Doc Ansell recht hatte, verlierst du dann deine übernatürlichen Kräfte, und es ist alles zu spät. Nimm Arym zurück. Mir zuliebe. Andernfalls hätten wir sie für den Rest unserer Tage als Anhängsel immer bei uns. Stell dir mal vor, was sie alles für Unsinn anstellen kann, wenn du sie zurückweist.«

»Das ist ja alles schön und gut. Was ist aber mit Doc?« gab Myra zu bedenken. »Sie hat ihn getötet. Ich mag nicht mit einer Mörderin in einem Körper zusammenleben.«

Das konnte ich verstehen.

Arym zog einen Schmollmund. »Wenn ich das mit Doc in Ordnung bringe, nimmst du mich dann?«

»Was soll das heißen?«

»Ich hab' den alten Dummkopf nicht getötet. Und dich habe ich nur entführt, weil ich Ross zwingen wollte, für Andasca zu arbeiten.«

»Arym, deine Schwindelei ist sinnlos«, mahnte ich kalt. »Du hast ihn getötet. Ich sah ihn sterben.«

»Du glaubtest, ihn sterben zu sehen«, verbesserte Arym mich lächelnd. »Hast du noch nie etwas von Massenhypnose gehört?«

Ich fuhr mir mit der Hand durchs Haar. »Massenhypnose? Was willst du damit sagen? Ich verstehe dich nicht.«

»Ich hatte dich für schlauer gehalten, Darling«, sagte Arym geduldig. »Ich habe Doc lediglich in einen komaähnlichen Zustand versetzt und dich, Sam und die anderen hypnotisiert, daß ihr glaubtet, er hätte eine blutende Verletzung. Der Brief und das Kleid dienten als Requisiten für die Show.«

»Das ist unglaublich.« Ich schüttelte den Kopf. »Die vielen Leute, die ihn tot gesehen haben!«

»Du behauptest also, Ansell würde noch leben?« Ich konnte es nicht fassen.

»Ganz richtig. Nur weiß er es nicht«, meinte Arym fröhlich. »Er liegt momentan im städtischen Leichenschauhaus und hält sich für so mausetot wie George Washington. Das haben wir aber im Nu geändert.«

»Worauf warten wir dann noch?« drängte ich aufgeregt. »Schaut auf die Uhr. In einer halben Stunde ist Mitternacht.«

Arym sah zu Myra hinüber. »Nimmst du mich jetzt zurück?«

»Das muß ich ja wohl.« Myra krauste skeptisch die Stirn. »Hoffentlich benimmst du dich nun etwas besser.«

»Das wird sie«, warf ich ein. »Dafür weiß ich zu sorgen.«

»Okay. Ein bißchen habe ich sie ja auch vermißt«, gab Myra zu. »Also, nun komm schon, Arym!« Ihre Augen bekamen sogar einen freudigen Glanz. »Dann ist es wieder wie in alten Zeiten.«

Einen Moment zögerte Arym noch. Sie trat zu mir und legte die Arme um meinen Hals. »So wie ich wirklich bin, siehst du mich nie wieder«, sagte sie traurig. »Und es ist das letzte Mal, daß ich mich so an dich schmiegen kann.«

Ich zog sie an mich und küßte sie. »Sei ein braves Mädchen. Ich verlasse mich auf dich.«

»Ich bin soweit, wenn ihr es seid«, mischte Myra sich ein wenig eifersüchtig ein.

Arym drückte mich noch einmal, dann schob sie mich weg. »Guck zum Fenster raus«, bat sie. »Ich muß mich ausziehen.«

Kaum zehn Sekunden hatte ich ihnen den Rücken zugekehrt, da kam Clancy herein.

»Nun ist sie also doch gestorben«, sagte er. »Mein Beileid, Millan.«

Rasch warf ich einen Blick aufs Bett. Mir stockte der Atem. Nebeneinander, die blonden Köpfe auf dem weißen Kissen, lagen dort Myra und Arym. Obgleich ich wußte, was bis jetzt geschehen war, mußte ich mich zusammenreißen, um ruhig zu bleiben.

Im gleichen Moment blickte auch Clancy zum Bett. Er blinzelte, legte eine Hand auf die Augen, wagte einen zweiten Blick und wurde dann kreidebleich.

»Schön, wie sie daliegt, nicht wahr?« Mir blieb nichts anderes übrig, als zu bluffen.

Gurgelnde Laute kamen aus Clancys Mund. Schweißperlen bildeten sich auf seiner Stirn. Er trat etwas näher zum Bett, schaute genauer hin. »Ja«, krächzte er. »Alle Tage möchte ich so etwas aber nicht sehen.«

»Ich auch nicht. Sieht sie aber nicht richtig glücklich aus?«

»Bestimmt glücklicher als ich.« Haltsuchend griff Clancy nach dem Bettgestell. »Irgendwie spielen mir meine Augen einen Schabernack. Millan, Sie sehen nicht zufällig auch zwei Frauen im Bett?«

»Nein«, erwiderte ich entschieden. »Selbstverständlich nicht.«

»Selbstverständlich nicht«, wiederholte er mit einem Seufzer. »Ich bin wohl einfach überarbeitet.«

»Sie sollten sich an einen ruhigen Ort zurückziehen und sich hinlegen«, empfahl ich.

»Ja, ja. Aber das ist leichter gesagt als getan.« Mit hängenden Schultern schleppte er sich aus dem Zimmer.

Ich schaute gerade rechtzeitig zum Bett, um Arym in Myra schlüpfen zu sehen.

»Bin ich froh, wenn diese Geschichte endlich überstanden

ist«, murmelte ich und wischte mir mit dem Taschentuch das feuchte Gesicht trocken.

Myra setzte sich nun im Bett auf. »Warte draußen auf mich. Ich komme gleich raus.«

»Man darf dich aber nicht sehen«, mahnte ich und ging hinaus.

Draußen saß Clancy zusammengesunken auf einem Stuhl, den Kopf in die Hände vergraben. Die beiden Polizisten betrachteten ihn verunsichert.

»Lassen Sie ihn jetzt in Ruhe«, riet ich ihnen. »Er hat momentan viel auf dem Buckel.«

»Wir lassen ihn in Ruhe. Aber er beunruhigt uns«, antwortete einer von den beiden.

Ich schlenderte ein Stück den Gang entlang und wartete dann auf Myra. Sie brauchte nicht lange. Schon nach wenigen Minuten hörte ich ihre Stimme dicht an meinem Ohr: »Wir können gehen.«

Fünfzehn Minuten vor Mitternacht kamen wir am Leichenschauhaus an. Ein dürrer, ungnädig dreinschauender Typ mit einem dicken Schnurrbart und einem Netz feinster Fältchen über der schmalen Hakennase saß in der Pförtnerkabine. »Was wollen Sie«, fragte er unfreundlich.

»Bei Ihnen liegt ein Leichnam, den ich mir ansehen muß«, erklärte ich, zückte meinen Presseausweis und gab ihn ihm. »Der Name ist Ansell, Doc Ansell.«

Er schob den Ausweis durch das kleine Fenster zurück. »Kommen Sie morgen.« Und er schlug seine Zeitung wieder auf.

»Tut mir leid, aber ich muß mir den Toten jetzt ansehen.«

Der Mann musterte mich gereizt über seine Brillengläser hinweg. »Nachts darf hier keiner rein. Basta.«

Ich wandte mich zu Myra. »Das ist mal wieder einer von den ganz Sturen. Du mußt irgend etwas tun. Schau auf die Uhr.«

Es war zehn vor zwölf.

»Bin schon unterwegs«, sagte sie und verschwand.

Auf dem Boden, wo sie eben noch gestanden hatte, lagen ihre

Kleider säuberlich aufgehäuft. Obenauf lag ihr Hütchen, als unterstes die Schuhe.

Ich zündete mir eine Zigarette an und wartete gespannt auf die Reaktion des Pförtners.

Er stand verdutzt von seinem Stuhl auf und spähte mit glasigen Augen auf das Häufchen Kleider.

»Erstaunlich, wie wenig die Frauen heute tragen«, tat ich geschwätzig. »Eine Handvoll Seide hier, eine Handvoll Seide dort, und schon sehen sie umwerfend aus.«

»Wo ist sie?« stotterte der Mann und faßte sich an den Hals.

»In der Leichenhalle. Sie kommt aber gleich wieder zurück.«

Da gab er einen langgezogenen Seufzer von sich und klappte neben seinem Stuhl auf dem Boden zusammen. Kein Wunder. Für den alten Mann war der Schock einfach zuviel.

Ich ließ ihn liegen, rannte um die Ecke der Pförtnerkabine und die Treppe zur Leichenhalle hinauf. Oben angelangt, sah ich Doc Ansell auf mich zustolpern.

»Doc!« rief ich und lief zu ihm, um ihn zu stützen. »Bin ich froh, daß Sie leben!«

»Gib auf ihn acht, während ich mich anziehe«, hörte ich Myras Stimme. »Er ist noch ein bißchen benommen.«

»Das ist ja wohl verständlich.« Fest umschloß Ansell meine Hand. »Ich habe höchst anstrengende Erlebnisse hinter mir.«

In der Pförtnerkabine lag der Alte noch immer auf dem Boden. Doch er richtete sich auf, als wir vorbeigehen wollten. Mit aufgerissenen Augen starrte er uns an.

»Die Leiche hier brauchen Sie wohl nicht mehr«, sagte ich. »Ich nehme sie mit und kaufe ihr was zu essen.«

Flink schlüpfte Myra in ihre Kleider.

»Komm, Doc!« Vergnügt hakte sie sich bei ihm ein. »Verlassen wir diese kühlen Hallen.«

Hinter uns hörten wir ein Stöhnen und einen Plumps. Offenbar war der Pförtner erneut in Ohnmacht gefallen.

NEUNZEHNTES KAPITEL

Nun möchte ich Sie wirklich nicht mehr länger strapazieren. Falls Sie meine Geschichte bis hierher gelesen haben, geht es Ihnen wahrscheinlich wie Maddox, der sich nie überwinden konnte, sie zu glauben. Und hätte ich New York nicht verlassen, hätte er wahrscheinlich alle Hebel in Bewegung gesetzt, um mich ins Irrenhaus zu bringen.

Zu meiner Verteidigung möchte ich lediglich anbringen, daß die merkwürdigsten Dinge geschehen können. Damit meine ich nicht, daß Sie alles glauben sollen, was Sie hören oder lesen. Macht man es sich aber zur Gewohnheit, alles im Leben anzuzweifeln, entgeht einem eine Menge Spaß.

Es war schön, daß wir Doc Ansell wieder bei uns hatten. Außerdem war es schön für mich, Myra ohne Arym um mich zu haben und zu wissen, daß sie nicht mehr plötzlich in die Höhe schweben oder sich ohne Vorwarnung in Luft auflösen konnte. Myra bedeutete mir sehr viel. Selbst wenn ich sie nur samt ihrer Schwarzen Magie hätte haben können, wäre das kein Hindernis für mich gewesen. Nach dem Neumond kehrte sie jedoch wieder zu ihrem völlig normalen Leben zurück.

Ohne jede Schwierigkeiten konnten wir Bogle aus der Strafanstalt holen. Summers war viel zu befriedigt, daß er Kruger und dessen Handlanger aus dem Verkehr ziehen konnte. So kleine Dinge wie Sams Freilassung betrachtete er daher als unwesentlich.

Ich möchte die Geschichte nicht abschließen, ohne zu berichten, was mit Whisky passierte. Die Polizei rettete ihn aus Peppis Händen und behielt ihn bei sich, bis wir ihn holen konnten. Als wir um Mitternacht zusammen mit Ansell ins Polizeipräsidium kamen, hatte es gerade in dem Zimmer, in dem sie Whisky eingesperrt hatten, einen Mordsaufruhr gegeben. Die Polizisten hatten nachgeschaut und Whisky kaum zurückhalten können, einen enorm fetten Mexikaner zu zerfleischen, der wie durch Zauberei plötzlich in dem Zimmer gestanden hatte.

Der Dicke hatte sich so unflätig und gewalttätig benommen,

daß sie ihn erst mal dabehalten hatten und ihn uns vorführten. Sicherlich können Sie sich unsere Gefühle vorstellen, als sie Pablo hereinbrachten, und wir ihm ansahen, daß er am liebsten Kleinholz aus uns gemacht hätte.

Ja, auch Pablo war also wieder da. Kein bißchen angenehmer, aber das konnte ich ihm nicht verdenken. In eine Wurst verwandelt und dann von einem riesigen Wolfshund gefressen zu werden, ist ein furchtbares Erlebnis, für das er Myra und mich verantwortlich machte. Wenn sie ihn freiließen, so fürchtete ich, könnte er uns in einer dunklen Nacht überfallen und seinen Wespentrick anwenden wollen.

Deshalb sprach ich ein Wort mit Summers. Pablo wurde daraufhin unter Polizeibewachung nach Mexiko zurückgeschickt und dort den mexikanischen Behörden übergeben; die legten ihm eine Schlinge um den Hals und hängten ihn auf.

Ich hatte den Kerl von Anfang an nicht gemocht.

Ohne Pablos Einfluß konnte Whisky nicht mehr sprechen. Wir bedauerten das für Whisky, denn er war ein sehr vernünftiger Hund und hätte zweifellos eine Anzahl vernünftiger Dinge zu sagen gehabt.

Zunächst deprimierte es Whisky, daß er sich nicht mehr uns gegenüber ausdrücken konnte. Zum Glück begegnete ihm dann eine Hündin, die mit ihm Freundschaft schloß. Die beiden wurden unzertrennlich.

Myra und ich beschlossen, unseren Hausstand an der Pazifikküste zu gründen. Vierundzwanzigtausend Dollar, die wir zwischen Myras Sachen fanden, erleichterten uns diese Entscheidung. Es war die einkassierte Belohnung, die Arym dort versteckt hatte, als sie mir drei Tage nach unserer Ankunft in New York das erste Mal nachts auf der Treppe begegnet war.

Ich fand, daß man so gutes Geld nicht verschwenden sollte und gab es Maddox deshalb nicht zurück. Er besaß genug Geld, uns aber kam es ausgesprochen gelegen. Abgesehen davon, konnte Maddox mir nie endgültig verzeihen, und da er unermüdlich über die verschiedensten Nervenheilanstalten Erkundigungen einzog, hielt ich einen Tapetenwechsel für angebracht.

Doc Ansell betätigte sich erneut als Naturheilpraktiker, und Sam half ihm dabei. Die beiden wollten unbedingt mit uns zusammenleben, was mir durchaus gerechtfertigt erschien nach all dem, was wir gemeinsam durchgestanden hatten. So luden wir auch Whisky und seine Freundin ein, bei uns zu bleiben.

Zwar ist es merkwürdig, aber ich lernte nie Myras Vater kennen. Wie wir hörten, soll er bei einem Wanderzirkus eine Liliputanerin geheiratet haben, bekamen diese Nachricht aber nie bestätigt. Er schied aus Myras Leben aus, und das war nur von Vorteil.

Ich fand gewinnbringende Anerkennung als Kurzgeschichtenautor, während Myra damit beschäftigt war, sich auf Ross Millan junior vorzubereiten.

Schon immer hatte ich mir einen Sohn gewünscht. Und wir bekamen einen Sohn nach den unvermeidlichen neun Monaten aufregender Wartezeit. Es war ein hübscher Junge, ähnelte also mehr seiner Mutter als mir. Wir verwöhnten ihn alle maßlos.

Wie es aussah, hatten wir nichts mehr mit der Schwarzen Magie, der Polizei oder irgendwelchen Gangstern zu tun, und wir stellten uns auf einen nunmehr friedlichen Lebensweg ein. Doch wir hatten uns zu früh gefreut.

Eines Sonntags morgens, ich saß am Schreibtisch und versuchte, mit einer Kurzgeschichte weiterzukommen, da brachte mich ein gellender Schrei auf die Füße. Ich warf meinen Füller hin und rannte in den Garten.

Dort starrten Myra, Doc und Sam mit entsetzten Mienen in die Höhe.

Ich folgte ihren Blicken und glaubte, den Verstand zu verlieren.

Etwa dreißig Fuß über dem Boden saß Ross Millan junior in der Luft. Aufgeregt winkte er mit seiner Spielzeug-Mickymaus.

»Schau mal, Pop«, schrie er glücklich. »Ich fliege!«

Krieg im Dunkeln

Über die doppelbödigen Spionageromane des Anthony Price schrieb der englische Kriminalschriftsteller H. R. F. Keating in der Londoner *Times:* »Diese Bücher möchte man am liebsten gleichzeitig sofort bis zum Ende lesen und sich noch stundenlang damit beschäftigen.«

Anthony Price

Ullstein
Kriminalroman

Ullstein Kriminalromane

»Bestechen durch ihre Vielfalt«
(Westfälische Rundschau)